당신의 눈동자에 건배를

II

당신의 눈동자에 건배를 2

초판 인쇄 2018년 6월 1일
초판 발행 2018년 6월 12일

지은이 백서하
펴낸이 신현호
편집부장 예숙영
책임편집 이혜영
편집디자인 한방울
영업·관리 김민원 이주형 조인희
물류 이순우 최준혁

펴낸곳 ㈜디앤씨미디어
출판등록 2002년 5월 1일 제117-90-51792호
주소 서울시 구로구 디지털로 26길 111 JnK디지털타워 503호
대표전화 (02)333-2513 팩스 (02)333-2514
전자우편 dncbooks@dncmedia.co.kr
디앤씨북스 블로그 http://blog.naver.com/dncbooks

ISBN 979-11-264-4336-9 04810
ISBN 979-11-264-4334-5 (SET)

당신의 눈동자에 건배를

백서하 장편소설

II

iBOOK

제5장 어둠에 반항하는 자들을 위하여(하) · 7

제6장 공격은 우아하게, 방어는 날카롭게 · 123

제7장 이미 산산조각이 난 것들(상) · 257

제5장

어둠에 반항하는 자들을 위하여(하)

어둠에 반항하는 자들을 위하여(하)

그 사건이 있고 나서 나와 셀린느를 비롯해 우리 주변의 호위는 더욱 삼엄해졌다. 특히 내가 더 그랬다. 원래 나를 호위하던 게일 경과 베르 경 외에도 이름 모를 기사들이 묘하게 더 암암리에 나를 보호하는 것 같았다.

다른 한편 셀린느에게도 두 명의 기사가 배치되었다. 나와 함께 있었다는 이유로 공격의 대상이 될 수도 있다는 칼리드의 말이 일리가 있었기 때문이다. 물론 셀린느는 자기가 무슨 위험이 있겠느냐며, 상식적으로 자기를 공격할 이유가 어디 있겠느냐고 했지만 사람 일은 원래 모르는 것이다.

그리고 그날 밤 저녁을 끝내고 발터르 영애가 보낸 전보의 답이 다음 날 아침 우리에게 도착했다. 그 귀한 마법과 연금술 재료들을 물 마시듯이 쓰는 올리비아답게 전보의 질이 어마어마했다.

이쪽으로 전문가라는 것을 증명하듯 전문 용어들을 써 가면서 설명을 하긴 했으나, 결론을 살펴보자면 '구체적인 사항은 직접 보지 않으면 알 수 없음.'이었다. 그렇다고 확인되지도 않은 일에 왕실 인재를 함부로 데려올 수는 없으므로, 나는 올리비아가 준 여러 가지 상황에 맞춰 하나하나 분석했다.

물론 결론은 나오지 않았다.

칼리드를 비롯해 몇몇 기사들이 그날 습격 사건이 있은 곳을 다시 한번 찾아보고, 주변 사람들에게 조사를 진행했지만, 여전히 진전은 없었다.

그렇게 무탈하게 사흘이 지나가자 날카롭게 세웠던 신경이 점점 무뎌져 갔다. 이사벨은 위더 백작과 닐케의 별관에 있다고 했는데 내가 찾아가지 않는 이상 만날 일도 없어 꽤 기쁜 것은 사실이었다. 이틀만 있으면 수도로 돌아간다는 생각에 나는 한껏 들떠 있었다. 아무리 카펠라 풍경이 좋다고 해도 역시 집이 최고였다.

다만 내가 간과한 게 있는데, 사건 · 사고는 의외로 갑작스럽고 상식적이지 못하게 찾아온다는 것이었다.

수도로 돌아가기 이틀 전 오후, 나는 편안하게 방에서 휴식을 취하고 있었다. 이틀 동안 선박을 검사하고 마지막 사항까지 검사하고 나자 이제는 정말 편하게 쉴 수 있었다.

나는 언제나 방 안에 처박혀 있는 것을 즐기므로 오늘도 차를 마시며 셀린느에게서 빌려 온 책을 보고 있었다. 그녀는 워낙 독서를 좋아해서 그런지, 출장을 갈 때면 꼭 손에 책을 한두 권씩은 싸 들고 오곤 했다. 어쨌든 그런 편안하기 그지없는 방 안의 공기와 오후의 햇살에 안이해진 것, 그것이 내 잘못이라면 잘못이었다.

나는 마지막 쿠키를 마저 먹고 손을 털어 냈다. 마침 책의 마지막 페이지를 보려던 참이었다. 그런데 책을 펼친 순간, 나는 미간을 팍 찌푸릴 수밖에 없었다.

"으아…… 아파라."

원래 혼잣말을 하는 습관은 없지만, 저도 모르게 소리가 새어 나왔다. 빳빳한 종이에 손가락이 베였다. 칼에 베인 것보다 더 아프고 디 아려 왔다. 나는 핏방울이 퐁퐁 솟아나는 손가락을 망연자실하게 보다가 곧 종이에 툭툭 떨어지는 피를 보고 화들짝 놀라 자리에서 일어났다.

으아, 이거 빌린 책인데. 심지어 셀린느가 제일 재밌게 봤다고 한 책이란 말이야.

급하게 손가락을 입안에 물었다. 알싸한 피 냄새가 퍼지자 나는 한숨을 쉬곤 어떻게 셀린느한테 해명을 해야 할지 고민하며, 종이 한 장을 꺼내 책 위에 떨어진 핏방울을 꾹 눌렀다. 이게 뭐야, 기분 나쁘게.

그때였다. 한창 어떻게 핏자국을 없앨까 고민하는 내 고민을 깨고 방문이 벌컥 열렸다.

나는 혹시 셀린느가 들어왔나 화들짝 놀랐지만, 의외로 문을 연 건 칼리드였다. 나는 안도의 한숨을 쉬었다.

"뭐야. 왜 갑자기 노크도 없이 들어와요. 사람 놀라게."

"스칼렛."

"네."

칼리드가 다급한 목소리로 나를 불렀다. 나는 그의 표정을 보고 직감적으로 무엇인가 잘못되었음을 알아챘다. 그리고 곧 그가 입을 열었다.

"사르빈 영애가 납치되었습니다."

툭.

책이 바닥에 떨어졌다.

* * *

"그게 무슨 소리예요! 납치라니! 어떻게 된 거야!"

나는 미친 듯이 뛰어 접대실로 향했다. 중간에 세 번, 네 번, 아니 모르겠다, 몇 번 정도 발을 삐끗해 넘어질 뻔한 것도 차마 신경 쓰지 못한 채 문을 벌컥 열어젖힌 내가 새된 소리를 질렀다. 고함에 가까운 내 목소리에 발터르 영애가 자리에서 일어났다.

"스칼렛 님!"

"누구야, 어떻게 된 것인지 설명 좀 해 봐요."

"일단 진정하시고요."

"내가 지금 진정하게…… 그래서 무슨, 어떻게 된 일이에요. 말해 봐요. 아는 사람이 있을 거 아냐, 기사들이 두 명이나 붙어 있었는데!"

한없이 절박한 목소리가 흘러나왔다. 나는 소파를 손으로 내리치며 누구를 향해 말하는지 모른 채 소리를 질렀다.

"스칼렛."

그런 내 팔을 꾹 잡고 칼리드가 나를 부드럽게 불렀다. 하지만 그게 그렇게 쉽게 진정이 될 리가 없었다. 나는 답을 요구하는 눈빛으로 소파 중앙에 차가운 얼굴을 한 채 앉아 있는 펠로 선배를 보았다.

"어떻게 된 거예요, 선배. 선배는 알아요?"
"재한테 물어봐."
펠로 선배의 목소리는 지나치게 차가웠다. 평소에는 언제나 유들유들하기 짝이 없는 사람이었다. 나는 그가 던진 눈길을 따라 고개를 휙 돌렸다. 그리고 그 끝에는 눈물범벅이 된 채 바닥에 꿇어앉아 있는 이사벨이 보였다.
나는 잠시 피가 머리로 솟는 경험을 해야 했다. 직감이 나에게 알려 주고 있었다. 분명 이사벨과 연관된 어떤 일이 발생했다고. 나는 더 생각할 겨를도 없이 바로 이사벨한테 다가가 그녀와 눈을 맞추고 입을 열었다.
"어떻게 된 거야."
답은 돌아오지 않았다. 얼굴을 막은 그녀의 두 손 사이로 옅은 울음소리만 흘러나왔다. 울어, 운단 말이지. 이 계집애가 진짜 울면 다인 줄 아나! 속에서 울컥 올라오는 어떤 것에 나는 그녀의 팔을 잡고 거칠게 손을 얼굴에서 떼어 냈다. 곧 그녀의 파란색 눈동자가 나를 보았다.
"어떻게 된 거야, 빨리 말해!"
"스, 스칼렛."
이사벨이 꺽꺽거렸다. 나는 결국 참지 못하고 그녀를 위협하듯 한 자, 한 자 거칠게 뱉어 냈다.
"작작 처울어. 당장 나한테 상황 설명이나 해. 상황 더 악화되기 전에!"
나로서는 드물게 고함을 지르자 이사벨의 놀란 눈길이 내게 꽂혔다. 그녀도 계속 울다가는 내가 참지 못하고 소리를 지를 것을 예상했는지, 아니면 더는 우는 것이 그녀의 보호막이 되어 주지 못한다는 것을 알았는지 흑흑거리며 대충 상황 설명을 시작했다.

그리고 나는 황당함을 감추지 못했다.

이사벨은 이 며칠 나와 단독으로 대화할 기회를 잡고 싶었다. 예전 행위에 대해 사과를 하고, 저번에 나한테 무례를 저지른 것에 대해 해명이라는 것을 하고 싶었기 때문이다. 하지만 나는 코빼기도 보이지 않았고, 한창 고민하던 중에 셀린느가 정원에서 산책하고 있는 것을 발견했다. 혹시 그녀라면 약속이라도 잡아 주지 않을까 고민하던 차에 셀린느를 만난 것이었다. 그리고 그녀와 대화를 하고 싶다면서 셀린느를 끌고 정원 깊숙이 들어갔다.

"그런데…… 그런데 갑자기 어떤 남자가 우리 둘 사이에 나타나서는…… 흑, 나타나서는 사르빈 영애를 납치해 갔어……."

"기사들은, 기사들은 어쩌고!"

"내가 잠시 멀리 떨어져 있어 달라고 했어. 다른 사람들한테 알리면 안 될 것 같아서! 스칼렛, 너도 네 이야기가 함부로 사람들 입에서 전해지는 걸 싫어하잖아. 사르빈 영애도 동의했어!"

"그래서 내 탓이야? 또 날 위해? 아니면 셀린느 탓이야? 이사벨, 이쯤 되면 네 존재 자체가 신이 나를 벌하려고 보낸 악마가 아닌가 싶어!"

"아, 아니야…… 나는……."

"닥쳐, 넌 좀 꺼질 필요가 있어. 내 눈앞에서 사라져. 지금 당장."

"공작 영애, 말이 심해요, 워더 영애의 탓은 아니잖아요!"

"너도 닥치고. 아니면 같이 꺼지든가."

뒤에서 누가 말했는지도 모르는 소리에 반사적으로 소리를 질렀다. 온몸의 피가 거꾸로 솟고 이성이 마비되는 느낌이었다. 머릿속에 남은 한 가닥 이성이 나에게 알려 주고 있었다. 사실 이건 이사벨 탓이 아니었다. 이미 오래전부터 준비된 납치라는 것이 명확했고, 이사벨은 거기에 휘말려 들어갔을 뿐이었다.

하지만, 하지만 그녀가 쓸데없이 셀린느를 불러내지만 않았어도, 그녀가 기사를 물리겠다고 하지만 않았어도, 그녀가, 쓸데없이 나한테 사과 따위를 지껄이지만 않았어도.

내 말에 충격을 받은 듯 이사벨의 얼굴이 하얗게 질렸다. 나는 그 어떤 순간에도 그녀에게 이렇게 험한 말을 해 본 적이 없었다. 그녀가 가장 힘들고, 그녀가 울고 있을 때면 언제나 내가 옆에서 위로를 해 주곤 했으니까.

하지만 지금은, 위로? 세상에 위로받아야 할 상대는 네가 아니라 셀린느야. 아등바등 어떻게든 살아 보겠다고 발버둥 치면서 세상에 끊임없이 도전하는 그 아이라고!

언어가 더는 뇌를 거칠 생각을 하지 않았다. 그저 생각나는 대로 나는 이사벨에게 쏘아붙였다.

"이사벨, 이제는 너라는 사람이 어떤 사람인지 알고 싶지도 않아. 네가 왜 이러는지 궁금하지도 않고. 그냥 내 눈앞에서 꺼져. 네가 있으면 정상적인 사고가 불가능해."

"……스칼렛."

"네 탓 아닌 거 아니까 꺼지라고. 그 눈물만 보면 역겨우니까 꺼져."

"……."

"싫어?"

그녀가 애처로운 눈빛으로 나를 보았다. 나는 피식 웃고는 자리에서 일어났다. 그리고 그녀의 팔을 거칠게 잡아끌었다. 한평생 자수나 놓던 그녀였다. 아무리 재능이 없어도 조금이나마 소양을 위해 검을 만져 봤던 나와 비교한다면 무력하기 짝이 없었다.

나는 그녀의 팔목을 잡고 접대실 문 앞에 다가가 문을 발로 찼다. 이미 예의고 교양이고 나발이고 아무것도 생각나지 않았다. 화풀이라고 해도 좋았다. 이렇게 화를 풀고 셀린느를 구할 방법을 찾는다면 깡패 짓도 백번 할 만했다.

곧 나는 손에 쥐었던 이사벨의 팔목을 복도에 거칠게 뿌렸다.

그리고, 문을 닫았다.

거칠게 문을 닫는 내 모습을 모두가 불안하게 쳐다보았지만, 그 누구도 나를 말리지 않았다. 몸을 돌리고 소파로 뚜벅뚜벅 걸어가는 내 표정은, 글쎄, 거울이 없어 보지는 못하겠지만, 엉망일 것임에는 분명했다.

화풀이? 그렇게 고상한 단어로 이사벨을 대하지 않았다. 엉뚱한 사람에게 화를 푸는 것보다 더 상스러운 일은 없다고 생각했다, 하지만 설사 그렇다고 해도 내 머리 한구석은 온통 그녀에 대한 분노로 가득 차 있었다. 다른 한쪽 가슴으로는 나에 대한 자책도 존재했다.

내가 셀린느를 데려오지만 않았어도, 그냥 오지 않겠다고 하는 순간 깔끔하게 포기했으면 좋았을 텐데, 그깟 원칙이 뭐라고, 그냥 안 데려오면 이런 일도 없었을 텐데.

이사벨은 분명 잘못한 게 없었다. 하지만 그녀는 잘못했다. 내 눈앞에 나타난 게 가장 큰 잘못이었고, 내 눈앞에 나타났으면서 끝까지 내 주위를 알짱거린 게 두 번째 잘못이었다. 하지만 그 모든 잘못의 원인은 나였다. 그냥 애인을 뺏겼을 때 바로 죽여 버렸어야 했다. 당장 죽여 버렸으면, 당장 그 계집애를 죽여 버렸으면 이런 일은 없었을 텐…….

"……렛."

"……."

"스칼렛!"

칼리드가 고함을 지르듯 나를 불렀다. 그는 한쪽 손으로는 내 어깨를 잡고 나를 흔들고 있었고, 다른 한쪽 손으로는 내 입술에 손가락을 대고 있었다. 아, 정확히 말하자면 내 아랫입술에. 나는 어리벙벙한 눈길로 그를 보다가, 곧 주위 사람들이 나를 빤히 보고 있다는 사실을 깨달았다. 재스민 필레르가 하얗게 질린 얼굴로 나를 보았다.

"고, 공작 영애."

"왜 그래요."

"뭐 닦을 거라도……."

재스민 필레르가 급하게 제 손수건을 꺼냈다. 얘는 또 왜 이래. 내가 이사벨을 내쫓았다고 그러나? 아니면 나한테 설교라도 늘어놓으려고 그러나? 죽여 버리고 싶은 걸 겨우겨우 참았는데 지금 겨우 좀 내팽개친 것 같고 지금 나한테…….

"어……."

하지만 재스민 필레르가 급하게 손수건으로 내 입술을 막자 그제야 칼리드의 손을 적신 새빨간 피를 볼 수 있었다. 그의 손가락은 이미 피범벅이 되어 있었다. 그마저 다쳤나 싶어 심장이 쿵 하고 내려 떨어지는 찰나, 그가 다급하게 손수건으로 내 입술을 꾹 눌렀다.

"그만해."

"칼리드?"

"그만하라고."

"내가 뭘……."

"스칼렛, 지금 당장 하던 거 멈춰!"

왜 갑자기 반말이야. 나는 멍하니 그를 보다가, 윗니에 느껴지는 살덩어리의 감촉에 정신을 차렸다. 칼리드가 내 잇새에 손가락을 들이밀고 있었다. 방금까지 전혀 감지할 수 없었던 피가 드디어 신경을 점령하기 시작했다. 비릿한 피의 감각이 구석구석을 쓸고 흘러갔다. 나는 고개를 들었다.

칼리드는 여전히 손수건으로 내 입술을 막고 있었고 손가락 한 개를 내 윗니와 입술 사이에 밀어 넣은 상태였다. 혀끝에서 퍼지는 피의 비린 내음, 딱딱한 살덩이의 감촉, 그리고 입술을 누르는 천의 거친 감각이 순식간에 내 온몸의 피가 차갑게 식어 내리게끔 재촉하고 있었다. 나는 그제야 내가 무슨 짓을 했는지 깨닫고 급하게 아랫입술을 찍어 내리려 이에 잔뜩 주었던 힘을 뺐다.

"칼리드, 당신 손이……!"

"그전에 당신 입술이나 보십시오, 스칼렛!"

내 입술이 뭐가 어쨌다고.

나는 내 입술을 꾹 막고 있는 손수건을 쥔 그의 손을 감싸고, 가볍게 뗐다. 곧 내 눈앞에 빨갛게 피로 젖은 손수건이 드러났다. 나 혼자 입술을 물어뜯은 흔적이었다. 저 정도로 피가 나다니, 웬만하면 저렇게 피를 흘리기도 힘들다고 혼자 감탄하며 나는 저도 모르게 손으로 입술을 훑었다. 그저 입술을 물어뜯은 것치고는 지나치게 많은 피가 손에 묻어나왔다. 갑자기 코 아래가 축축해지기 시작했다. 무엇을 발견한 듯 발터르 영애가 소리를 질렀다.

"스칼렛 님, 피, 피, 코피 나요."

"거기 휴지 좀 가져와! 가지가지 한다, 진짜! 이 와중에 너까지 정신 놓으면 어쩌려고 그래!"

발터르 영애의 소리와 함께 펠로 선배가 다급하게 소리를 질렀다. 그 소리를 멍하니 듣다가, 나는 힘이 쭉 빠져 소파에 기대앉고 말았다. 칼리드는 손수건과 휴지를 받아 들고 내 코를 꾹 막았다. 온몸에 힘이 풀려 나는 주위 사람들이 어떻게 하든 그저 담담하게 받아들이고 있었다.

그제야 상황 파악이 되기 시작했다. 셀린느가 이사벨과 함께 있다가 납치당했다. 애초에 목표는 셀린느였을 것이다. 이사벨과는 우연하게 만났다고 했으니. 물론 이 모든 것들이 이사벨이 한 말이 사실이라는 전제를 깔고 들어가지만…….

"셀린느를 호위하던 기사들은."

"확인해 보았습니다. 위더의 말은 사실이었습니다."

멍하니 앉아 있는 내 옆에서 칼리드가 내 코를 막고 입가를 닦아 주며 답했다. 기사 둘의 말을 듣자면 상황은 내가 상상한 것과 비슷했다. 이사벨의 말은 얼추 들어맞았다. 다만, 조금 다른 부분이 있긴 했다. 그리고 그녀가 말하지 않은 부분도 있었다.

"스크롤…… 이요?"

"아무리 적당한 거리를 유지하라는 명령이 떨어져도, 기사들은 호위하는 이를 곧장 보호할 수 있는 위치에 자리합니다. 실제로 기사들의 말을 들어 보면, 그들이 따라잡지 못한 건 거리가 아니라 마법 때문이었습니다."

"확실히 마법이에요?"

"확실합니다. 아무리 마법에 대해 문외한이라고 하나 기본적인 지식은 갖고 있습니다. 수식이 걸릴 때의 빛, 사라지는 속도, 마법 스크롤까지. 마법사일 확률이 높습니다."

"그, 그리고 또 뭐 없어요?"

나는 조금의 추측이라도 해 보려고 동아줄에 매달리듯 칼리드를 닦달했다. 곧 칼리드가 말을 고르더니, 입을 열었다.

"억양이, 윈체스터의 사람 같지 않다고 합니다."

"억양이요? 그럼 어디…… 아니, 그 전에, 그 사람이 무슨 말을 했어요?"

"……."

"칼리드, 빨리!"

"사르빈 영애를 풀어 주는 조건으로, 시에라와 윈체스터가 맺은 모든 조약을 취소할 것을 요구했습니다. 기한은 이틀, 그게 아니라면……."

순간 심장이 쿵 하고 내려앉았다. 스멀스멀 이상한 감각이 발등을 타고 올라왔다. 이 완성될 듯 완성되지 않은 퍼즐의 마지막 조각을 손에 넣은 느낌이었다. 다만, 피가 묻은 퍼즐 조각이었다. 지독하게 잔인한.

나는 머리를 감쌌다.

"이상한 말투를 쓰고 있었어요……."

아이가 그 말을 할 때 알았어야 했는데. 비록 쓰는 공용어는 다

비슷했지만, 기본적으로 지역에 따른 억양이라는 게 있었다. 아이가 말하고 싶은 건 아마 그것이었을 것이다. 이상한 억양, 윈체스터에서 자란 아이에게 이상한 억양. 어쩌면, 외국인.

아이가 나를 부딪치고 지나가는 순간 내가 판별된다. 어떤 식으로 우리 둘 사이에 내가 있다는 사실을 알았는지는 모르겠지만, 그렇다는 전제를 깐다면 내가 판별되는 순간 다른 한 명은 셀린느 사르빈이 된다. 이건 셀린느가 내 부관이라는 사실만 알면 반쯤 확인될 수 있는 사항이었다. 나머지 반은 며칠 관찰만 해도 알 수 있으니까.

그러면 혹시 저택 내부에…… 아니야, 저택이 아니야, 저택이었으면 그렇게 번거로울 필요 없이 바로 나를 가려낼 수 있었을 것이다. 그 말인즉 적은 외부에 있었다.

결국 그건 나를 가려냄과 동시에 셀린느를 가리려는 수작이었다. 목적은 셀린느 사르빈이 누구인지 알아내고, 그녀를 납치하는 것. 그런데 왜?

"어째서…… 셀린느를……."

저도 모르게 중얼거렸다. 입술에서 여전히 비릿한 피가 퍼졌다. 어째서 내가 아니라 셀린느를? 진짜 원하는 것이 시에라와 윈체스터의 조약 체결 취소라면 나를 갖고 협박하는 게 더 유익했을 것이다. 안타깝게도 그러했다. 나는 공작가의 영애였고, 셀린느는 자작가의 딸이었으니까. 그런데 왜…….

"디르난트 공작 영애를 납치하기에는 위험 부담이 컸을 테니까요."

그때 내 생각을 깨고 재스민 필레르가 끼어들었다. 그녀는 드물게 나한테 어떤 적의도 드러내지 않은 채 나를 보고 있었다. 무슨 말이냐는 눈빛을 보내자 그녀가 말을 이었다.

"어쩌면 애초에 조약을 취소하는 데는 그렇게 큰 희망을 걸지 않았을 수 있어요. 원하는 건 그게 아니었겠죠."

"그럼 왜!"

"설마!"

발터르 영애가 새된 소리를 질렀다. 하얗게 질린 그녀의 얼굴이 나에게 알려 주고 있었다. 애초에 이건, 나는 차마 내 입으로 그 말을 할 수 없어 입술을 떨기만 했다. 그런 나를 대신해, 펠로 선배가 한 자, 한 자 내뱉었다.

"단순히 앙심을 품은 행위야. 애초에 조약이 폐지되는 것 따위는 기대하지 않았던 게 분명해."

"아……."

"스칼렛."

"괜찮아요."

나는 머리를 잡고 소파에 기댔다. 그래, 되지도 않을 요구를 하면서까지 셀린느를 데려간 이유, 그렇게까지 고액의 스크롤을 쓰면서까지 그녀를 납치해 간 이유. 시에라 왕실일까? 아니, 그럴 가능성은 적었다. 이미 이렇게 된 판국에 셀린느를 납치해 가는 행위는 소란을 일으킨다는 사실을 그들은 알고 있었다. 그럼…… 나는 주먹을 꽉 쥐었다.

"이런 조건을 걸면서 셀린느를 납치했다라, 아무래도 난 시에라 쪽 같은데. 그럼 그자들일 경우가 크겠군."

"시에라에 반왕실 세력……. 그럼, 그들이 시에라를 넘어서 이제는 윈체스터까지 온 건가요?"

"그것도 감히 윈체스터의 외교관을 납치하기 위해."

펠로 선배가 싸늘한 목소리로 말했다.

나는 칼리드를 보았다. 그 또한 알아차린 눈빛이었다. 나는 어째서 나 혼자만 주의하려고 했을까. 날마다 신문을 보면서도 실감하지 못했다. 그저 패전국에 흔히 있는 민중들의 시위라고 생각했다. 며칠이 지나고, 몇 달이 지나면 사라질 법한 그런 것. 그리고 내가 보았던 신문에서조차 그렇게 묘사했다. 별것 아니라고.

시에라 내부가 어수선하다고 많은 사람이 나한테 말해 줬는데, 내 일이 아니라고 그저 조심하면 될 거라고 치부해 버렸다. 그리고 머릿속에서 지워 버렸다. 그 결과가 이것이었다.

"반…… 왕실 세력이요?"

한쪽에 앉아 있던 재무부의 한 직원이 입을 뗐다. 그녀는 처음 듣는 이야기인지 아니면 잘 모르고 있는지 어리벙벙한 표정을 짓고 있었다. 곧 칼리드가 입을 뗐다.

"반왕실 세력은 10년 전부터 시에라에 있었습니다. 그들은 왕실의 상징인 동상을 부수고, 왕실 별장을 태우는 등 여러 가지 형태로 분노를 표현했지만, 번번이 제압당하고 말았죠."

"……."

"그러다가 7년 전, 벨리체를 찾아오기 위해 윈체스터가 마지막 승부수를 겁니다. 벨리체만 얌전하게 넘기면, 과거 시에라에 종속되고 밟혔던 모욕은 깔끔하게 청산해 주겠다고, 윈체스터로서도 잃을 게 분명 많은 전쟁이었기 때문이죠. 물론 시에라 왕실은 거절했습니다만…… 그때부터 벨리체를 그만 돌려주라는 반왕실 세력의 목소리가 크게 터지기 시작했습니다."

하지만 그러한 의견은 아랑곳없이 윈체스터가 참고 포기하면 되지 않느냐는 막말을 내뱉은 이도 있었다. 다름 아닌 시에라의 국왕이었다.

물론 윈체스터는 전혀 그럴 생각이 없었다. 다른 것 다 제쳐 놓고서라도 당한 건 그대로 참고 넘어가고 싶지도 않을뿐더러, 여러 가지 복합적 요소는 전쟁을 종용하고 있었다.

그렇게 전쟁은 터지고 시에라 내부는 점점 반왕실 감정이 고조되어 갔다. 물론 그에 따라 윈체스터에 대한 혐오 감정 또한 고조되었다. 민중들의 분노는 목적이 없었다. 자신을 이렇게 만든 모든 것들이 분노의 대상이었다.

국고가 비고 혈세는 낭비되고 먹을 것은 없는데, 시에라는 그런 사람들을 하나하나 끌어서 전쟁에 참여시켰다. 충분한 무기와 양식을 대비한 윈체스터와는 전혀 다른 양상이었다. 다만 어느 정도 기초가 있었기에 시에라는 6년이라는 시간을 버틸 수 있었다. 물론 끝은 처참했지만.

그러다가 전쟁이 끝나고 시에라의 주권 삼분지 이가 윈체스터에 종속되었다. 나라를 잃은 것도 잃은 것이지만, 다른 한편 무능한 왕실에 대한 회의감이 폭발한 게 틀림없었다. 무능한 귀족, 그 위에 왕. 몇백 년을 대륙의 패자로 살아온 시에라의 왕실은 자신이 가진 것을 절대 놓을 생각이 없었다. 나라가 윈체스터에 얼마나 넘어가든 왕실의 이름은 꼭 지키는 게 그들의 목적이었다.

물론 윈체스터는 그 틈을 파고들었다. 아니, 정확히 말하자면 내가 그 틈을 파고들었다. 만약 시에라가 진짜 왕실이 끝날 각오를 하면서 싸울 패기가 있었다면 그런 무리한 조건으로 협상을 시도하려고 하지 않았을 것이었다. 그들은 잃을 게 없었으므로.

하지만 그들은 잃을 게 많았다. 그래서 제안했다. 그것을 지켜 줄 테니 나머지는 넘기라고.

"……근래에 시에라 내부에서 크고 작은 일이 생겼다고 합니다. 왕실 금고가 털린다든가, 아니면 왕실 물자를 관리하는 곳이 털린다든가, 왕실 전용 별장에 불을 지른다든가. 다만 시에라에서 정보를 꼭꼭 숨긴 터라, 아는 사람은 많지 않다고 합니다. 저 같은 경우에도 국경을 지키는 기사들에게서 간단하게 들은 보고일 뿐이니까요."

"그럼, 역시 이번 일은 그들의 짓이겠군요."

"단정 짓기는 어렵습니다. 이건 어디까지나 우리가 예측할 수 있는 상황 안에서의 가설입니다, 스칼렛. 그리고 무엇보다도 현재 시에라 내부 상황은 그렇게 간단하지 않습니다."

나는 얼굴을 굳혔다. 그래, 어쩌면 우리가 틀렸을 수도 있다. 우리도 인간이고 우리도 아는 게 제한되어 있으니까. 하지만, 그렇다고 아무런 가설도 세우지 않고 아무것도 모른 채 손 놓고 있을 수도 없었다. 조금의 희망이라도 얼추 들어맞는 가설을 잡아야 한다.

나는 자리에서 천천히 일어났다.

"스칼렛 님?"

"일단 폐하께 이 사실을 알리고, 상황을 정리해서 보고드려야 해."

"……."

"난 이만 보고드리러 갈게. 그사이에 수단을 취해 봐. 나는……나대로 방법을 생각해 볼 테니까."

그래 봤자 머릿속이 엉망이었지만. 나는 한숨을 쉬며 자리에서 일어났다. 전보에 사용할 만한 종이를 두 장 쥐고 나는 전보실로 향했다.

* * *

셀린느가 납치된 뒤 우리는 모여서 그녀를 구할 방법을 모색했다. 중간에 누가 와서 이사벨 어쩌고저쩌고 한 것 같기도 했는데, 이제는 그녀의 이름을 자동으로 여과해 버리는 내 귀는 내용을 들을 생각도 하지 않았다. 대신 내 입이 알아서 지껄여 줬다.

셀린느가 돌아오기 전까지 방에 처박혀 있으라고, 최초로 내 손에 뒈지는 영광을 맞이하고 싶지 않다면. 물론 내 속되기 그지없는 말투에 집사가 깜짝 놀라 절대 방에서 내보내지 않겠다고 했지만.

어쨌든 다른 한편, 기사단은 카펠라 곳곳을 직접 뒤지러 갔고, 우리는 어떻게든 최대한 그녀를 숨길 만한 장소를 찾아보는 수밖에 없었다. 하지만 애초에 마법 스크롤을 쓴지라 아무리 날고 긴다 하는 기사단이라도 방도를 찾기란 어려웠다. 무엇보다 정보량이 너무 부족했다. 아무런 언질도, 가능성도 없는 이 상황에서 그녀를 찾을 방법은 없었다.

그녀를 납치한 적에 대한 정보는 단 두 개. 그것도 확신이 아닌 추측이었다. 하나는 시에라의 반왕실파, 내지는 거기서 파생된 애국자 집단 비슷한 자들이라는 것이었고, 다른 하나는 그들의 목적이 분풀이 혹은 일종의 시위라는 것이었다.

그 어느 추측도 우리에게 유리하지는 않았다. 그렇게 오후를 넘겨 이튿날로 넘어가는 자정 무렵.

“폐하께서 전보를 보내오셨어요.”

왕실에서 답신이 왔다.

나는 천천히 고개를 들었다. 곧 발터르 영애가 천천히 칙령의 내용을 읽기 시작했다.

[귀애하는 짐의 가신들에게 보낸다.

짐과 추밀원을 비롯해 여러 귀족은 사르빈 영애의 납치에 진심으로 유감을 표하며, 동시에 모든 수단과 방법을 가리지 말고 영애의 안전을 확보할 것으로 결론을 내렸다.

다만, 현재 왕실의 물자 부족, 내부 전력의 부족, 그리고 전후 윈체스터의 상황을 비교해 볼 때 마뜩잖은 해결 방식을 보지 못할 것임은 사실이다. 그리하여 짐은 그대들에게 전력을 다해 사르빈 영애를 찾고, 그에 상응하는 지원을 보내도록 하겠다. 다만 혹 그것이 되지 않을 때는…….]

발터르 영애의 목소리가 점점 잦아들었다. 나는 싸늘하게 굳힌 얼굴을 한 채 편지를 들고 차마 말을 떼지 못하는 그녀를 힐끔 보곤 피식 웃고 말았다. 이 정도는 예상했다. 이 정도는 예상했는데…….

왕실은 절대 셀린느를 구하기 위해 어떤 것을 내주지 않을 것이었다. 겨우 사르빈 자작가의 영애였다. 사교계에 널리고 널린 귀족 영애, 하나쯤 사라져도 모를 외교부의 직원, 더불어 없어져도 적당한 보상금과 위로, 그리고 명예와 함께 무시해 버릴 법한 사람.

그래, 사람.

사람인데.

내가 납치당하면 이러지 않을 거면서.

“왕실에서 지원자를 보내겠다고 해요…….”

“……어떻게?”

"말을 타고 오면, 빨라도 닷새는……."

"이틀이 기한인데 닷새? 게네들은 마법진 타면 죽을 병이라도 걸렸다는 거야?"

펠로 선배가 잇새 사이로 말을 뱉었다. 조지 필립이 한숨을 푹 쉬며 말했다.

"이동 마법을 쓴다고 해도 정상적으로 움직일 수 있을 확률은 무척 낮습니다. 어쩌면 기절할지도……."

"돌겠군. 그 넓은 왕실에 이 정도 인재 하나 없다고? 아니면 그냥……."

"그만해요, 선배."

"……."

나는 얼굴을 가렸던 손을 치우고 조용하게 말했다. 물에 젖은 듯 내 목소리는 질척하기 짝이 없었다. 하지만 나는 최대한 태연한 표정을 하고는 말을 이었다.

"일단 기사단과 함께 최대한 수색을 해 보도록 해요. 그리고 우리가 갖고 온 스크롤을 이용해 최대한 왕실과 연락을 취할 수 있도록 해 주세요."

"스칼렛."

"그리고 지원은 빨리 오도록 독촉하시는 것 잊지 말고요."

"……."

"저는 내일 아침 왕실에 다시 연락해 볼게요."

"……."

"몸이 불편해서 이만 방에 들어가 볼게요."

나는 기운이 쭉 빠져 접대실을 나갔다. 내 뒤를 칼리드가 조용하게 붙는 것도 아랑곳하지 않은 채, 나는 내 방문을 열었다. 애니가 안전부절못한 표정으로 나를 보았다.

자고 싶다. 그냥 이대로 기절해서 깨어나지 않았으면 좋겠어. 나는 입술을 꽉 깨물었다. 연거푸 입술을 깨무니 너덜너덜해진 아랫입술이 거울 속에 비꼈다. 순간 화장대에 놓여 있는 셀린느의 책이 보였다.

"스칼렛 님. 이거 꼭 돌려주셔야 해요? 저 진짜 아끼는 거란 말이에요."

돌려줘야 하는데.

나는 터덜터덜 침대로 걸어가 앉았다. 참고 참았던 것이 속에서 울컥 올라왔다. 나한테 왜 이래. 대체 나한테 왜 이러느냐고.

"스칼렛."

언제 들어왔는지 모를 칼리드가 내 앞에 무릎을 꿇고 앉았다. 나는 고개를 숙여 그와 눈을 맞추었다. 곧 그가 내 목과 어깨를 감싸 안았다. 순간 참고 참았던 것이 한꺼번에 터져서, 나는 저도 모르게 끅끅거리면서 울음을 터뜨리고야 말았다.

"칼리드…… 흑, 내가, 내가 빨리 알아챘어도."

"……."

"내가 먼저 알아챘어도 이런……."

나는 우는 것을 싫어했다. 특히 아무것도 해결하지 못한 채 울기만 하는 것을 지독하게 싫어했다. 그럼에도 지금은 눈물을 막을 길이 없었다. 스칼렛 디르난트, 공작 영애라는 신분이 아니라 셀린느 사르빈의 선배로서, 오랫동안 그녀를 옆에서 봐 왔던 상관으로서, 그리고, 그녀가 마음을 연 상대로서.

모든 게 내 탓만 같았다. 이사벨을 빨리 쳐 냈다면 그녀가 이런 식으로 셀린느를 찾을 이유도 없었고, 그럼 셀린느도 정원에 가지 않았을 것이다. 그러면 이런 일도 일어나지 않았을 터였다.

셀린느를 데려오는 게 아니었는데. 그냥 오지 않겠다고 할 때 데려오지 말걸. 그러면 이런 일도 일어나지 않을 텐데.

아니, 애초에 그녀를 협상석에 앉히는 게 아니었다. 차라리 그때 반대하는 사람들 말을 듣고 그녀를 앉히지만 않았어도 이런 일은 생기지 않았을 것이다.

이성이 그렇지 않다고 나에게 알려 줌에도 마음은 계속 의지를 배반하고 죄책감을 만들고 있었다. 나는 속에서 올라오는 그 어떤 감정과 후회와, 회한에 마음을 놓고 눈물을 쏟아 냈다.

나를 안고 있는 칼리드의 팔에 조금 더 손이 들어갔다. 아버지가 돌아가신 뒤 이렇게 운 적이 없는 것 같다. 그럴 만한 일도 없었을 뿐만 아니라 울음이 나올라치면 입술을 꾹 닫고 나는 디르난트의 후계자라는 사실을 되뇌고 또 되뇌었으니까.

나는 울면 안 된다. 나는 중심이다. 나는 무너지면 안 된다.

하지만 그럼에도 의지를 배반하고 눈물이 쏟아져 나왔다. 그 와중에도 내가 한심해 죽을 것 같았다. 지금 상황에 셀린느가 더 힘들 텐데, 더 무서운 건 셀린느일 텐데 내가 이렇게 울어서 그녀에게 이로운 것이 뭐가 있다고. 그 어린아이한테 무슨 복수할 게 있다고, 왜 꼭 셀린느여야만 해.

납치당한 게 나였다면 왕실에서는 목숨을 걸고 나를 찾아오려고 할 것이었다. 같은 사람이지만 사람이 아니었다. 인간의 가치와 존엄에 가격을 매겨 거래되는 상품이었다. 태어날 때부터 귀했던 존재와 그렇지 않은 존재 사이의 벽은 아무리 허물고 허물려고 해도 쉽사리 허물어지지 않는다. 지금처럼 그 사실이 이렇게 절박하게 다가온 적은 없었다. 그저 나만 괜찮으면 되는 줄 알았다. 나만 우아하게 귀족의 의무를 이행하면 되는 줄 알았다.

아니, 애초에 귀족의 의무라니. 내가 무슨 주제로.

내가 이토록 나약하고 힘없는 존재임을 실감한 건 처음이었다. 언제나 누군가의 꼭대기에 서서 군림하던 내게, 운명이 내린 큰 충격인 것 같았다. 나는 언제나 강하고, 힘 있고, 이길 가능성이 큰 편에 서 있었다. 그래서 차마 그렇지 못한 사람들을 헤아릴 수가 없었다. 아니, 헤아리는 척은 했지. 시늉만.

나는 결국 목 놓아 울고 말았다. 할 수 있는 게 없어서 절망스러웠다. 이토록 무력한 적은 처음이었다. 이렇게 시간이 지나면 셀린느의 시체도 가져오지 못할 것 같았다. 그리고 그 아이를 내 손으로 죽인 것 같았다.

칼리드는 내 등을 가볍게 두드렸다. 나를 달래는 손길이 부드러웠다. 그는 지금 어떤 말을 해도 위로가 되지 않는 다는 사실을 잘 아는 사람 같았다.

그래서, 더…….

그때였다. 문이 벌컥 열리는 소리가 들려왔다.

"이럴 줄 알았어. 방에 처박혀서 질질 짜고 있을 줄 알았지."

익숙한 목소리가 귓가를 간질거렸다. 눈물이 줄줄 새어 나와 누군지 차마 확인할 수는 없었지만, 나는 본능에 따라 그것이 누구인지 알아차릴 수 있었다. 곧, 다시 말이 들려왔다.

"앞에서는 큰소리 탕탕 치고, 침착한 척 냉정한 척해 봤자, 그 말랑말랑한 속이 어딜 가겠어? 겉이 강철이면 뭐 해, 속이 마시멜로인데."

"흑……."

"그만 좀 처울어. 네가 아무리 울어 봤자 끌려간 애보다 더 무섭겠냐?"

"……."

"그리고 넌 앞뒤 다 잘라먹고 '도와줘' 세 글자가 뭐냐. 죽은 줄 알았잖아. 비올레타를 족치지 않았으면 진짜……."

"어……."

"아, 이놈의 이동 마법진, 진짜 울렁거리네. 술식 다시 짜든가 해야지."

차갑고 신랄한 말투. 차분하고 담담한 어조.

나는 칼리드의 어깨에 파묻은 고개를 천천히 들었다. 눈물 사이로 아른거리는 인영은 익숙하기 그지없었다. 그리고 동시에 나를 절망 속에서 꺼내 주는 이이기도 했다. 인형같이 고고한 자세, 하얗고 담담한 얼굴, 까만색 머리칼과 나를 내려다보는 빨간색 눈동자.

곧 그녀가 입을 열었다.

"뭐 해, 아직도 질질 짤 게 더 남았어?"

"……."

"애 구하러 가야지. 안 가?"

"……."

"이봐요, 각하. 애 병신 된 거예요? 머리가 돈 거야? 왜 말을 못 해?"

나는 눈물을 닦고 자리에서 일어났다. 그제야 눈앞이 또렷해졌다. 나는 겨우겨우 자신을 진정시켰다. 울음도 토해 낼 대로 토하고, 감정도 쏟아부을 대로 쏟아부었고, 결정적으로 조력자도 왔으니 이제는—

"왜 이제야 왔어."

나는 문 앞에 서 있는 사람을 향해 입을 열었다. 내용과 달리 말투에서 반가움이 뚝뚝 떨어졌다. 내 말에 잠시 어이없다는 표정을 짓던 그녀가 입을 열었다.

"무슨 일인지 알아야 나도 챙겨 올 것 챙겨 오지. 높으신 분들 속성 알잖아. 이런 일 생기면 덮으려고 쉬쉬하는 거."

"어떻게 알았는데."

"비올레타한테 쳐들어갔지. 술술 불던데?"

나는 끅끅거리던 것을 점차 멈추고 피식 웃음을 흘렸다. 국왕 폐하께 전보를 보내면서 나는 일부러 전보를 하나 더 보냈다. 살길 정도는 나 혼자 찾아야 하는 거 아닌가. 애초에 왕실이 어떻게 나올지 알면서 아무런 대책도 준비하지 않고 손 놓고 볼 수는 없는 노릇이었다.

아무런 단서도 없고 막막해 죽겠는데, 그렇다고 속수무책으로 당할 수는 없었다. 왕실이 협조를 해 주지 않으면 나라도 혼자 감행해야 했다. 왕실 마법사나 연금술사를 사적으로 마음대로 이용하는 것은 큰 죄였지만, 그런 것까지 신경 쓰다가는 셀린느가 위험했다.

원칙 따위 개나 주라지.

다만 혹시라도 다른 사람에게 들어갈까 싶어 일부러 보내는 곳도, 사람도 제대로 쓰지 않고 간략하게 세 글자만 써서 보낸 것이었다. 마법 전보의 본질은 이송 마법이다. 다만 한 번에 쓸 수 있는 중량이 한정되어 종이 정도만 감당할 수 있다.

올리비아, 그래, 나는 올리비아에게 전보를 보냈다. 국왕 폐하께 전보를 보냈으나 정작 더 희망을 건 곳은 여기였다. 그녀는 내 글씨체를 알았다. '도와줘' 세 글자라도 그녀가 본다면 다행이었고, 그녀가 보지 못해 다른 사람의 손에 넘어가도 함부로 왕실 연금술사를 빼내려고 했다는 사실은 추측하기 어려웠다.

다른 사람들에게 미리 말해 두지 않은 건 일단 이 전보 자체가 혹 다른 사람 손에 들어갔을 때 나 혼자 죄를 뒤집어쓰기 위함이었다. 다시 말하지만, 왕실 연금술사를 빼낸 건 큰 죄였다. 청문회에 끌려가 왕실 공무원에서 잘릴 수 있었다. 심하면 판결까지 간다. 최저 3개월, 최고 1년.

물론 나는 전혀 상관없었다. 진짜 청문회가 열린다면 당당하게 친구 보고 싶어서 데려왔다고 하면 되는 거고, 설사 잘린다고 해도 영지로 내려가면 그만이었다. 그리고 청문회? 절반 이상이 디르난트 공작가와 명운을 함께하는 자들이다. 그리고 판결까지 가면 폐하께 사면권을 써 달라고 하면 된다.

물론 폐하께서 좀 한심한 눈길로 보겠지만 상관없었다. 사면권 안 쓰고 묵히면 한 개가 두 개로 변하는 것도 아니고, 권리와 권력은 쓰라고 있는 것이었다. 그거 없어도 잘만 살았다.

삐딱하게 서서 나를 보는 올리비아에게 환하게 웃어 줬다. 그녀가 이상한 표정을 짓더니 곧 내 뒤에 서 있는 칼리드에게 입을 열었다.

"애 진짜 어디 이상해진 거 아니에요? 왜 갑자기 바보처럼 웃어? 울다가 웃으면……."

"아닐 겁니다."

칼리드의 웃음기 섞인 소리가 들려왔다. 나는 이제는 완전히 마른 눈가를 손으로 쓸고 결연하게 입을 열었다.

"가자."

"어딜."

"애 찾으러."

나는 성큼성큼 걸음을 옮겼다. 어떻게든 빼내고 만다, 어떻게든 구하고 말 테다.

그런 나를 빤히 보던 올리비아가 하아 한숨을 쉬고 발걸음을 돌렸다.

"하여튼, 애물단지라니까."

* * *

접대실 앞에 선 나는 손으로 마른세수를 하고 손잡이를 잡았다. 평소라면 빨갛게 부은 내 눈 때문에 함부로 사람 앞에 나서지도 못할 텐데, 지금은 비상 시기니까 내 얼굴이 어떻게 보이든 상관하지 않기로 했다.

하지만 접대실 문을 살짝 여는 순간, 안에서 재스민 필레르의 목소리가 흘러나왔다.

"……참 담담하고 냉정하네요, 공작 영애님은."

"필레르 영애는 저게 담담하고 냉정한 걸로 보이나?"

멈칫했다. 뒤 담화의 현장 같은데, 이대로 그냥 쳐들어갈까? 라고 생각하다가, 그러면 분위기가 너무 이상해질 것 같았다. 아니다, 일분일초도 아까운데 진짜 그냥 쳐들어갈까? 나는 속으로 2초

정도 갈등했다. 그때 재스민 필레르의 목소리가 다시 흘러나왔다.

"저번부터 궁금했는데, 당신들은 대체 왜 그렇게 그 여자를 신뢰하는 거죠? 그 여자는……."

"이봐, 재스민 필레르."

펠로 선배가 서늘하게 그녀를 불렀다. 그 목소리가 귀에 닿는 순간 몸에서 소름이 돋았다.

으아, 큰일 났다. 펠로 선배가 화났어. 뒤를 슬쩍 돌아보자 올리비아는 흥미진진하게 나를 주제로 한 이 대화를 즐기고 있었다.

"어디서 무슨 개소리를 듣고 왔는지는 모르겠는데."

"……."

"스칼렛은 적어도 인품과 능력으로 당신한테서 경멸 따위를 받을 만한 사람이 아니야."

"그, 그런……."

재스민 필레르가 버벅거렸다. 그리고 접대실 안쪽에서 더는 말이 흘러나오지 않았다.

예상하지 못한 타인의 평가를 들어 버린 기분이었다. 조금 낯이 간지러웠다. 내가 잠시 멋쩍은 기분이 되어 다시 문을 열려고 할 쯤, 발터르 영애의 목소리가 들려왔다.

"사람마다 판단의 기준이 있지만, 최소한 스칼렛 님은 당신이 생각하는 것처럼 그렇게 형편없는 분이 아니에요."

"그런 사람이……."

"필레르 영애, 어디서 어떤 말씀을 듣고 오셨는지는 모르겠지만, 사람을 소문으로만 판단하는 건 그렇게까지 좋은 습관은 아닌 것 같네요."

발터르 영애의 말은 언제나 그렇듯 조곤조곤하고 나긋했다. 그녀의 말이 아주 고마워서 눈물이 날 것 같았다. 물론 진짜 울었다는 건 아니고, 기분이 그랬다.

그녀는 언제나 중립적인 사람이었다. 싸움에 잘 끼어들지도, 분란을 만들지도 않았다. 뒤 담화에 끼기라도 하면 언제나 우아하게 차를 마시며 '그래요.', '그런가요.', '아마도?' 정도의 추임새만 넣는 타입이었다. 그래서 나는 그녀를 좋아했다. 그런데 그런 사람이 내 편을 들어 줬다. 좀 유치하긴 했지만 그래도 기뻤다.

그때 올리비아가 손잡이를 잡았다.

"그만 감동 먹고 좀 들어가자. 아비게일이 너 좋아 죽는 거 어디 하루 이틀 일도 아니고."

그, 그래?

나는 살짝 떨떠름한 표정을 짓다가 먼저 접대실로 들어가는 올리비아를 따라 발걸음을 옮겼다. 주변의 기대만큼이나 큰 짐이 지어진 느낌이었다. 하지만 의외로 그렇게 부담스럽지 않았다. 한껏 잡쳤던 기분이 약간이나마 회복의 기미가 보였다. 물론 거기에는 셀린느를 구할 수 있다는 희망도 한몫했다.

나는 입술을 살짝 깨물고 한 걸음 내디딘 뒤 칼리드를 뒤돌아보았다. 빨리 들어오라는 의미였지만, 칼리드는 잠시 내 얼굴을 빤히 보며 움직이지 않았다.

"칼리드?"

내 부름에 그가 정신을 차린 듯 시선을 내게로 고정했다. 그리고 그가 입 모양으로 먼저 들어가라고 나한테 말했다. 결국 나는 문을 닫고 이미 올리비아의 등장으로 얼어붙은 사람들을 향해 밝게 웃었다. 내가 들어가기 몇 초 전까지 올리비아에게 쏠린 것 같았던 시선이 순간 나에게로 향했다.

내가 어떻게 생겼는지 모르는 사람은 있어도 아마 왕실에서 근무하는 사람치고 올리비아를 모르는 사람은 없지 않을까. 나는 그녀에 대한 소개를 생략하기로 했다. 왕실 공무원 중에 진짜로 올리비아를 모르는 사람이 있다면 진지하게 사퇴를 고민해 보라고 하고 싶다. 그 정도로 일을 안 했다는 증거니까.

그만큼 올리비아는 훌륭한 실력으로 명성이 자자한 존재였다. 그녀의 손이 닿지 않은 마법 물품은 전부 쓰레기라는 말이 있을 정도로 나름대로의 권위를 자랑했고.

“올리비아예요, 설명은 더 필요 없죠? 여기에 있는 그 누구도 마법사나 연금술사가 아니니까, 이쪽으로 전문가를 불러왔어요.”

“자, 잠깐만. 폐하께서…….”

“허가 없어요. 그런 거 다 거치면 셀린느 죽어. 아니, 이렇게 재수 없는 소리는 하지 말아야겠다. 셀린느가 위험해요. 사적으로 온 거예요.”

“왕실 몰래 연금술사를 데려왔다고요?”

“네, 뭐가 문제죠?”

나는 엄청나게 담담하게 대답했다. 물론 큰 문제긴 하지만 해결하지 못할 문제는 아니었다. 나는 하얗게 질린 재스민 필레르와 조지 필립, 그리고 나머지 사람들의 표정을 보며 고개를 갸웃거렸다. 그중에서 가장 담담한 건 펠로 선배였다. 예전에 내가 친 사고의 뒷수습을 감당한 적이 있는 그로서는 내가 어떤 행동을 해도 담담하게 받아들일 준비가 되어 있는 것 같았다.

“영애님, 왕실 연금술사, 혹은 마법사를 사적으로 이용하고, 왕실의 허가가 없이 단독 행위를 행하게 하는 경우 주동자는 청문회에…….”

“청문회에 불려 가거나 재판에 서겠죠. 뭐, 잘못하면 감옥에 처박혀야 할 수도 있긴 한데. 어때서요?’

“…….”

“아, 본인들 걱정은 할 필요 없어요. 전보에 글씨체는 나 혼자의 것이고, 저와 함께 온 분들을 팔아넘길 생각 없어요. 애초에 내 독단이고.”

나는 방긋 웃었다.

“일분일초가 아까우니까 쓸데없는 소리는 하지 말고 지금부터 노동력을 바닥으로 쥐어짜일 준비를 하는 게 더 좋을 거예요. 이해 부탁드릴게요. 그리고 올리비아, 넌 갔다 올 데가 있어.”

“어딜.”

“저번에 전보 기억나지? 그곳으로 좀 가야겠어. 그 골목길. 아, 나랑 같이 가자.”

“됐어, 나 혼자면 돼. 지도만 주면 알아서 갈 수 있어. 그래서 알아낼 정보는?”

“마법의 사용 여부, 만약 마법이 사용되었다면 그 근원지가 어디인지, 그리고 마법 종류는 무엇인지, 마력의 동향, 그 외 알아낼 수 있는 모든 정보.”

“아주 피를 말려라, 아주.”

말이 끝나고 올리비아는 귀찮다는 표정을 지었다. 하지만 그녀가 아무리 그런 표정을 지어도 이미 여기로 온 이상 나한테 쥐어짜일 것은 예상했을 것이다.

폭풍처럼 휘몰아친 전개에 모두가 어리벙벙한 표정으로 나를 봤다. 나는 내가 지을 수 있는 최대한도로 해맑게 웃으면서 입을 열었다.

“그럼 우리는, 올리비아가 조사하고 오기 전까지 약간 휴식이나 취할까요?”

“……네?”

내 말에 사람들이 어리둥절하게 나를 보았다. 지금 시각 새벽 한 시, 아무리 그래도 인간인데 혹사할 수야 없지. 올리비아는…… 포션이 있으니 조금만 더 고생시키자. 미안.

사람들의 시선을 한 몸에 받으며 나는 활짝 웃었다.

“이제 곧 죽을 만큼 머리를 써야 할 텐데, 피곤하면 안 되죠.”

“…….”

“가서 주무세요.”

결국 내 말에 사람들이 삼삼오오 일어나기 시작했다. 올리비아는 내가 대충 그린 지도를 보고 혀를 쯧쯧 차더니 바로 방을 나갔다. 늦은 시간에 혼자 나가도 되느냐고, 기사라도 달고 가라는 내 말에 올리비아가 말했다.

“난 나 빼고 다 걸림돌이야.”

그래, 너 잘났다.

나는 그녀를 향해 웃어 주었다. 빨리 조사나 하러 가라는 의미였다.

반강제적으로 나한테 등이 떠밀려 수면을 취하게 된 사람들이 사라지자, 접대실은 한없이 휑했다. 나는 조용하기 그지없는 접대실을 쭉 훑고는 전부터 보이지 않는 칼리드를 찾으러 발걸음을 옮겼다.

조금 걷자 1층 홀에 서 있는 칼리드가 보였다. 나는 위쪽 계단에 서서 그를 부르려다가, 순간 들려오는 목소리에 잠시 멈추고 말았다.

"그래서 모두 폐기하는 겁니까? 지금 카펠라 삼분지 이를 거의 수색했습니다만-"

"폐기한다. 지금부터 디르난트 공작 영애의 뜻에 따르도록."

"하지만 단장님, 만약 카펠라를 포함해 이 근방에 있다면 점심까지는 다 수색할 수 있습니다. 그때 가서 다시……."

"지금 사르빈 영애가 이 근방에 있다고 확신할 수 있나?"

"만약 근방에 있지 않다면 설사 위치를 알아도 저희는 할 수 있는 게 없습니다. 그럴 거면 차라리……!"

"그러다가 혹시 적을 잘못 건드리면, 그러다가 인질이 위험해지면 어쩌겠나. 돌아가서 쉬어라. 명령이 떨어질 때까지는 방에 있다가, 명이 떨어지면 가장 좋은 상태로 움직여. 명령이다. 그게 너희한테도 가장 좋은 선택일 것이고."

곧 칼리드의 말에 기사가 잠시 고민하더니 결연하게 고개를 끄덕였다.

나는 그 모습을 보다가 입을 꾹 다물었다. 그리고 조용하게 다시 발걸음을 옮겼다. 머릿속이 복잡했다. 칼리드가 따로 세운 계획이 있을 것이 분명했다. 어제저녁 수색에 나갔을 때부터 세운 계획일 것이다.

나는 입술을 깨물었다. 그를 믿지 못한 게 아니었다. 내가 틀린 것도 아니었다. 그는 그만의 방안이 있었고, 나 또한 손 놓고 기다리는 성격이 아니라 생긴 상황이었다.

하지만 묘하게 빗나간 상황에 속이 약간 울렁거렸다. 나 때문에 기사단의 계획이 틀어졌다. 기사단 자체의 수색이 물거품으로 돌아간 건 아니었다. 최소한 셀린느가 특정 구역에 없다는 것은 확인

했으니까.

그러나, 내가 미안한 건 칼리드였다. 그는 올리비아의 등장으로 제가 짜 놓은 계획이 무산되었음에도 내게 아무 말도 하지 않았다. 말하면 내가 미안해하고 지금처럼 혼란스러워할 게 뻔하니까.

그전에 계획을 알려 주지 않은 것 또한 내게 헛된 희망을 주지 않기 위해서일 것이다. 헛된 희망이 얼마나 사람을 붕괴시키는지 전장에 있던 그는 잘 알 게 분명했다.

다만 나와 관련된 일에는 작은 것 하나하나에도 반응하고, 세심하게 나를 배려해 주는 그에게 나는…… 나는 어떻게 해야 하나. 그는 언제나 그랬다. 제일 처음 나를 보았을 때부터 나를 존중해 주고, 나를 배려해 주고, 내 명예에, 내 기분에 흠이 가는 일을 하지 않았다.

사실…… 하아, 머릿속이 복잡하다. 나는 접대실로 돌아와 걸상에 나를 내던지다시피 앉고는 테이블에 팔을 올린 채 그 사이에 얼굴을 묻었다. 그의 배려에 다시 한번 속이 울컥거렸다. 나는 눈을 감았다.

일단, 조금만 쉬고 보자. 일단은…….

몸과 정신이 지쳐서 그런지 잠은 금방 왔다. 자는 와중에도 뭔가가 내 머리를 쓰다듬는 것 같긴 했다. 하지만 지친 몸은 그런 것을 신경 쓸 새도 없이, 나를 잠 속으로 끌어당겼다.

* * *

"뭐야, 어디 갔나 했더니 방에서 자고 있었냐?"

문이 열리는 소리와 함께 올리비아의 목소리가 들려왔다. 그 순간 반사적으로 튕겨 오르듯 윗몸을 일으켰다. 하지만 순간 나는 두리번두리번 주위를 둘러볼 수밖에 없었다.

내가 왜 여기에…… 나는 분명 접대실에서 잔 것 같은데. 왜 내 방이지?

"넌 내가 여기 있는 거 어떻게 알았어?"

"공작."

나는 머리를 짚었다. 하긴, 잠결에 나를 옮길 만한 사람이 어디 칼리드 빼고 더 있나. 나는 시계를 보았다. 새벽 4시…… 거의 5시 군. 올리비아는 꽤 오랫동안 나갔다 온 것 같았다.

"그래서 확인된 건?

"일단, 마법이 적용된 건 확실해. 매체는 스크롤."

"역시."

"그런데 이거 윈체스터의 스크롤이 아니야."

"확실해?"

내가 다급하게 묻자 올리비아가 고개를 끄덕였다. 그리고 계속해서 말을 이었다.

"스크롤은 기본적으로 두 가지가 필요해. 하나는 매체, 하나는 주입된 마력. 일단 앞에 매체, 즉 틀을 만드는 게 연금술사가 하는 일이고, 마력을 주입하는 데는 그에 알맞은 술식이 필요해. 즉, 마력 자체는 마법사한테서 나오지만, 그것을 발동시키는 건 연금술사의 몫이란 말이지."

"그 정도는 알아."

"소위 말하는 마법진의 본질은 술식이야. 즉, 계산된 결과를 눈에 보이는 그림으로 그려 낼 뿐. 그리고 모든 스크롤에는 연금술사 개개인의 술식이 들어 있어. 연금술사마다 술식을 만들고 풀기 위해 사용하는 공식이 다르지."

"그럼……."

"이건 시에라 녀석들이 자주 사용하는 공식이야."

"확실해?"

"확실해. 어차피 설명해도 시간 낭비니까 결론만 말할게. 스크롤은 시에라에서 만든 거라 쉽게 추적할 수 없어. 하지만 나 정도면…… 한나절 시간만 있으면 가능해."

"그럼 지금 확실한 건, 이건 분명 시에라의 스크롤이란 말이지?"

"그걸로 완전히 시에라의 사람이 했다고 단정 짓기는 어렵겠지만, 그래도 거의 99.9퍼센트의 확률로 시에라가 했다고 볼 수 있어. 자국의 스크롤도 얻기 어려운 판에 외국의 스크롤은 더 어렵거든."

나는 혀로 입술을 핥았다. 역시…….

그때 올리비아가 내 얼굴을 보더니 손에 쥔 종이를 팔랑거리며 입을 열었다.

"그리고 셀린느가 잡힌 그곳, 그곳 메모리도 읽었는데 같은 종류의 스크롤이야. 즉, 모두 같은 무리가 했다고 확정할 수 있지."

올리비아가 가볍게 한숨을 쉬었다. 그리고 시계를 보고 다시 나한테로 고개를 돌렸다.

"조용하고 방해가 없는 방 하나 내줘. 지금 5시 정도니까, 오전 10시 전까지는 추적을 끝내 보지."

"할 수 있어?"

"할 수 없어도 해야 하는 거 아냐? 네가 언제 날 그렇게 생각해 줬다고.”

“아니, 너 생각해 주는 게 아니라 늦으면 셀린느가…….”

“이틀이라며. 그럼 하루 남았네.”

나는 고개를 끄덕였다. 내일까지는 셀린느가 무사할 것이다. 우리로서는 그렇게 믿는 수밖에 없었다.

“그럼 시간 넉넉하게 잡아서 10시까지 추적 끝내고, 오전 12시까지 인원 배치하고, 오후에 바로 추적하는 건 어때? 잠깐, 혹시 지점이 카펠라가 아니면…….”

“아니면 이동 마법이라도 쓰지. 멀미 포션 넉넉하게 가져왔어. 후폭풍이 좀 심하긴 하겠지만…… 그래도 아무것도 없는 것보다는 나을 거야.”

올리비아가 방문을 열었다. 나는 피곤에 젖은 그녀의 모습을 보고, 잠시 말을 골랐다. 그리고 조용하게 입을 열었다.

“올리비아. 고마워.”

“…….”

“와 줘서 고마워.”

아무리 내가 불렀다고 해도 왕실 연금술사의 무단이탈은 징계 사항이었다. 물론 그녀 정도의 인재면 아까워서라도 그렇게 큰 벌을 내리지는 않겠지만…… 그래도 나는 올리비아에게 감사했다. 단순하게 앞뒤 다 잘라먹은 말에 와 줄 수 있는 사람이 몇이나 될까. 그런 의미에서 나는 그녀에게 큰 빚을 진 것이었다.

올리비아가 내 얼굴을 빤히 보다 웃음을 흘렸다. 묘하게 비웃음 같기도 했지만, 그녀의 웃음을 잘 아는 나는 비웃는 게 아님을 잘 알았다.

"쓸데없이 소름 끼치게……."

"기껏 감사해 줬더니."

"나 말고, 덕 많이 쌓아 놓은 과거의 본인한테나 감사해."

"……."

"그리고 다른 사람 뒤에서 하는 소리에 그렇지 않다고 말해 주는 사람들."

"……."

"몇 없어."

그녀는 의미심장한 표정으로 말했다. 나는 문을 열고 나가는 그녀의 뒷모습을 보다가, 웃음을 흘리고 말았다. 그래. 그렇지.

역시, 세상은 나한테 상냥했다.

* * *

아침 7시가 될 무렵, 간단하게 아침을 한 사람들이 연이어 회의실로 왔다. 나는 그들에게 올리비아가 내게 말해 준 내용을 간단하게 정리한 뒤, 앞으로 우리가 해야 할 일에 대해 설명했다.

"그래서 우리 계획은, 올리비아가 추적을 끝낸 뒤 셀린느를 구출하는 거예요."

"구체적으로 어떻게?"

"일단 올리비아가 추적하면 셀린느의 위치, 셀린느를 데려간 그 사람의 위치도 나올 거예요. 그럼 일단 그 사람부터 잡아야죠."

"만약 말로 이동할 수 없는 생뚱맞은 곳에 데려다 놨으면 어쩔 거야?"

"그때는 정말, 운명의 뜻이죠. 이쪽도 이동진을 써서 움직이거나, 아니면 당장 황실에…… 아니, 어떻게 해도 이쪽이 이동진을 쓰고 포션을 들이켜는 쪽이 더 빠르겠네요. 물론, 컨디션에 큰 영향을 주겠지만."

그리고 될수록 그런 일은 일어나지 않았으면 좋겠다.

"그렇게 간단하고 허술해도 되는 거야?"

"물론 구체적인 건 전문가한테 맡길 거예요. 칼리드."

"네."

나는 내 옆에 앉아 있는 칼리드를 불렀다. 그가 내 눈을 곧게 보며 대답했다. 나는 활짝 웃었다.

"셀린느를 구출하는 건 전적으로 기사단에 맡기도록 할게요."

"알겠습니다."

나는 몸 쓰는 일에 전문이 아니다. 실제로 그 현장에 갔다가 되레 내가 화를 당하지 않는다는 가정도 무시할 수 없었다. 그리고 내가 다치면, 기사단이, 아니 여기에 있는 모든 사람이 전부 화를 입게 된다.

가끔 몸을 사려 주는 것도 현명하고 지혜로운 책략이었다. 무모하게 달려들어 다른 사람에게 민폐 끼치는 어리석은 짓은 하고 싶지 않았다. 그래서 나는 후방에 몸을 숨기기로 했다. 내가 혹시 잡히기라도 하면 그때는 진짜 셀린느가 죽는 날이었다.

나와 셀린느의 목숨 중에서 당연히 제1기사단은 왕족의 목숨부터 구한다. 진짜 더럽고 치사했지만, 나라도 그랬을 것이었다. 그건 감정의 문제가 아니었다. 태어나길 귀족으로 태어나, 윈체스터의 왕실에 복종하는 법밖에 모르는 우리의 집념이었다.

그렇게 시간이 흐르고 9시를 조금 넘길 무렵, 올리비아가 회의실 문을 벌컥 열었다.

그녀는 거의 탈진한 듯 낯빛이 새하얘져 있었다. 엄청나게 힘드나 보구나. 나는 그녀의 손에 들린 지도와 다른 한쪽 손에 들린 펜, 여러 가지 종이를 보고 잽싸게 그녀를 부축했다. 곧 그녀의 손에서 지도를 받아 든 발터르 영애가 그것을 쭉 펼쳤다.

"이건……."

"이 근방의 지도야."

올리비아가 걸상에 털썩 앉았다. 나는 그녀의 얼굴을 보다 급하게 다시 지도로 고개를 돌리고는, 그녀가 적어 놓은 여러 가지를 해독하려 애썼다. 물론 무용지물이었다. 올리비아는 애초에 내가 알아보지 못할 것을 예상했는지 그 와중에 나를 비웃으며 손으로 지도를 짚었다.

"빨간 거 보이지? 내가 표시 놓은 곳."

"어……."

"셀린느가 있는 곳이야."

"뭐?"

순간 심장이 내려앉았다. 말도 안 돼, 왜 여기야? 그럼 혹시…….

"여긴……."

옆에서 지도를 보던 조지 필립이 눈이 휘둥그레해져서 손가락으로 지도를 다시 만졌다. 발터르 영애가 떨리는 목소리로 입을 열었다.

"스칼렛 님, 혹시……."

"오래전부터 우리를 봐 온 것 같네."

내 목소리는 침착하기 그지없었다. 허황한 곳은 아니었다. 추리

소설에서나 나올 법한 이상한 곳도 아니었다. 그럼에도 생각지도 못한 곳이라 나는 잠시 할 말을 잃고 말았다.

"여기, 이거, 우리가 미셸르에서……."

나는 잠시 회상했다. 미셸르, 카펠라에 오기 전 우리가 거쳐 온 곳, 미셸르, 미셸르의 호텔. 우리가 머물렀던 그곳.

"그냥 까맸어요……."

까만 사람. 까만 옷, 검은색 옷.

"아, 실례-"

"공작 영애님. 빨리 오세요."

"하……."

머릿속을 스쳐 지나가는 한 장면에 나는 이를 갈았다. 그때부터였다 이거지. 나는 눈앞에서 또렷하게 펼쳐지는 광경에 테이블을 치며 자리에서 일어났다. 내 눈앞에서 납치범이 될 수도 있는 사람을 놓쳤어. 어쩐지, 우리 둘 중에 공작 영애가 있는 걸 알더라니.

내가 생각한 것이 맞다면 그 의문의 남자는 우리를 본 적이 있었을 것이다. 물론 비약일 수 있었다. 검은 옷을 입은 사람이 어디 한 명밖에 없겠는가. 하지만 이런 날씨에 온통 검은색으로 감싸고, 심지어 장소는 미셸르의 호텔이다. 미셸르의 호텔 계단에서 내려가던 중 나와 가볍게 부딪힌 그 남자, 그리고 잠시 주춤한 우리 둘을 향해 조지 필립이 말했더랬지, 공작 영애님, 빨리 내려오세요-라고.

조지 필립의 목소리가 향한 상대는 나와 셀린느. 단숨에 우리 둘 중에 공작 영애가 있다는 사실을 깨달았을 것이리라. 나머지는 셀린느 사르빈이었다.

우연치고는 너무 기가 막혔다.

만약 이 가설이 맞다면, 결국 우리 손으로 떠먹여 준 셈이었다. 슬픔보다 분노가 먼저였다. 나는 부들거리는 속을 다잡고 최대한 차분하게 입을 열었다.

"칼리드, 여기서부터 미셸르까지 어느 정도 시간이 걸리죠?"

"말을 타고 최대한 빠르게 가면 두 시간 정도면 됩니다."

"그 정도면 셀린느를 구출할 만한 체력은 되나요?"

"됩니다."

"그럼 부탁할게요. 나는 몸을 쓰는 부분이나 군사, 전략에 대해서는 잘 모르는 편이에요. 그래서 당신한테 부탁할게요."

"알겠습니다."

칼리드가 대답했다. 곧 한쪽에서 연거푸 액체를 들이마시는 올리비아한테 눈길을 주었다. 그녀가 내 눈길을 알아채고 병에서 입을 뗐다.

"나도 갈게."

"너 갈 수 있겠어? 얼굴이……."

"포션 세 병 정도 마셨어. 후폭풍이 엄청나겠지만, 저녁까지는 버텨."

마법이나 연금술에 대해 잘 아는 그녀가 가 주면 엄청난 전력이 될 건 자명했다. 그리고 곧 올리비아가 자리에서 일어났다.

방을 빠져나가는 기사들을 보며 나는 입술을 짓이겼다. 셀린느,

조금만 기다려. 조금만…….

그때였다. 잠시 칼리드에게서 간단하게 구출 작전을 설명받는 올리비아를 스치고 닐케 저택의 집사가 헐레벌떡 달려왔다. 쓸데없는 말 할 거면 당장 나가라고 말하려다, 나는 그의 표정을 보고 일이 심상치 않음을 깨달았다. 곧, 집사가 입을 열었다.

"공작 영애님."

"무슨 일이에요?"

"시, 시에라에서……."

"시에라에서 왜."

"자신이 반왕실파의 수장이라고 소개하는 자가 공작 영애님을 뵙기를 청합니다!"

뭐?

나는 미간을 찌푸렸다. 이건 또 무슨 전개야? 일이 이상하게 돌아가기 시작했다. 이미 구출 작전까지 다 짠 마당에 반왕실파의 수장? 그 검은 옷을 입은 자인가? 머릿속이 엉켰다. 예상치 못한 전개가 고개를 들이밀었다. 진짜…… 나한테 다들 왜 이래. 신이 듣고 있다면 두둑하게 신전에 헌금할 테니 제발 좀 놔 달라고 애원하고 싶을 정도였다.

그때였다. 헐레벌떡 달려오느라 숨을 고르는 집사의 뒤로, 정장을 차려입은 중년 남자가 나타났다. 대충 보건대 나이는 마흔 정도. 고급스러운 옷감은 아니었지만, 깔끔하고 정중한 차림이었다.

문가에 멈춰 선 남자가 곧 회의실 안쪽을 슬쩍 훑더니, 부드러운 미소를 지으며 느긋하게 물었다.

"스칼렛 디르난트 공작 영애께서, 계십니까."

"누구죠?"

"……시에라의 공화파의 수장, 브룩스 켈트입니다."

순간 스릉하는 소리와 함께, 검이 뽑히는 소리가 귀를 흔들었다. 내가 반응하기도 전에 섬뜩한 예기를 비추는 검이 순식간에 남자의 목에 대어졌다. 눈 깜짝할 사이에 검을 뽑아 든 칼리드가 차가운 눈빛으로 남자를 보고 있었다. 흉흉한 그의 표정은 마치 움직이면 그대로 베어 버릴 것같이 무서웠다.

나조차도 처음 보는 그의 공격적인 눈빛에 침을 꿀꺽 삼킨 찰나, 남자가 차분하게 나를 보며 입을 열었다. 그는 중간에 서 있는 내가 공작 영애라고 판단한 모양이었다. 그리고 그 판단은 얼추 들어맞았다.

"저는 공작 영애님을 해하려고 온 게 아닙니다."

"……."

"셀린느 사르빈 영애의 납치 건에 관해 긴히 할 말이 있는 것뿐입니다."

"무슨 말이죠?"

"독대를 청합니다."

"……."

"허락해 주십시오."

칼리드의 검이 노리는 제 목을 상관하지 않은 채, 남자가 정중하게 허리를 굽혔다.

회의실 안에 적막이 맴돌았다. 남자의 말에 우리 모두가 얼어붙었다. 나를 포함해서.

칼리드의 검날은 아직도 남자의 목을 향해 있었고, 그의 싸늘한 눈빛은 남자의 뒤통수를 쏘아보고 있었다. 차갑게 내려앉은 공기 속에서 다른 사람들의 얼굴에 서린 긴장감을 읽은 내가 남자의 시선을 마주했다.

무슨 꿍꿍이인가.

남자는 시에라의 반왕실파의 수장, 그리고 나는 윈체스터의 외교관. 남자는 셀린느를 납치해 갔을지도 모르는 자, 나는 셀린느의 상사. 절대 호의적일 수 없는 관계였고, 사실 나 또한 그렇게 생각하고 있었다. 그래서 나는 섣불리 남자의 말을 승낙할 수 없었다.

그렇게 생각한 것은 나뿐만은 아닌지, 칼리드는 바로 남자의 목을 쳐 내릴 기세로 검을 들이밀고 있었다. 나는 그런 그와, 중년 남자를 번갈아 보다가 입을 열었다.

"독대는 안 됩니다."

내 말에 남자가 그럴 줄 알았다는 듯이 가볍게 한숨을 쉬었다. 하지만 그로서도 이 기회를 포기할 생각은 없는지 다시 입을 열었다.

"중요한 얘기입니다."

"그래서 더더욱 독대는 불가합니다. 이 자리에는 '중요한 얘기'를 들으면 안 될 사람이 없습니다."

"하지만 그것이 셀린느 사르빈 영애의 안위와 관계된 문제라면, 다르겠지요."

순간 칼리드의 검이 남자를 한층 더 압박했다. 남자의 셔츠 깃을 사이에 두고, 예리한 검 끝이 남자의 목을 노렸다. 이 상태에서 그가 더 불손한 말을 하기라도 한다면 칼리드는 가차 없이 그의 목을 베어 버릴 것이었다. 증인을 남겨 두는 것보다 더 중요한 것은 나를 포함한 이 방에 있는 모두의 안전이었다.

나는 조용하게 남자를 보았다. 적진에 혼자 뛰어든 상황에서도 평온하기 그지없는 그의 얼굴은, 마치 협박을 위해서라기보다는 그 어떤 것을 막으려고 온 해결자 같았다. 나는 그런 그를 보다 입을 열었다.

"저자를 다른 접대실로 모시세요."

"감사합니다."

"아직 감사하기는 이르죠. 올리비아, 그리고 베르 경. 저자의 몸을 수색해서 나를 해할 수 있는 무기나 마법 물품의 소지 여부를 확인해 주세요."

내 말에 칼리드가 미간을 팍 찌푸렸다. 내 옆에 서 있던 발터르 영애는 불안한 표정을 지으면서 내 팔을 꽉 잡았다. 내 성격을 아는 올리비아만이 한숨을 쉬며 베르 경과 함께 남자를 끌고 방을 나갔다. 그가 방문을 나서기 바로 전까지, 칼리드의 검 끝은 계속해서 그를 노리고 있었다.

그리고 그가 방을 나간 순간, 칼리드가 무서운 표정으로 내게 다가왔다. 하지만 그보다 내가 그의 팔을 잡아채고 방 밖으로 나가는 게 더 빨랐다.

"나와 얘기 좀 해요, 칼리드."

내 말에 칼리드는 순순히, 아니, 사실은 그로서도 나와 얘기라는 것을 하고 싶었을 것이었다. 그는 지금 굉장히 화나고, 차갑고, 그리고 불안한 표정을 하고 있었다. 그것이 나의 말에서 비롯된 것임을 잘 알았다.

회의실 문이 닫히는 순간, 복도에 오직 우리 둘밖에 없다는 것을 확인한 칼리드가 입을 열었다.

"안 됩니다."

"칼리드, 내 말 들어 봐요."

"절대 안 됩니다."

평소 내 말에 언제나 약간씩은 한 걸음 뒤로 넘어가 주는 그가 이번에는 타협의 여지라고는 보이지 않는 태도를 고수하고 있었다. 어쩔 수 없다는 표정으로 내 말에 고개를 끄덕였을 그가 이번에는 한 치의 양보도 하지 않겠다는 듯이 말했다.

"독대는 절대 안 됩니다. 스칼렛."

"나도 알아요. 하지만 그는 분명 큰 키를 쥐고 있어요. 무엇보다도 셀린느의……."

"잔인하지만 스칼렛, 현재 그 어떤 것도 디르난트 공작 영애의 안전과 함부로 바꿀 만한 것이 못 됩니다."

그는 감정으로 나를 설득하는 것을 애초에 포기한 것 같았다. 귀족으로서의 내 의무와 책임부터 들먹이는 것을 보니, 그는 철저하게 귀족 대 귀족으로서 나를 설득하려는 듯싶었다.

그리고 그의 시도는 무척 훌륭하게 내게 먹혀 들어갔다. 나는 그의 얼굴을 보다가 그에게 한 걸음 다가갔다.

"당신은, 미셀르에 가서 셀린느를 구하는 거예요."

"스칼렛, 당신이 그자와 독대를 하는 한 그럴 일은 없습니다. 저는 디르난트의 공작 영애를 위험에 밀어 넣고 타인을 구하러 갈 만큼 규칙에 무지하지 않습니다."

"……."

"제1기사단의 첫 번째 의무는 왕족을 호위하는 것. 그리고-"

"……."

"제 첫 번째 의무는 당신의 안전을 보장하는 것입니다."

쓸데없이 말만 잘해서, 할 말이 없게 만든다. 나는 쓰게 웃었다. 칼리드가 순순히 허락해 줄 것이라 생각한 것은 아니었으나, 언제나 나에게 부드럽기만 한 그가 이렇듯 절대적인 자세를 취한 것은 또 처음이라서, 나는 조금 놀랐다. 내 안전과 관련된 문제라 그런 걸까.

나는 약간 말을 고르다가, 다시 입을 열었다.

"알겠어요. 독대는 하지 않겠어요."

그리고 애초에 진짜로 독대할 생각도 없었다. 내가 미쳤다고 신분도 불분명한 사람과 한 공간에 혼자의 몸으로 마주하겠는가. 그러다가 내가 상처라도 입으면 그때는 진짜 나와 카펠라에 함께 온 모든 사람이 국왕 폐하 앞에 불려 가는 불상사가 생길 수 있었다. 그리고 셀린느는 아마…… 차라리 구해지지 않는 게 더 나을 정도의 취급을 받을 수도 있었다. 그런 상황은 만들고 싶지 않았다.

하지만 그렇다고 칼리드와 들어갈 수는 없는 노릇이었다. 칼리드는 제1기사단에서 가장 훌륭한 실력을 갖추고 있는 자였다. 검술이나 이런 쪽에 무지한 나였지만, 내가 알고 있는 대부분의 기사가 그렇게 말했다. 그리고 이렇게 직접 구출을 하는 작전에는 단장인 그의 지휘가 필요했다.

기사단과 보통 문관들이 밀집한 부서는 달랐다. 외교부나 재무부, 내지는 법무부는 누구라도 영솔자를 맡을 수 있다. 개개인의 능력이 뛰어나기만 하다면. 하지만 기사단은 달랐다. 그들의 최종 명령은 전부 단장의 직접적인 지시에서 나온다. 설사 직접적인 지시가 아니더라도, 가장 큰 그림은 그가 그려야 하는 게 맞았다.

나는 잠시 이마를 짚었다. 그리고 다시 고개를 들었다.

"그럼 이렇게 하죠. 제1기사단의 기사 4명을 제 호위로 붙여 주세요."

"4명으로는 부족합니다."

"그럼 다섯 명, 세 명은 실내에, 두 명은 실외에 배치할 거예요. 그리고 카펠라로 온 저의 동료들은 접대실 바로 옆방에 있을 거예요."

내 말에 칼리드가 미간을 찌푸렸다. 사실 그로서도 고민될 게 뻔했다. 어쨌든 셀린느가 납치된 건 그가 호위를 맡은 상황에서 벌어진 일이었다. 아무리 제1기사단의 호위 목적이 왕족이라고 해도, 결국 그 책임을 벗어날 수는 없게 된다. 지금 상황에서 그는 셀린느의 신병을 확보할 의무가 있었다.

결국 내 말에 칼리드가 고개를 끄덕였다. 그는 기사단에서 가장 반응이 빠르고, 속력이 빠른 기사 5명을 골라 내게 붙여 주겠다고 했다.

말을 끝낸 뒤 칼리드가 한숨을 쉬었다. 그가 한숨을 쉬는 것은 또 처음이라, 나는 잠시 어리둥절하게 그를 보았다. 하지만 그가 다시 입을 열었다.

"당신은 언제나 무엇인가를 위해 싸웁니다."

"……."

"소렐에서는 그것이 신념이라고 했습니다."

나는 눈을 깜박거렸다. 무슨 소리인가 했더니 그 소리를 하는 건가. 나는 그의 말에 고개를 끄덕였다. 우리 사이에 그런 대화가 오가긴 오갔지.

그러고 보니, 우리 둘은 또 이런 상황에 오는구나. 다만 이번은 사건이 일어나기 전이고, 그때는 다 일어난 뒤였다. 그때 그가 어떤 표정을 지었더라. 나는 잠시 회상하다가 이어지는 그의 말에 다시 고개를 들었다.

"이번에는 무엇입니까."

그의 목소리가 조금이나마 떨렸다. 나는 그의 표정을 보다 웃었다. 난 참…… 주변 사람한테 걱정이나 끼치고 다니는 존재구나. 그럼에도 얌전하게 앉아 있는 사람은 아니구나. 그리고 참, 이기적이구나.

나는 그의 눈동자를 똑바로 보면서 말했다.

"권리요."

"……."

"우리 모두가 행복해질 권리요."

나뿐만 아니라 우리 모두의.

물론 내 말은 큰 모순이 있었다. 가끔 서로의 행복이 충돌되는 이 상황에서, 어떻게 모두가 오래오래 행복하게 잘 살았습니다- 따위의 결말을 바라나. 하지만 그럼에도 나는 그저 그렇게 말할 수밖에 없었다.

내 대답에 칼리드는 씁쓸하게 웃다가, 미간을 팍 찌푸렸다. 그리고 다시 내 눈을 똑바로 보았다. 오롯이 나를 담은 그 적갈색 눈동자를 향해 부드럽게 웃어 주었다. 내 미소를 담은 적갈색 눈동자가 어쩔 수 없다는 뜻을 담았다.

"알겠습니다."

"……."

"당신이 지키고자 하는 것을, 다시 한번 지켜 드리겠습니다."

* * *

"앉으시죠."

나는 내 맞은편의 소파를 짚으며 서 있는 남자를 향해 입을 열었다. 그는 제일 처음 회의실에 들어왔던 것 그대로 무척 단정한 차림을 하고 있었다. 그리고 더없이 정중한 태도를 고수하고 있었다.

나는 흘끔 방문을 보았다. 문가에는 두 명의 기사가, 나와 조금 떨어진 곳에는 한 명의 기사가. 밖에는 기사 두 명이 대기를 하고 있다. 그리고 옆방에는 펠로 선배를 비롯해 나와 카펠라로 함께 온 사람들이 있었다. 나는 온몸의 신경을 곤두세웠다. 그리고 곧 소파에 앉은 그를 향해 조용하게 입을 열었다.

"안타깝게도 온전히 우리 둘만 있는 공간은 만들 수가 없네요. 하지만 당신과 대화하는 사람은 나 혼자니, 안심해도 좋아요."

내 말에 그는 알았다는 듯이 씁쓸하게 고개를 끄덕였다.

솔직히 말해서 나는 그가 한 걸음 물러날 것을 어느 정도 예상했다. 올리비아와 베르 경은 수색 결과 그가 무기가 될 만한 그 어떤 것도 소지하지 않았다고 했다. 그러면 애초에 나를 공격할 생각으로 온 것 같지는 않은데…… 어쩌면, 그 또한 나만큼이나 필요한 게 있을 수도 있다는 대담한 가설이 세워졌다.

자신을 바로 죽여 버릴지도 모르는 곳에 혼자 발을 내디딘 사람이 아닌가. 내가 그를 모르는 것만큼 그도 나를 몰랐다. 혹여 내가 성질이 급해 그를 단칼에 죽여 버렸다면, 아마 그는 지금쯤 시체가 되어 있을 것이다.

"그래서, 저를 찾아온 이유가 뭐죠?"

나는 최대한 목소리를 가다듬고 입을 열었다. 칼리드를 비롯한 제1기사단이 미셸르로 향했다. 그가 앞에서 싸우고, 나는 뒤에서 싸운다. 그가 셀린느를 무사하게 구출할 때까지, 나는 내 몸을 잘 건사해야 한다.

"영애님께 드릴 말씀이 있습니다."

"하세요."

"셀린느 사르빈 영애를 풀어 드리겠습니다."

"……."

"대신, 납치를 한 자들에 대한 선처를 부탁드리겠습니다."

나는 할 말을 잃은 채 그를 노려보았다. 이건 또 무슨 수작이지? 상대방의 의중은 하나도 파악되지 않았다. 갑자기 찾아와서 한다는 소리가 셀린느를 풀어 주겠다니. 나는 입술 끝을 올리고 조곤조곤 말했다.

"그런 말씀은, 사람을 데리고 와서 하는 겁니다. 경."

"아, 저는 귀족이 아닙니다. 브룩스라고 불러 주십시오."

"네, 브룩스, 이런 말씀은 제 앞에 인질이 무사하다는 것을 확인시켜야 제가 믿을 수 있는 겁니다."

내 말에 브룩스가 잠시 이마를 만지작거렸다. 나는 그런 그의 얼굴을 빤히 보며 어떻게든 그의 의중을 파악하고자 힘썼다. 물론 무용지물이었다. 어울리지 않는 상황에, 어울리지 않는 행동이었다. 갑자기 찾아와서 납치한 사람을 풀어 주겠다고 통보하는 납치범이 어디 있나.

"물론, 영애님께서 믿지 않으시리라는 것은 알고 있습니다만, 사르빈 영애님을 풀어 드리겠습니다. 제 명예를 걸고. 지금 제 동료 몇몇이 미셸르, 아, 사르빈 영애께서 납치되신 곳으로 가고 있습니다."

"조건은?"

"그 조건이 인질을 교환하기 위한 것이라면, 없습니다."

"하지만 선처를 해 달라?"

답답함에 속이 울렁거렸다. 나는 머리를 짚었다. 브룩스 켈트. 들어 본 적 없는 이름이었다. 거기다가 귀족도 아니라고 한다. 자신을 시에라의 반왕실파의 수장이라고 칭했다. 솔직히 이것마저도 의심스러웠다. 셀린느가 납치된 상황만 아니었다면 당장 내쫓았을 것이다.

하지만, 나는 조금의 가능성이라도 도박을 하는 것을 선택했다. 이기지 않는 도박은 하는 게 아니었지만, 그럼에도 조금의 가능성이라도 매달려 보고 싶었다.

브룩스 켈트. 눈앞의 사람은 대체 나한테 뭘 말하고 싶은 걸까. 나는 생각했다. 원하는 것이 무엇일까. 도대체 하고 싶은 게 무엇일까. 그래서, 나한테 무엇을 얻고 싶은 걸까.

그가 나를 찾아온 이상 그가 셀린느의 납치와 관계되어 있음을 벗어나지 못한다는 사실은 알고 있을 게 분명했다. 나는 질문의 방향을 바꾸기로 했다.

"왜 저한테 이런 말씀을 하시는 거죠?"

"사과드리러 왔습니다."

"무엇을요."

"부관을 납치해서, 죄송하다고."

순간 그의 모습에 누군가가 겹쳤다. 어쩐지 그의 표정과 말투에서 묘하게 익숙한 냄새가 난다 했더니. 나는 내가 갓 외교부에 들어갔을 때 사고 치고 다니던 나를 끌고 이리저리 사과하러 다니던 선배님들의 모습을 생각해 내곤, 잠시 떨떠름한 표정을 지었다. 마치 철없는 아이 대신 사과하러 온 부모 같았다. 그래, 딱 그거였다.

"마치 본인이 한 일이 아니라는 말투네요?"

"제가 직접 한 일은 아닙니다만."

"마뜩잖은 수하를 두셨나 봐요."

억지로 웃음기를 섞은 내 목소리에 그가 씁쓸하게 웃었다. 곧 그의 고개가 끄덕여지는 것을 보고, 나는 길게 숨을 내쉬었다.

"저는 시에라의 공화파 수장입니다. 당신들의 말을 빌리자면, 반왕실파죠."

그렇게 자기소개를 간단하게 끝마친 그가 숨을 고르고 말을 이었다.

"저희의 목적은 시에라의 왕실을 뒤엎고, 저희만의 '왕'을 만들어 내는 것입니다. 세습되지 않는 왕, 사람들이 선택하는 왕."

시에라와 윈체스터의 외교-라고 칭하기도 어려운 일방통행적인 조약 체결-뒤, 그들은 무능한 시에라의 왕실을 뒤엎기 위해 뭉쳤다. 나라가 망해 가는 시점에서 여전히 사치와 쾌락을 일삼으며 전쟁의 여파는 고스란히 백성에게 돌려보내는 시에라 왕실의 행태가 치졸하기 짝이 없었기 때문이다.

어쨌든 그 여파 때문에 백성은 혈세를 쥐어짜였다. 시에라 왕실은 제게 쓰이는 사치비용을 줄일 생각을 하지 않은 채 윈체스터에 배상금을 지급하려 했으니까.

더불어 시에라 내부에서 유통되던 퀸 애니를 비롯해 여러 가지 독점권들이 쓸모가 없게 되면서, 시에라는 더 이상 자급자족을 할 수 없게 되었다. 시에라 자체가 큰 시장이 되고, 큰 원료 산지가 되었다.

사실 시에라 왕실이 중간에서 정책을 잘 조절해 주고, 사치비용을 줄였다면 그래도 먹고살 만할 수는 있었을 것이다. 그런데 문제라면 시에라는 일단 원래 가난하기 짝이 없었고, 전쟁 뒤 더 가난해질 수밖에 없는 상황이 되었다.

그래서 공화파들은 그러한 부패한 왕실을 하루속히 뒤엎기 위해 뭉친 것이었다.

“문제는, 부분적으로 존재하는 몇몇 사람들이었죠. 그들은 이 결과의 가장 직접적이고 큰 원인이 윈체스터에 있다고 믿습니다.”

“어이없기 짝이 없군요.”

“영애님께서 그렇게 느끼실 수도 있습니다. 하지만…… 그들이 그렇게 생각하는 것도 허무맹랑한 것은 아닙니다.”

“…….”

“윈체스터가 전쟁을 일으킨 것도, 그 전쟁을 이용해 시에라의 절반 이상을 먹은 것 또한 사실 아닙니까.”

나는 얼굴을 싸늘하게 굳혔다. 이제 와서. 나는 차분하게 그의 얼굴을 보며 입을 열었다.

“윈체스터는 시에라에게 충분히 기회를 주었습니다. 벨리체를 돌려 달라고, 그렇지 않으면 무력을 쓰겠다고.”

“그러셨죠.”

“그러면 윈체스터에서 어떻게 해 줘야 할까요? 벨리체 하나만 갖고 물러나야 하나요? 정말 6년이라는 시간이 벨리체 하나만으로 보상이 될까요?”

"그 보상은 누구를 위한 것입니까."

"윈체스터요."

"윈체스터는 무엇입니까."

"국왕 폐하, 왕실, 그리고 폐하께서 지키고 싶어 하는 그의 사람들. 윈체스터의 모든 사람이 곧 윈체스터입니다."

"하지만 결국에는 왕실의 이익이죠. 그것이 모든 것의 기준입니다. 민중들과 왕의 이익이 충돌할 때, 귀족들은 당신들의 왕을 선택할 것이라는 것을. 영애님도 잘 알고 있는 사실이지 않습니까. 인간은 평등하지 않다는 사실을."

나는 입을 다물었다. 몇 시간 전까지만 해도 내가 절망하고 원망하던 그 답신의 내용이 생각났다. 차마 부정할 수 없었다. 하지만 어쩔 수 없었다. 그게 이 나라를 세운 기둥이었다. 이러한 것들이, 고귀한 피가 나라를 지탱했다. 이익의 순위는 언제나 존재한다. 그리고 우리는 그 이익들이 한데 겹쳐졌을 뿐이었다. 나는 그를 향해 조곤조곤 입을 열었다.

"세상 모두가 그래요."

"그런 세상을 저희가 바꾸려는 겁니다."

"연세에 비해 꿈은 꽤 순진하게 꾸시네요."

"되고, 안 되고는 일단 해 보는 게 좋지 않겠습니까."

"그래서 정정당당한 전쟁의 전리품을 가져간 게 그렇게 큰 죄라고 말씀하시고 싶은 건가요? 승부에 굴복하는 것이 가장 원칙적인 행위 아니던가요."

"영애님의 논리대로라면 그럴 수도 있습니다. 사실 그 본질은 약육강식이 아닙니까. 하지만 영애님."

"……."

"세상에 정정당당한 전쟁은 없습니다."

"……."

"있는 것은 제 실속과 이익을 위해 싸우는 못난 인간들뿐입니다."

순간 머릿속이 하얘졌다.

나는 입을 다물었다. 그의 말에 대해 수긍하고 싶지 않았다. 그와 나는 서 있는 입장 자체가 달랐다. 나라가 같았으면 아마 적으로 만났을 것이 분명했다. 아니, 나라가 달라도, 결국 우리 둘은 적이었다.

나는 혈통으로 인간이 나누어진다고 믿는 사람이었다. 푸른 피와 아닌 것의 구분은 확실했다. 그것으로 천하고 천하지 않고를 논하는 게 아니었다. 훌륭하고 훌륭하지 못한 자의 구분이었다.

신이 선택한 푸른 피, 나는 그 이론을 굳게 믿었다. 그게 옳다고 생각했다. 그것에 따라오는 피해를 눈으로 보면서도 그렇게 생각했다. 세상에 완벽한 제도는 없다고 나 자신을 이해시키면서.

내 모든 권리는 의무에서 나온다. 그 말인즉 내 모든 의무 또한 권리에서 나온다. 귀족들을 지탱하고 만든 그 논리 자체는, 우리의 '특수성'에서 나온다. 즉, 우리의 '통치' 자체가 일종의 힘인 동시에 의무라는 것이었다.

나는 그의 눈을 보았다. 세월의 흔적은 이상을 마모시키지 못했다. 여전히 자신이 추구하는 이상으로 빛나는 눈이었다.

"그래서, 셀린느를 납치한 것이 그것과 무슨 상관이 있다고 말씀하시는 거죠?"

"저희 집단 내부에 약간의 균열이 생겼습니다. 그리고 방금 말씀드렸던 그 몇몇 사람들은, 이번 일로 윈체스터에 깊은 증오를 느끼고 있습니다."

"……."

"애초에 양국의 왕실 이익 싸움에서 비롯된 문제입니다. 사실 근본의 근본으로 들어가자면, 어쩌면 그 근원은 170년 전 시에라의 과분한 요구가 문제일지도 모릅니다. 윈체스터 입장에서는 그 설욕을 한 것에, 마침 시장을 개척할 만한 기회까지 얻었으니 더없이 훌륭한 기회였을 겁니다. 그리고 사실 왕실은 그렇게 하는 것이 '옳고요', 그리고 윈체스터는 전쟁에서도 대륙의 도의적 관례를 나름 지키려고 애썼습니다."

"……."

"병사나 군인이 아닌 자들은 쉽게 건드리지 않았고, 전쟁 지역이 아닌 민간인들이 밀집한 비전쟁 지대는 공격하지 않으려 노력했습니다. 물론 전쟁 과정에서 무고한 죽음이 없었다고는 못 말하지만, 그래도 과거 시에라의 행적과 비교하면 윈체스터의 군대는 꽤 신사적이었습니다."

"그런데도……."

"게다가 윈체스터는 사실 본국의 입장에서 꽤 '합리적인' 결정을 했고요."

"하지만 감정은 그렇지 않다?"

"그렇지 않습니다."

"……."

그가 나를 잠시 응시하다 다시 말을 이었다.

"윈체스터의 무리한 요구로 시에라가 이렇게 되었다고 생각하죠. 그것이 근본적인 원인은 되지 못합니다만, 아무리 그렇다고 해도 이미 분노한 자에게 논리와 이성을 들이미는 것만큼 의미 없는 일도 없습니다. 실제로 윈체스터의 영향이 전혀 없는 상황도 아니었고, 윈체스터 또한 예상하지 못한 문제는 아니었지 않습니까."

"그래서 이해해 달라?"

"이해해 달라는 것이 아닙니다. 어찌 되었다고 해도 결국에는 분풀이이니까요. 사르빈 영애 또한 윈체스터의 일개 말일 뿐입니다. 그녀뿐만 아니라, 결국에는 모두가 체스판의 장기짝일 뿐이죠. 왕을 지키기 위한."

"저희는 그러기 위해 태어났으니까요."

"하지만 객관적으로, 이성적으로 어떻든 간에, 전쟁 때문에 가족을 잃고 윈체스터의 조약으로 궁지에 몰릴 대로 몰린 사람들입니다. 그런 사람들의 귀에 우연하게 협상단의 인원들이 카펠라로 왔다는 소식이 들어왔습니다. 그들을 이런 지옥으로 밀어 처넣은 수많은 사람들 중에서, 그들이 유일하게 어떻게 해 볼 수 있는 자들이 나타났습니다."

"……."

"어쩌시겠습니까."

"결국에는 분풀이일 뿐이 아닌가요?"

"영애님은 참 이성적인 분이시군요."

"제가 지금…… 눈물이라도 보이며 그들을 이해해야 한다고 말씀하고 싶은 건가요?"

내 말에 브룩스 켈트가 고개를 저었다. 그는, 딱히 어떤 것도 원하지 않은 채 그저 자신의 말만 들어 주면 좋겠다는 태도를 취하고 있었다.

"전쟁이 무엇이라고 생각하십니까."

"더 많은 이익을 수호하려는 몸부림이라고 생각해요. 그 과정은 결국 약육강식이고, 그 끝은 결국 승자의 논리겠죠."

"약육강식이라…… 그럼, 전쟁으로 얻은 이 모든 것들이 정당한 대가라고 생각하시는군요."

"당연한 것을. 그렇지 않았다면 협상석에 앉지도 않았고, 제 목숨을 걸고 그 많은 것들을 가져오지도 않았겠죠. 브룩스, 사람에게는 입장이라는 게 있어요. 당신은 지금 이성을 말하는 제게 감성으로 상대하려고 하네요. 우리의 근본적인 견해 차이는 거기에 있어요."

"압니다. 하지만 공작 영애님. 애초에 인간은 이성으로만 이루어진 존재는 아닙니다."

그가 숨을 길게 내쉬었다. 곧 그가 말을 고르는 듯하더니, 내 눈을 똑바로 보며 입을 열었다.

"당신 말마따나 무지하고 배우지 못한 자들입니다. 일자무식에 교육도 받지 못한 자들이지요. 하지만 아무리 무지하다고 해도―"

"……."

"―가족이 죽고, 적국에 나라를 빼앗긴 설움조차 모르겠습니까."

나는 입술을 깨물었다. 아, 이런 기분. 철저한 악마가 된 기분. 내가 그 누군가에게는 끔찍한 증오의 대상이 되었다는 것을 안 기분. 그럼에도 끝까지 입장을 고수해야 하는 기분.

그의 말은 틀리지 않았다. 그들의 입장에서 나는 분명 악마였다. 그들이 가진 것들을 빼앗고, 시에라의 과반수를 빼앗아 간 데 큰 공헌을 한 사람. 설사 이 모든 것들이 국왕 폐하의 뜻에서 이루어졌다고 해도 결국 나는 국왕 폐하와 명운을 함께한다.

왕권이라는 것 자체는 왕 혼자의 권력이 아니었다. 그가 휘두를 수 있는 모든 힘의 총칭이었다. 윈체스터로서는 시에라와의 전쟁 전리품이 큰 보상이라고 해도 그들에게는 빼앗김, 그 이상 그 이하도 아닐 것이었다. 하지만…… 나는 말을 고르다가 다시 입을 열었다.

"그 또한 시에라 왕실과 해결을 봐야 하는 문제죠. 도화선과 폭탄은 시에라가 준비했습니다. 그건 부정하지 않겠죠?"

"물론 그렇긴 합니다만…… 이 어디에도 저희가 목소리를 낼 수 있는 방법은 없습니다. 호소해 봤자 듣지도 않으니까요. 말하지 못하니 분노는 쌓여만 가고, 이런 세상에서 태어난 것을 저주하고 있습니다. 왕실이 유능하면 그나마 살 만이라도 한데 그렇지도 못해요."

"……그렇다고 사람을 납치하나요?"

"물론, 납치는 그릇된 것입니다. 저는 그 행위를 옹호할 생각은 없습니다. 잘못된 일이고 사죄를 해야 할 일이죠. 하지만, 그럼에도 불구하고 저희의 입장에서 아주 조금이라도 헤아려 달라 말하고 있는 겁니다."

"……웃기는군요. 그걸 저한테 바라고 있다니."

말은 그렇게 하고 있었지만 나는 내가 동요하고 있음을 알아차렸다. 근본적으로 나와 그가 다른 이유. 우리 둘이 서로 한데 의견을 모을 수 없는 이유. 나는 주먹을 꽉 쥐었다. 사실, 나는 그가 이해가 되지는 않았다. 하지만 동시에 이해가 갔다.

"당신은 언제나 승자의 위치에 있죠. 강대국의 왕족이며, 국왕의 조카, 차기 공작, 빛나는 재능, 뒤에 따라오는 영광, 우아한 품위와 혈통까지. 보통 사람들은 하나만 가져도 황송할 수밖에 없는 것을 당신은 다 갖고 있습니다."

"……."

"마치 인생 자체가 이기기 위해 있는 것처럼. 진다는 것은 상상조차 해 보지 못했겠죠. 그래서 언제나 승자의 편을 들 수 있는 겁니다. 패자라는 것이 어떤 것인 줄 모르기 때문에."

"꼭…… 그렇지만도 않아요. 윈체스터는 170년 전 모욕을 당했어요. 그 모욕을 고스란히 뒤집어쓴 게 왕실과 귀족이 아니던가요."

"하지만 그 또한 공작 영애가 겪은 것은 아닙니다. 그저 역사책에서 몇 번 본 것뿐, 피부로 생생하게 느낀 적은 없을 겁니다. 설사 그렇다고 하더라도, 과연 그 '복수'라는 것이 정당합니까? 그게 과연 '이성'이라고 생각하십니까?"

"그건……."

"당신과 그들의 차이는 거기에 있습니다. 이건 이성과 감성의 차이가 아닙니다. 당신은 평생 패자와는 거리가 멀고, 그들은 평생 승자와 거리가 멉니다. 이 차이입니다. 가능성의 차이, 기회의 차이."

"……."

"한평생 이긴다는 것은 상상조차 못 해 본, 오직 지고 빼앗기기 위해 태어난 사람들과, 한평생 진다는 것은 상상도 못 해 본, 오직 이기고 꺾기 위해 태어난 당신은, 근본적으로 물과 불처럼 섞이기 어렵습니다."

"지금 그게 제 탓이라고 말하고 싶은 건가요?"

"물론 아닙니다. 공작 영애님은 분명 훌륭한 귀족이고, 좋은 사람입니다. 귀족으로서 모범을 보이고, 권리와 의무를 적절하게 사용하는 분이시죠. 공작 영애님도 분명 사적으로 빼앗기거나 실패한 경험이 있을 겁니다. 하지만 그것이 당신의 '생존' 자체를 위협한 적은 손에 꼽을 겁니다."

"……."

"방금 그렇게 말씀하셨죠. 승자의 논리고, 약육강식의 세계라고."

"그렇습니다. 승부에 승복하는 것이 원칙이고 룰이죠."

"그렇지만 영애님. 약육강식의 이론은 인간 사회에 어울리지 않습니다. 그것이 설사 현실이라고 해도, 당신처럼 '이상'을 만들어낼 수 있는 자가 말할 수 있는 것은 더더욱 아닙니다."

브룩스 켈트가 부드럽게 웃었다. 나는 그의 표정을 보며 미간을 찌푸렸다.

"한 번쯤은 그 자리에서 내려와 보십시오."

"……."

"만약 패한 것이 시에라가 아니라 윈체스터였다면 어쩌시겠습니까."

"……."

"위에서 보는 것과 다를 겁니다. 한낱 구경거리나 동정, 내지는 귀족의 의무로서 가엾게 보았던 것들이 더는 타인의 이야기가 아니라 자신의 이야기가 될 때."

"……."

"아마 깨닫게 되실 겁니다."

나는 웃었다. 웃기지 않았지만 웃었다. 그런 내게 그가 말했다.

"세상은 꽤 잔인하다는 사실을요."

나는 태어날 때부터 고귀했다. 그리고 태어날 때부터 고귀하지 않은 사람도 있다는 사실을 알았다. 어머니는 내게 귀족의 의무와 권리에 대해 가르쳤고, 나한테 나보다 못한 처지에 있는 사람을 보살피라고 얘기했다. 그것이 귀족이 지녀야 할 긍지라고 했다.

그래서 나는 그렇게 했다. 내가 할 수 있는 한계 내에서 그들을 위해 힘썼고, 그것이 내가 할 수 있는 최선이라고 생각했다.

그리고 스스로 뿌듯해했다. 나는 이토록 우아하고 훌륭한 귀족이라고.

내가 틀렸다고 생각하지 않는다. 가진 힘으로 타인을 짓밟고 업신여기는 것보다야 보살피는 게 더 훌륭한 자세가 아닌가.

어머니의 말씀 자체에는 그리 틀린 점이 없다고 생각한다. 당연하지만 좋고 나쁘다는 것은 언제나 상대적이며, 나는 그래도 최고는 아니더라도 최선을 다했다고 생각했다.

그런데 이자는 나더러 귀족이 아니라 평민이 되라고 한다. 아니, 그의 이론을 따르자면 평민이 아니라 그저 인간 대 인간으로 봐 달라고 한다. 더는 내가 귀족이 아닌 상태로 세상을 보라고 한다.

왜 나한테 그렇게 어려운 것을 시키는지, 어째서 유독 나한테 그렇게 무리한 것을 부탁하는지 생각할 겨를도 없었다. 다만 그가 그렇게 말하기가 무섭게 마음 한구석을 치고 들어온 어떤 뻐근한 것이 계속해서 나를 콕콕 찔렀다.

나는 근본적으로 귀족이며 지배층이었다. 그런 의미에서 한평생이 피의 속박을 벗어나기는 힘들 것이다. 하지만 그래서 누구보다 더 잘 알았다. 귀족이라는 의미에 부여된 특권을.

내가 가진 것들 중 어떤 것은 권리가 아니라 권력이었다. 타인을 통치할 수 있는 권력, 권리는 신이 준 것이고 권력은 인간이 부여한 것이었다. 그러나 결국에는 이 모든 게 인간이 저 자신을 위해 만들어 낸 물건이 아닌가.

나는 잠시 머리를 감싸 쥐었다. 나는 승자의 논리를 맹신했다. 이기는 자에게는 그만한 권리가 있다고 생각했다. 어쩌면 그 사실 자체에 틀린 것은 없을지도 모른다. 하지만 이 세상은 불공평한 경우가 많다. 약육강식이란, 듣기에는 얼추 합리한 것이지만, 문제라면 그것을 말하는 자가 내가 되어서는 안 된다는 것이다.

왜냐하면 나는, 그들을 가뿐히 지르밟을 만한 힘을 갖고 있었으니까.

이게 그자의 논리였다. '감성적인' 논리. 평소라면 코웃음 한 번 치고 뒤돌아섰을 법한 논리.

머릿속이 복잡해졌다. 내가 한평생 믿고 있던 어떤 것을 뒤흔드는 느낌이었다. 본능적으로 머리가 생각하길 거부하고 또 거부했다. 귀족의 본능이었다. 피에 찍힌 생존 본능이었다.

나는 오만했다. 내 탓이 아닌 오만함이었다. 그 사실을 인정하자 그제야 머릿속이 환해지는 느낌이었다.

나는 협상석에 앉으면서 그 모든 것이 백성을 위한 것이라 생각했다. 실제로 틀리진 않았다. 윈체스터의 군인들이 싸운 결과물을 지키기 위한 수단이었으니까.

하지만 그 근본에는 왕실의 이익이 있었다. 아무리 그 긍지와 명예를 지킨다고 해도 그것이 왕실의 이익과 일치했기에 할 수 있는 말이었다.

만약 내가 시에라의 외교관이었다면, 그래서 내가 수호해야 하는 왕실의 긍지와, 백성의 이익이 충돌되는 것이었다면, 나는 어땠을까. 나는 과연 누구를 수호했을까. 사실 생각할 필요도 없었다. 왕과 귀족 사이의 이익 싸움은 언제나 존재했지만, 결국에는 푸른 피들의 이익 쟁탈이었다. 외부의 적을 상대할 때 이 단단한 성벽 안에서 누구보다 더 잘 뭉치는 것은 곧 특권층이다.

방 안에 긴 침묵이 이어졌다. 하지만 우리 둘 중 그 누구도 상대를 채근하지 않았다. 나는 조금 생각이라는 것을 하다가, 손가락으로 머리를 짚었다.

그래, 답은 정해졌다.

나는 잠시 감았던 눈을 떴다. 내 앞에서 브룩스 켈트가 미미하게 웃으면서 나를 보고 있었다. 나는 그에게 잠시 미소를 짓고 입을 뗐다.

"브룩스 켈트. 역사에 '만약'은 없습니다."

"역시, 당신의 선택입니까."

내 말에 그가 가볍게 한숨을 쉬었다. 그리고 곧 씁쓸하게 웃었다. 그는 어쩌면 내 대답을 예상했을 수도, 예상하지 않았을 수도 있었다. 그러나 그의 생각과는 상관없이, 그가 정성스럽게 나를 설득한 만큼 나도 그만큼의 정성을 보이는 게 예의였다.

"당신의 말은 굉장히 흥미롭습니다만, 그 어떤 가설을 붙인다고 해도 윈체스터가 이겼고, 내가 윈체스터의 외교관이고, 왕실의 이익과 백성의 이익이 일치하는 부분이 많다는 사실은 변하지 않을 겁니다."

"알고 있습니다. 윈체스터가 지금까지 평화를 유지할 수 있는 원인이 거기에 있으니까요. 그리고 시에라와 윈체스터의 차이 또한 거기에 있지 않습니까."

"그리고 윈체스터는 자국의 이익을 위해 최선을 다한 것이라는 사실 또한, 이해해 주실 거라 믿습니다. 아니 설사 이해하지 못하더라도, 그 사실이 변하지는 않습니다. 그건 우리뿐만 아니라 세상 그 어느 나라에 적용해도 변하지 않는 사실입니다."

외교의 최종 목적은 자국의 이익에 있다. 직접적이든 간접적이든, 자국의 이익은 언제나 외교의 최종 목적이다.

"물론, 당신의 가설 또한 굉장히 흥미롭습니다. 모두가 평등하다, 인간은 평등하다. 하지만 브룩스 켈트. 당신이 간과한 게 있어요."

"……."

"인간은 사욕이 있는 동물입니다. 혈통으로 인간을 나누는 것이 불가능한 경우, 또 다른 것을 찾아 인간을 나누겠지요."

"그럴 겁니다."

"그것은 돈이 될 수도, 성별이 될 수도, 어쩌면 결국에는 다시 혈통이 될 수도 있습니다. 인간은 가진 게 많고 적음으로 언제나 편을 가르고, 타인보다 더 많은 것을 소유하고 싶어 합니다."

"……."

"고귀함과 고귀하지 않은 것들 사이에서 차이가 있듯, 모두가 평등해지면 또다시 그 사이에서 그 어떤 기준으로 사람들이 나누어지겠죠. 그렇다고 태어난 모든 사람을 억지로 평등하게 만들까요? 귀한 집 자식은 억지로 거지로 만들고, 거지한테 돈을 쥐여서 세상을 살게 할 수는 없죠."

"그렇다고 해도, 최대한 평등한 쪽으로 이끌 수는 있습니다. 그리고 애초에 법은 '불평등'을 만들어서는 안 됩니다. 저희가 만들려는 것은 절대적인 힘 자체가 평등을 외치는 겁니다."

"물론 그럴 수 있겠죠. 그 시도와 접근 자체는 가히 찬양할 만하다고 생각합니다."

"……."

"다만- 이론은 언제나 아름답고, 현실은 언제나 그것을 배신하죠."

나는 앞으로 미래가 어떻게 변하는지 알지 못한다. 최소한 내가 살아 있을 때만큼은 그가 말하는 세상이 올 수도, 오지 않을 수도 있었다. 그리고 나는 귀족으로 그런 세상을 그다지 보고 싶지 않았다. 그 이론이 현실이 되면 가장 먼저 단두대에 올라야 하는 자들이 우리니까.

하지만 그것과 별개로, 인간 대 인간이라는 입장에서 나는 그의 말을 굉장히 흥미롭게 듣고 있었다. 학술의 가치는 비판과 회의에 있다. 그와 내가 여기가 아니라 아카데미의 수업에서, 여기가 아니라 동등한 위치에서, 내지는 토론 테이블에서 만났다면 나는 그와 며칠이고 논쟁을 벌였을 것이다.

그럴 만한 가치가 있었다. 이론 대 이론으로는. 그리고 애초에 나는 학술과 이론적 쟁론에는 관대했다. 아니, 오히려 나와 반대된 의견을 가진 자와 논쟁을 벌이고 그와 변론하는 것을 즐겼다.

그리고 다른 한편, 승자의 논리를 맹신하는 내 가치관에 큰 타격을 줬다는 것 또한 부인할 수 없었다. 승자에게는 물론 부여된 권리가 있다. 하지만 그 권리의 남용이 과연 옳은 일인지, 애초에 어디까지가 승자의 권리 남용인지, 그것은 너무 복잡하고 깊은 문제라서 이 몇 분, 몇 시간 내에 단순히 답을 얻는 것은 불가능했지만…… 그래도 절대적으로 맹신하던 그 어떤 것에 금이 간 것만큼은 사실이었다.

하지만 안타깝게도 나는 윈체스터의 외교관이고, 귀족이고, 국왕의 조카고, 앞으로도 이미 세워진 이 제도를 굳건히 수호해야 하는 의무가 있었다. 나에게는 절대적으로 신성한 그 어떤 것.

나는 입을 열었다.

"당신의 뜻은 잘 알았습니다. 그리고 셀린느의 안위를 갖고 무턱대고 저한테 위협을 하지 않았다는 사실에서, 그나마 협상의 여지라는 것을 보았습니다."

나한테 강요할 생각이었다면 차라리 셀린느를 갖고 납치범들의 선처를 요구했겠지. 하지만 그는 그러지 않았다. 셀린느를 풀어 주는 건 그에게 필수 조건이고, 단지 그는 현재 감정으로 내게 호소하고 있었다.

하지만, 나는 쓰게 웃었다.

"어떤 시각에서든 한 인간을 납치해 간 건 잘못된 일입니다. 그들의 사정을 안타깝게 여기고 이해하고 슬퍼해 줄 순 있어도, 다른 희생자를 만든 데에 변명을 할 만한 이유는 못 된다는 것, 알고 계시겠죠."

"알고 있습니다. 그래서 제가 지금 여기에 있죠."

"그리고 당신들이 셀린느, 그 아이를 납치해 간 이유 또한 그녀가 가장 약하고 만만한 존재이기 때문이 아니던가요."

"……."

"펠로 선배는 남자고, 반항이 커질 수 있죠. 반면 저는 권력이 넘쳐 나죠. 저희 셋 중에서 가장 건드리기 쉬운 사람이 셀린느잖아요. 힘이 없는 어린 여자고, 권력도 그렇게 크지 않죠. 그래서 그녀를 선택한 것 아닐까요?"

"맞습니다."

"결국 그런 겁니다. 약하고 강한 건 상대적인 거죠. 사람은 언제나 누르고 또 누르려고 해요. 약한 것들 중에서도 상대적이라는 게 있습니다. 그래서 저는 당신의 이론과 설득에 완전히 공감하고 이해하기는 어렵지만, 그것과 별개로."

나는 잠시 말을 골랐다. 생각에는 변화가 없지만 그렇다고 충격이 없는 것은 아니었다. 내가 믿고 있던 것과 완전히 다른 방식의 세상도 있을 수 있다. 그것이 내게는 큰 충격으로 다가왔다.

그리고 '되돌려준다', '복수'라는 알싸한 포장지 그 이면에 숨겨진 귀족 특유의 오만함, 가식, 어쩌면 나는 절대 패자가 될 리가 없다는 그 '거만한 여유'.

곧 나는 혀로 입술을 살짝 핥고, 내가 생각하는, 그리고 내가 생각할 수 있는 가장 훌륭한 찬사를 보냈다.

"정해진 것을 의심하고, 만들어진 세상에 도전하는 당신에게."

"……."

"경의를 표합니다."

그는 자기 입장을 변호하고, 나는 나의 입장을 변호한다. 그것이 옳든 틀리든 우리는 그럴 의무가 있었다.

나는 이미 정해진 것을 수호하는 쪽이고, 그는 이미 정해진 것을 부숴 버리려는 쪽이다. 그것의 정당함과 옳고 그름을 잠시 제쳐 놓고서라도, 그 시도 하나는 분명 높게 살 만한 것이 분명했다.

내 말에 브룩스 켈트는 잠시 멈칫했다. 그리고 곧 미소를 지었다. 조곤조곤한 내 말에 그가 잠시 너털웃음을 짓더니 고개를 끄덕였다. 우리 사이에 잠시 침묵이 흘렀다. 그도, 나도 어떤 말을 하지는 않았다.

그 침묵을 먼저 깬 것은 나였다.

"수장으로서 이렇게 제게 부탁하러 오신 것만으로도 무척 대단하긴 합니다만, 그럼에도 사실 우리는 입장이라는 게 있죠."

"알고 있습니다. 사실 영애님과 저 사이에 먼저 굽히고 들어가야 하는 건 저 아닙니까."

"그런데 용케도 그렇게 혼자 저택에 오셨네요. 애초에 제 선처를 바라고 오신 것은 아닌 것 같은데……."

"선처를 바란 건 맞습니다. 물론 그렇게 쉽게 동요하고 용서해주실 거라 생각은 하지 않았습니다만…… 조금이나마 흔들리실 줄 알았죠."

그의 말에 나는 웃었다. 흔들렸다는 것이 어떤 의미인 줄은 모르겠다. 하지만, 글쎄, 결과에 영향을 끼치지는 않았지만, 그럼에도 내가 잠시 동요했다는 것은 부인할 수 없었다. 물론 브룩스 켈트에게 그런 사실까지 말하지는 않았다.

"그래도 얻은 게 없는 것은 아니었습니다. 그저, 당신 같은 귀족들이 조금만 더 많았다면 시에라도 달라지지 않았을까 싶더군요."

"……."

"쫓아내실 줄 알았습니다. 내지는 저를 죽이실 줄 알았죠. 그게 아니더라도, 바로 감옥에 감금당할 각오는 하고 왔습니다."

"당신의 정중한 태도에 감사드리세요. 그다음은 윈체스터의 전통에 감사드리고요. 윈체스터의 귀족은 아무리 적이라 해도 예의를 차리는 것을 최고의 품위로 여깁니다. 물론 당신과 말이 통해야 한다는 전제가 붙지만."

다만 그래서 겉멋만 잔뜩 든 녀석들이라는 소리를 잘 듣긴 하지만. 귀족 모욕죄로 평민들 목부터 댕강댕강 베는 상식 없는 시에라 녀석들보다야 100배 나은 처사가 아닌가. 자기 좀 모욕했다고 모가지부터 자르다니, 뒷골목 깡패들이나 할 법한 짓이었다.

"그리고, 다시 말하지만, 역사에 만약은 없어요. 그리고 저는 정말 완고한 왕실 수호파입니다. 켈트 씨와는 애초에 이익부터가 반대돼요."

"그래도 제 말을 들어 주셨지 않습니까. 그것만으로도 저는 크나큰 발전이라고 생각합니다. 그 어떤 귀족도, 제 말에 귀를 기울여 주지는 않았으니까요."

글쎄. 나는 떨떠름하게 웃었다. 소렐에서였다면 이 사람을 만나 이런 대화를 나눌 수 있었을까? 무슨 협상석에서 동정표나 얻는 개소리를 하느냐고 화를 냈겠지. 지금 내가 이렇게 차분하게 그와 이야기를 나눌 수 있는 것도 그쪽에게 셀린느라는 인질이 잡혀 있기에 가능한 일이었다.

그리고 이 세상에는 분명 주어진 것에 굴복하지 않고 열심히 살아가는 사람이 있다는 사실을 깨달았을 때 가능한 이야기였다. 물론 설사 그렇다고 해도 그를 소렐 협상석에서 만났다면, 훨씬 더 어려운 싸움이 되었을 것은 자명한 일이었다. 비록 불가능한 가정이었지만.

나는 테이블에 시선을 고정했다. 그리고 중얼거리듯 입을 열었다.

"소렐에서 협상에 나온 게 그 닭대가리들이라 다행이네요."

"네?"

"아니에요. 그래서 셀린느에 대해서는 어쩌실 요량이시죠?"

"풀어 드리겠습니다."

나는 시계를 흘끔 보았다. 칼리드와 일행들이 미셸르에 도착하기에는 조금 짧은 시간이었다. 말을 타고 정신없이 달린다고 해도 2시간은 걸린다고 했는데. 퇴로를 하나 더 남겨 놓은 건 나쁜 선택은 아닐 것이다. 그리고 나는 칼리드의 능력을 믿었다. 동향과 상황 파악은 그가 더 잘할 게 분명했다. 변수가 있더라도 그는 분명 잘 해낼 것이다.

그게 우리 둘 사이의 약속이니까.

나는 시계에서 시선을 떼고 다시 브룩스 켈트를 보았다.

"그들이 당신 말을 듣긴 하나요? 듣자 하니 이번 일도 독단적으로 이행한 것 같은데."

"안 돼도 되게 해야 하는 것 아닙니까. 우선 만나서 이야기를 해볼 요량입니다만…… 그리고 어린 아가씨 한 명 죽인다고 해결될 일도 아니고. 애초에 납치 자체가 옳은 행동은 아니니까요. 그 아가씨의 안전은 보장해 드리겠……."

그때였다. 조용한 접대실의 문이 벌컥 열렸다. 웬만하면 그를 자극하는 짓은 하지 말라고 내가 그렇게 주의를 시켰는데. 나는 미간을 찌푸렸다. 하지만 곧 문을 열고 들어온 사람이 발터르 영애라는 사실을 깨닫고 표정을 풀었다. 어디서 달려왔는지 그녀가 약간 가쁜 숨을 고르다가, 곧 나와 브룩스 켈트에게 시선을 고정하고 입을 열었다.

"사르빈 영애께서 구출되셨다고 해요!"

"뭐?"

"방금 미셸르에서 급한 전보가 왔어요. 사르빈 영애의 신변은 안전하고, 상처 하나 없이 깔끔하게 구출되셨다고 합니다."

"칼리드는?"

"공작 각하께서도 무사하시다고 해요. 다만 올리비아 님께서 지금 탈진해 쓰러지셨다고……."

"왜!"

나는 급하게 소리쳤다. 안 그래도 어제저녁부터 포션만 연거푸 들이켜던데, 얘가 진짜!

"그게…… 스칼렛 님 걱정되신다고 말에 속력 스크롤을 쓰셨다고 해요. 빨리 가셨다가 올 예정이었나 본데…… 그게 엄청난 체력을 요구해서요."

"그 인간들이 진짜."

어쩐지 이상하게 일찍 도착했다 했다. 말을 타고 전속력으로 달려도 2시간 거리를, 왜 이렇게 빨리 끝냈나 했더니.

내 표정에 발터르 영애가 어색하게 웃었다.

"그래서 오실 때는 시간이 좀 걸린다고 해요."

"왜?"

"말들이 다 쓰러졌다고 하네요."

나는 잠시 할 말을 잃었다. 집념에 칭찬을 해야 하는 건지, 아니면 무모하다고 질책을 해야 하는 건지. 나는 알았다면서 잠시 발터르 영애를 물리고, 다시 고개를 돌려 브룩스 켈트를 보았다. 곧 그가 어색한 표정으로 나를 보았다.

"아무래도 제가 나타나지 않았어도 별 상관없는 상황이었나 보군요."

"결과만 보면 그렇죠."

"그럼에도…… 제 말을 끝까지 들으신 건 왜죠?"

브룩스 켈트가 물었다. 나는 그의 말에 대답하지 않고 조용하게 웃기만 했다. 물론 시작은 두려움이었다. 나는 그를 납치범이라고 추측하고 있었고, 섣불리 그를 건드리고 싶지는 않았으니까.

그러고는 시간 끌기였다. 그가 직접 한 납치는 아니더라도, 혹시라도 있을 만약의 상황이라는 게 있지 않은가. 그리고 애초에 그를 놔줄 생각이 없었다. 그의 이유가 어떻고, 행동이 어떻든 간에 그는 반왕실파다.

내 얼굴에 비낀 미소의 뜻을 알아차렸는지, 브룩스 켈트가 희미하게 웃었다. 나는 입을 열었다.

"뭐, 결과적으로는 그렇지만 그렇다고 해도 당신의 행동이 전혀 소용없는 행동은 아니었어요. 지금 진지하게 납치범들을 시에라로 보낼지, 보내지 않을지 생각하고 있거든요. 물론 이것 또한 제가 혼자서 결정할 일은 아니지만."

그들을 시에라로 보내면 그들은 백이면 백 즉결 처형이다. 반역이었다. 왕권을 의심한 죄였다. 하지만 윈체스터에서라면 죄질이 달라진다. 귀족과 왕족 내부에 이는 물결이 어떻든 간에, 공적으로 적용할 만한 죄목은 납치죄, 협박죄 등등이 있었다.

물론, 설사 그렇다고 해도 전체적으로 왕권 자체에 도전하는 세력을 가만히 내버려 둘 만큼 윈체스터 왕실은 바보가 아니었다. 공식적으로 죄목을 적용해도, 이런저런 다른 핑계를 대면서 그들을 체류하고, 탄압하고, 식은 죽 먹기였다. 물론 시에라에 바로 보내는 것보다 조금 더 희망적이겠지만. 그 끝은…….

제왕의 생존력은 그렇게 쉽게 볼 게 아니었다. 그들 눈에 이 제도 자체가 어떻게 보일지는 몰라도, 몇백 년이나 명맥을 유지한 데는 분명 그 합리성이 존재했다. 그리고 아직 생긴 지 얼마 되지도 않은 그들의 이론은 쉽게 죽여 버릴 만한 힘을 갖고 있었다. 조금, 인간적으로 씁쓸해지는 것과는 별개의 문제로.

사실 제일 처음 내 의견은 그것들을 당장 시에라로 보내 반역죄로 처단시키고 죽여 버리는 것이었지만…… 모르겠다. 내가 선처를 한다 어쩐다 할 수 있는 처지는 아니었다. 피해자는 셀린느니까.

하지만 그것과 별개로 나를 조금이나마 동요시킨 데서, 사실 브룩스 켈트는 헛된 짓을 한 건 아니었다. 물론 그게 그들의 운명을 바꿀지 바꾸지 않을지, 어떤 식으로 이끌어 갈지는 결정되지 않았지만.

어쨌든 나 혼자서 결정할 문제는 아니었다. 나와 그의 입장은, 개인 대 개인의 입장이 아니었다. 그 어떤 세력과 제도 사이의 문제였다. 내가 그의 사상을 감명 깊게 받아들이고 이해를 시도한 것과 달리, 나에게는 내 의무가 있고 내 입장이 있고 내가 해야 할 일이 있었다.

나는 내 앞에 조용하게 앉아 있는 브룩스 켈트를 보았다. 그에게 말은 하지 않았지만, 이번 일로 윈체스터는 또 시에라의 왕실에 크나큰 배상을 요구할 것이었다. 왕실이 직접 한 짓은 아니더라도 이로 인해 시에라 왕실 자체는 큰 약점을 잡혔다.

브룩스 켈트의 말을 들어 보면 그는 이 납치 행위 자체를 반대한 것 같았다. 다만 그 납치범들을 말린 것도 이러한 이유가 있었을 것이다. 만약 이 빌미를 잡아 윈체스터가 시에라에 큰 배상을 요구하면, 결국 그 피해는 다시 민중들에게 돌아가니까.

나는 손가락으로 머리를 짚으면서 입을 열었다.

"그런데, 용케도 혼자 오셨네요. 그 사람들을 전부 버리고 '큰일'을 도모하셨어도 되었을 상황 같은데."

셀린느가 무사하다는 소리를 들어 그런지 긴장이 훅 풀렸다. 나는 의자에 몸을 기대면서 입을 열었다. 그에 그가 대답했다.

"제 책임이니까요."

"제가 당장 당신을 죽이라고 하는 경우는 상상 못 했나요?"

물론 내가 윈체스터의 귀족인 이상 함부로 살인은 불가하지만, 시에라는 귀족의 심기를 거스른 죄로 목이 잘리는 게 너무 일상 다반사였다. 윈체스터 법에 대해 아무리 잘 알고 있어도 그가 시에라의 사람인 이상, 그것도 평민인 이상 걱정하지 않은 건 아니었을 것이다.

내 물음에 브룩스 켈트가 고개를 살짝 떨구었다.

"예상했습니다. 하지만…… 그래도 도박은 해 보고 싶었습니다. 그만큼 그들의 안위가 중요했으니까요."

"……."

"제가 끌어모은 자들입니다. 수장으로서 큰일을 도모하는 것도 중요하지만, 그렇다고 사람을 버릴 수는 없는 노릇이지요. 그렇게 대단한 리더는 아닙니다. 이게 제 약점이기도 하고."

"하지만 그래도 대단하다고 생각합니다."

내 말에 브룩스 켈트는 조금 놀라운 표정을 지었다. 그러나 그것과 별개로 그가 대단하다고 생각한 것만큼은 사실이었다.

그는 수장으로서 책임을 다하려고 했다. 다만 그러면서 다른 것을 버리기도 했다. 대의와 소의. 이 사이의 평형은 또 그의 문제다. 그 혼자서 해결해야 하는 문제였다. 뭐가 되었든 간에 인간은 약점이 있고 완전하지 못한 존재다.

세상에 완벽한 이론은 없고, 완벽한 변론 또한 존재하지 않는다. 내가 지금까지 공부하고 살아오면서 느낀 것이었다. 파고들 틈은 언제나 있었고 무너질 가능성 또한 있었다.

오늘날 내가 맞다고 생각한 게 무조건 진리고 옳은 것은 아니었다. 어쩌면 시간이 지나 그 손가락질 아래 존재하는 것이 내가 될 수도 있겠지. 모르겠다.

나는 웃었다.

모든 사람을 만족하게 할 수는 없는 노릇이다. 모두가 행복하게 잘사는 결말은 존재하지 않는다.

그건 현재 나에게 내가 해 줄 수 있는 최고의 위로이자 경고였다.

* * *

칼리드와 올리비아, 그리고 셀린느가 돌아온 건 저녁 10시가 넘어서였다. 나는 저택 문 앞에서 서성거리다가 저 멀리서 들려오는 말발굽 소리에 정신을 퍼뜩 차리고 안절부절못하며 그들을 기다렸다. 그리고 곧 내 앞에서 차례로 멈춰 선 말들과 전엔 보지 못한 마차를 보는 순간, 나는 안도의 한숨을 내쉬고 말았다.

가장 앞에 있던 칼리드가 말에서 훌쩍 뛰어내린 채 나에게 성큼성큼 다가왔다. 그는 오자마자 내 얼굴부터 발끝까지 깐깐하게 검사하고는 내게 아무런 상처도 없다는 것을 확인한 뒤, 바로 안도의 한숨을 내쉬면서 나를 꽉 끌어안았다. 입속으로 신을 찾는 걸 보니 정말 걱정했나 보다. 나를 끌어안은 팔이 미세하게 떨리는 것 같기도 했다.

그리고 그의 어깨너머로 보이는 마차 문이 열리자, 나는 그를 가볍게 밀어내고 바로 마차에 뛰어갔다. 내 예상이 틀리지 않았다면—

"셀린느!"

마차에서 내리는 건 셀린느였다. 그녀는 조금 엉망이 된 옷과 머리를 제외하고는 평소와 다름이 없었다. 다행스럽게 상처 또한 없는 것 같았다. 내 외침에 셀린느가 나를 발견하곤 바로 눈물이 그렁그렁해져서 내 품에 안겼다.

드레스 앞섶이 축축해지는 걸 느끼며 나는 그녀의 작은 뒤통수를 끌어안았다. 곧 훌쩍거리며 그녀가 눈물을 흘렸다. 나는 내 앞에 있는 그녀를 보며 겨우 안심할 수 있었다.

신이시여, 감사합니다.

셀린느가 내리고 올리비아가 내렸다. 그녀는 탈진했다는 것과는 달리 얼굴색이 꽤 좋았다. 물론 올리비아는 나한테 안겨 있는 셀린느를 보며 그녀 특유의 지랄한다—라는 표정을 얼굴에 써 붙였다. 너무 그녀다워서 놀랍지도 않았다. 나는 조용하게 그녀를 향해 물었다.

"쓰러졌다더니, 어떻게 된 거야?"

"그 정도는 약간만 휴식하면 돌아와. 연금술사 체력을 뭐로 보는 거야?"

"흑, 스칼렛 님."

"응."

그때 셀린느가 나를 보며 입을 열었다. 나는 그녀의 눈가에 달리 눈물을 손가락으로 닦고는 대답했다.

"올리비아 님이 그러시는데, 저 구하려고 마신 포션이 수도의 저택값이래요."

"뭐?"

나는 바로 딴청을 피우는 올리비아를 향해 어이없는 표정을 지어 보였다.

"저 올리비아 님한테 집 사 줘야 해요?"

"야, 넌 나한테 집 사 주는 걸 왜 걔한테 물어봐."

"거짓말이야, 안 사 줘도 돼."

"진짜요?"

"진짜야. 왕실에서 예산 다 나와."

"이번에는 안 나올걸. 개인행동 때문에."

"어, 진짜요?"

"가짜야. 그래도 나와."

티격태격하는 나와 올리비아, 셀린느를 보며 칼리드가 미미하게 미소 지었다. 나는 저택 앞에 서 있는 그를 보며 웃어 주고는 입 모양으로 조용하게 말했다.

'고마워요. 그리고 사랑해요.'

'별말씀을. 그리고 저도 사랑합니다.'

"지랄한다."

그런 우리를 보며 올리비아가 역겹다는 표정을 지으며 말했다.

그에 나는 웃었다. 누군가에게는 비극이고, 희극이더라도, 셀린느가 돌아온 시점에서 나는 그래도 지금 이 순간만큼은 다른 것 다 제쳐 놓고서 그녀가 무사하다는 것에 감사하고 싶었다. 나는 셀린느를 한쪽으로 부축하며 저택으로 들어갔다.

아, 끝났다.

* * *

"막내 왔어요."

셀린느와 내가 접대실에 들어선 순간, 여기저기서 안도의 한숨이 터져 나왔다. 방금까지 긴장감이 가득 찼던 접대실의 분위기가 그제야 사르르 녹기 시작했다.

셀린느가 소파에 엉덩이를 붙이기 무섭게 사방에서 그녀의 안부를 물어 왔다. 그에 일일이 대답하면서, 셀린느는 조금 긴장이 풀린 듯 방금보다 훨씬 편안한 표정을 지었다.

이 며칠 가장 들뜬 분위기 속에서 벗어난 나는 살짝 고개를 돌려 문 쪽을 보았다. 칼리드가 아직 돌아오지 않았다. 셀린느가 무사하다는 것을 확인한 뒤, 나는 그들을 뒤로 남긴 채 조용하게 접대실을 나갔다. 저택 문 앞까지 나갔지만 칼리드는 없었다. 나는 그를 찾다가 결국 길 가던 기사 한 명을 잡고 물어야 했다.

"칼리드, 아니…… 프로디아드 공작 각하는 어디로 가셨나요?"

"아, 방금 방으로 들어가셨습니다. 상처 때문에…… 아!"

내 물음에 대수롭지 않게 말하던 기사의 얼굴 위로 낭패의 빛이 스쳤다. 순간 피가 식는 듯한 느낌이 온몸을 감싸 안았다. 나는 다급하게 기사의 팔을 흔들며 어떻게 된 일이냐는 눈빛을 보냈다.

"방금 볼 때는 그런 거 없었는데……."

"상, 상처는 없습니다. 제가 잘못 말한 겁니다. 공작 각하께서는 지금-"

"거짓말하지 마요. 어떻게 된 거죠?"

나는 얼굴을 팍 찌푸리고 채근하듯 기사를 탈탈 털었다. 내 질문에 기사가 난감하다는 표정을 지었다. 나한테는 비밀인 사항인가? 아니, 그 중요한 게 왜 나한테 비밀이지? 그가 다쳤다는 소리를 듣자마자 속에서 스멀스멀 피어오르는 감각이 너무, 가슴 아팠다.

결국 기사는 내 눈빛에 못 이겨 다 털어놓고 말았다.

"방금 사르빈 영애를 구출하는 도중에 그 납치범들이 마법 스크롤을 사용…… 영, 영애님! 치료하셨…… 영애님!"

"고마워요."

"영애님! 죽어도 제가 말했다고…… 영애님! 꼭!"

내가 댁이 누군지도 모르는데 어떻게 말해.

기사는 말을 듣다 말고 갑자기 뛰어가는 내 뒤통수에 대고 처절하게 외쳤다. 물론 나는 그것을 신경 쓸 새도 없었다. 미친 듯이 계단을 타고 타고 뛰고 또 뛰자 어느새 칼리드의 방 앞이었다. 노크하려고 손을 드는 순간, 나는 어쩐지 아무렇지도 않게 연기하는 그의 모습을 볼 것 같아 숨을 크게 들이쉬고 바로 문을 열었다.

"칼리드, 괜찮아……!"

그리고 눈앞에 펼쳐진 광경에 잠시 멍하니 서 있기만 했다.

그의 상처는 내가 생각했던 것보다 더 심했다. 단순히 마법에 당했다고? 방금 나를 꽉 끌어안을 때만 해도 눈치를 채지 못했는데, 대체 얼마나 다친 거야. 얼마나 다쳤길래 하얀 셔츠 절반이 빨갛게 물들었나. 방금 떨리던 팔은 설마 상처 때문에…….

칼리드는 내 갑작스러운 침입에 당황한 듯 얼굴을 잠시 굳히다 급하게 외투를 찾았다. 하지만 그보다 방문을 닫고 내가 달려가는 게 더 빨랐다. 나는 빨갛게 물든 그의 셔츠를 보고 무슨 말을 하면 좋을지 몰라 입만 꾹 다물고 그를 보았다. 곧 그가 조용하게 말했다.

"스칼렛, 놀라지 마십시오. 별것 아닙니다."

"별것 아니기는!"

그의 셔츠 절반이 피에 젖어 있었다. 이 상황에서 과다 출혈로 쓰러지지 않은 게 다행이었다.

"나한테……."

"스칼렛."

목소리에 물기가 배자 칼리드가 깜짝 놀라 자리에서 일어났다. 나는 억지로 그런 그를 걸상에 앉히고 입을 열었다.

"벗어 봐요, 상처 어떤지…… 흡, 보게."

"스, 스칼렛."

"당장 벗지 못해요?"

"이미 포션으로 치료했습니다. 피는 미처 씻지 못한 것뿐입니다."

"그러니까 말짱한 거 내 눈으로 보자니까, 당신 지금 하는 말 신빙성 없는 거 알죠? 나한테 상처 입었다는 사실도 숨기려고 한 주제에!"

물론 나는 그의 말을 귓등으로도 듣지 않았다. 곧 그가 내 손목을 꽉 잡았다. 저도 모르게 준 힘이라 그런지 미처 조절을 못 한 탓에 손목이 꽉 잡혀 왔다. 물론 아플 정도로 잡은 건 아니었다. 칼리드는 그 어떤 상황에서도 나를 힘으로 제압하려 들지 않았으니까. 하지만 나는 이런 기회를 그냥 날려 버리는 사람이 아니었다. 나는 일부러 눈물을 그렁그렁 달았다.

"아파요……."

"괜찮습니까?"

물론 그건 엄청난 틈이었다.

그가 순간적으로 손에 힘을 풀어 버리는 틈을 타, 나는 잽싸게 그가 앉은 의자 옆에 한쪽 무릎을 턱하니 얹어 놓고 그의 셔츠를 풀기 시작했다. 칼리드는 자신이 일어나면 내가 뒤로 넘어진다는 것을 알아차렸는지 일어나지도 못한 채, 그렇다고 내 팔을 함부로 잡지도 못한 채 어정쩡하게 나한테 당하고 말았다.

그가 나한테 함부로 힘을 쓰지 못한다는 사실을 좀 악용한 것 같아 치사한 것 같긴 해도, 나는 내 눈으로 그가 괜찮다는 것을 꼭 확인하고 싶었다. 쓸데없는 고집이라고 해도 상관없었다.

"미안해요, 칼리드. 진짜 미안한데, 그래도 혹시 상처가 아물지 않으면 엄청나게 고생해야 하잖……."

그때였다. 운명의 신은 나를 농락할 생각인지 내가 그의 셔츠 단추를 세 개 정도 풀어 버렸을 때 갑자기 문이 벌컥 열렸다.

"단장님! 범인들이 곧 온다고 합……!"

"나가."

다급한 기사의 목소리를 자르고 칼리드가 차갑게 내뱉었다. 순간 나는 고개를 살짝 돌려 문을 열고 들어온 기사의 얼굴이 하얗게 질리다가 다시 빨개지고 다시 하얗게 질리는 그 과정을 목격하고는, 어리벙벙하게 서 있기만 했다. 참고로 내 손은 아직도 칼리드의 셔츠를 잡고 있었다.

"저…… 죄, 죄송합…… 제가 방, 방해를."

"어, 그게, 그러니까. 경, 이건 말이죠, 당신이 생각하는 그런 게 아니라—"

"나가. 노크하는 습관도 없나? 돌아가면 훈련 시간 10시간 추가다."

"아니, 칼리드 그냥 내보내면 어떡해요, 오해하잖아. 경, 경? 잠시만요, 나가지 말고 내 말 좀……."

나는 얼굴이 시뻘게져서 방을 나가는 기사를 잡으려 의자에 올려놓았던 다리를 내렸다. 하지만 그 순간 내 허리를 휙 잡아채는 손길에 정신을 차릴 새도 없이 나는 어느새 방금 칼리드가 앉아 있던 걸상에 앉혀졌다. 그리고 눈 깜짝할 사이에 칼리드가 허리를 굽히고 양팔로 턱 하니 의자의 손잡이를 각각 짚었다.

아니, 왜 구도가 갑자기 이렇게 돼. 이러면 진짜 우리가 뭘 하려고 하는 것처럼 보이잖아.

나는 잠시 당황함에 젖었으나 나를 흉흉한 눈길로 보는 칼리드, 아니 저건 흉흉한 눈길이 아니라 뭔가 좀 이상한데, 하여튼 그런 눈길로 보는 칼리드를 향해 모깃소리처럼 작게 입을 열었다.

"어쨌든, 상처 좀 봐요……."

그 순간 그가 웃음을 터뜨렸다. 이 와중에 상처 걱정을 하는 내가 웃기기라도 했나. 하지만 나는 진지했다. 진심으로 그의 상처가 걱정되었다. 곧 그가 입을 열었다.

"진짜 상처가 다 나았다면 어쩌시겠습니까."

"그럼 다행인 거죠, 뭘 어째."

"옷까지 벗기시고."

"아니, 이 남자가! 내가 뭘 사심이 있어서 벗긴 것도 아니고! 옷 바꾸면 되죠! 어차피 바꿀 옷!"

물론 그렇게 말하면서도 나는 그의 셔츠 단추를 마저 풀었다. 다행이게도 피가 번진 곳에 상처는 없었다. 정말 올리비아가 치료해 줬나 보다. 나는 안도의 한숨을 쉬었다.

그리고 다시 고개를 드는 순간, 나는 그제야 상황 파악이 제대로 돼 하마터면 쓰러질 뻔했다.

우아, 몸 좋다— 아니, 이게 아니지. 스칼렛, 너 지금 뭘 감상하는 거야!

"뭘 보시는 겁니까?"

"잘생긴 당신 얼굴?"

"시선은 전혀 그쪽이 아닌 것 같은데……."

"맞거든요, 그렇다면 그런 줄 알……."

말을 채 뱉지도 못했다. 내 뒤통수로 익숙한 손길이 받쳐 왔다. 나는 바로 그의 목에 팔을 둘렀다. 살짝 허리가 들렸다. 그것을 감싸는 팔이 단단해서, 나는 그의 품에 안긴 채 입안을 뒤집는 혀를 냉큼 내 것으로 만들었다.

그의 팔이 내 허리에 닿는 순간, 저도 모르게 안도감이 온몸을 파고들었다. 쌓였던 스트레스와 불안감이 이 순간만큼은 종적을 감추는 듯했다. 그제야, 셀린느가 무사하게 돌아왔고, 그 또한 무사하게 돌아왔고, 나도 무사하고, 우리 모두가 안전한 상황을 맞이했다는 사실을 깨달았다.

혀가 입천장을 쓸고 지나가며 좀 더 깊숙한 곳을 파고들었다. 점점 나긋하게 적셔지는 입술만큼이나 부드럽게 내 입안을 휩쓸었다. 집요하게 파고들고, 놔주고 물고 누르고 적시고, 입안에 가득 찬 그의 향기와 함께 아득한 느낌이 뇌를 가득 채웠다.

내 입안을 집요하게 따르던 혀가 빠져나갔다. 그제야 내가 숨도 쉬지 못했음을 깨달았다. 하지만 곧 내 입술 옆, 뺨을 타고 천천히 내려가던 입술이 내 목을 살짝 할짝거렸다. 순간, 척추를 타고 찌르르 느껴지는 감각 때문에 몸이 나른해졌다. 아, 이거 안 되는데, 위험한데.

할짝거리는 소리가 그치자 쪽쪽거리는 소리가 야살스럽게 귀를 울렸다. 방 안에 팽팽하게 가득 찬 야릇한 공기 때문에 나는 차마 어쩌지도 못하고 그저 얌전하게 고개를 들었다. 아니, 정확히 말하자면 자연스럽게 고개가 들렸다.

그러다가 그의 한쪽 손이 내 앞에 단정하게 매진 리본의 끝을 풀어헤치고, 그의 입술이 바로 쇄골 쪽을 물 때, 나는 정신이 번쩍 들어왔다.

"아니, 잠, 잠깐만 칼리드."

그가 슬쩍 시선을 올려 나를 보았다. 나는 나른하게 퍼진 그의 눈동자에 하마터면 우리…… 아니다, 이건 좀 위험한 발언이야. 그리고 난 아직 그 정도까지는 아니라고! 어쨌든 그런 그의 적갈색 눈동자를 보며 내가 떨리는 목소리로 입을 열었다.

"그, 수도로, 돌아가서."

"……."

"수도로 돌아가서 마저 해요."

아닌데, 난 원래 '그만해요'가 목표였는데, 어느새 내 의지를 배반하고 내 주둥아리는 본능에 따라 나불거리기 시작했다. 칼리드가 눈썹을 까닥하고 다시 고개를 들었다. 내 말이 썩 마음에 들지는 않지만, 이번만큼은 봐주겠다는 뜻인 것 같았다.

웃고 있어, 이 인간 웃고 있어. 내가 이럴 줄 알았던 게 분명해.

왠지 모르게 억울해졌다.

"수도에 가면, 마저 하는 겁니다?"

“돼, 됐고. 앞으로 다치지나 마요. 다시 다쳐서 오면 용서 안 할 줄 알아요.”

“그럼 저도 하나 요구하죠.”

“뭘요?”

“앞으로 절대, 혼자 위험한 짓은 하지 않겠다고 약속해 주십시오.”

“네?”

“절대.”

“그건 좀 곤란한데…….”

“그럼 방금 하던 거 다시…….”

“으아아악, 알았어요. 약속할게요. 한다고 했잖아.”

곧 다시 내 리본을 잡아끄는 그에게 질겁해 내가 소리쳤다. 이 인간, 이거 한 맺힌 거 아냐? 나는 그의 얼굴을 올려다보았다. 하지만 만족스럽게 웃고 있을 것이라는 나의 예상을 깨고, 그는 꽤 씁쓸한 표정을 짓고 있었다. 그 모습이 묘하게 슬퍼서, 내가 물었다.

“왜 그래요.”

“그냥, 가끔은 당신을 딱 방 안에 가두고 싶어서.”

“이 인간이 미쳤나. 그런 거 천 년 사랑도 식는 거 알죠? 난 그런 쪽은 흥미 없어요.”

차라리 가두는 쪽이면 몰…… 아닌데, 이건 좀 위험한 플레이인데.

“압니다. 그리고 그런 걸로 당신을 막을 수 있을 리 없다는 것 또한 압니다.”

“…….”

“그래도 사람 마음이라는 게 참 간사한 것 같아서 그럽니다.”

“뭐가요?”

"그냥 옆에 있으면 좋겠다고 생각했는데, 정작 옆에 있고 보니 혼자만 갖고 싶어서."

"……."

"그렇게 혼자만 가졌는데, 그래도 당신은 나 혼자뿐이 아니라는 게, 좋기도 하고 나쁘기도 합니다."

"……뭐가 그래요."

"참 훌륭한 사람을 사랑했다 싶다가도, 당신이 형편이 없어서 세상에 의지할 곳이 나밖에 없었으면 좋겠다고 생각하기도 하고."

"그거 좀 위험한 거 알아요?"

"물론 그럴 일은 없을 겁니다."

그가 조용하게 읊조렸다. 곧 그가 한쪽 손으로 내 뺨을 만지작거리는 걸 보면서, 나는 웃음을 흘렸다.

"미안해요."

"그런 것 들으려고 한 말은 아닙니다만."

"그래도 미안해요."

내 말에 그가 고개를 숙여 내 눈가에 가볍게 입을 맞추었다. 나는 눈을 감고 내 눈을 꾹 누르는 느낌을 얌전하게 받아들였다. 그리고 곧, 나는 다시 눈을 뜨고 입을 열었다.

"여기 와서 여러 가지 사실을 알게 되었어요."

"무엇을 말입니까?"

"세상살이 참 만만하지 않구나. 사람마다 참, 여러 가지 고통을 안고 사는구나."

내가 담담하게 말한 것과 달리, 칼리드는 되레 웃음을 흘렸다. 나는 진지한 표정으로 그를 살짝 흘겼다. 내 표정을 본 그가 다시 웃음을 살짝 거두고 내 얼굴을 바라보았다.

"나는, 그래서 그들의 모든 고통과 아픔을 이해하지는 못해도, 그래도, 그것들이 존재한다는 사실과, 그들의 노력을 인정해야겠구나. 설사 긍정하지는 못한다고 해도, 내가 알아야겠다고, 그렇게 생각했어요."

방금 브룩스 켈트와 얘기할 때 칼리드는 없었다. 아마 우리 둘 사이에 어떤 대화가 오갔는지도 모를 것이다. 그럼에도 칼리드는 무척 담담하게 내 말을 경청해 주고 있었다. 나는 그의 앞머리를 살짝 쓸다가 입을 열었다.

"칼리드, 당신한테도 그런 게 있나요?"

내 뜬금없는 물음을 예상하지 못한 듯 그가 멈칫했다. 그리고 곧 두 손으로 내 뺨을 가볍게 감싸고 내 입술에 입을 맞추었다.

쪽- 하는 소리와 함께 끝난 입맞춤 뒤, 그가 나와 눈을 맞추며 입을 열었다.

"아마도?"

나는 웃었다. 애초에 대답을 원한 물음이 아니었다. 그때 칼리드가 입을 열었다.

"스칼렛, 당신이 정확히 어떤 것을 느끼고, 어떻게 생각하는지 사실 저는 완전히 이해하기 어렵습니다. 하지만 당신이 말한 것처럼 사람은 저마다의 고통을 갖고 삽니다."

"……."

"그 말인즉, 당신한테도 당신만의 고민이 있고, 고통이 있고, 이겨 내야 하는 게 있다는 겁니다."

"그렇죠……."

"생각하는 것도 좋고, 고민하는 것도 좋지만, 너무 자신에게만 엄격하게 굴지는 마십시오."

순간 울컥하고 말았다. 그의 말에 저도 모르게 긴장이 탁 풀렸다. 나는 조곤조곤하게 내게 말하는 그의 얼굴을 향해 웃어 보이곤 다시 그의 뺨에 가볍게 입을 맞췄다.

곧 내 시선이 벽 쪽에 걸린 시계로 향했다. 그제야 내가 접대실을 너무 오래 나와 있었다는 사실을 깨닫고 자리에서 일어났다. 그만 가자며 이끄는 내 손길에 칼리드가 먼저 가 있으면서 고개를 저었다. 옆에 놓인 깔끔한 셔츠를 집어드는 그를 보며 고개를 끄덕인 뒤, 그의 방을 나갔다.

* * *

"칼리드 상처, 네가 치료한 거야?"

"정확히 말하자면 내 약이."

접대실로 들어가기 전 복도에 서 있는 올리비아를 발견하고 내가 입을 열었다. 아무런 예고도 없이 갑작스러운 내 물음에도 그녀는 굉장히 담담하게 받아쳤다. 눈길도 돌리지 않고 무엇인가를 주시하는 올리비아의 옆에서 나도 눈길을 창밖으로 돌렸다. 눈앞에는 포박된 채 마차와 말에서 내리는 무리가 보였다.

"저 사람들……."

"납치범들이야."

"아."

나는 가볍게 탄식했다. 브룩스 켈트는 아직 접대실에서 기사 네

명에게 감시당하고 있었다. 비록 직접 납치를 감행한 것도 아니고, 그가 지시하는 것도 아니므로 공범이라고 판단하기는 어려웠지만, 그렇다고 해도 그는 반왕실파였다. 쉬이 놔줄 수 없는 사람이었다.

내 말에 브룩스 켈트는 담담하게 알았다고 했다. 그는 아마 알고 있었을 것이다. 이대로 수도에 가게 된다면 자신이 그저 아무렇지도 않게 풀려나기는 어렵다는 사실을.

그럼에도 알겠노라고 했다. 그것이 수장이 지녀야 할 책임감인지, 아니면 무엇인지 나는 몰랐다. 그럼에도 혼자서 이 저택으로 들어올 정도로 대단한 사람이라는 것은 확실했다.

아마 나라면, 모르겠다. 그게 가능한지. 나는 나 나름대로 자부심을 느끼고 있었지만 딱 그만큼이었다. 내가 하지도 않은 일을 뒤집어쓰고 책임질 용기는 없었다.

올리비아는 기사들에게 포박당해 반쯤 끌려가는 사람들을 보며 담담하게 서 있었다. 그리고 곧 입을 열었다.

"참, 희한한 사람들이야."

"응?"

"사람이 분노하는 것도 한순간, 선동당하는 것도 한순간이지. 웃기게도 그 한순간이 저들의 운명을 다른 곳으로 이끌었지만."

"……."

나는 입을 꾹 다물었다. 셀린느를 직접 납치한 그 검은 옷을 입은 사람이 마차에서 내리고 있었다. 그렇게 큰일을 저지르고도 꽤 태연한 표정이었다. 2층이었지만 분명하게 보이는 표정에는 어떤 감정도 실려 있지 않았다.

나는 터덜터덜 압송되어 가는 사람들을 보며 잠시 생각에 잠겼다. 그의 분노의 방향은 분명 틀렸다. 그의 상황을 이렇게까지 만든 건 분명 나약해 빠진 나라와 썩어 빠진 시에라의 왕실이니까. 물론 윈체스터가 장작 하나 정도 더 놓아 준 건 사실이지만, 그렇다고 해서 셀린느 본인의 탓은 없다. 브룩스 켈트의 말대로 그녀는 체스판의 말일 뿐이다.

세상에 절대적인 선과 악은 없었다. 선과 악이 뒤바뀌는 것도 한순간이었다. 입장이라는 게 존재하는 한, 우리를 심판할 만한 자격을 가진 이는 없었다.

“얼마 정도 내려올까?”

“그걸 왜 나한테 물어봐. 그건 네 전공이잖아.”

“납치, 협박, 거기에 자칫하면 왕실의 근본을 흔드는 반역죄까지, 마지막 죄명은 공개적으로 적용이 안 될 수 있으니, 공식적으로는…… 선처에 선처를 해 줘도 15년인데.”

물론 어디까지나 공개적으로. 왕실의 뒤 공작은 쉽게 볼 게 아니다. 앞에서 품위 있고 우아하게 절차대로 의식을 행해도, 왕권의 개입이 전혀 없을 수는 없다.

아마 주동자는 잘해도 무기형, 못하면 사형. 그저 깔끔하게 참수 정도는 그나마 좋은 경우다. 소리 소문 없이 사람 하나 처리하는 건 어차피 일도 아니었다. 게다가 감히 왕실을 상대로 협박을 진행하고, 공작에게 고의든 우연이든 상해를 입혔다. 그런 상황에서 결과가 좋게 나오는 게 더 이상한 것이었다.

“그러고 보니 칼리드는 어쩌다가 다친 거야?”

“원래 셀린느를 구하러 가는 쪽, 저 인간들 잡는 쪽 두 쪽으로 나누어졌는데, 공작은 셀린느를 구하는 쪽이었거든.”

"……."

"셀린느는 무사하게 구했는데 저 인간들 중 한 명이 도주 스크롤을 찢으려다가 잘못 찢는 바람에 공격 스크롤을 찢었어. 덕분에 도심 한복판에서 갑자기 마법이 생성되고…… 난리가 났지. 기사들이 늦게 온 것도 그거 수습하느라고 늦게 온 거야."

"아니, 그걸 어떻게 잘못 찢었대? 그거 위에 다 쓰여 있지 않아?"

"글자를 모르나 봐."

"……."

"스크롤이 생긴 건 다 비슷비슷하잖아."

그녀의 말에 나는 길게 숨을 내쉬었다. 내 복잡한 표정을 보고 올리비아가 웃음을 흘렸다.

"또 말랑말랑이야? 동정심 들고 그래?"

"아니거든."

그녀의 물음에 나는 바로 부정을 표시했다. 동정이라니, 못 배운 걸 동정할 만큼 나는 배움이 긴 사람은 아니었다. 다만 그 상황에서 어떻게든 발악하는 정신이 참, 묘한 기분이 들 뿐이었다.

올리비아의 붉은색 눈동자가 나를 빤히 보았다. 나는 그녀의 얼굴을 보고 그저 가볍게 웃었다.

"인간의 본성이란 참 미묘한 거 같아."

"미묘하지. 그래서 세상에 절대적인 답이란 없는 거고."

올리비아가 담담하게 대꾸했다. 저 말은 연금술사들이 입버릇처럼 하는 말이었다. 세상에 절대적인 답은 없다. 세상의 본질은 영원한 회의와 비판이다.

나는 머리를 뒤로 젖히고 살짝 눈을 감았다. 그리고 입을 열었다.

"뭐, 기분이 복잡한 거랑 별개지. 이럴 때면 정말 사람은 모순적인 것 같아. 이성이 따로 놀고, 감성이 따로 놀아. 그렇지만 결국에 그 두 개 모두 나야. 이제는 나도 내가 어떻게 된 건지 모르겠어. 사실, 일이 너무 정신없이 돌아가. 정신 분열 오지 않을까?"

"출신에서 완전히 자유로울 수 있는 사람은 없어. 물론 그건 절대 잘못에 대한 핑계가 되어 주지 못하지만."

"알아, 그냥 심란해서 해 보는 소리야. 내가 징징거릴 만한 사람이 너랑 비올레타밖에 없는데, 비올레타가 없잖아, 여기 지금."

"본인이 징징거린다는 건 알고 있어?"

"응."

"생각이 많아서 그래. 예민하고. 넌 1을 주면 2부터 100까지 다 신경 쓰잖아. 차라리 비올레타처럼 그냥 단순하게 살아 보는 건 어때? 내 편 들어 주는 사람, 좋은 사람. 내 편 들지 않는 사람, 나쁜 사람."

"다섯 살이냐. 그리고 나도 그냥 속마음이 이렇다는 거지, 진짜로 그걸 행할 생각은 없어. 누가 뭐래도 난 디르난트거든."

나를 빤히 보는 올리비아에게 슬쩍 눈을 흘겼다. 내 눈동자를 빤히 보던 올리비아가 피식 웃었다.

"너 다른 건 다 별로인데."

"야."

"그건 좋아."

"뭐."

"선을 넘지 않는 말랑말랑."

"……."

"그리고 선을 넘지 않는 이성."

"……."

"그런 의미에서 브룩스 켈트는 독대 상대를 잘못 잡았어. 널 만만한 귀족 영애쯤으로 본 것 같은데, 안타깝게도 그건 반은 맞고 반은 틀렸지. 넌 말랑말랑하긴 한데 그렇다고 일 처리까지 감정 따라 하는 애는 아니잖아. 물론 그 사람 입장에서 그렇게 생각할 수도 있어. 시에라에서 정치는 남자들의 영역이니까. 엿 같지만. 아무리 똑똑하다고 소문난 외교관이라도 결국에는 여자. 능력 있어 봤자 결국 여자니까 말이 잘 먹힐 거라 생각했겠지."

나는 흥, 하고 가볍게 코웃음을 쳤다. 그건 또 무슨 표현이야. 그리고 선을 넘지 않는 말랑말랑이라니, 그게 지금 절친한 친구에게, 아니, 절친한 친구였던 사람에게 애인 7번 뺏기고도 빌빌대는 이한테 쓸 만한 수식어인가.

하지만 그것과 별개로 어쩌면 브룩스 켈트가 나를 잡은 건, 그런 이유도 있겠다고 예상은 했다. '설득하기 쉬운 여자'에 '권력을 가진 귀족'의 조합이라. 최상의 설득 상대가 아닌가. 물론 전지적 시에라 시점이겠지만.

그녀의 시선을 회피하면서 딴청을 피우는 내게 그녀가 마침 생각났다는 듯이 입을 열었다.

"그러고 보니 네 애인 덕분에 좋은 구경 했어."

"뭘."

"난생처음으로 검으로 마법을 막는 광경을 보았지. 그것도 베어서."

"뭐?"

"난 이론적으로만 되는 줄. 뭐, 사실 진짜 잘난 검사들은 가벼운 마법을 막을 만한 기술과 힘이 있다는 소릴 듣긴 했는데, 내가 뭐, 검사랑 만날 일이 있어야지. 공작이 검으로 마법을 막는데, 오오- 했지. 정말 20년 넘어 살면서 최고로 흥미진진한 장면이었어."

"……야."

"물론 뒤에 사람들이 있어서 완전히 막진 못했지만. 뭐, 막지 못했으면 상처가 아니라 그냥 죽었을 거야. 솔직히 그 스크롤 찢은 녀석도 얼어서 아무것도 못하는 상태였거든. 그리고 글자도 모르는 사람이 스크롤 발현을 막는 방법을 알고 있을 리가 없고."

나는 머리를 짚었다. 어쩐지…… 그렇군. 나는 한숨을 푹 쉬었다. 이거 대단하다고 칭찬을 해야 하는 것인지, 아니면 다행이라고 안도해야 하는 것인지. 그때 올리비아가 말을 덧붙였다.

"역시 인간은 넘어져 봐야 정신을 차려. 이번에는 제대로 된 남자를 골랐다 싶었어."

"넘보지 마."

"줘도 안 가져."

"야, 칼리드가 뭐가 어때서 줘도 안 가져."

"이래서 연애하는 애랑은 얘기하는 게 아니야. 말이 앞뒤가 안 맞아. 그리고 내가 이사벨이냐? 세상에 많고 많은 남자 다 무시하고 꼭 친구 걸 뺏게."

"칼리드는 그런 흔한 남자와는 다르지, 아, 그러고 보니, 이사벨!"

그녀의 말에 순간적으로 머릿속을 스치고 지나가는 게 있었다. 나는 손뼉을 짝 쳤다.

"나 걔 방에 감금시켰는데."

"뭐?"

드물게 올리비아가 웃음을 터뜨렸다. 그래 봤자 어이없는 표정으로 나를 보는 것뿐이지만. 나는 살짝 머리를 긁적였다. 솔직히 방에 감금시킨 건 분풀이도 있지만…… 다른 한편으로 그녀가 혹시 납치범과 공범일 가능성을 배제하지 못해서 그런 것도 있었다. 물론, 증거도 뭣도 없어서 감옥에 바로 처넣고 싶은 소원은 달성하지 못했지만.

나는 잠시 한숨을 푹 쉬었다.

"돌아가면…… 그년이랑 좀 진지하게 얘기나 해 볼까 하는데."

"누구. 이사벨과? 이제는 호칭이 그년이야? 비올레타처럼 구네."

"어쨌든."

올리비아의 흥미진진한 표정에 나는 몸을 돌려 창가에 기댔다. 어찌 되었든 간에 진지하게 생각해 볼 필요는 있었다. 계속 피하고, 나 혼자 절교하고, 나 혼자 끊어 봤자 끝이 보이지 않았다. 솔직히 그동안 20년간 이어진 우정의 감정 부스러기가 남았던 것은 사실이었다. 계속해서 그녀를 이해하고, 그녀를 용서해 준 게 습관처럼 배었다.

하지만 이제는, 도저히 그러고 싶지 않았다. 그녀가 이번 일의 원흉은 아니었지만, 그럼에도 내가 이해할 수 없는 행동을 계속하고, 내가 받아들이기 힘든 행동을 하고, 내 주위 사람들에게 민폐까지 끼치고 있는 이상. 이제는 그녀를 가만 놔두고 싶지 않았다. 그리고 혹시나 있을 법한 칼리드와의 관계 사이에 그녀가 있는 게 싫었다.

이제는 정리를 할 때도 되었다.

나는 접대실에서 나와 나를 찾는 셀린느에게 환하게 웃어 주며,

속으로 중얼거렸다.

* * *

셀린느가 돌아온 그다음 날 칼리드, 펠로 선배와 조지 필립은 하루를 할애해 납치범들에 대한 심문을 끝마쳤다. 조지 필립이야 이쪽에 능통하고, 칼리드는 애초에 총사령관의 경력이 있으며, 펠로 선배는 사람을 심문하는 데에 천부적인 재질을 갖고 있었다. 심문 쪽으로 그다지 재능이 없는 나는 쓸데없는 데에 시간을 쓰기보다는 셀린느에게 책을 돌려주고, 그녀의 이야기를 들어 주기로 했다.

셀린느와 납치범들의 서술에 의거한 사건의 전말은 우리가 생각했던 것과 브룩스 켈트에게서 들은 것에 그리 차이가 없었다.

그들은 원래 욜라에서 카펠라를 거쳐 시에라로 가려던 중이었다. 그때 미셸르에서 일주일 정도 묵기로 한 와중에 우리 일행이 카펠라로 오게 된다는 소문을 듣게 된다. 윈체스터 왕실에 큰 원한과 분노를 가진 그들은 원래 우리 중 대표로 한 사람을 납치해 죽여 버려 그들의 복수와 분노를 표현할 것을 계획했다.

다만, 우리들 중 누가 그때 협상에 있었던 사람들인지 가려낼 수 없어 시에라 왕실 금고를 턴 돈으로 우리가 거주한 호텔에 자리 잡은 뒤, 우리의 동향을 파악했다. 참고로 마법 스크롤 또한 왕실 물자 창고를 털어서 얻은 것이라고 했다.

그리고 우리를 호시탐탐 노리던 그들은 마침 기회를 잡아, 즉 그날 저녁 나와 셀린느가 내려가던 그 순간 우리 둘 중 디르난트 영애가 있다는 사실을 깨닫게 된다.

원래는 나를 납치해서 살해할 예정이었으나 문득 그들 중 한 명이 내가 국왕의 조카라는 사실을 깨닫게 되고, 나를 납치하면 윈체스터 왕실까지 끌어들일 수 있다는 생각에 나를 포기하고, 내 부관인 셀린느를 노리게 된 것이다.

다만 나와 셀린느 사이에 누가 디르난트 영애고, 셀린느인지 가려낼 수 없는 그들은 아이를 시켜 목표물을 확정하게 되고, 며칠 뒤 셀린느가 기사들과 멀리 떨어진 순간을 이용해 그녀를 납치하게 된다. 셀린느는 이틀 뒤 죽여 버릴 예정이었지만 내부 모순 때문에 약간의 분쟁이 있었다고 한다.

참고로 그들은 이사벨 워더라는 사람은 모른다고 했다. 어리둥절한 표정을 짓는 걸 보니 연기는 아닌 것 같았다. 설사 연기라고 해도 명확한 증거가 없는 이상 쉽게 잡아 놓을 수는 없었다. 결국, 나는 이사벨을 방에서 풀어 주라고 집사한테 말했다. 입술을 꽉 물고.

그리고 그다음 날 아침, 우리는 수도로 돌아갈 채비를 마쳤다. 닐케의 단주는 제 딸이 납치되었다는 소리를 듣고도 코빼기 하나도 보이지 않더니, 마지막 날에나 나타나 그동안 소란이 있어서 유감이라는 뜻을 표시했다.

그는 조용하고 의미심장한 눈빛으로 나를 쳐다보았는데, 제일 처음 살짝 불안에 떨던 것과 달리 지금은 모든 일이 잘 해결되었다는 생각에 나 또한 비웃음을 담아 그를 봐주었다. 어쨌든 셀린느의 인생에서 만악의 근원이나 마찬가지인 사람이라 정말 고까웠다.

그 옆에 서 있는 부인은 내가 생각했던 것과는 달리 무척 품위 있는 사람이었다. 조금 차갑고 무덤덤한 인상이라도, 딱히 나쁘게 마음을 쓸 것 같지는 않은 사람이었다. 물론 사람 인상은 선악 정도와는 정비례하지 않았으므로 확실히 단정 지어 말하기는 힘들지만.

카펠라에서 돌아오는 길은 갈 때보다 훨씬 더 순조로웠다. 올리비아는 먼저 마법진을 이용해 돌아갔고, 우리는 예정보다 이틀 더 늦게 수도에 도착했다. 당연하게도 우리를 제일 먼저 반겨 준 것은 외교부였다. 마틸라 선배는 생각보다 담담한 내 얼굴을 보고 빙그레 웃었다.

"저번보다 더 큰일을 겪고도 꽤 담담하네?"

그녀의 얼굴을 보고 나는 어깨를 으쓱했다. 저번에 긴장감이 갑자기 확 풀려서 운 일이 생각났기 때문이다. 하지만 지금은, 울기보다 조금 더 생각이 필요할 것 같았다. 나는 아직도 해답을 얻지 못했고, 정리하지 못했다. 마틸라 선배는 이해한다는 듯이 그런 내 머리를 쓱쓱 쓰다듬어 주었다.

수도에 도착하자마자 셀린느는 왕실 의사한테 검진부터 받아야 했다. 혹시나 있을 법한 중독 여부, 건강 상태, 그 외 등등을 진찰하기 위해서였다. 다행스럽게도 몸에 딱히 이상은 없었다. 다만 너무 놀랐을 수 있으니 휴식을 좀 취해야겠다는 건의를 받았다. 그에 마틸라 선배가 그녀에게 열흘 정도의 휴식 시간을 주었다. 물론 이의를 표하는 사람은 없었다.

발터르 영애는 영지로 돌아갔다. 이 며칠 너무 심각하게 피곤하더니 조금 쉬어야 할 것 같다고 그녀가 말했다. 그런 그녀에게 수고했다며 조만간 집으로 초대해 접대하겠다는 내 말에 발터르 영애가 부드럽게 고개를 끄덕였다.

칼리드와 제1기사단은 이번 사태를 훌륭하게 처리한 공으로 폐하께 치하를 받았다. 물론 올리비아의 도움이 있긴 했지만, 직접 셀린느를 구출해 낸 것은 제1기사단이었으므로. 게다가 칼리드는 그것 때문에 상처까지 입었다. 그 사실을 다시 기억해 내자 속이 다시 팍 상했다.

그리고 재스민 필레르. 그녀는 우리가 함께 흩어질 때 나를 부르려고 했으나 내가 가볍게 무시하는 턱에 그냥 돌아서서 재무부로 돌아갔다. 뭐라고 말하고 싶은 표정으로 복잡한 눈길을 한 채 나를 보긴 했는데, 솔직히 상대해 주고 싶지 않았다.

그녀는 그래도 머리가 나쁘지 않으니 당분간 나와 떨어져 있는 선택을 할 게 뻔했다. 상식적으로 내가 이사벨을 어떻게 대하는지 봤는데, 그걸 보고도 나한테 개기면 정말 이사벨과 둘이 세기의 사랑이라도 하는 건 아닌지 의심해 봐야 할 정도였다.

마지막으로 나.

으아, 나로 말할 것 같으면…… 정말 불행한 여자였다. 올리비아를 빼내 간 게 걸리지 않을 거라 생각한 건 아니었으나, 문제는 마법부에서 원리 원칙을 따지기로는 폐하보다 더한 사람한테 걸려서, 나는 국왕 폐하 앞에 불려 가기까지 했다.

아무리 친구라도 해도 어떻게 함부로 연금술사를 빼 가느냐, 혹시 밖에서 무슨 일이 생겼으면 뒷수습은 어떻게 할 생각이었느냐, 그 피해를 공작 영애 혼자서 다 감당할 수 있느냐며 재잘재잘 떠드는 그의 모습에 나는 정신을 반쯤 놓은 채 국왕 폐하와 묵묵히 아이컨택을 할 수밖에 없었다. 참고로 폐하도 저 남자의 잔소리는 도저히 견디기 힘들다고 했다.

어쨌든 그런 이유에서 벌은 받아야 한다고 했지만, 폐하께서 그래도 훌륭하게 일을 처리하려고 했고, 외교관을 구출하려고 한 일이었다는 점을 고려해 청문회까지 갈 필요는 없다고 단칼에 말해 주신 덕분에 나는 간단하게 일주일 정도 근신으로 문제를 해결할 수 있었다.

사실 추밀원에서 그것도 꽤 중한 벌 아니냐고, 이 정도면 처벌 정도는 그냥 정상을 참작해 주는 게 어떠냐는 소리도 나오긴 했다고 한다. 하지만 그 마법부의 그놈이 너무 지랄을 떠는 바람에 결국 일주일 근신으로 마무리를 지었다. 말 못 해 죽은 귀신이 붙었다고 올리비아가 말한 게 정말 공감 가는 순간이었다.

참고로 올리비아는 아무런 처벌도 받지 않았다. 그 중간에는 내 입김도 있긴 했다.

카펠라에서 끌고 온 시에라의 납치범들은 셀린느, 나, 그리고 법무부, 추밀원의 의견을 종합해 윈체스터에서 심판하기로 했다. 스무 페이지에 달하는, 그 사람들은 응당 시에라에 넘겨주지 말고 윈체스터에서 심판해야 한다는 주장을 담은 청원서가 나름대로 큰 작용을 했다고 어머니가 말씀해 주셨다.

시에라에서 우리 사람이니 우리 쪽으로 돌려보내 달라고 했지만, 윈체스터에서 윈체스터의 외교관을 납치한 사건이니 당연히 윈체스터가 심판해야 한다고 못을 박았다.

사실 조금 자기변명 같지만, 납치범들로서도 윈체스터에서 심판을 받는 편이 훨씬 나을 것이다. 시에라에서는 빼도 박도 못하고 바로 단두대에 올려질 게 뻔했다. 반역죄의 말로는 언제나 비참했으니까. 그나마 윈체스터에서는 납치죄가 적용되니, 표면적으로 좋을 수도 있지만…….

사실 그렇게 낙관적으로 볼 일은 아니었다. 아무리 그들의 목적이 시에라의 왕실을 뒤엎는 것이라고 해도 근본적으로는 지금까지 우리가 쌓아 온 이 제도, 이 세상 자체에 반기를 드는 일이었다.

사상의 힘은 대단했고, 그만큼 무서웠다. 그들이 계속해서 그 사상, 그 신념 그대로 지켜 나가겠다고 하면, 아마 먼 훗날 그들이 상대해야 하는 것은 시에라의 왕실 하나가 아닐 것이었다.

그리고 국왕 폐하를 비롯해 추밀원, 중앙 귀족 모두가 그 사실을 알았다. 그런 의미에서 브룩스 켈트의 행보는 바람 앞의 촛불처럼 위태위태했다. 아마 윈체스터는 그를 쉽게 놔줄 수 없을 것이었다. 어떤 판결이 어떻게 내려지든 간에 브룩스 켈트가 윈체스터 왕실의 손아귀를 벗어나는 일은 없을 것 같다.

인간적으로, 그리고 학자로서 그는 꽤 훌륭한 인간이었다. 하지만 우리는 근본적으로 다른 계급이었다. 그가 우리 편이었다면 좋았을 테지만, 그렇지 못한 이상 나는 그를 적으로 간주할 수밖에 없었다. 우리가 다른 시대에, 다른 곳에서, 다른 입장으로 만났다면 훌륭한 적수가 되었을 텐데.

참고로 원래 셀린느를 구하러 가기로 한 브룩스 켈트의 다른 수하들은 아무래도 몸을 숨긴 것 같았다. 제1기사단이 미셀르에서 그렇게 큰일을 냈는데-정확히 말하자면 쌍방이 다 큰일을 냈지만-그들로서도 몸을 숨기는 게 더 현명한 처사일 것이다. 물론 시에라와 윈체스터는 두 눈에 불을 켜고 그들을 찾을 것이었다.

결국, 변한 건 아무것도 없었다. 하지만 그럼에도 변한 것은 많았다.

일이 다 끝난 뒤 나는 마틸라 선배를 개인적으로 찾아갔다. 그리고 내가 브룩스 켈트와 대화하면서 느낀 것들, 불안했던 것들, 답딥했던 것들에 대해 솔직하게 털어놓았다. 마틸라 선배는 내 말을 듣고 가볍게 웃더니, 한마디로 깔끔하게 요약해 주었다.

"그러니까 기분이 이상하다?"

그녀의 말에 고개를 끄덕이자, 마틸라 선배가 내게 말했다.

"보통 너 같은 애를 그런 자리에 앉히지 않아. 너는 정말 한 길만 보고 온 애라서, 그 길 외에 다른 것이 있다는 사실을 깨닫는 순간 쉽게 흔들릴 수 있거든. 게다가 넌 그렇게까지 이성으로 무장한 애는 아니잖니."

"뭐, 그렇죠."

"그래서 너처럼 공부 잘하고, 일 처리가 확실한 애는 간단하게 목표가 뚜렷한 곳에 잘 앉혀. 시에라의 협상처럼. 그런 곳은 감정적인 호소가 적게 오고, 설사 오간다고 해도 같은 지위니만큼 쉽게 받아칠 수 있어. 생각해 봐. 시에라의 왕자가 그런 소리를 했다면 넌 지금처럼 고민했을까? 너도 왕자인 주제에 무슨 개소리냐고 받아쳤겠지."

"그, 그런 것 같기도 하고……."

"그래서 아주 예전에, 윈체스터 내부에서 평민이나 준 귀족층과 협상을 진행할 때 보통 첫 번째 주자는 평민 출신 외교관을 앉혔지. 보통 그런 사람들은 그들과 비슷한 환경을 겪어 보았기 때문에 쉽게 흔들리지 않아. 반면 귀족들은, 특히 너처럼 어리고 정말 한 길만 보고 오고 생각을 깊게 하는 애들은 감정적으로 흔들려."

"그럼, 해결 방법이 없는 건가요?"

"없긴 왜 없어. 이번에 잘 해결해서 왔잖아. 뭐가 되었든 결과적으로 좋은 결과를 가져왔잖아. 넌 이 결과가 마음에 들지 않니?"

마틸라 선배의 말에 나는 고개를 저었다. 그에 그녀가 부드럽게 웃으며 입을 열었다.

"어차피 앉아야 할 자리였어. 다만 예상보다 훨씬 빨리 앉았을 뿐이고. 결과적으로 너는 꽤 훌륭하게 이 일을 처리했어. 그 사이에 감정적으로 어떻게 흔들리든, 그건 너 스스로 생각해 보고 극복해야 할 문제야."

"……."

"그리고 이 정도 문제는 사실 극복이 되는 문제이고. 레오나 잭을 봐. 십 년 전까지만 해도 평민과 교섭을 할 때면 감정 카드가 잘 먹히는 애들이, 지금은 그런 소리 나오면 이성적으로 받아쳐. 좋은 변화이기도 하고, 나쁜 변화라고도 할 수 있지만, 뭐가 됐든 외교관으로서는 훌륭한 성장이지."

마틸라 선배의 말에 나는 고개를 끄덕였다. 이 문제는, 아마 텀을 좀 길게 잡고 생각해 봐야 할 사안이었다. 좀 더 스스로 알아보고, 조금 더 생각해 보고, 그게 10년이 되든 20년이 되든, 원래 배움에는 끝이 없다고 했으니까.

그녀의 말에 고개를 끄덕이는 나를 보면서 마틸라 선배가 부드럽게 웃으며 한 마디 덧붙였다.

"그리고, 사람은 모두 제 이익을 첫 번째로 따져. 그건 틀린 게 아니라 당연한 거야. 그런 문제로 고민할 필요 없어. 내 존재가 상대방에게 위협이 된다고 칼로 목을 그어 자살할 수는 없는 노릇이잖아."

"그렇죠."

"아마 브룩스 켈트가 너와 독대를 하고 싶어 한 것도 이 문제일 거야. 펠로는 아마 단칼에 그 사람 말을 잘랐을걸. 그리고 본론부터 치고 들어갔겠지. 그만큼 나이가 있고, 경험이 있고, 게다가 그도 평민이니까."

"……."

"하지만 스칼렛 디르난트라는 사람은 조금 모험이긴 해도 펠로보다 더 설득이 쉬웠을 거야. 어리고, 상식이 있는 여자고, 귀족이니까. 물론 그만큼 위험이 더 크지. 네가 조금만 더 극단적이었어도 바로 그 사람 목을 베었을 테니까. 하지만 분명 도전해 볼 만한 상대인 건 확실해."

"무슨 말씀인지 알 것 같아요."

마틸라 선배의 말에 나는 고개를 끄덕였다. 그에 그녀가 환하게 웃었다. 조금, 아주 조금 마음이 편해진 기분이었다.

어쨌든 이렇게 이 일은 막을 내렸다. 누군가에게는 해피엔딩으로, 누군가에게는 배드 엔딩으로, 그리고 누군가에게는 새드 엔딩으로 끝났다. 그 사이에서 내가 얻은 것은 셀 수 없이 많았다.

가장 대표적으로, 나는 조금 달라졌다. 그 변화가 어떤 것인지 콕 집을 수는 없었지만, 대신 조금 생각이 많아졌고, 어른스러워졌고, 시야가 넓어졌다. 그리고 나에 대해 다시 한번 생각해 볼 만한 큰 기회를 제공하기도 했다.

어찌 되었든 간에 폭풍 같은 일을 겪고, 나는 일상으로 돌아갔다. 조금 다른.

* * *

근신 처벌을 일주일 동안 받자 뜻밖에 할 일이 없었다. 예전에는 달력에 휴일을 하나하나 쳐 가면서 하고 싶은 일을 계획했는데, 정작 시간이 남아돌자 할 게 더 없었다. 물론 근신이라고 진짜 집에만 붙어 있으라는 것은 아니었다. 근신이라고 쓰고 휴가라고 읽는 이 시간 동안 나는 독서를 하고, 비올레타를 만나고, 가끔은 칼리드를 찾아갔다.

칼리드는 언제나 그랬듯 나를 반갑게 맞이했다. 솔직히 그와 제1기사단에게 민폐를 끼치는 것은 아닌지 조금 고민이 되기도 했지만, 그런 것 따위 그냥 무시하기로 했다. 내가 갈 때마다 묘하게 눈을 빛내는 기사단의 단원들도 익숙해질 지경이었다.

그리고 내 근신일이 절반쯤 지난 어느 날 오후, 나는 저택의 서재에 앉아 한쪽으로 편지를 동봉하며, 다른 한쪽으로는 집사를 불렀다. 내 부름에 다가온 집사가 무슨 일이냐는 듯이 책상 앞에 섰다. 마지막으로 디르난트의 가문 인장을 찍는 내 모습을 보며 그가 눈을 빛냈다.

"무슨 일이십니까. 가문의 인장까지 찍으시고."

빨간색 밀랍 위에 찍힌 디르난트의 인장이 유난히 눈에 띄었다. 사적으로 보내는 편지에 가문의 인장을 찍는 일은 흔하지 않았다. 기껏해야 밀랍 위에 나의 이니셜을 새긴 도장을 찍거나, 그 정도였다.

가문의 인장을 찍은 이상 그것이 가진 의미는 더는 개인 대 개인의 뜻이 아니었다. 이 편지의 의미를 무시하거나, 얕게 보면 가문에 대한 도전으로 받아들이겠다-라는 무시무시한 뜻이 담겨 있었다. 내가 개인적으로 가문의 인장을 쓴 것도 꽤 오랜만이었다. 아마 저번이…… 3년 전 디르난트 영지에서 열린 무도회 초청장이었을 것이다.

나는 밀랍이 굳기를 기다리다가 이내 딱딱해지자 집사에게 그것을 건넸다. 하얀 장갑을 낀 손으로 정중하게 편지를 받아 든 집사가 입을 열었다.

"어디에 보낼까요?"

"위더 백작 영지. 받는 이는 이사벨 위더."

"……네?"

내 말에 그가 깜짝 놀란 표정을 짓다가, 이내 알겠다는 듯이 고개를 끄덕였다. 그리고 곧 그가 입을 열었다.

"초청장으로 할까요?"

"뭐, 내용은 그렇지. 정식 초청장으로 간주해서 보내."

"거절하면 어떻게 할까요?"

"거절하면……."

나는 턱을 매만졌다. 초청장은 상대방에서 거절의 기회를 준다는 의미였다. 어쨌든 소환장이 아니었으니까. 하지만 나는 거절의 기회 따위 주고 싶지 않았다. 곧 생각을 마친 내가 부드럽게 웃고 입을 열었다.

"다음 시즌에 있을 중앙 귀족 인사 리스트에서 위더의 이름을 빼는 것을 진지하게 생각해 보겠다고 전해."

"알겠습니다."

"아, 그리고, 잘못하면 두 달 뒤 있을 윈체스터-시에라 정식 건교 국빈 연회에서도 위더의 이름을 올리지 않을 수 있다고도 전해."

"네."

내 말에 집사가 허리를 굽히고 대답했다. 방을 나가는 그의 뒷모습을 보고 나는 책상 위를 정리했다.

'중앙 귀족'이란 1년에 한 번씩 열리는 국왕 폐하를 중심으로 하는 국가 회의에 참석할 자격을 가진 귀족을 말한다. 그리고 중앙 귀족에 이름을 올린 자는 폐하의 신임을 받는 자다. 현재 위더는 중앙 귀족 리스트에 이름을 올리고 있었다. 원래부터 없었다면 모를까…… 리스트에서 이름을 뺀다는 것은, 국왕 폐하께서 완전히 버렸음을 의미한다.

그리고 국빈 연회는, 애초에 말할 필요도 없다. 국빈 연회에 참석하지도 못한 귀족이 무슨 주제로 신임을 말할까.

나는 고개를 뒤로 젖혔다. 목덜미가 뻐근해져 왔다.

사실 이러려고 했던 건 아니었다. 이사벨이 조금만 더 상식적이게 알아서 내 눈앞에서 꺼졌으면 우리는 서로 보지 않고 그저 그런 관계를 유지했을 것이다. 그러나 그녀는 번번이 내 신경을 건드렸고, 참고 또 참다가 끝내 내 한계점을 넘어 버렸다.

솔직히 말해서 그녀가 어떤 이유를 갖고 그랬는지 알고 싶지 않았다. 나한테 가진 감정이 무엇인지 관심도 없었다. 하지만 그렇다고 해서 그냥 넘어가고 싶진 않았다. 펠로 선배가 예전에 했던 말이 맞았다. 대부분은 알아서 선을 넘지 않지만, 그렇다고 선을 넘는 사람이 없는 건 아니었다. 이사벨이 그 대표적 예였다.

첫 번째 예시로 들어 보는 것도 나쁘지 않겠다 싶었다. 내 눈 밖에 철저하게 난 사람의 말로를 알려 주는 것도 나쁘지는 않다.

내가 이사벨을 잘못 판단했다. 지금 와서 생각해 보면 칼리드를 뺏는 것만으로는 성에 차지 않았다. 왜냐하면, 어쩌면 애초에 이사벨이 사랑한 건 칼리드가 아니라…….

보통 친구한테 이렇게 집착하지는 않는다. 그렇다고 이사벨이 나를 사랑한다는 개소리를 하자는 건 절대 아니었다. 만약 진짜 그랬으면 당장 그년 목을 쳐 버리겠다. 끔찍하고 소름 끼쳤다. 그런 것을 사랑이라고 한다고? 날 위해서, 날 사랑해서 그랬다고 하면 진짜 죽여 버리겠다. 당장 발바닥에 깔아 놓고 위에서 탭댄스를 출 욕망이 그득했다.

다만 그녀가 필요했던 건 칼리드 프로디아드나, 스칼렛 디르난트라는 사람이 아닌, 그 어떤, 우리 둘이 가진 그 어떤 것이었으리라.

물론 이 모든 것들이 다 추측일 뿐이었다. 하나 어떤 이유든 나에게 해를 끼쳤다. 용서해 주고 싶지 않았다. 이 세상에는 어떤 이유, 어떤 사정이든 정말 열심히 사는 사람들이 있었다. 주어진 것에 굴복하지 않고 열심히 노력하는 사람들이 존재했다. 내 옆에만 해도 셀린느가 있었다. 그녀는 했는데 왜 너는 못하느냐가 아니다. 너는 왜 그녀와 다르게 그것을 핑계로 타인을 공격하느냐의 문제였다.

나는 계속 그녀를 배려했다. 거기에는 그녀가 나보다 훨씬 보잘것없는 사람이라는 전제가 붙었다. 나는 언제나 그녀가 나만큼 갖지 못했다고 생각했던 것 같다. 그래서 그녀를 감히 질책하지 못하긴 했으나…… 사실 그럴 필요는 없었다. 어머니가 내게 입버릇처럼 말씀하신 그것, 타인을 질책하기 전에 타인과 네 조건을 비교해 보라는 그것은 틀린 말은 아니었다. 하지만 이사벨에게 적용될 만한 것은 아니었다. 내가 오만했다. 그녀를 너무 쉽게 보았다. 정확히 말하자면…….

나는 여태껏 그녀에게 위해를 가하는 것을 꺼렸다. 그 중간에는 그녀의 도덕심에 대한 과대평가와, 그녀의 능력에 대한 과소평가가 있었다. 7번이나 당하고, 셀린느가 납치되어 구출된 지금에야 그 사실을 깨닫다니, 나는 멍청했다. 그것도 좀 심각하게.

그러나 이제는 그녀를 성심성의껏 상대해 주기로 했다. 나는 이사벨을 좀 진지하게 상대할 필요가 있었다. 뭐가 되었든 간에 친구고 뭐고 한 사람의 애인만 지속해서 뺏는 행동이 정상일 리가 없었다.

브룩스 켈트부터 시작해서 그 외의 사람들까지. 사연 하나쯤 없는 사람이 어디 있는가. 그리고 대부분은 그것을 어떻게든 극복하려고 살아간다. 그것이 제 출신이든, 계급이든, 환경이든, 어떻게든.

그래서 나는 그녀를 용서하지 않기로 했다. 그건 이 짧은 시간에 내가 보고, 겪고, 느낀 것들을 함께 종합하고, 다시 곱씹으며 얻어낸 결과였다.

더는 이대로 그녀를 두고 볼 수 없었다.

물론, 가장 궁극적으로 나 자신을 위해서였지만.

나는 눈을 감고 바로 전에 고급 편지지에 정성스럽게 쓴 내용을 회상했다. 내가 생각해도, 그건 절대 거절하라고 쓴 편지가 아니었다.

[친애하는 위더의 백작 영애께,

뜨거운 태양이 땅을 비추고, 녹음이 우거진 아름다운 여름날, 이런 내용의 편지를 쓰게 되어 무척 유감이라고 생각합니다. 그동안 영애와 저 사이의 불미스러운 일에 대한 답을 얻고자, 그리고 우리 사이에 아직 남아 있는 감정의 찌꺼기를 처리하고자 이렇게 편지를 씁니다.

단도직입적으로 저는 영애와 가볍게 담소를 나누고 싶습니다. 그 내용이 당신과 나의 과거에 대한 회한일 수도 있고, 앞으로 저희 관계에 대한 정리가 될 수도 있으며, 혹은 디르난트가 앞으로 위더에 대해 유감을 표시하는 방식에 관한 결정이 될 수도 있습니다. 어떤 내용의 담소가 되는지는 영애에게 달렸다고 말하고 싶습니다.

유감스럽지만 제가 개인적으로 근신 중이고, 또한 앞으로 다가올 각종 국빈 연회에 대한 준비로 바쁜 시간을 보낼 예정이므로 시간과 장소는 제가 편한 대로 임의로 정해 보았습니다. 무례하다는 사과는 하지 않겠습니다. 그동안 영애께서 제게 끼친 7번의 무례에 비하면 무척 사소한 문제라고 생각되니까요.

그럼, 이 편지가 발신된 사흘 뒤, 월요일 오후 4시 왕실의 세 번째 정원, 카틀레야 정원에서 영애를 뵙도록 하겠습니다. 올 때 이 '초청장'을 꼭 소지하고 오시길 바랍니다. 왕실의 경비는 삼엄하기 그지없으니까요. 아무리 정규 교육을 받아 본 적 없는 영애라도, 이 정도로 말하면 알아들으실 것이라 믿습니다. 영애께서 백치인 경우를 제외하고는.

그럼, 그날 오후, 정한 그곳에서 영애를 기다리겠습니다. 혹시 그날 영애께서 불의의 사고를 당하게 되어 목숨을 잃을 위기에 처하는 경우를 제외하고, 영애를 뵙지 못하게 되는 경우, 저는 추호의 망설임도 없이 영애의 아버님인 위더 백작과 진지하게 앞으로 디르난트와 위더와의 정치적 연계를 끊어 버릴 문제에 대해 의논할 것을 미리 말씀드리는 바,

그럼 좋은 하루 되시고, 그날 뵙는 것으로 알고 이만 편지를 마칩니다.

감사합니다. 영애.

스칼렛 디르난트.]

이사벨, 보았니?

제6장

공격은 우아하게, 방어는 날카롭게

공격은 우아하게, 방어는 날카롭게

편지를 보내고 이틀 뒤, 이사벨에게서 답장이 왔다. 정갈하게 쓰인 승낙의 내용을 보면서 나는 웃고 말았다. 모든 글자가 부들부들 떨리는 것 같았다. 나는 가볍게 숨을 내쉬고 편지를 서랍 안에 구겨 넣었다.

그리고 근신이 풀리기까지 이틀이 남은 날, 비올레타가 나를 왕궁으로 불렀다. 길고 장황하게 네가 보고 싶고 어쩌고 주절거린 편지였지만, 내용을 요약하자면 딱 한 구절이었다.

세인트 레인 40년산이 들어왔다. 같이 마시자.

참 그녀다운 이유였다. 요즘 륄레르 공작 부인한테서 우아하게 말하기 수업을 다시 배운다더니, 말투가 참 예뻐졌다고 느끼며 웃었다. 참고로 그녀가 다섯 살에 다 떼야 하는 말하기 수업을 다시 들게 된 이유는, 왕비 전하 앞에서 생활 용어를 잘못 썼다가 걸렸기 때문이다. 덕분에 왕비 전하는 딸의 교양 넘치는 말투를 위해 특별히 뮐레르 공작 부인에게 청했다.

어쨌든 마침 출근도 전이겠다, 집에 틀어박혀 있어 봤자 딱히 할 일도 없었으므로 나는 기꺼이 그녀의 초대에 응했다.

왕궁에 도착하자 뮐레르 공작 부인이 나를 반겼다. 그녀는 원래 왕비 전하의 시녀장으로 왕비 전하의 여러 가지 일을 도와주는 역할이었으나, 요즘 수업 때문에 비올레타 옆에 시시각각으로 붙어 있는 것 같았다.

우아하게 웃고 있는 그녀를 향해 예를 차려 인사를 하자, 뮐레르 공작 부인이 흡족하게 웃었다.

"공작 영애의 예법은 언제 봐도 완벽하군요. 왕녀 전하도 그랬으면 좋았을 텐데요."

아마 그건 불가능할 거예요. 비올레타는 우리 어머니도 혀를 내두른 말괄량이거든요.

나는 속으로 웃으며 비올레타의 방에 들어갔다. 좋은 시간 되시라며 뮐레르 공작 부인이 물러가고, 비올레타의 방에는 나와 그녀, 그리고 그녀의 호위 기사 두 명만이 남았다. 아, 이제 보니 그들 중 한 명은 제1기사단에서 몇 번 본 적 있는 사람이었다. 이름이 아이비, 아이비 뭐였더라.

생각에 잠겨 그녀의 이름을 생각해 내려 애쓰는 내게 비올레타가 방긋 웃곤 옆에 놓아 둔 술을 꺼냈다. 우리 사이에 놓인 샐러드, 치즈 그 외 등등을 입안에 넣으며 나는 내 잔을 채우는 오렌지빛 술을 빤히 보았다.

"자, 어때, 향 죽이지. 알코올 냄새가 없어."

"글쎄."

"칫, 마셔 보라니까, 맛이 다를 거야."

나는 비올레타의 얼굴을 힐끔 보고 웃음을 흘렸다. 그녀의 얼굴은 마치 어른 몰래 술을 처음 마시는 아이처럼 기대에 가득 차 있었다. 나는 잔에 부어진 술을 살짝 입에 댔다. 약간 씁쓸하긴 한데…… 목구멍으로 넘어가는 순간은 정말 깔끔하고 부드러운 느낌이었다. 은은하게 감도는 향이 자극적이지 않고 두 번째 잔을 들고 싶을 만큼 유혹적이었다.

내 표정을 본 비올레타가 방긋방긋 웃었다. 나는 반쯤 비워 버린 잔을 테이블에 놓고 입을 열었다.

"좋네."

"그렇지. 그렇지?"

비올레타가 눈을 반짝였다. 하여튼 음주가무에는 빠지는 사람이 아니라니까. 나는 왕실 주방장이 구워 온 치즈 스틱을 입안에 밀어 넣었다. 그때 비올레타가 다시 입을 열었다.

"카틀레야 정원을 쓰겠다고 했다면서?"

나는 한쪽으로 치즈 스틱을 우물거리면서 고개를 끄덕였다. 비올레타는 자기 앞에 채워진 잔을 쭉 들이켜며 무슨 일이냐는 눈빛을 보냈다.

"이사벨이랑 진지한 대화를 좀 나누려고."

비올레타가 탕- 잔을 놓았다. 그녀가 놀란 눈빛으로 날 보았다. 그녀의 얼굴에는 경이롭다는 기색마저 서려 있었다.

"왜 그렇게 봐."

"아니, 그게……."

"뭘."

"어…… 카펠라 일로 뭔 심경의 변화라도 있었어?"

그녀가 떨떠름하게 물었다. 나는 잠시 고민했다. 카펠라의 일이 나를 완전히 바꾸거나 나라는 사람을 흔들어 놓을 정도는 아니었으나, 나한테 큰 영향을 끼친 것은 맞았다. 여러 가지를 생각할 기회를 얻은 것은 맞지만…… 나는 어깨를 으쓱하며 말했다.

"그냥 이대로 내버려 두면 절대 안 되겠더라고."

"어머?"

"왠지 모르게 더 달라붙을 것 같아서."

보통 사람들은 이쯤 되면 알아서 떨어져 나가는 것 아닌가. 비록 기분 나쁜 가설이긴 하지만, 내가 타인의 애인을 7번이나 빼앗았다. 비록 상대는 계속 나를 용서해 주었지만, 아니, 용서해 주었다고 생각했는데 상대가 내 약혼자를 뺏어 갔다. 이건 아무리 봐도 예전에 참다 참다 참은 게 한 번에 터져서 엿이나 먹어 봐라는 뜻이 아니던가.

그럼 알아서 '아, 얘가 날 싫어하는구나. 알아서 멀리 떨어져 줘야겠다.' 같은 생각을 하는 게 정상이었다. 거기서 조금 더 뻔뻔해지면, '네가 뭔데 내 약혼자를 뺏어? 나는 그래도 너는 안 되지!' 따위의 생각을 하는 게 상식적인 상황일 것이다. 아, 물론 이딴 상황을 상식적이라고 표현해야 하는 게 너무 슬프다.

그런데 이사벨은…….

"난 걔 생각을 모르겠어."

모르겠다. 이 상황에서 나한테 그토록 호감을 표시하고, 계속해서 나와 친하게 지내려고 하는 것 같다. 이게 상식적으로 가능한 상황인가. 이게 보통 인간이 할 만한 태도인가. 대체 원하는 것이 무엇인가.

나는 머리를 짚었다.

"솔직히 칼리드만 빼앗으면 알아서 떨어질 줄 알았는데, 걔는 내가 상상한 이상으로 강적이었어."

"야, 스칼렛."

"왜."

"너 간과한 게 있는데. 한 사람의 애인을 7명이나 뺏어 갔어."

"……."

"그거 자체가 보통 사람이 할 만한 행동은 아니야. 그거 대단해. 뭐가 됐든 대단한 거야."

비올레타는 자기 앞에 잔을 다시 들었다. 나 또한 내 앞에 유리잔을 들어 그녀와 살짝 부딪치고 입안에 탈탈 털어 넣었다. 목구멍으로 넘어가는 느낌이 좋다. 나는 약간 속이 풀리는 듯한 느낌에 웃음을 흘렸다.

"그러게, 그렇게 대단한 애인데."

"응. 그렇지."

"그걸 나만 몰랐네."

"……."

"그냥 순수하고 좋은 애인 줄 알았어. 쉽게 상처받고 여린 아이인 줄 알았어. 내 애인을 뺏고도 나보다 더 아픈 표정을 짓길래 그런 줄로만 알았어. 그냥 걔가 예쁘고 착하고 그러니까…… 남자들이 꼬였겠구나. 걔도 참 힘들었겠구나."

"이거 뭐, 호구 병신도 아니고."

비올레타가 살짝 풀린 눈으로 웃었다. 눈초리를 접으면서 요사스럽게 웃는 그녀에게 내가 퉁명스럽게 말했다.

"모든 사람이 다 너처럼 얼굴값을 제대로 못 하는 줄 알아?"

"야, 상식적으로 이사벨처럼 얼굴값 하는 애도 드물어."

"이사벨은 얼굴값이 아니라…… 아니라…… 몰라, 모르겠어."

세 번째로 잔을 들이켰다. 속에서 약간 무엇인가 올라오는 듯한 느낌이었다. 아…… 나는 속으로 웃었다. 나 술 못하는데. 조금만 더 마시면 진짜 취할 것 같은데. 나는 세인트 레인을 힐끔 보았다. 저거 도수…… 높은데. 내 기억에는 저거…… 얼마더라.

내가 그렇게 세인트 레인의 도수를 가늠하는 사이, 샐러드를 씹어 넘긴 비올레타가 입을 열었다.

"그래서 어떻게 상대하려고?"

"뿌리까지 뽑아서…… 다시는 나와 칼리드 사이에 알짱, 알짱대지 못하게."

"어떻게? 그 미친년을?"

나는 살짝 술에 취해 배시시 웃었다. 다시 채워진 술잔을 쭉 들이켰다. 와, 효과 제대로다. 입안에 알싸하게 퍼지는 향이 좋았다. 나는 잔을 툭 놓은 뒤 비올레타와 눈을 마주치고 입을 열었다.

"미친년을 상대하는 가장 좋은 방법이 뭔지 알아?"

술에 풀어져 녹아내릴 것 같은 목소리로 물으며 눈초리를 접어 웃었다. 비올레타는 얘 취했다면서 혼자 중얼거렸다. 물론 나는 완전히 무시했다. 그리고 입을 열었다.

"그것보다 더한 미친년이 되는 거지."

"……."

"간단하잖아."

"네가 퍽 가능하겠다. 상식적으로 살아온 네가? 그 비상식적인 계집애를? 아서라. 안 돼, 넌. 그냥 프로디아드 공작한테 맡기는 건 어때?"

"안 돼!"

"아, 깜짝이야. 왜 소리를 질러."

비올레타의 말에 내가 미간을 찌푸렸다. 칼리드라니, 무슨 그런 무서운 소리를. 어떻게 칼리드가 이사벨을 상대해. 그 둘이 만나기만 해도 당장 중간에 뛰어들어서 칼리드 손을 잡고 뛰고 싶은데, 칼리드 시선이 이사벨 끝에 닿는 것도 싫은데. 나는 도리도리 머리를 쳤다.

"안 돼, 칼리드는 안 돼."

"왜, 그 사람 의외로……."

"칼리드는 상냥해서 안 돼. 착한 사람이야."

"……."

"악역은 내가 해."

"……얘 미쳤네. 아이비, 어떻게 생각해?"

아이비? 아이비…… 아, 비올레타의 호위 기사. 나는 비올레타의 말에 우리 옆에 서 있는 여기사를 보고 방긋 웃었다. 칼리드가 얼마나 부드럽고 상냥한 사람인데. 아, 물론 칼리드가 싸늘하고 무서울 때도 있긴 하지만, 그래도 착한 사람이야…… 그리고 난 절대 그 사람이 이사벨과 만나는 것을 용납지 않는다.

"상냥한 사람이래, 단장이."

"……사, 상냥한 사람은……."
"왜, 칼리드가 어디가 어때서."
"아니, 얘 좀 봐라. 아주 대놓고……."
"그, 뭐…… 맞습, 니다."
나는 미간을 찌푸렸다. 우리 옆에 서 있는 기사는 무척 복잡하고 미묘하고 떨떠름한 표정을 짓고 있었다. 왜 저래. 칼리드가 얼마나 좋은 상관인가. 리더십 있고, 능력 있고, 지위 있고, 착하고, 상냥하고, 부드럽고, 배려심 있고…….
"입 다물어."
"아, 미안, 속으로 생각만 한다는 게 그만."
"너 취했어. 하긴…… 와인 세 잔에 가 버리는 애한테 뭘 바라."
"하여튼, 칼리드는 좋은 사람이야."
"누가 뭐래?"
"그러니까 이 일은 나 혼자 해결해."
"……그렇게 안 둘 것 같은데……."
"왜에……."
"상식적으로 그렇게 오래 기다렸는데, 그걸 그냥 냅 둘 것 같아, 그 인간이? 방해하는 것들은 다 없애 버릴 것 같은데."
뭐라는 거야. 뭐가 오래고, 뭐가 기다려. 누가 누굴 기다린다는 거야. 비올레타가 웃음기 가득한 표정으로 날 보고 있었다.
"그러고 보니 리스터도 오고."
"……뭐?"
"바빠지겠다."
"흐응…… 뭐래. 걔가 왜 와."

나는 그녀의 그 알 듯 말 듯 한 말에 기분이 나빠져서 혀를 찼다. 마지막으로 내 앞에 있는 술을 쭉 들이켜자 정신이 혼미해졌다.

* * *

그리고 내 근신이 정식으로 풀린, 이사벨과 약속이 된 그날.

다시 외교부로 출근하게 된 나는 평소와 다름없이 하루를 보냈다. 사정을 알고 있는 비올레타가 중간에 한번 다녀갔지만, 그리고 내 모습을 보며 '아니, 너는 전투하러 간다는 애가 꼴이 이게 뭐야!' 라며 화를 냈지만, 솔직히 말해서 굳이 이사벨을 만나러 간다고 잔뜩 긴장하고 싶지는 않았다.

애초에 예쁘게 꾸며 봤자 보는 애는 그 애뿐이고, 예쁘게 꾸미지 않는다고 내 자신감이 내려가는 것도 아니고 내가 논리적으로 더 우위에 있는 것도 아니었다. 평소 출근하던 때와 다름없이 깔끔하게 블라우스와 스커트를 차려입은 나는 대충 머리를 뒤로 묶고 작업에 임했다.

이사벨도 중요하긴 하나, 내 인생의 전부를 그녀에게 할애할 정도로 나는 할 일 없는 사람이 아니었다.

게다가 내가 진짜로 경계해야 하는 건 그녀가 갑자기 울음을 터뜨려서 내가 다시 마음이 약해지는 것이지만, 지금 상황에서 그녀의 눈물 한 방울만 봐도 혈압이 수직으로 상승할 것 같으니 사실 그것 또한 걱정할 필요는 없었다.

그러고 보니 인간은 참 간사했다. 호의가 있고, 없고에 따라 같은 장면이 다르게 보인다. 아주 예전에는 그녀가 울기만 하면 당황해서 달래 주려고 했던 것 같은데, 이제는 가증스럽다니. 나도 참.

훌륭한 변화야.

스스로를 향해 쓸데없이 칭찬 한마디를 해 주고 나는 다시 내 손에 들린 국빈 연회의 리스트를 체크했다. 셀린느는 아직 휴가가 끝나지 않아서 나 혼자 해야 하는 일임에도, 별로 어려움은 없었다. 애초에 나는 내 일을 타인에게 떠맡기는 습관은 없었으므로.

리스트는 왕비 전하의 손에서 만들어져 차례로 칼라일, 샤론 태자비, 마틸라 선배의 손을 거친 뒤 내게 전해졌다. 어쨌든 국빈 연회의 주인공은 사실상 두 나라의 왕실이었으므로 리스트에 시에라 왕족들의 이름이 가득 들어가 있는 것은 무척 당연했지만, 그럼에도 나는 그것을 보며 한숨을 푹푹 내쉴 수밖에 없었다.

왜 또 시에라냐고, 이제는 시에라 이름만 들어도 흠칫거리는 내게 마틸라 선배는 무척 자애롭게 '네가 외교관으로 있는 한 시에라라는 이름은 마치 악몽처럼 널 따라다닐 거란다.'라고 말해 주었다. 사실 이상할 건 없었다. 원래 종전 뒤 수습이 더 어려웠고, 외교는 장기전이니까.

하지만 그것과 별개로, 아, 그 인간들을 또 만나야 한다는 게 참…… 그 닭대가리들. 나는 고개를 절레절레 저었다.

한쪽으로 리스트를 짜면서 점점 이상한 데로 생각이 흐르던 그때였다. 조용한 집무실의 고요함을 깨고 문밖에서 노크 소리가 들렸다. 내 허락과 함께 열린 문 뒤로 보이는 의외의 인영에, 나는 활짝 웃었다.

"어, 웬일이에요?"

문을 열고 들어온 칼리드가 미소를 지었다. 나는 바로 자리에서 일어나 그에게 걸어갔다. 칼리드가 팔을 뻗어 나를 품에 끌어안았다.

"외교부에 들를 일이 있었습니다."

"흐음, 나는 또, 나 보러 온 줄."

일부러 섭섭한 표정을 지어 보였다. 나는 오랜만에 나답지 않게 새침한 어투로 말을 하며 소파를 향해 턱짓했다. 그래 봤자 바로 몇 초 후 붕괴할 새침함이었지만.

내 얼굴을 보던 칼리드가 웃음을 터뜨렸다. 그는 내 얼굴을 살짝 감싼 뒤 내 뺨에 입을 맞추었다. 깃털 같은 입맞춤에 내가 고개를 들자, 그의 웃음기 서린 표정이 눈앞에 비추어 들어왔다. 곧 그가 입을 열었다.

"다시 연무장으로 가 봐야 합니다."

"어, 너무 일찍 가는 거 아니에요?"

"대신 오늘 저녁 시간 있으십니까?"

어머, 이 남자 보게.

칼리드의 말에 나는 웃고 말았다. 그래, 이렇게 밀다가 당기는데 나 같은 애는 또 속도 없이 끌려가겠지, 뭐. 자존심 그까짓 거 중요한가. 방금까지 굉장히 섭섭한 표정을 지었던 주제에 칼리드의 말 한마디에 풀어져 나는 방긋방긋 웃었다.

"있어요."

"저녁 식사를 함께할 수 있습니까?"

"너무 늦으면 어머니한테 혼나는데."

물론 근거 따위 없었다. 어머니는 내가 사흘 동안 집에 들어오지 않아도 건강하게 살아 있다는 것만 확인한다면 내 사생활에 터치할 만한 분이 아니셨다. 물론, 그런 시도를 해 본 적이 없어서 나도 확신할 수는 없지만. 하나 나도 예의상 튕겨야 할 것 같단 말이야.

"혼나시지 않게 저택까지 모셔다 드리겠습니다."

"아니, 뭐 딱히 그러지 않아도……."

"그럼 저번에 카펠라에서 하던 거 마저……."

"꼭 그래야 해요. 전 집 아니면 못 자거든요."

칼리드의 말에 내가 고개를 들고 결연하게 입을 열었다. 칼리드가 입가에 미소를 매달았다.

아, 계속 이렇게 웃으면서 오래오래 행복하게 살면 오죽이나 좋아. 잠시 뒤에 이사벨 보러 가야 한다는 게 슬프다.

팔을 뻗어 나를 품에 안은 칼리드에게 편하게 기대며, 나는 조용하게 중얼거렸다.

"칼리드."

"네."

"무운을 빌어 줘요."

"네?"

그의 목소리가 살짝 이상하게 흘러나오는 것을 들으며 나는 웃고 말았다. 내가 뱉어 놓고도 어이가 없었다. 방금까지 꺄르르 웃던 사람이 갑자기 무운을 빌어 달라고 하면, 더군다나 무력이나 전쟁, 대련과 전혀 상관이 없는 사람이 무운을 빌어 달라고 하면 충분히 당황할 만했다.

나는 그의 품에서 살짝 벗어난 뒤, 내 얼굴을 향한 그의 눈동자를 올려다보았다.

"무운을 빌어 줘요. 승리할 수 있게."

"뭘 위해 싸우시는 겁니까."

"흐음, 내 행복한 생활?"

"무운을 빌겠습니다."

나는 웃었다. 담담하게 흘러나오는 그의 목소리는, 무운을 비는 것보다는 그것을 받는 사람에 더 가까웠다. 그리고 실제로도 그러했고. 그가 전장에 나가면서 받은 손수건만 방 하나를 꽉 채운다는 소문이 돌았다. 그것도 당시 약혼녀인 이사벨의 눈치를 보면서 보낸 게 그 정도였다.

그런 의미에서 나는 그가 무운을 비는 첫 상대가 된 것이었다. 첫 상대. 첫 번째, 첫.

그 어감이 좋았다. 그가 과거에 어떤 일이 있었는지 상관이 없다고는 하지만 그렇다고 뭐든 내가 첫 번째가 되는 게 좋지 않을 리가 없었다. 물론 마지막이라면 더 좋고. 그래서 나는 다시 행복하게 웃었다.

나는 손을 들어 칼리드의 눈가를 쓸었다. 저 눈, 적갈색 눈, 차갑게 식어 내렸다가 다시 뜨겁게 타오르는 눈, 그 눈이 언제나 나만 봤으면 좋겠다. 조금 이기적일지라도 그랬으면 좋겠다. 다른 사람은 더는 그의 눈에 숨겨진 열정을 보지도, 발견도 못 했으면 좋겠다.

그런 내 마음을 아는지 모르는지, 칼리드는 자신의 눈가를 쓰는 내 손을 잡아 손끝에 가볍게 키스했다. 그의 그 모습을 보던 나는 결국 눈가를 접으며 웃음을 흘릴 수밖에 없었다.

* * *

화려한 카틀레야가 만개한 왕실의 세 번째 정원은 흔히 왕족과 귀족들의 티타임에 쓰이는 정원으로서, 왕족의 허가 없이 들어올 수 없는 곳이었다. 현재는 주인인 왕비 전하의 허가만이 유일한 초청장이었다. 물론 왕비 전하는 애초에 나에게 왕실 정원은 언제나 들어가도 괜찮다고 했으므로 나는 당당하게 이사벨에게 보내는 편지에 이곳을 써 넣었다.

왕가 전용 정원이라는 것은 경비가 삼엄한 곳이라는 것과 다르지 않았다. 그래서 듣는 귀도 없었고, 다른 사람들이 난입하기도 어려운 곳이었다. 내가 그 많은 곳을 놔두고 여기를 고른 건 그 이유가 가장 컸다. 나는 우리 둘의 대화가 함부로 밖에 새 나가는 것을 원치 않았고, 동시에 우리 둘 사이에 어떤 대화가 오가고 어떤 행동이 오가든지 그것을 함부로 뚫고 들어오는 사람 또한 없었으면 했다.

왕비 전하는 정중하게 카틀레야 정원을 쓰고 싶다는 내 편지에, 원한다면 그냥 거기서 살아도 된다는 식의 답장을 보내왔다. 그녀는 미리 우리의 대화를 위해 각종 먹을거리까지 내오라고 이른 듯했다. 덕분에 내 앞은 지금 각종 케이크, 머핀, 브라우니, 파이, 타르트 그 외 등등 여러 가지 디저트와 고운 찻잔 세트까지 놓여 있었다.

아직 이사벨과 약속한 시간과 거리가 있었으므로, 나는 차를 몇 모금 들이켰다. 마음 같아서는 한 시간 정도 지각하고 싶었지만 아무리 그래도 초청한 사람이 나인데 그런 품위 없는 짓은 하고 싶지 않았다.

그렇게 내가 차를 두 번째 잔을 비워 버릴 무렵, 풀을 밟는 소리가 귓가를 쳤다.

애초에 내 지시 없이 누구도 들어오지 말라고 했으니, 지금 온

이가 누군지 보지 않아도 알 수 있었다. 나는 그녀를 반갑게 맞이하고 싶지도 않았으므로 그저 그녀가 내 옆으로 걸어올 때까지 계속해서 조용히 앉아 있었다. 그리고 그녀가 내 맞은편까지 걸어오자, 나는 고개를 들었다.

이사벨은 카펠라에서 봤던 것보다 훨씬 초췌해져 있었다. 이쯤 되니 누가 악역인지…… 어디 가서 건장한 체격이라는 말은 절대 들어 보지 못한 나였으나, 그녀와 비교하면 정말 건강해 보이는 편이었다. 우리 둘이 함께 있으면, 거기에 이사벨 특유의 '난 아무런 죄도 없어요, 난 괜찮아요. 난 힘들지만 힘낼게요!'의 분위기와 어우러져 내가 더 악당 같아 보이는 효과가 날 수도 있었다. 참…….

나는 가슴께를 지나 허리에서 찰랑거리는 갈색 머리카락을 보다가, 그녀의 눈을 바라보았다. 호수를 담은 파란색 눈동자가 촉촉하게 젖은 채 나를 보고 있었다. 나는 그녀의 아름다운 얼굴을 보다 얼굴을 팍 구겼다.

어떻게 된 게 시에라의 왕자나, 브룩스 켈트와 만날 때보다 기분이 더 나쁘냐.

시에라의 왕자는 둘째 치고, 브룩스 켈트와는 학술적으로 의논할 가치라도 있지, 애랑 솔직히 무슨 말을 한다고. 아니다. 나는 고개를 살짝 저었다. 이렇게 생각하면 안 된다. 어쩌면 이사벨이라는 인간은 내가 생각하는 것보다 훨씬 무서울 수도 있어.

나는 속으로 씁쓸하게 웃으며 살짝 턱짓했다. 앉으라는 소리였다. 물론 이사벨은 용케 그 행동의 의미를 알아들었다. 아니, 이게 아니지. 그래, 이 정도도 알아듣지 못하면 백치지. 그리고 이사벨은 백치가 아니었다. 나는 방금 전부터 그녀를 말을 알아듣지 못하는 사람으로 취급하는 무의식을 다잡았다.

비올레타의 말이 맞았다. 그녀는 보통 사람이 아니었다. 친구의 애인을 7번이나 뺏는 행동은 상식선에서 이해해 줄 수 없는 일이었다. 물론 나는 6번까지는 그걸 나름대로 이해해 주려고 노력은 했으니, 나도 상식이 없는 인간이라고 치자. 그리고 지금은 그 상식을 되찾으려고 노력하는 중이었다.

이사벨이 자리에 앉아 나를 보았다. 나는 천사 같은 그녀의 얼굴을 보다가 입꼬리를 말아 올리며 웃었다.

"일단 말해 봐."

내 목소리는 정말 내가 낼 수 있는 최고 한도의 부드러움을 담고 있었다. 내가 말해 놓고 내가 놀랄 지경이었다. 이사벨은 살짝 고개를 떨구더니, 내 목소리와 함께 고개를 다시 들었다. 갈색 속눈썹이 파르르 떨렸다. 지독하게 아름다웠다.

물론 내게는 정말 역겨웠지만.

이사벨은 네가 초대해 놓고 무슨 말이냐는 표정을 지었지만, 나는 차분하게 말을 이어 갔다.

"카펠라에서부터, 하고 싶은 말이 있는 것 같아서. 말할 기회를 줄게. 셀린느를 잡아서라도 나와 대화할 기회를 찾으려고 한 이유. 대체 무슨 거창한 이야기인지 들어나 볼까."

"스칼렛."

"쓸데없이 시간 낭비는 하지 말길 바랄게. 저녁에 칼리드와 식사 약속이 있어. 이제 갓 타오르기 시작한 연인들의 소중한 시간을 잡아먹을 만큼 형편없지는 않지? 이사벨은."

마치 아기와 말하듯 다정히 내뱉는 말투에 이사벨은 입술을 깨물 있다. 칼리드의 이름이 나오자 순간 망가진 표정에, 그리고 파르르 떨리는 그녀의 손에, 나는 아무런 반응도 보이지 않았다. 애초에 반응을 보여야 하는지도 모르겠고.

이사벨은 잠시 다른 쪽으로 눈길을 주다가 다시 나와 눈을 마주쳤다. 그녀는 입술을 옴짝달싹하더니 이윽고 입을 열었다.

"그때, 그렇게 가 버리고 미안하다는 말을 하고 싶었어."

"그때?"

"그, 연회 이틀날 있잖아."

"아."

무성의한 탄식이 입안에서 흘러나왔다. 나는 그녀의 말에 고개를 끄덕이다가, 계속 말해 보라는 듯이 입을 다물고 내 앞에 세팅되어 있던 초콜릿을 집어 입안에 넣었다. 달콤한 향이 입안에 맴돌았다. 이사벨은 내 모습을 빤히 보다 다시 말을 이었다.

"그때, 그렇게 너한테 소리를 지르는 게 아니었는데. 계속 후회했어. 아무리 그래도, 너는 내 친구잖아."

"아니, 괜찮아. 난 이미 널 친구로 보지 않았고 솔직히 약혼자를 뺏긴 상황에서 흥분하는 건 당연해. 네가 나 같은 병신도 아니고, 약혼자를 뺏은 친구를 다독여 줄 만큼의 아량은 없잖아?"

"스칼렛."

"그날 일은 마음에 두지도 않았어. 친구한테 7번이나 애인을 빼앗기면서 얻은 건 화해와 용서의 방법밖에 없거든."

"미안해. 하지만 나는 정말……!"

"아, 혹시 예전 일이라면 관둬. 지금 너무 행복해서 솔직히 너한테 감사할 정도야. 그런 병신 같은 남자들 하나하나 떼 주고 정말 훌륭한 걸 나한테 줬잖아?"

이사벨의 울 것 같은 표정을 보면서도 나는 대수롭지 않게 웃었다.

나는 차로 입가심을 하고 활짝 웃었다.

"어머, 그러고 보니 넌 네 나름대로 나한테 좋은 친구였구나, 정말 대단해, 네 몸 하나 희생하면서 이렇게 나한테 훌륭한 남자를 주다니. 역시, 너는 나쁜 애가 아니야."

"……."

"물론 방금 한 말을 전부 곧이곧대로 이해하지는 않길 바랄게."

"알아, 네가, 나를 미워한다는 것. 사실 어쩌면 이해할 수도 있을 것 같아."

어쩌면 이해할 수도 있을 것 같…… 그래, 내가 너를 미워한다는 사실이 어쩌면 이해할 수도 있는 사실이구나.

나는 이사벨의 가련한 눈을 보며 기가 턱 막힌다는 게 어떤 느낌인지 몸소 체험해야 했다.

잠시 뒷골이 뻐근해졌다. 이건 뭐, 말이 통하지 않으니 이길 자신이 없었다. 차라리 나더러 열흘 동안 감옥에서 브룩스 켈트와 토론을 하라고 하는 게 더 흔쾌할 것 같다. 그쪽은 말이라도 통하지.

나는 입을 다물었다.

이사벨은 여전히 예의 그 청순한 표정을 지으며 나를 보았다. 물론 나도 당장 그녀의 뺨을 때리고 싶은 충동을 억제하며 그녀를 조용하게 바라보았다. 곧 이사벨이 입을 열었다.

"사실, 이 문제 때문에 칼리드를 찾아가기도 했어."

"프로디아드 공작 각하."

"……."

"윗사람을 부를 때는 가문, 지위, 경어 모두 써야 한다는 것, 가정 교사한테서 배웠지?"

"프로디아드 공작 각하를, 찾아가기도 했어."

칼리드의 이름이 나오자 기분이 팍 상했다. 대체 언제 만난 거야? 칼리드는 그런 말 없었는데.

"하지만 각하께서 나를 만나 주지 않아서……."

아, 칼리드 사랑해요. 천년만년 사랑할게요.

"밖에서 기다리다가 쓰러졌어. 결국, 만나지 못했고."

어이가 없을 때 사람은 할 말을 잃는다. 내가 딱 그 짝이었다.

나는 입안을 꽉 깨물었다. 내 앞에서 어떤 식으로 어떻게 불쌍한 척, 가련한 척을 하든 상관은 없지만, 그 꼬락서니를 칼리드 앞에까지 가서 보여 줬다고? 그럼 그의 뒤에 어떤 소문이 도는지, 사교계에서 나름 굴렀다는 애가 그걸 모를 리는 없잖아.

그녀의 묘사에 다시 피가 머리 쪽으로 쏠리는 것 같았다.

"하지만 설사 그렇다고 해도 너한테 말하고 싶었어."

"뭘."

"난 프로디아드 공작 각하를, 칼리드를 사랑해."

"……."

"그분을 포기하고 싶지 않아."

"……."

"미안해, 스칼렛. 알아, 내가 예전에 너한테 어떤 짓을 했는지. 내 의도가 호의였다고 해도 너는 그렇게 받아들이지 않을 수 있다는 것도 알아. 그래서 네가 나에게 어떤 감정을 품더라도 나는 이해해. 하지만 그렇다고 해도 칼리드는, 안 돼, 나는 그분을 사랑해.

진심이야."

이사벨의 목소리는 젖어 있었다. 나는 호소하듯 외치는 목소리에 길게 숨을 내쉬었다. 그리고 내 앞에 놓인 쿠키를 집어 입안에 넣었다. 때에 맞지 않게 아삭아삭 소리가 정원을 가득 채웠다.

이사벨은 흔들리는 눈빛으로 여전히 나를 보고 있었고, 나는 아예 의자에 몸을 기댄 채 그녀에게서 눈을 떼고 다른 곳을 쭉 둘러보고 있었다. 그렇게 주변을 한 번 다 쓸고, 나는 입안에 쿠키를 다 씹어 넘겼다. 여전히 텁텁한 느낌에 나는 다시 차를 집어 들어 입을 가셨다. 그리고 이사벨을 향해 고개를 돌렸다.

그래, 사랑, 용서, 그걸 네가 한단 말이지.

"이사벨."

"……응."

"방금 전부터 말하고 싶었는데."

"……."

"왜 잘못은 네가 하고, 이해도 네가 하고, 용서도 네가 하는 거야?"

"스칼렛."

"잘못은 네 몫이어도, 아니, 오히려 그래서 이해와 용서는 내가 선택해야 하는 사항이 아니야? 그런데 왜 마치 모든 잘못은 다 내게 있다는 듯이 말하는 거야?"

"너는 내 마음을……."

"그게 문제가 아니야."

"……."

"여기서 가장 중요한 핵심은."

나는 잠시 말을 골랐다. 그리고 입을 열었다.

"가해자는 분명 너고, 나는 분명 피해자라는 사실이야."

"……."

"이사벨, 너에게는 나를 이해할 자격이 없어."

내 목소리는 평온하기 그지없었다. 조곤조곤 아이를 다루듯 가르치는 말투였다. 이사벨은 내 말을 듣고 바들거리는 양손을 맞잡고 입술을 꾹 다물고 있었다.

하지만 그런 모습을 보면 볼수록, 불쌍하다는 감정과는 거리가 먼 증오, 짜증, 그 외 등등의 부정적인 감정만이 내 뇌를 엄습했다.

그녀는 정말 슬프고 처연한 표정을 짓고 있었다. 곱디고운 얼굴에 차를 부어 버리고 싶은 마음이 굴뚝같았으나, 그런 식의 폭력은 행사하고 싶지 않았다. 어머니는 말씀하셨다. 개인 대 개인의 무차별적인 폭력은 하수들이나 하는 짓이라고.

그래서 나는 내 손안에 있는 찻잔을 그녀에게 집어 던지는 대신, 다른 방법을 찾아보려고 애썼다. 그녀도 뇌가 있고 귀가 있는 이상 내 말뜻을 알아듣겠지…… 아마도.

이사벨은 아무런 말도 하지 않고 조용하게 앉아 있었다. 방금까지 재잘재잘 입을 놀리던 것과 달리 벙어리가 된 듯 할 말이 없는 것인지, 아니면 입을 일부러 다문 것인지.

"너는 계속해서 나를 위한다고 했지."

"그래."

"그런데 이사벨."

"……."

"네가 무슨 주제로?"

"……."

"네가 무슨 주제로 내 개인 사생활까지 그런 식으로 간섭하는 거니?"

우리 둘 사이는 분명 친구였고 서로의 비밀까지 말하는 좋은 친구 사이였지만, 그럼에도 부모 · 자식 간에도 분명 선이라는 게 존재하듯이, 친구 사이에도 선은 존재했다. 백번 양보해서 설사 내가 만난 남자들이 다 이사벨이 말한 것처럼 그렇게 형편없는 남자들이라고 해도, 그건 그녀가 함부로 간섭할 문제가 아니었다.

물론 그녀는 분명 나한테 조언을 해 줄 수 있었다. 비올레타나 올리비아가 그랬던 것처럼. 그리고 그 마지막 판단은 내 몫이었다.

"이사벨, 네가 착각하는 게 있는데. 너는 나를 위해 준답시고 그래 준 모양이지만, 아니, 솔직히 이 부분도 이해하긴 어렵지만 네가 그렇다고 하니 그런 줄로 알게. 하여튼 너는 그렇게 말하는데."

"……."

"결론적으로 상처는 내가 받고, 손가락질도 내가 받았어. 남자 혼자한테서 받고 끝낼 만한 상처를 나는 내 애인이라는 사람과, 내 친구라는 사람, 이렇게 둘 사이에서 두 배로 되는 상처를 받아야만 했다고."

"……."

"네가 한 모든 짓, 내게 상처가 되었으면 되었지, 절대 이득은 남겨 주지 않았어. 애초에 더 좋은 방법이 있었을 거야. 이런 식으로 내게 두 배로 되는 상처를 남기지 않는 그런 것. 게다가 나는 네 말을 잘 들어 주는 편이었지. 네 의견도 신중하게 들어 줬어."

"나는 진심으로 널 위해서 그랬어! 나는, 네가 그런 남자를……."

"그리고 이사벨, 네 말대로 그 남자들이 진짜로 그렇게 형편이 없었으면 왜 지금 와서 칼리드를 사랑하니 나한테 포기하라는 말을 시껄이는데?"

"칼리드는……."

"왜, 그 사람도 나한테 어울리지 않아? 왜. 전부 나를 위해서 일을 벌였다는 네가, 이제 와서 행복하게 사랑하고 있는 내 남자를 빼앗으려고 하는데."

"……."

"앞뒤 말이 맞지 않잖아."

"……."

"그냥 인정해."

"……뭘?"

"네가 날 싫어한다고. 나한테 상처를 주고 싶었다고."

"……."

"그냥, 본인이 글러 먹고 못돼 처먹은 나쁜 년이라고."

지금까지 입안에 백 번이고, 천 번이고 맴돌았던 말을 내뱉자 속이 후련해졌다. 나는 입 밖으로 내뱉기에는 약간 저속하지만, 그럼에도 그녀에게 언제나 속으로 해 주었던 말을 내뱉고는 입술을 꽉 깨물었다.

나를 위한다. 나를 위해서, 나 때문에.

그것만큼 나를 더 미치게 하는 말도 없었다. 내 애인을 빼앗아 가서 차라리 잘 먹고 잘살면서 약을 올리는 것보다, 그게 더 나를 고통스럽게 했다. 나를 위한다는 명목 아래, 내지는 설사 나를 위하지 않았다고 해도 자신은 아무런 죄도 잘못도 없다는 명목 아래 나에게 상처를 주면서 끝까지 착한 척하는 그 위선적인 가면은, 오직 내게 상처만을 남겨 주었다.

차라리 내가 싫었다고 하지, 차라리 내가 짜증 났다고 하지, 차라리…… 너와 나는 친구가 아니라고 못을 박으면서 나를 쳐 내지. 그러면 이 정도까지 화나고 슬프지는 않았을 것이다. 내 과거를 부정하면서 후회하는 일도 없었을 것이다.

나는 고개를 살짝 숙이고 시선을 떨어뜨리다가, 앞에서 부스럭거리는 소리가 나자 다시 고개를 들었다. 내 앞에 앉아 있는 이사벨은 방금까지 눈물을 글썽이던 얼굴을 닦고, 조금 다른, 조금 전과는 다른 그런 눈빛을 하며 나를 보고 있었다.

분노일까, 무엇일까. 나는 그녀의 눈빛을 정확하게 정의 내릴 수 없었다. 그것은 분노나 부정적인 감정보다는 조금 슬픔이나 아쉬움에 가까운 것이었다. 나는 웃었다. 이번에는 또 무슨 개소리를 하려고.

나와 이사벨 사이에 침묵이 돌았다. 그러다가 먼저 말문을 튼 건 이사벨이었다.

"어차피, 흑, 너는 이런 내 모습을 좋아했잖아."

"……."

"어차피, 너도 이런 나를 좋아한 거 아니었어? 착하고, 상냥하고, 이타적이고, 그리고 여리고 가녀리고, 그런 나를 좋아했잖아."

"……."

"그런데 이제 와서 왜 나를 꾸짖어. 너는…… 그러면 안 되잖아. 너는 내 이런 모습만을 보았고, 그래서 이런 나를 가장 좋아했던 사람이잖아. 정작, 정작 상대방을 보고 싶은 대로 봤던 건 너였잖아."

하.

나는 숨을 내쉬었다. 그래, 이제야 네가 생각했던 그 어떤 것들이 튀어나오긴 하는구나. 그녀는 한쪽으로 눈물범벅이 된 얼굴을 닦으면서 흑흑대고 있었다.

나는 처연하게 울고 있는 이사벨을 빤히 보았다. 그리고 내가 계속해서 하고 싶었던 말을 내뱉었다.

"그래, 내가 잘못했지."

"그러니까……."

"내가 잘못했어. 친구라고 부르면서도 네 진짜 얼굴을 보지 못했으니까."

"……흑, 스칼렛…… 나는……."

"그런데 이사벨."

허탈한 표정으로 잘못했다는 말을 내뱉는 것과 달리 마지막 그녀를 부르는 목소리는 너무 차가워서, 방금까지 울고 있던 이사벨마저도 울음을 그치고 놀란 눈으로 나를 보고 있었다. 나는 그녀에게 주었던 시선을 거두고 땅으로 떨어뜨렸다. 곱게 세공된 바닥을 멍하니 쳐다보며 나는 길게 숨을 내쉬었다.

이제는 화가 머리끝까지 나서, 더는 그녀를 때리고 죽이고 그딴 짓을 하고 싶지도 않았다. 오히려 머리가 더욱더 차가워졌다. 정신이 확 들었다.

"왜 그 말을 네가 하니?"

"……."

"그런 내 착각과 오해를 이용해, 그 누구보다도 더 많은 이익을 취했던 네가?"

나는 다시 고개를 들어 그녀와 눈을 마주쳤다.

사실 한때 나에게도 잘못이 있지 않을까 반성했던 적도 있었다.

어쩌면 내가 모자라서, 내가 그녀에게 어울리지 않는 친구라서 그렇지 않을까. 그렇게 생각하자 내가 잘못한 일들이, 내가 병신같이 굴고 내가 호구처럼 군 행동들이 우수수 쏟아져 나왔다.

내가 그녀를 첫 번째 빼앗김에 바로 쳐 냈다면 이렇게까지 일이 오지는 않았을 텐데.

내가 그녀의 진짜 얼굴을 조금만 더 빨리 발견했더라면 이렇게 되지는 않았을 텐데.

내가 그 '우정'이라는 이름으로 보고 싶은 것만 보지 않고, 조금 더 빨리 그녀를 잘 알았으면 이런 일은 없었을 텐데.

하지만…….

하지만, 설사 그렇다고 해도, 내가 정말 잘못했다고 해도, 일이 이렇게까지 온 것에 내 책임이 있다고 해도 그건 이사벨한테서 들을 말이 아니었다. 세상 모든 사람이 나를 욕하고 웃어도, 이사벨만큼은 나를 그렇게 말하면 안 되었다.

나는 분명 내가 보고 싶은 것만 보았다. 이제야 인정하지만, 내가 그녀를 잘 모르는 건 사실이었다. 내가 그녀를 오해한 것도 사실이었다. 내가 우정이라는 이름 아래 내가 보고 싶었던 것만 보았던 것 또한 사실이었다. 이것은 분명 옳은 일이 아니었다.

하지만, 그렇다고 이사벨이 어떻게 그런 말을…… 어떻게 그녀가, 다른 사람도 아니고 그녀가.

내가 그녀의 진짜 얼굴을 외면하고, 달콤한 현실에 취해 내가 보고 싶었던 그 이미지에 그녀를 끼워 맞춰서 그녀가 고통스럽고, 그 때문에 피해를 받았다면 사과하겠다. 하지만 그런 내 환상을 이용해 이익을 취하고, 제가 원하는 것을 빼앗아 갔던 것은 정작 그녀었다.

“얻어먹을 것 다 얻어먹고, 빼먹을 것 다 빼먹고, 가져갈 것 다 가져가고, 누릴 것 다 누리고 이제 와서. 내가 내 환상에 취해 너를 제대로 직시하지 못했다고 날 탓해? 뻔뻔한 것도 정도가 있지. 네가 무슨 자격으로 그렇게 말해.”

“…….”

“그래서 내 그런 행동에 네가 무슨 상처를 어떻게 받았니? 내가 널 핍박했니? 네가 하고 싶지 않다는 걸 강박한 적이 있니? 네가 싫다는 걸 억지로 안겨 준 적 있어?”

“…….”

“없지, 없을 거야. 제일 처음부터 가져가는 건 언제나 네 쪽이었고, 나는 언제나 주는 쪽이었어. 너는 내가 너를 직시하지 못했다고 하지만 정작 우리 관계를, 내 애정을 이용해 먹은 건 너야.”

“…….”

“알면서 외면한 건 너였어. 왜? 그게 편하니까. 내 앞에서 착하고 가녀린 모습 몇 번 보여 주고, 눈물을 흘리면 내가 알아서 네게 약해지니까. 물론 내 행동까지 네 탓으로 돌리고 싶은 생각은 없어. 하지만 결국 그런 상황을, 그런 나를 이용하고 심지어 내게 상처를 주면서, 나에게 피해를 주면서 우리 관계를 야금야금 좀먹고 있었던 건.”

“…….”

“너잖아.”

그게 편하니까. 그렇게 하면 내가 그녀를 가엾게 여기고, 그녀를 위로하고 그녀를 다독여 줄 것을 아니까.

내가 그녀에게 해 준 것마저 그녀의 탓으로 돌릴 생각은 없었다. 하지만 그녀가 사교계에서 누리는 명예, 이득, 혜택, 그리고 변방에서 썩어 갈 법한 워더 백작가가 중앙 귀족까지 될 수 있었던 이유. 감히 올려다보지도 못할 나무에 오를 수 있었던 이유. 이 모든 것들이 내가 그녀에게 대한 애정, 그래, 그녀가 '착각'이라고 칭하는 그것이 있었기 때문이다.

그런 것을 가장 많이 이용한 건 그녀면서. 이제 와서 친구고 뭐고 어쩌고? 뭐라는 거야. 그런 말이 입 밖에 나갈 수 있다는 것 자체가 놀라웠다.

나는 후우 길게 숨을 내쉬었다. 그녀의 안색을 살피고 싶지 않았다. 그녀가 어떤 생각을 어떤 표정을 짓든지 상관하지 않고, 나는 계속해서 내 말을 내뱉었다.

"설사 내가 너를 제대로 알아보지 못했다고 해도, 그래, 친구로서 그게 섭섭할 수 있다고 쳐도, 네가 한 짓에 비하면 새 발의 피지."

"나는……."

"내 잘못이라고는 내 앞에서 가련하게 눈물을 찍어 내고 가엾은 척하는 네 모습에 병신같이 넘어간 죄밖에 없으니까. 하지만 죄질을 비교하자면 네 것이 더 엄중하지. 솔직히 내 건 잘못이라고 치부하기도 미안한 것이고."

이사벨의 눈길이 아래로 향했다. 나는 그런 그녀를 보다가 방금보다 훨씬 더 편해진 표정을 지었다. 어차피 말이 안 통할 거, 내가 하고 싶은 말만 하는 게 좋은 거다. 대화는 오가는 것이나, 나는 지금 통보를 하고 있었다.

"이사벨, 친구인 내게 네가 한 짓. 너에게 애정을 갖고 수많은 예외를 베푼 내게 한 짓은, 그 어떤 변명으로도 상쇄될 수 없어."

"……."

"그리고, 나는 네 부모가 아니야."

"스칼렛……."

"내게는 네 속마음 구석구석까지 다 살펴야 할 의무가 없어."

"……."

"넌, 그럴 자격이 안 돼."

나는 어떤 식으로든 나와 엮였던 사람의 흉을 보는 것도, 듣는 것도 싫어했다. 한때 나와 인연을 맺었다는 사실 자체만으로도 그 사람을 욕하는 게 과거의 나를 욕하는 것으로 생각되었기 때문이다. 어찌 되었든 간에 내가 저지른 일이고 내가 선택한 사람이므로 내가 그에 상응한 책임을 져야 한다고 생각했으니까.

그래서 나는 한눈을 팔고 바람까지 피운 애인들과 좋게 헤어지든, 좋지 않게 헤어지든 그들의 뒤에서 흉을 보지 않았다. 물론 앞에서 싸우는 것과는 별개로.

그런 의미에서 조금 변명 같겠지만, 나는 진심으로 이사벨한테 이런 소리까지 하고 싶지 않았다. 그녀가 무슨 미친 짓을 했든 간에 나와 그녀는 분명 20년 동안 친구였고, 그녀가 한 짓을 받아 준 건 나였으므로 내 행동마저 그녀의 탓으로 전부 돌리고 싶지 않았다. 그리고 한때 내가 그녀를 소중하게 여겼던 사실마저 부정하고 싶지 않았다. 일을 이 지경까지 끌고 온 데는 분명 내 선택도 한몫했다고 그렇게 생각했다.

하지만, 지금은, 이제는 그 생각을 집어치우는 게 좋겠다.

뭐가 되었든 그건 상대방이 내게 존중과 예의를 보내는 전제하에

서다. 앵무새처럼 똑같은 말만 지저귀는 이사벨. 그녀의 이야기는 이제 들을 가치도, 듣고 싶지도 않았다. 말 같은 말을 해야 들어 주지 않겠는가.

나는 결국 울컥 차오르는 감정을 주체하지 못한 채- 아니, 않은 채 계속해서 말을 내뱉었다.

"내가 왜 전부 알아야 해? 내가 네 부모야? 내가 널 돌봐야 해? 아니, 우리는 평등한 관계였어. 친구라는, 그런 관계에서 네가 나를 잘 모르고, 내가 널 잘 모르는 게 정상 아니야?"

"……."

"너도 나를 몰랐잖아. 외교관으로서 스칼렛 디르난트가 어떤 사람인지, 공작 영애로서 어떤 사람인지, 학생으로서 어떤 사람인지."

"……."

"그런데 무슨 자격으로 그런 개소리를 할 수가 있어, 네가?"

"나는, 그래도 너를 조금 안다고 생각했어, 나는……."

"알았다면 그런 짓을 저지르지도 않았겠지. 내 한계선을 끊임없이 시험하면서."

결국 사람은 서로를 완벽히 이해할 수 없다. 모든 사람 사이에는 한층 벽이라는 게 존재했다. 그렇게 조금씩 더 알아가면서 벽을 조금씩 제거하긴 하겠지만, 결국에는 남, 결국에는 자신이 아니었다.

"이사벨, 본인이 생각해도 네가 지금 너무 어이없는 말을 하고 있다고 생각하지 않아?"

내 물음에 살짝 움츠리는 듯 고개를 떨군 이사벨이 미약한 목소리로 입을 열었다.

"스칼렛, 나는…… 나는 지금 진심이야."

"그래, 진심이라면 어쩔 수 없지."

"……."

"네가 하고 싶은 말은, 너는 나를 위해 그동안 내 애인을 빼앗고 나에게 상처를 주었어, 그리고 내가 홧김에 네 약혼자를 뺏으니 이제는 그 약혼자를 사랑한다면서 그를 돌려 달라고 하지."

"……."

"그 사이에 칼리드가 너를 사랑하는지, 하지 않는지는 중요하지도 않아. 그저 네 감정이 제일 중요했고. 맞지?"

"……."

"내가 너를 비난하자 너는 결국 다 내가 알아서 자초한 것이 아니냐고 그렇게 말했어. 어때, 내가 지금까지 말한 것들 중에 단 한 치의 거짓이라도 있니?"

말하고 보니 참 개소리 같다.

이사벨은 고개를 저었다. 그럼에도 입을 꾹 다물고 있었다. 마치 혼나는 아이 같은 그녀의 모습에 나는 더는 올라갈 혈압도 없는 채 푸시식 식은 표정을 짓고 말았다. 그래, 너와는 애초에 대화라는 것을 하는 게 아니었다. 나는 그저 일방적으로 통보를 하는 게 좋을 것 같다. 내 정신 건강을 위해.

"네가 주장하는 게 사실이라면. 주위 사람들한테 물어봐. 이 모든 행동이 정상적인 사람이 하는 짓으로 옳은지."

"……."

"미치지 않고서야 그런 행동을 하면서 이런 말들을 내뱉는 게 옳은지."

"……."

“멀리 갈 것도 없어. 집에 가서 물어봐. 백작도 좋고, 부인도 좋아. 아니면 가정교사에게 물어보렴. 네 인간성에 대해서.”

이사벨이 한 말이 진실이든 거짓이든 상관없었다. 대화는 통하는 사람과 하는 거다. 아니, 사실 이 정도면 그녀에게 꽤 기회를 주지 않았는가. 그런데 정작 이 기회를 갉아먹으며 개소리를 늘어놓은 것은 그녀였다.

말이 통하지 않는 경우는 딱 두 가지다. 상대방의 생각이 나와 같은 차원에 있지 않은 경우와, 비록 상대방의 생각은 나와 같은 차원에 있지만, 그것을 억지로 숨기려고 결국 나와 다른 차원에 있는 것처럼 보일 때. 이 둘 중 이사벨의 경우가 어떤 것인지는 몰라도, 그 둘 다 결국 그녀의 미친 짓을 위해 변명해 주지는 않는다.

나는 이사벨의 얼굴을 보며 입을 열었다.

“예전에 그랬지. 나는 다 가졌다고, 내가 다 가졌으니 하나쯤은 없어도 되지 않느냐고.”

“…….”

“그 말에 대한 대답을 들려줄게.”

연회가 끝나고 이사벨이 찾아온 뒤, 나 또한 혼자서 나름 고민했다. 어쩌면 진짜 내가 많이 가져서 그녀에게 더 많이 빼앗겨도 되지 않나, 그런 것. 물론 지금 생각해 보면 진짜 멍청한 생각이었지만, 그때는 조금 미친 상태여서 진지하게 그런 생각할 가치도 없는 생각을 하긴 했었다.

그렇게 생각을 하고 또 하다가 카펠라로 가게 되었고, 그 많은 일이 일어났고, 나는 다시 이사벨과 마주하게 되었다.

"스칼렛 님, 스칼렛 님은 좋은 사람이에요. 그런데 그게 피해를 받아 마땅한 이유가 되지는 않잖아요."

셀린느, 네 말이 맞아. 내가 얼마나 멍청하고 얼마나 착해 빠졌는지, 내가 얼마나 무르고 얼마나 병신 호구였는지와 무관하게, 그건 내가 피해를 받아 마땅한 이유가 되지는 않아.

"많이 가졌다는 것은, 빼앗겨도 되는 이유가 되어 주지 않아."

"……."

"내가 얼마나 많이 가졌든, 얼마나 풍족하게 살았든. 그 모든 것들을 다른 사람에게 빼앗길 이유는 없어."

"……."

"특히 너한테는."

"……."

"너처럼, 나를 이용할 대로 이용해 먹고, 애초에 나를 친구로 생각하지도 않은 사람한테는 더욱더."

그녀는 나를 위한다고 하면서 나를 해하는 행동을 하고 있었다.

이걸 이해하라고?

차라리 나와 거리를 두고, 그런 나를 멀리하려고 노력했다면 그녀를 이해라도 해 보고 나 자신을 반성해 보았을 것이다.

하지만, 그녀는 그러지 않았다.

"너는 그냥 자기만의 세상에 갇혀 끊임없이 자신의 잘못을 타인에게 돌리고, 합리화하고, 자신이 쌓은 성안에서 아름다운 파랑새로 남길 바라는 아이야."

설사 이게 진실이 아니더라도, 내 눈에 너는 그러했다.

이사벨이 살면서 뭔가를 바꾸려고 한 적이 있긴 했던가. 없었다. 그런데 이제 와서 뭐라 변명을 해도 그저 내 짜증을 돋구는 데 한몫했을 뿐 그 이상의 가치는 없었을 것이다.

나는 그녀를 비웃었다. 그에 이사벨이 놀랐는지 잔뜩 굳은 얼굴로 가만히 앉아 있었다. 다행이었다. 이 상황에서 그녀가 악이라도 쓰면 그때는 진짜로 국왕 폐하께서 내게 주신 사면권을 쓰게 될 순간을 맞이할지도.

나는 조용하게 내 앞에 놓인 타르트를 잘라 입안에 털어놓았다. 그리고 평온한 목소리로 입을 열었다.

"칼리드를 사랑한다고 했지."

"응……."

"그런데 칼리드는 너를 사랑하지 않아."

이 사실은 우리 둘의 입장이 확연하게 뒤바뀌는 가장 중요한 사실이었다.

"그는…… 그는……."

내 말에 이사벨이 말을 삼켰다. 애달프게 파르르 떠는 이사벨은 내 얼굴을 한 번 보고, 다시 시선을 내리다가 다시 고개를 들었다. 입술을 약간 떨다가도 결국 아무런 말도 내뱉지 않았다.

무슨 수를 어떻게 써서 그와 약혼했는지는 모르겠고, 칼리드는 또 왜 이사벨과 약혼했는지도 모르겠지만, 어쨌든 칼리드는 이사벨을 사랑하지 않는다. 그 사실만큼 나를 기쁘게 하는 것도 없었다. 그리고 그 누구도 우리, 나와 칼리드 사이의 결합을 질책할 사람은 없을 것이다.

이렇게 완벽할 수가 있나. 세간의 축복, 가문의 결합, 마지막으로 달콤한 연인.

조금 유치한 감정이라고 해도, 정신 승리라도 해도 좋았다. 아니, 정신 승리는 아니었다. 어차피 이기는 쪽은 나였으니까.

"마음대로 해."

"……뭐?"

"칼리드를 사랑한다며, 마음대로 해. 그 사람 앞에 가서 무슨 미친 짓을 하든 상관하지 않아. 어차피 이건 내가 아니라 칼리드가 결정할 문제이기도 하고."

그리고 내가 칼리드 주위에서 얼쩡대지 말라고 경고하면 이사벨 같은 애가 진짜로 알아서 꺼질까?-라고 생각하던 나는 바로 고개를 저었다.

설마. 그럴 거였으면 진즉에 말을 알아들었겠지.

칼리드가 나와 이사벨의 관계를 완전히, 완벽하게 청산하지 못하는 것처럼, 나 또한 칼리드와 그녀의 관계를 깨끗하게 청산하지 못한다. 물론 그건 우리 둘이 이사벨과 알아서 서로서로 선을 그어주는 것과는 별개의 문제다.

그리고 무엇보다도, 나는 그 정도 자신감은 있었다.

칼리드는 흔들리지 않을 것이다. 겨우 저 정도 수준에 넘어갈 사람이면 이 정도로 난리를 떨면서 연애를 시작하지도 않았을 것이다. 그래서 내가 할 수 있는 건 일단 내 눈앞에 있는 이 장애물부터 치워 버리는 것이었다.

"하지만 그것과 별개로, 내 눈앞에 다시는 띄지 마. 그냥 내 눈앞에서 꺼져."

"……."

"공식 석상을 제외하곤, 아니, 공식 석상에서도 내게 말을 걸지 마. 내가 있을 때는 칼리드한테서도 멀리 꺼져. 내 신경 건드리지 마. 내가 보지 않는 곳에서 칼리드를 어떤 식으로 유혹하고 회유하든 상관하지 않겠어."

"……."

"하지만 만약 다시 사적으로 내게 말을 걸고 친한 척을 하게 되면."

나는 말을 골랐다. 어떤 식으로 어떻게 그녀를 협박하는 게 좋을까…… 하는 생각을 하다가, 나는 곧 깔끔한 해결 방법을 선택했다.

"그때는 내 눈앞이 아니라 윈체스터에서 꺼지게 될 거야."

나는 단 한 번도 가문의 이름으로 그녀를 협박하고 압박해 본 적이 없었다. 하지만 스칼렛이라는 사람이 그녀에게 공포의 대상이 되어 주지 못한다면, 스칼렛 디르난트라는 사람은 공포의 대상이 되겠지.

얼마나 웃겼을까, 다른 귀족들은 말 한마디 섞어 보지 못해 안절부절하는 디르난트의 공작 영애, 디르난트의 차기 공작, 국왕의 하나뿐인 조카, 차기 추밀원의 원장 후보로 꼽히는 내가, 그녀의 말 한마디에 고개를 끄덕이고 그녀의 눈물 한 방울에 안절부절못하는 꼬락서니를 보면서 그녀는 속으로 얼마나 비웃었을까.

하지만 그런 것 따위 상관없었다. 뭐가 되었든 지금부터라도 아는 게 중요했다.

"내가 네 '진실한 모습'을 보지 못하고 내가 원하는 것만 본 게 '섭섭한 것' 같은데."

"……."

"그럼 그런 네 거짓과 허위에 넘어가 네게 베풀었던 그 모든 것들."

"……."

"네 것이 아니었던 그 모든 것들을 내가 가져가도 되겠지?"

난 이제 네 모습을 알았으니까, 베풀 필요도 없잖아?

내가 마지막 말을 끝내는 순간, 이사벨의 눈동자가 공포에 질렸다. 방금까지 무슨 생각을 하는지 몰랐던 그녀의 눈빛이 지금만큼은 정말 오롯이 흔들리고 있었다. 그래, 이건 겁이 나는 모양이다. 하긴, 가진 것을 빼앗기는 것만큼 두려운 것도 없지.

하지만 나는 동시에 그런 그녀의 모습에서 조금의 이상함마저 느꼈다. 이사벨, 그녀는 진짜로 몰랐을까? 내가 이렇게 나올 것을? 같은 의문이 잠깐 들었지만, 나는 지금 이 순간만큼은 그녀의 불안한 눈동자를 그냥 즐기기로 했다. 조그마한 의문이 내 쾌감을 막지는 못했다. 나는 계속해서 공포와, 분노와 슬픔 그 어디쯤에 위치한 그녀의 눈빛을 보며 한 글자씩 내뱉었다.

"그건 알아야지."

"……."

"네가 가진 모든 것들은 내 은혜와 배려의 결과물이라는 것을 말이야. 그리고 나는 베푼 만큼 그것들을 가져갈 힘도 있어."

안타깝게도.

"스칼렛!"

내 무심한 말투위로 이사벨의 새된 목소리가 덮어졌다. 물론 나는 그것을 깡그리 무시했다.

"왜, 무슨 소리를 하려고. 또 그 개소리?"

"나는, 난……."

이사벨은 입술을 꽉 깨물었다. 눈가에 달려 있는 눈물이 뺨을 타고 흘러나왔다. 곧 이사벨이 숨을 크게 들이쉬다가 다시 내쉬었다. 그 꼴을 보던 나는 부드럽게 입을 열었다.

"네게 주어진 변명의 기회는 이미 네 손으로 놓아 버렸잖니? 하고 싶은 말이 계속 그 개소리라면, 그만 입 다물고 내가 하라는 대로 하는 게 좋겠어."

말을 마친 뒤, 마지막으로 차로 입술을 축이고 자리에서 일어났다. 내 말에 뭔가 말하려는 듯 입술을 옴짝달싹하던 이사벨은, 그럼에도 불구하고 나를 빤히 보면서 끝까지 말이 되는 소리를 하지는 않았다.

그런 그녀의 모습을 보다, 나는 비웃음을 지으며 발걸음을 옮겼다.

* * *

카틀레야 정원에서 걸어 나와 내가 향한 곳은 비올레타의 집무실이었다. 내 집무실 쪽은 말을 나눌 상대도 없었고, 이 일방적인 전투를 끝낸 감상을 나눠야 할 사람이 필요했기 때문에.

그동안 쌓인 것을 한꺼번에 다 풀고 그 기세를 담아 문을 활짝 열어젖히자, 안경을 쓰고 뭔가를 쓰고 있던 비올레타가 고개를 들었다.

그녀는 갑작스럽게 찾아온 나를 보며 눈을 깜박거리다가 이내 자리에서 일어났다. 그에 나 혼자 성큼성큼 발걸음을 옮겨 소파에 털썩 주저앉자, 비올레타가 내 맞은편에 앉으며 입을 열었다.

"뭔가 전투가 잘 끝난 것 같은데."

"반은 잘 끝났지."

내 말에 비올레타가 웃음기 가득한 표정으로 고개를 갸웃거렸다. 오늘 오전부터 지대한 관심을 보인 만큼, 비올레타도 내심 결과를 기대한 모양이었다.

"그래서 결과는?"

"좋은 소식이랑 나쁜 소식이 있어. 뭐부터 들을래?"

"좋은 소식."

"이사벨한테 쌓였던 거 다 풀고 왔어. 이사벨 전용 개소리에 하나하나 다 반박하고 왔지. 너 알잖아. 나 같잖은 말도 그럴싸하게 포장하는 거."

"나쁜 소식은?"

"내 말만 하고 왔어, 걔는 끝까지 말 같지도 않은 말만 앵무새처럼 반복했다고!"

내 말에 비올레타가 풋 웃음을 흘렸다. 나는 그녀를 살짝 흘기면서 가볍게 코웃음을 쳤다.

"왠지 기분이 더러워."

"걔가 또 무슨 개소리를 했어?'

"아니. 걔가 무슨 개소리를 하지 않아서 더러워."

비올레타가 살짝 눈썹을 까닥이더니 곧 계속 말해 보라는 듯이 쿠션을 안고 등을 기댔다.

"옛날에 이렇게까지 말이 안 통한다는 느낌은 받지 못했는데, 오늘은 진짜 이상했어."

"예를 들면?"

"걔한테 변명의 기회를 주었거든? 뭐라고 말이라도 해 보라고 했는데, 하는 소리가 전부 앞뒤 말이 안 맞는 거야."

“확실해? 그냥 논리적으로 밀리니까 입 다문 거 아니야? 진짜 할 말이 없거나.”

“아니야. 아니, 뭐 그럴 수도 있는데, 그래도 느낌이 그렇지 않았어. 그냥, 눈빛은 흔들리고 입술은 움찔거리면서 눈물을 가득 담고 나를 보는데 그래도 말하지 않아.”

조용하게 앉아 처연하게 나를 보는 표정이나, 계속해서 똑같은 말만 반복하는 느낌이나, 그리고 마지막에 나를 부르던 그 목소리까지. 뭔가 할 말이 있는 것 같은데, 뭔가 눈빛은 아니라고 말하는데 입은 그렇지 않은 그런 것.

나는 머리를 짚었다. 하여튼 그 계집애랑 대화를 끝내고 제대로 완벽하게 후련했던 적이 없어.

나는 쯧- 하고 혀를 찬 뒤 비올레타를 향해 입을 열었다.

“예전까지만 해도 이렇게까지 말이 안 통하는 애는 아니었는데. 최소한 개소리를 해도 그럴듯하게는 했단 말이야. 대화를 하는 게 아니라 나 혼자서 분노를 전부 쏟고 왔어.”

“그래도 할 말은 했다는 거네.”

“그거야 그렇지만, 일은 완전히 해결이 안 된 느낌이야.”

“마지막은 어떻게 마무리를 졌는데?”

“내 앞에서 꺼지라고 했어.”

내 말과 함께 비올레타가 웃음을 터뜨렸다. 재미있어 죽겠다는 얼굴을 하면서 깔깔거리는 그녀의 얼굴을 어이없게 바라보다, 더는 비올레타와 내 기분을 교류하는 것이 굉장히 쓸데없는 짓이라는 것을 깨닫고 눈길을 돌렸다.

웃음을 다 터뜨리고 비올레타가 입을 열었다.

"어쨌든 할 소리는 다 했다는 거네. 뭐가 문제야."

"나 혼자서 왈왈 야옹야옹 끼룩끼룩하는 느낌이었다니까? 걔는 거기서 입만 꾹 다물고 있고, 나만 잔뜩 일방적으로 구타하고 온 것 같아. 막판에는 일부러 폭발하라고 말을 쏟아 내다시피 했어. 물론 나도 어느 정도 분풀이가 있긴 했는데."

"그런데."

"그런데 끝까지 입 딱 닫고 있는 거야! 인형이야? 아니, 일방적으로 사람 때리니까 이건 또 뭐지 싶더라."

다시 웃음이 방을 메웠다. 나는 한숨을 푹 쉬었다. 오늘 다 나한테 왜 이러냐.

뭐가 되었든 내 말을 하나하나 다 전달했다는 것은 분명 좋은 일이 분명했지만, 그것을 상대방이 알아 처먹었는지 확인되지 않았다는 것은 짜증 나는 일이었다. 나는 이마를 짚고 도리도리 머리를 저었다. 어쨌거나 눈앞에서 꺼지라고 했으니 보이지는 않겠군. 그거 하나만큼은 정말 좋은 결과물이었다.

다 웃었는지 비올레타가 눈가를 손가락으로 쓸면서 겨우겨우 숨을 골랐다. 나는 그녀의 모습을 한심하게 보다가 입을 열었다.

"그렇게 웃겨?"

"웃겨. 이사벨 표정이 상상이 돼서. 걔가 얼마나 재수 없게 굴었는데."

"뭐?"

"아니야, 그런데 걔는 거기에 아무런 대꾸도 하지 않았어?"

"하긴 했는데, 왜 그런 거 있잖아. 그냥 앞뒤 말 맞지도 않고 하던 말 하고 또 하고 그러면서 어떻게든 나름 반박하기 위해 하는 반박."

"흠…… 걔가 그 정도로 언어 구사 능력이 달리지는 않을 텐데."

"그러니까! 그러니까 내가 이러는 거야. 걔 그래도 그 얼굴이랑 혓바닥으로 날 7번이나 놀려먹은 애야. 갑자기 회개할 리는 없고, 그런데 이렇게 구는 게 이상해서 그래. 속이 시원한 거랑은 별개의 문제야."

나는 소파를 탕 치며 자리에서 벌떡 일어났다. 예전에 이사벨은 기본적으로 말이 통하는 사람이었다. 최소한 그 정도의 언어 구사 능력은 아니었다. 예전에 나와 칼리드에게 쓴 편지를 보아라, 비록 중심 뜻은 변하지 않더라도 온갖 미사여구는 다 붙여 가면서 그럴싸하게 포장하지 않는가. 그런데 이번에는 그런 것도 없었다.

"말이 오가야 화나는 것도 해결되겠는데, 이러니까 그냥 내가 전부 다다다 쏟고 왔어. 막판에는 아예 걔 말 다 씹어 버렸다니까, 너무 똑같은 말만 반복해서."

"뭐, 걔가 어떻게 처신하든 그건 걔 선택이겠지. 넌 나름 경고랍시고 할 말 다 하고 나온 모양인데."

"응, 그건 진짜 시원해."

나는 단호하게 고개를 끄덕였다. 그래, 입 꾹 다물고 있는 사람 탈탈 털어서 뭐라고 할 수도 없고. 그렇다고 우물쭈물 아무 말도 못 하는 거 달래고 달래서 그녀의 말을 듣겠다고 발악하는 것보다야, 그냥 내 말만 쏟는 게 더 좋은 선택이 아닐까.

"으아, 내 인생 26년 이런 적은 처음이야."

"그만큼 네 인생에서 걔가 이상한 존재였다는 거겠지."

"대체 걔는 나를 어떻게 생각할까? 진짜로 나를 위한다고 생각하는 건 아니겠지, 설마?"

"아닐걸."

단칼에 내 말을 잘라 내는 비올레타의 말은 그녀답지 않게 단호했다. 그녀는 방금 폭소를 터뜨리던 것과는 달리 꽤 의미심장한 눈길로 나를 보고 있었다. 왜 또 이렇게 뜸을 들여. 나는 기분 나쁘다는 티를 팍팍 냈다. 그의 비올레타가 흠, 하고 길게 숨을 내쉬더니 입을 열었다.

"예전에 올리비아가 걔한테 이런 말을 했어."

"올리비아?"

올리비아가 이사벨이랑 말을 했다고? 그런데 난 왜 모르지? 내 어리둥절한 표정에 비올레타가 웃었다.

"아카데미 축제 때 널 보러 왔던 그때, 기억나? 너 그때 라리 스웬스랑 사귀고 있었잖아."

나는 잠시 기억을 더듬다가 얼핏 스쳐 지나가는 기억에 고개를 끄덕였다. 라리 스웬스. 스웬스 백작가의 차남이자 이사벨과 양다리를 걸친, 내 몇 번째인지는 기억이 잘 안 나는 애인. 나는 갑자기 다시 불쾌해지는 기분에 얼굴을 구겼다. 그러거나 말거나 비올레타는 그저 말을 이었다.

"그때 이사벨이 라리 스웬스랑 대화하는 걸 나랑 올리비아가 보았거든. 그리고 내가 화나서 아주 이사벨 머리채를 잡으려고 했지."

"잡지 그랬어."

"올리비아가 말렸어. 어차피 넌 들어 먹을 애가 아니라고."

"반성할게."

병신 같은 나를 포기하지 않고 지금까지 손잡고 여기까지 와 준 비올레타와 올리비아에게 감사의 인사를 올린다, 진짜.

"어쨌든 그런 나를 잡고, 올리비아가 이사벨한테 그랬어. '작작해라'고."

"……응?"

"작작하라고. 스칼렛은 병신이고 호구 같지만, 그래도 너 하나 조져 버리려고 마음먹으면 못할 애가 아니라고."

"조금 언사가 과격하긴 하지만 맞는 말이네."

"맞는 말이지. 최소한 널 잘 아는 사람이었다면 동감할 만한 말이었어. 그런데 걔가 뭐라고 한 줄 알아?"

나는 도리도리 머리를 쳤다. 설마 또 나를 위해서 그딴 소리를 지껄인 건 아니겠…….

"어차피 저한테 올 사람이었어요."

"……."

"남자가 조금 더 나은 여자를 찾는 건, 당연한 거 아닌가요? 그리고 스칼렛은 저를 어쩌지 못해요."

"……걔 혹시 다중 인격 아닐까? 예전에 그런 소설 본 적 있어. 사람이 인격이 되게 많은 거지. 막."

"그 전에 본인이 너보다 더 나은 여자라는 것 자체가 웃기지 않아?"

이로써 명백해졌다. 그녀의 모든 행동이 나를 위한 것이라는 그 개소리는 전부 거짓이었다는 게. 하긴, 그게 진짜일 리는 없지. 말은 그렇게 했지만 믿지도 않았다. 물론 그 이유는 모르겠으나 저런 소리를 내뱉을 정도면 그래, 최소한 그 눈물을 찍어 내는 모습 자체는 분명 거짓이었으리라.

"이건 정말 험담 같아서 말 안 했거든. 어차피 말해도 넌 믿지 않을 테니까. 그 정도로 내 말을 들어 처먹는 애면 이 지경까지 오지는 않았겠지."

"이것도 반성할게."

"네 태도 자체는 문제없어. 올리비아가 지금 너한테 '비올레타가 프로니아드 공작을 유혹하더라.'라고 말하면, 너는 믿을래? 지금 당장 나와 공작이 약혼한다고 하면 넌 나와 관계를 끊어 낼 거야?"

나는 고개를 저었다. 그럴 일이 없다고 굳게 믿고 있기 때문에. 그리고 그런 가십거리를 함부로 믿는 게 얼마나 고통을 동반하는지 알고 있기 때문에. 한때 그런 말도 안 되는 유언비어의 피해자였기 때문에. 그리고 무엇보다도 비올레타는 절대 고의로 나에게 상해를 입히는 행동을 하지 않는다는 것을 알기 때문에.

"아, 나 진짜 왜 이러니……."

"믿음을 준 사람의 문제가 아니야. 이 정도도 모를 애는 아니잖아."

"그렇지만."

"하여튼 그런 애야. 그런 미친년이라고. 대단하고. 결국 라리 스웬스는 그녀에게 홀딱 넘어갔지. 만난 지 이 주도 되지 않아 헤어졌지만. 아, 그런데 솔직히 그거 보면 헤어지길 잘했어."

"그리고 난 스웬스랑 헤어지고 삼 주 뒤에 리스터랑 사귀었지. 그때 스웬스 표정이 예술이었는데."

순간 나와 비올레타가 동시에 풋- 하고 웃음을 터뜨렸다.

뮐레르 공작가의 셋째 아들, 리스터 뮐레르. 조금 성깔이 나 못

지않게 더럽고 조금 성격 급하긴 했지만, 내 모든 애인을 통틀어 세계관, 인생관, 가치관은 정말 나랑 맞았던 녀석이다. 다만 맨날 싸워서 그렇지. 뭐, 싸우면서 정든 타입이었으니 그것도 나름 재미인가. 헤어진 것도 결국 싸우다 못해 지쳐서 헤어진 것이었다. 이사벨과는 관계도 없이. 뭐, 이사벨이 꾀었다면…… 넘어갔을까?

나는 웃음기 가득한 목소리로 입을 열었다.

"아니, 근데 라리 스웬스 때는 그렇게 화도 안 났던 게, 나랑 걔는 한 달 정도 사귀었나? 그랬어. 게다가 시작은 내가 아니라 걔가 했다고."

"너 좋다고 그렇게 열심히 따라다니던 애가 바람도 피우고, 정말 세상은 넓고 미친놈은 많다는 걸 느꼈지."

나는 웃음을 흘렸다.

"그런데 우리 왜 이야기가 이쪽으로 샌 거야?"

"아, 이사벨. 그래, 이사벨. 하여튼 걔가 그런 소리를 했어."

그렇다는 건 역시. 이사벨은 끝까지 뭔가를 숨기려고 했다는 건가. 방금 나를 보며 아무 말도 하지 않은 건 역시, 할 말이 없어서라기보다는 그냥 말을 하지 않은 거였나. 아니, 그렇다고 해도 굳이 그렇게까지 숨길 필요 있나? 대체 무엇을? 그만한 가치가 있는 게 존재하나. 아니면 어쩌면 그냥 미친 것일지도 모른다. 내가 너무 복잡하게 생각했을 수도 있다. 애초에 우리 둘이 바라보는 곳이 같은 곳이 아닐 수도.

나는 한숨을 쉬었다. 비올레타가 그런 나를 보고 입을 열었다.

"아직도 착잡해?"

"아니. 사실은, 그래도 아무 말도 못 한 것보다는 나은 것 같아서 착잡하거나 그런 건 아니야. 다만 조금 의아할 뿐이지."

"흐음…… 역시 문제는 그쪽인가."

"뭔가를 숨기고 있다는 건 확실한데 그게 뭔지도 모르겠고, 왜인지도 모르겠어. 내 분노와 경멸을 받는 것보다, 그것을 숨기는 게 더 중요할까?"

말을 마치고 한숨을 쉬며 나는 자리에서 일어났다. 그때 비올레타가 나를 따라 눈길을 돌렸다.

"가게?"

"응. 칼리드랑 저녁 약속 있어. 이사벨은 그냥 털어 버리려고. 이 이상 나더러 뭘 어쩌라고."

"그래, 즐기고 와. 아, 그리고 국빈 연회 말인데……."

"준비하고 있어. 걱정 마."

"아니, 그거 말고, 국빈 연회랑…… 너 혹시 잊은 거야?"

비올레타는 잠시 말을 더듬다가 미간을 팍 찌푸리고 날 보았다. 하지만 정작 그녀가 무슨 말을 하는지 알아듣지 못한 나로서는 어리둥절하게 서 있을 수밖에 없었다. 결국 비올레타는 잠시 머리를 짚다가 고개를 절레절레 저었다.

"아니다. 가 봐."

"찝찝하게 왜 그래?"

"……아무리 바빠도 그렇지. 어떻게, 아니다, 너한테는 자주 있는 일이었지. 됐어. 가 봐."

나는 비올레타를 아래위로 훑다가 발걸음을 옮겼다. 그런 내 뒷모습에 대고 비올레타가 소리를 쳤다.

"기대해!"

물론 나는 그녀가 뭘 말하는지 끝까지 알아차릴 수 없었다.

* * *

비올레타의 방을 나온 뒤 나는 급격히 피곤해진 머리를 식힐 겸 조금 걷다가 집무실에 도착했다.

아, 조용하다.

나는 고요함을 무척 좋아했다. 그만큼 나 혼자 즐기는 정적이 좋기도 했고, 그만큼 나는 시끄럽고 복잡한 환경에서 지내는 타입이기도 했다.

아주 가끔 생각하지만, 그냥 단순하게 생각할 수 있었으면 좋겠다. 하지만 나는 어렸을 때부터 생각이 복잡했고, 예민했고, 그래야만 하는 환경에서 자랐다.

그건 정말, 떨쳐 내려야 떨쳐 낼 수 없는 습관이었다.

나는 시선을 아래로 던졌다. 이사벨은 대체 뭘 하려는 걸까. 비올레타의 말과 그녀가 그동안 내게 보여 줬던 각종 모습을 종합해 보면 어쨌든 이사벨 본인이 주장하는 것처럼 그렇게 단순한 상황은 아닌 것 같은데…… 그녀가 꽁꽁 감추는 게 뭘까? 그게 과연 어느 정도의 가치가 있을까? 사실 이쯤 되면 악에 받쳐서라도 고래고래 나한테 쏟아 낼 줄 알았는데…….

에휴, 됐다. 이렇게 머리 아프게 생각해 봤자 결론도 없을 텐데.

퇴근 준비를 대충 마친 뒤, 나는 조용하게 방을 나갔다.

* * *

검과 검이 마찰하는 소리가 들린다. 열기로 가득 채워진 제1기사단의 연무장을 내려다보다가, 나는 조용하게 걸음을 옮겼다. 일부러 약간 일찍 왔는데, 너무 일찍인가. 기사들은 퇴근 시간이 조금 늦나? 나는 주위를 두리번거리면서 드레스를 밟아 뒹구는 일이 없게 주먹을 꼭 잡고 높은 계단을 한 걸음, 한 걸음씩 내려가고 있었다.

그런데 그때 잔뜩 긴장해 꽉 잡은 손을 부드럽게 감싸고 주먹을 쥐었던 손을 부드럽게 펴는 손길이 있었다. 나는 익숙한 감각에 고개를 휙 돌렸다. 칼리드는 내 손을 꾹 잡고 나를 보고 있었다.

“뭐야, 등장이 너무 조용하잖아요.”

조금 투덜거리는 말투였지만 그 속에 밴 웃음기를 알아차렸는지 칼리드가 손에 힘을 조금 더 주었다.

“내려가려고 아등바등하는 모습이 귀여우시기에.”

“지금 나 몸치라고 놀리는 거죠? 그리고 이 계단 너무 폭이 큰 거 아니에요? 높이 좀 봐 봐. 보통 계단 세 개랑 맞먹겠네.”

“그래서 보통 기사가 아닌 자들은 이곳으로 내려오지 않습니다.”

“이쪽 계단이 이럴 줄 몰랐죠. 평소에는 저쪽에서 오니까. 보통 이쪽에 많이 있는 것 같아서 놀래 주려고 왔는데.”

내 말에 칼리드는 내가 있는 계단으로 발을 대 디뎠다. 낑낑댄 내 모습과 확연히 다르게 한 걸음에 성큼 내려오자 나는 그 모습을 신기하게 보다가 입을 열었다.

“우리 어디 가요?”

"뭐 하고 싶으십니까?"

"음, 저녁 먹고, 나랑 오페라 보러 가지 않을래요?"

"오페라?"

나는 힘차게 고개를 끄덕였다. 이사벨 때문에 기분도 잡쳤겠다- 그녀를 물리친 것과 별개로 그녀의 존재 자체가 나는 짜증 났다- 오랜만에 데이트다운 데이트 기회가 생겼는데 이걸 이용하지 않을소냐. 지금 이 순간만큼은 나를 짜증 나게 하는 것들을 그냥 다 머릿속에서 지워 버리기로 했다. 어차피 생각한다고 그게 뭐 해결이라도 되나.

"사실 언젠가는 보러 가려고 했는데. 근신 기간에는 함부로 그런데 들락거리는 게 좋지 않기도 하고, 오늘 마침 기회가 되니까요."

"부관에게 일러두겠습니다. 저녁은 뭘 드시고 싶으십니까?"

"전 아무거나요."

"너무 느끼한 건 싫어하시고, 달콤한 건 너무 많이 드시면 안 좋고, 해산물 쪽은 비리다고 싫어하시고."

"역시 당신은 날 잘 알아요."

"드로프 거리에 새로운 레스토랑이 생겼는데, 가 보시겠습니까? 요즘 귀족들 사이에서 인기라던데."

"난 좋아요."

애초에 뭘 먹는 것보다는 함께하는 시간에 의미를 두는 게 데이트의 핵심 아니던가. 앞으로 빠져나온 내 머리를 뒤로 살짝 넘기는 그의 손길을 얌전하게 받았다. 하지만 곧 발걸음을 옮길 거라는 예상과 달리, 칼리드는 바로 걸음을 옮기는 대신에 나를 빤히 보기만 했다.

나는 눈을 깜박이며 내게 꽂힌 그의 시선을 그대로 받으며 고개를 살짝 갸웃거렸다.

"왜 그래요?"

"오늘은 즐거우셨습니까?'

"어……."

나는 눈을 굴렸다. 갑자기 왜 즐겁……? 칼리드가 뭘 알긴 아나? 아닌데, 나 이사벨 관련은 칼리드 앞에서 말도 안 꺼냈는데. 나와 이사벨이 만난 사실을 정확하게 아는 건 비올레타, 대충 아는 사람은 올리비아였다.

뭐, 굳이 숨길 필요는 없는 이야기였지만, 그 또한 이사벨을 마음에 들어 하는 것 같지 않아서 이런 부정적인 이야기는 꺼내고 싶지 않았다.

"뭐, 그럭저럭?"

"전투는 어떻게 되었습니까?"

"아."

나 무운을 빌어 달라고 했지.

"반쯤 이기고, 반쯤 패배하고 왔죠."

"이런. 완승은 아니었습니까."

"안타깝게도. 그래도 공격은 시원하게 잘 들이붓고 왔어요. 물론 그게 잘 먹혔는지 알 길이 없어서 조금 찝찝하긴 하지만."

그래도 뭐, 당한 것보다는 백배, 천배, 만 배 좋으려나? 비올레타를 찾아가는 길까지만 해도 착잡하고 짜증 났던 감정이 지금은 거의 사라졌다. 뭐, 그냥 좋게 좋게 생각하는 게 좋을 수도 있다. 그리고 내가 예민하게 구는 것일 수도 있었고.

내 말에 칼리드는 가벼운 한숨과 함께 웃음을 흘렸다. 나는 그것을 멍하니 보다가 다시 방긋 웃었다.

곧 칼리드가 내 허리를 안아 들었다. 나는 발이 바닥에서 떨어지자 본능에 따라 그의 목을 꽉 끌어안았다. 제일 처음 당할 때까지만 해도 당황해서 어찌할 줄 모르던 것과 달리, 이제는 제법 능숙하게 이런 것을 받아들일 수 있었다. 하지만 여기가 곧 어딘지 생각해 낸 내가 다시 당황에 젖은 목소리로 그를 불렀다.

"카, 칼리드. 잠깐만요. 여기 연무장……."

"압니다."

"보는 사람들이 있을 거란 말이에요!"

"보라고 안은 겁니다."

아, 그렇군요. 제가 그걸 몰랐네요.

"그럼 혼자 내려가시겠습니까?"

"아니요. 그냥 안아 줘요."

나지막한 웃음소리가 울렸다. 나는 몸에 잔뜩 준 힘을 쭉 빼고 덩달아 웃음을 흘릴 수밖에 없었다.

* * *

저녁은 생각보다 맛있었다. 나는 적당하게 부른 배를 안고 칼리드와 오페라 하우스로 들어갔다. 다만 예상과 달리 인기 있는 오페라였는지, 생각보다 조금 많은 귀족이 와 있었고, 그중 몇몇 인사를 받아 주느라 약간 피곤했다는 것을 제외하고는 모두 완벽했다. 그들은 나와 칼리드의 소문을 들었는지 나름 티 안 나게 우리를 힐끔거렸다. 물론 우리가 바로 박스석으로 들어가는 바람에 그런 눈길도 바로 끊겼지만.

우리를 위해 준비된 박스석에 들어가자 모든 것이 완벽하게 세팅되어 있었다. 갑작스러운 결정에 바쁘게 뛰어다녔을 칼리드의 부관에게 잠시 고마워하다가, 나는 꽉 찬 아래의 좌석을 쭉 훑고는 소파에 앉았다.

내 옆에 자리를 잡는 칼리드에게 몸을 기대자 그가 자연스럽게 내 어깨를 안았다. 나는 편하게 그에게 기대고 입을 열었다.

"극본 쓴 사람, 신인 작가라더니, 인기가 많은 모양이에요."

"모르셨습니까?"

"뭘요?"

"작가로서 신인이긴 하지만, 귀족들에게는 익숙한 사람입니다."

"누군데요?"

나는 미간을 찌푸렸다. 뭐야, 그건 또. 평소에 오페라를 볼 때 작가를 별로 따지지 않는 나로서는 꽤 이상한 말이기도 했다. 그리고 생소한 표현이기도 했고. 작가로서 신인이지만, 귀족들에게는 익숙한 사람이다? 나는 그에게 기댔던 머리를 살짝 들고 그의 얼굴을 쳐다보았다. 칼리드는 나와 입을 맞추며 부드럽게 웃었다.

"릴리 필레르."

응? 뭐지 이 익숙한 듯 익숙하지 않은 이름은?

"그거 혹시……."

"필레르 후작의 외동딸입니다."

나는 그제야 왜 평소에 잘 보이지 않던 귀족들마저 오페라에 지대한 관심을 두고, 이것을 보기 위해 몰려들었는지 이해했다. 보통 오페라면 모를까, 필레르 후작의 하나뿐인 딸이었다. 일단 호기심이나 관심은 둘째 치더라도 필레르 후작의 명망이나 위신을 볼 때 오페라를 계기로 말을 붙이거나, 하다못해 이것으로 아는 체를 할 수 있는 것도 좋은 기회였다. 뭐, 조금 운이 더 좋다면 큰 이익을 얻을 수도 있고.

뭐가 되었든 인맥으로 이어지는 사교계에서 필레르 후작의 외동딸은 절대 쉽게 볼 수 있는 인물은 아니었다. 설사 그녀가 필레르 후작가의 후계자가 아니라고 해도.

"어쩐지 조카에게 후계를 물려주더라니, 딸은 별로 관심이 없나 봐요? 가문의 일 같은 데에."

"저도 잘 알지는 못하지만 확실히 후작의 딸은 가문의 일보다는, 예술적 재능에 더 먼저 눈을 떴다고 들었습니다."

나는 칼리드에게 향한 시선을 거두었다. 릴리 필레르, 재스민 필레르. 아무리 사촌이라고 해도 정말 정반대인 모양이다. 재스민 필레르는 뭐가 되었든 재무부의 일원이었다. 능력으로는 뒤질 만한 사람은 아닐 것이다. 그와 반대로 분명 가문을 이을 가장 유력한 사람임에도 그 기회를 포기한 릴리 필레르.

뭐, 사람마다 추구하는 게 다르니까 그럴 수도 있겠지만, 그래도 귀족으로서 지녀야 하는 의무를 벗어 놓았다는 데서 그다지 나와 비슷한 이념을 가진 사람은 아닐 것이라는 생각이 들었다.

"그래서 이렇게 와글와글 모여든 거예요? 다들?"

"그런 것 같습니다."

"흐음. 귀족들이 잔뜩 왔길래 난 또 되게 재미있는 줄 알았죠. 쳇, 괜히 기대했네."

입을 삐죽이는 나를 보며 칼리드가 살짝 고개를 돌려 내 이마에 입을 맞추었다. 입술에 닿는 뜨듯한 감각에 나는 웃었다.

"그러고 보니, 재스민 필레르랑 혼담이 오갔다면서요."

아직 오페라가 시작하기까지 약간의 시간이 남아, 나는 일부러 다른 쪽으로 화제를 돌리면서 물었다. 릴리 필레르 하니까 재스민 필레르가 생각난 것도 있고, 다른 한편 카펠라에서 온 뒤 나를 보는 재스민 필레르의 그 복잡한 표정과, 더불어 이사벨을 보던 그 눈길이 생각났기 때문이다.

재스민 필레르와 칼리드가 한때 혼담이 오갔다는 비올레타의 말을 떠올리며 나는 일부러 약간의 질투를 담아 입을 열었다. 하지만 내가 상상한 것과 달리 칼리드는 내 말에 꽤 담담하게 대답했다.

"아주 오래전 일입니다. 10년…… 도 더 된 이야기 같은데."

"어, 그거 진짜 오래전 일이네요."

생각보다 훨씬 더 오래전 이야기에 나는 눈을 깜박거렸다. 10년도 더 된 이야기면, 칼리드는 많아야 스무 살, 재스민 필레르는 아직 십 대일 때 이야기인데. 뭐, 귀족 사이에 10대부터 약혼 이야기가 오가는 게 이상한 일은 아니었지만…… 나는 미간을 찌푸렸다. 나를 묘하게 적대시하던 게 칼리드 때문이라고 생각했는데, 10년도 더 된 이야기로 나와 그런다고?

"그런데 왜 약혼을 안 했어요?"

"약혼 이야기가 오갈 때는, 아버지, 선대 프로디아드 공작께서 살아 계셨습니다."

"아……."

나는 조금 예상치 못한 이야기에 크흠 하고 헛기침을 했다. 선대 프로디아드 공작이 세상을 뜬 건 정확히 9년 전. 클로레이타의 폭동이 일어난 때였다.

샤먼 후작을 선두로 윈체스터 왕실을 뒤엎으려던 귀족들의 연합.

물론 끝은 처참했다. 샤먼 후작은 멸문당했고, 나머지 귀족들도 전부 참수당했으니.

선대 프로디아드 공작은 그때 폭동을 제압하러 클로레이타로 향했다가, 그를 향해 폭탄을 안고 돌진하는 남자와 함께 목숨을 잃었다. 당시 아카데미에 재학 중이던 나는 신문으로 그 소식을 접했고, 어머니는 장례식에 참석했다.

그러고 보니 그때 이사벨이 매일 나한테 편지를 쓴 것 같기도 했다. 클로레이타는 워더 백작 영지 바로 옆에 있는 곳이었으므로, 혹시 다른 폭동이 일어나면 어쩌지 걱정하는 내용이 주를 이루었던 것 같다. 물론 나는 그런 그녀에게 괜찮다고, 걱정하지 말라고 위로를 해 주었고.

참고로 프로디아드 공작 부인은 그보다 훨씬 오래전에 병으로 세상을 떴다. 선대 프로디아드 공작이 눈을 감은 뒤 아마 칼리드는 누구의 도움 없이 혼자서 그 자리를 감당해야 했을 것이다. 겨우 스무 살을 갓 넘은 청년이.

“아버지의 갑작스러운 부고에 저는 혼란스러운 가문을 이어받았고, 자연스럽게 혼담도 무산되었습니다.”

금방 가문을 이어받아 위로는 유난스러운 늙은이들을, 아래로는 호시탐탐 그 자리를 노리는 사람들을 상대해야 했을 젊은 공작과 굳이 약혼을 강행할 필요는 없었을 것이리라. 나는 그 사실이, 그 순간을 오롯이 견뎠을 그가 조금 안타까워서 그의 품에 더욱 깊숙이 파고들었다. 그는 내 뒤통수를 살살 쓰다듬었다.

“재스민 필레르가 꽤 아쉬웠겠네요.”

“글쎄 말입니다. 프로디아드 공작가 하나만 보자면 분명 그럴 법도 하나, 사실 저나 그쪽이나 상대를 본 적은 없어서, 필레르 영애가 그렇게까지 아쉬워할 것 같지는 않습니다.”

“네? 본 적이 없다고요?”

“네.”

아니, 그럼 얘는 한 번도 본 적 없는 남자 때문에 나랑 그랬단 말이야? 그거 좀 미친 거⋯⋯ 아닌가? 뼈에 사무친 짝사랑 그런 건가? 그런데 그 재수 없는 모습은 절절한 짝사랑과는 거리가 좀 멀어 보이는데?

나는 조금 얼떨떨한 느낌이 되어 고개를 갸웃거렸다. 그때 주위가 삽시에 어두워지고 오페라가 시작되었다.

＊ ＊ ＊

“우리의 사랑에 죄가 있다면, 그것은 오직 시간의 장난질에 놀아난 죄밖에 없겠죠.”

“사랑하는 나의 카나리아, 당신을 향한 나의 사랑은 영원히 변하지 않음을 맹세하겠소. 운명과 죽음이 우리를 갈라놓아도, 우리의 사랑은 영원히 후인의 입에서 칭송되어질 것이오.”

⋯⋯.

뭐라는 거야.

여주인공의 구슬픈 음색에 아래쪽에서 눈물을 찍고 있는 몇몇 관중과 달리, 나는 점점 나빠지는 기분을 안고 삐딱한 표정으로 무대를 보고 있었다. 남자 주인공과 여자 주인공의 목소리가 한데 섞이자, 나는 더더욱 지친 표정을 하면서 칼리드의 품을 파고들었다.

"지루하십니까."

"아니요. 지루하진 않은데."

딱 그 반대였다. 내용 전개나, 극의 구성, 캐릭터의 선택에 가수들의 훌륭한 노래까지 더해져 오페라는 무척 훌륭한 편에 속했다. 특히 여주인공 카나리아의 음색은 마치 꾀꼬리 같아서 듣는 이가 즐거울 정도였다.

하지만 나는 오페라가 진행되면 진행될수록 나빠지는 기분을 막을 길이 없었다. 점점 클라이맥스로 치닫는 그들의 관계를 지켜볼수록 눈물을 찍는 관중이 많아졌으나, 나는 도저히 그들의 감정에 공감할 수 없었다.

릴리 필레르의 데뷔작이자 현재 내가 보고 있는 오페라의 제목은 '겨울의 장미'였는데, 혹한 추위에서 아름답게 피어나는 장미라는 뜻으로 역경과 곤란을 이겨 내고 사랑을 쟁취하는 여주인공 카나리아의 이야기였다.

그 취지와 뜻은 무척 좋았다. 하지만 문제는 여주인공 카나리아가 사랑하는 사람이 아내가 있는 백작이고, 백작의 아내는 아름다운 외모를 갖고 백작에게 빌붙어 기생하는 사치스러운 여자로 그려지며, 백작은 그런 아내를 사랑하려고 노력하나 결국에는 당당하고 진취적이며 검소한 여주인공 카나리아에게 마음을 주는 그런 내용이라는 데 있었다.

이거, 아무리 봐도 외도를 한 남자와 그런 남자를 사랑하는 쌍년의 이야기인데?

제일 처음 시작할 때까지만 해도 아, 이렇듯 대단한 여자도 결국에는 빠지지 말아야 하는 사랑에 빠지고, 결국 마지막에 그것으로 비극을 맞이하는 내용이구나-라고 생각했는데, 왠지 모르게 이야기가 진행될수록 남자 주인공인 백작과 여주인공 카나리아가 함께 협심해서 백작의 아내를 물리치는 내용으로 그려지고 있었다.

아무리 예술은 예술로 봐야 한다지만, 나는 저도 모르게 나빠지는 기분을 막을 수가 없어 저도 모르게 얼굴을 구겼다.

그때 차가운 손가락이 내 미간에 닿았다. 고개를 살짝 들자 칼리드가 손가락으로 내 이마를 짚고 있었다.

"이마에 주름이 생겼습니다."

"흠……."

"내용이 마음에 들지 않으십니까?"

나는 고개를 끄덕였다. 오페라 전반에 걸쳐 여주인공 카나리아가 얼마나 사랑스럽고 당당하며 진취적인 여성인지 그려 내지만, 물론 나도 그녀가 매력적인 여성임은 동의하지만 그렇다고 외도의 조력자라는 것까지는 용서할 수 없었다.

그런데 정작 오페라는 카나리아와 백작의 사랑이 얼마나 절절하고 운명적인지 보여 주며, 먼저 만나지 못해 늦게 찾아온 참사랑과 비극적인 인물에 대해 말하고 있었다.

반대로 백작은 제 아내를 사랑하려고 노력하지만 결국에는 카나리아와 불륜을 저지른…… 더 이상의 설명은 생략하겠다. 저건 그냥 곱게 포장하려야 포장할 수가 없는 행위이다. 아내와 헤어질 수 없는 것도 아니고, 저런 상태에서 사랑이니 뭐니 지껄여도 하나도 안 슬프고 공감도 가질 않았다. 그저 가증스럽기만 했지.

나는 입을 삐죽였다. 다행인지는 모르겠지만 나와 비슷한 생각을 하는지, 아니면 그저 단순히 오페라가 재미없어서 그런 건지는 모르지만 몇몇 사람들이 눈살을 찌푸린 채 홀을 나가고 있었다. 우리의 맞은편 박스석에 있던 플로테 후작 부부는 이미 자리를 뜬 지 오래였다.

나는 칼리드를 올려다보며 입을 열었다.

"저 둘의 사랑이 진짜 운명이라고 생각해요?"

"운명도 좋고, 우연도 좋지만, 타인의 불행 위에 지어진 사랑이 과연 그렇게 아름다울지는 의문입니다."

"당신의 사랑이 반드시 타인의 고통을 동반한다면, 어쩌겠어요?"

"그냥 저 혼자 말라 가는 쪽을 선택하겠습니다."

"그것이 당신을 아프게 해도?"

"사랑하는 사람에게 배신자라는 낙인을 찍어 두고 싶지 않습니다."

말을 마친 그는 내 얼굴을 빤히 보다가, 삽시에 내 입술을 삼켜 버리듯 혀를 옭아맸다. 닿은 곳이 불에 덴 듯 뜨거워졌다. 나는 한쪽 손으로 그의 목을 감아 안고, 매달리다시피 그의 품에 안겼다.

나를 잡아매던 입술이 곧 떨어지고, 딱 맞춰 여주인공의 아리아가 끝났다. 아래에서 터지는 우레와 같은 박수를 들으며 나는 다시 칼리드에게 물었다.

"그런데 그때 내 유혹에는 왜 넘어가 줬어요? 나도 사실 다른 사람의 약혼자를 뺏은 거잖아."

아무리 곱게 포장해 줘도, 나는 이사벨의 약혼자를 빼앗은 것이었다. 물론 그 뒤에 숨겨진 각종 이야기가 내 행위를 적당하게 변명해 주겠지만. 그렇다고 해도 칼리드의 행위는 사실상 약혼녀를 배신한 것이나 다름없었다. 물론 결혼한 상대가 아닌 이상 파혼이 자유롭다고 해도. 어쨌든.

"글쎄 말입니다."

애매하게 말을 늘이는 칼리드를 마주 보자, 그가 미소를 지었다. 그리고 내 목을 감싸 쥐고 내 얼굴을 살짝 끌어당긴 뒤 조용하게 속삭였다.

"과연 누가 누구의 것을 빼앗았는지는, 모를 일입니다."

살짝 마주친 이마의 열기가 내 쪽으로 전해져 왔다. 공기 속에 괴인 달콤한 향에 정신이 약간 혼미해졌다. 곧 입술에 따뜻한 것이 닿고, 그 사이를 말캉한 혀가 파고들었다.

나는 팔을 쭉 뻗어 박스석의 커튼을 바로 닫았다. 무대에서 전해져 오던 미약한 불빛이 차단되자, 어두컴컴한 곳에 우리 둘만이 남아 있었다. 눈치 좋게 물러간 그의 부관에게 감사의 인사를 다시 한 번 하며 나는 나를 소파에 눕히는 칼리드를 향해 살짝 눈을 흘겼다.

"하여튼 틈은 되게 잘 타요."

"기회는 잡는 거라고 누누이 말씀드린 것 같습니다."

나는 웃음을 터뜨렸다. 그래, 박스석이 괜히 박스석이겠는가. 아, 물론 진짜 편하게 오페라 관람만 하다 간 사람들에게는 미안하지만, 나는 내 등을 단단하게 받아 쥐는 그의 손에 고개를 절레절레 흔들며 웃음을 흘렸다.

칼리드는 나를 내려다보다가 내 뺨에 가볍게 입을 맞추었다. 간질간질한 느낌에 까르르 웃음을 흘리자 그가 다시 내 허리를 고쳐 쥐었다. 나는 팔을 뻗어 그의 목을 감싸고 조용하게 읊조렸다.

"이건 혹시나 물어보는 건데요. 그때 내가 당신을 유혹하지 않았다면, 우리는 지금도 이랬을까요?"

"네."

"왜요?

내가 살짝 고개를 갸웃거리자, 칼리드가 웃음기 섞인 목소리로 내 목과 어깨 사이에 얼굴을 묻었다. 나는 그의 머리를 손으로 살짝 감싸다 목 언저리에서 느껴지는 느낌에 살짝 어깨를 떨었다. 곧 그가 입을 열었다.

"당신이 나를 유혹하지 않았다면."

"……."

"내가 당신을 유혹했을 테니까."

곧 그는 내 목에서 얼굴을 뗀 뒤, 손으로 내 뺨을 만지작거리다가 이번에는 내 입술을 삼켜 버렸다.

* * *

"데미안더러 수도로 올라오라고 해."

"네?"

집사는 내가 건넨 편지를 들고 잠시 어정쩡하게 서 있었다. 곱게 동봉된 내 편지를 앞뒤로 훑고, 그가 다시 시선을 내게로 고정했다. 나는 그의 의문스러운 표정에 웃음으로 대답하며 입을 열었다.

"데미안더러 수도로 올라와서, 내 보좌를 맡아 달라고 그래."

"그럼 영지의 일은……."

"오드리가 있잖아."

데미안과 오드리는 내 부관이었다. 외교부의 부관이 아니라, 디르난트의 공작 영애로서의 부관. 그들은 어디까지나 공작 영애로서의 신분을 이행하거나, 개인 비서로 자주 쓰이는 사람들이었다. 현재 그들은 디르난트의 공작령에서 나를 대신해 자질구레한 일들을 처리하고 있었다.

곧 국빈 연회도 오겠다, 외교부의 일과는 상관없이 개인적으로 부려 먹을, 아니, 이렇게 말하니까 약간 미안하긴 한데, 개인적으로 사용할, 아니, 써먹을…… 하여튼 그런 의미의 수하가 한 명 필요해서, 나는 데미안을 수도로 부를 생각이었다.

물론, 다른 한편 급하게 쓰일 데도 있었고.

"올 때 디르난트와 위더 사이의 무역, 거래, 그 외 등등 계약 관련 서류들을 안고 오는 것 잊지 말라고 전하고."

"위더, 말입니까?"

"응."

"손을 쓰실 예정이군요?"

"손을 쓰다니, 나는 그렇게 직접 누군가를 반대하는 일을 하지 않아. 그리고 누군가를 지지하는 일도 하지 않고. 내가 절대적으로 충성과 긍정을 표하는 상대가 있다면 그건 오직 국왕 폐하뿐이야."

"……."

"어차피 나 대신 손을 써 줄 이는 많고도 많잖아."

나는 기분 좋게 웃었다.

위더가 중앙 귀족으로 진출까지 한 데는 내 입김이 있었지만, 그렇다고 내가 직접 그들을 중앙 귀족으로 추대한 건 아니었다. 나는 그저 세가 약한 위더의 기를 살려 줄 겸 그와 몇 가지 중요한 사업 관계를 맺은 것밖에 없었다.

냄새를 잘 맡는 다른 귀족들은 그런 디르난트의 행동에 당연히 긍정을 표할 겸 위더 백작가에 더 달라붙고, 따라서 위더의 세가 커진 커졌으며 그와 동시에 중앙까지 진출하여 추밀원에 입김까지 넣을 수 있게 된 것이었다.

나는 단순히 판만 깔아 주었을 뿐, 알아서 거기에 몰려든 건 귀족들이었다.

아, 물론, 이렇게 생각하니 나도 참 비열하다 싶었다. 여차해서 일이 잘못되면 너희 선택이잖아, 난 아무것도 안 했는데? 따위의 말로 발을 쏙 뺄 수 있으니.

하지만 나뿐만 아니라 이건 공작 이상의 고위 귀족들과 왕족들 사이의 공통된 습성이므로, 나는 그냥 스스로 자기 변명을 하며 내 행동을 정당화시키기로 했다. 사적인 인간관계에 이런 습성을 가져오지만 않으면 되는 거 아닐까? 나는 내 행동에 책임을 지는 편이었지만, 어디까지나 '내가 한 행동'에 한해서만이었다.

"발터르에서 금광 사업을 욕심냈더랬지?"

"그뿐만 아닙니다. 위더와 디르난트가 맺고 있는 두 가지 사업을 욕심내는 귀족들은 훨씬 많습니다."

"금광 사업은 디르난트에게도 중요한 사업이니까. 뭐, 치명적이진 않지만."

"그런데 문제는…… 위더에서 그 사업을 꽤 잘해 내고 있었다는 겁니다. 갑자기 무역 관계를 이렇게 끊으면 뒷말이 나올 가능성이 큽니다."

"알아, 그 정도 능력이 없으면 위더에게 맡기지도 않았어."

"그럼……."

"그럼 이제 생각이라는 걸 해 보아야지. 어떻게 핑계와 이유를 대면서 위더와 사업을 정당하게 끊어 버릴지. 말 그럴싸하게 만드는 거야. 쉽잖아."

"……."

"금광 사업은 디르난트의 수많은 사업 중의 하나야. 크지도 않지만 작지도 않고, 디르난트의 명예에 흠집이 가지도 않는 데다가 위더 같은 가문을 쥐고 흔들기에는 정말 딱 좋은 선택이었어."

"그렇죠."

"이유야 뭐…… 없으면 있게 만들고, 있으면 더 심각하게 과장해서 만들고. 우리 데미안은 다른 건 몰라도 그쪽으로는 천재지."

정 안 되면 뒷말 나올 거 생각하면서 끊어 버리고.

위더가 아무리 능력이 있다고 해도 그것을 대체할 가문은 많다. 어디까지나 수많은 훌륭한 상대 중에서 위더를 꼽은 것이며, 굳이 뽑을 거 친분이 있는 쪽으로 선택하자, 해서 나온 게 위더였다.

"뭐, 그건 데미안이 온 뒤 토론하는 것으로 하고."

이사벨쪽은 일단 이 정도로 해 두고……내 앞에 있는 집사에게 눈길을 돌린 뒤 나는 입을 열었다.

"아, 국빈 연회 기간에는 왕실에 있는 거 알지? 그 준비는 시녀장한테 전부 맡겨 둬. 왕궁에는 보는 사람도 많으니까 주의하고."

"알겠습니다."

"그리고…… 일단은, 뭐, 다른 일은 없을 것 같네."

말을 마치고 나는 기지개를 쭉쭉 폈다. 하루 종일 서류를 처리하느라고 책상 앞에 앉아 있었더니 몸이 말이 아니었다. 나는 어깨를 꾹꾹 누르며 투덜거리듯 입을 열었다.

"국빈 연회 때문에 요즘 힘들어 죽겠어. 불평도 못 하고. 윈체스터에서 먼저 꺼낸 이야기라서."

"아, 그러고 보니, 꽤 이례적이라는 말도 있었다죠."

"전쟁이 끝나고 몇 달 지나지 않아서 외교연을 여는 경우는 드무니까. 적어도 1년 정도 지나고, 전쟁 때문에 받은 피해도 정리하고 외교연을 여는 게 보통인데…… 이번은 좀 빨랐어."

"폐하께서 빨리 하는 게 좋다고 하셨다고요."

"그렇지."

폐하께서 내리신 결정이라 외교부는 아직 정리가 끝나지도 않은 일을 뒤로 미루고 또다시 새로운 임무에 매달릴 수밖에 없었다. 덕분에 요즘따라 고되기로는 왕궁에서 일등인 우리 부서의 사람들을 생각하며, 나는 한숨을 푹 쉬었다.

"어쨌든 하기로 했으면 열심히 하는 거지, 뭐."

내가 홀로 중얼거리는 것을 보고, 집사가 웃음을 흘리고는 곧 인사를 한 뒤 방을 나갔다.

* * *

편지를 보내고 며칠 뒤, 데미안이 영지에서 올라왔다. 여전히 다크서클이 가득 낀 눈을 한 그는 영지에서 불려 올라온 게 무척 짜증 나는 듯 안경을 이리저리 만지며 시큰둥하게 나를 보고 있었다.

"표정이 왜 그래?"

물론 나는 그것을 쉽게 넘어가 주지 않았다.

"갑자기 웬 위더인가 싶어서 그럽니다. 관련 자료를 갖고 오라고 하시길래 또 위더에 뭐 얹어 주려고 하는가 했죠."

"그 반대야."

"반대요? 뺏으시려고요?"

"비슷해."

나는 내 앞에 가득 쌓인 서류 중 하나를 빼 들고 펼쳤다. 안에는 근 5년간 위더와 디르난트의 금광 무역에 대한 자료가 빽빽이 적혀 있었다.

"뭔가 흠 잡을 만한 건 없고?"

"보시다시피, 위더에서는 꽤 사업을 잘해 냈습니다."

"그렇지."

나는 자료를 쭉 훑다가 한숨을 푹 쉬었다. 그래, 뭐, 이렇게 쉽게 잡을 흠이 있었다면 애초에 위더에 맡기지도 않았을 것이다. 이건 뭐 능력이 있어도 곤란하고 없어도 곤란하고.

나는 서류를 계속 훑다가, 결국 다시 책상에 던지다시피 하곤 고개를 들었다. 데미안의 퀭한 눈을 보자 웃음이 나왔다. 그런 내 표정에 그가 기분이 나쁜 듯 안경을 다시 고쳐 썼다. 나는 방긋 웃으며 입을 열었다.

"금광 사업, 발터르에게 줘."

"반발이 클 텐데요. 줬다, 뺏는다 어쩐다 하면서."

"내가 줬으면 당연히 뺏을 권리도 있지 않나? 그리고 언제 내가 다 줬어? 그냥 빌려줬을 뿐이지. 그리고 애초에 왜 1년에 한 번씩 새로운 계약서를 썼겠어? 쉽게 뺄 수도 있다는 뜻이잖아. 각오했어야지."

"그럴싸하게 말씀은 하시면서, 사실은 그냥 눈꼴신 거잖아요."

아오, 이 남자 버전 올리비아 같은 새끼.

나는 미간을 팍 찌푸렸다. 해맑게 웃으면서 독설을 퍼붓는 오드리와 달리, 데미안은 옛날부터 표정 하나도 바뀌지 않고 나한테 정신 공격을 퍼붓는 사람이었다. 정식으로 수도에 올라오기 전까지 둘한테서 받은 정신적 폭행은 정말 어마어마했다. 더 짜증 나는 것은 다 맞는 말만 한다는 것이다.

나는 지끈거리는 관자놀이를 꾹꾹 누르면서 입을 열었다.

"그냥 말하는 대로 해. 핑계는 그럴싸하게 말도 안 되는 걸로 대면서."

"말도 안 되는 걸로 대라고요?"

"응."

데미안은 눈동자를 데구루루 굴렸다. 내 말을 완벽히 다 이해하지 못한 모양이었다. 하긴, 내 말이 조금 앞뒤가 맞지 않는 것 같긴 하다만은, 나는 일부러 그것도 이해하지 못하느냐는 느낌을 팍팍 담아 입을 열었다.

"이유가 너무 정당하면 사람들이 이해하질 못하잖아. 아, 진짜 위더에서 사업을 제대로 못 했구나…… 하겠지."

"아-"

"그러니까 말도 안 되는 걸로, 그렇지만 그럴싸하게 들릴 만한 걸로 대라고. 사람들이 아! 위더가 디르난트의 눈 밖에 났구나! 하는 걸로. 그렇지만 디르난트가 감정적으로 일 처리를 하는 건 아니라는 인상을 줄 만한 걸로."

"알겠습니다. 사업 장부와 관련된 이유를 만들죠."

"그건 너무 그럴싸한데."

"차라리 위더 백작의 면상이 마음에 안 든다는 이유는 어떻습니까."

"맞을래?"

"그럼 백작 부인이 아주 아름다워서 짜증 난다는 이유를."

"야, 너 지금 내가 영지에서 올라오라고 했다고 나한테 개기는 거지!"

무표정한 얼굴로 따박, 따박 말을 내뱉는 데미안에게 버럭 소리를 질렀지만, 그는 여전히 침침한 얼굴로 고개를 저을 뿐이었다. 나는 결국 그를 수도에 올라오게 한 건 매우 큰 실수였다는 것을 인정하면서 한숨을 푹 쉬었다. 그때 데미안이 입을 열었다.

"그냥 영애님 요구가 너무 모순적이라는 생각은 안 드십니까? 토끼 두 마리가 아니라 여러 마리를 잡겠다고 하시는 거잖습니까."

"알아. 그런데 알잖아. 사적인 일 때문에 공적인 일에까지 영향을 끼친다는 인상을 주어서는 안 된다고."

"노력은 해 보죠."

"국빈 연회 끝나면 보너스 3배. 휴가 1달. 여행이나 다녀와. 여행 비용은 내가 부담하지."

"목숨을 다 바쳐 보좌하겠습니다."

이 세속적인 놈.

나는 진지하게 내 말에 대답하는 그의 얼굴을 보며 얼굴을 구겼다. 그러거나 말거나 방금보다 훨씬 기쁜 표정인 게 보여서, 나는 결국 헛웃음을 흘릴 수밖에 없었다. 진짜, 말만 얄밉게 하니까 봐주는 거다. 행동도 얄밉게 했으면 내 성격에 진즉 자르지, 뭐.

나는 평소에 내 말에 꼬박꼬박 말꼬리를 달면서도 정작 일 처리는 내 마음에 꼭 들게 하는 그의 행적을 하나하나 짚으며, 당장 그를 자르고 싶은 욕망을 겨우겨우 뿌리쳤다.

"이건 어디까지나 공개적으로 처리해야 할 일이고."

"네."

"암묵적인 루트로 조금 수가 필요한데."

이렇게 끝내면 조금 섭섭하지.

나는 음산하게 웃었다. 내 얼굴을 보던 데미안이 펜을 들어 뭔가를 끄적이기 시작했다. 그 내용이 궁금해졌지만, 나는 내 정신 건강을 위해 그만두기로 했다.

"이사벨 말이야."

"이사벨…… 아, 영애님 남자에 지대한 관심을 보이는 그……."

"맞아. 걔. 걔가 내 이름을 걸고 다니는 사교 클럽이 몇 개 있을 거야. 뭐, 큰 건 아닌데, 내 덕을 보면서 출입하는 데가 있을걸. 귀족들 모임이라든가. 그런 데."

"다 끊으라고요?"

"응. 그런데 이건 내가 시킨 게 드러나면 안 되는 거, 알지? 치사하고 유치한 짓은 뒤로 해야 하는 법이야."

"치사하고 유치한 짓이지만 꿋꿋이 하는 모습에 탄복했습니다."

나는 입을 꾹 다물고 데미안을 노려보았다. 잠시의 침묵이 우리 둘 사이에 흐르자, 데미안은 내 눈치를 힐끔 보고 한쪽으로 뭔가를 적으면서 입을 열었다.

"입단속 시키겠습니다."

"열심히 해. 이 일을 얼마나 잘 처리하느냐에 따라서 네 휴가가 더 길어질 수도 있어."

손에 들린 펜을 데구루루 굴리자 데미안이 결연하게 고개를 끄덕였다. 나는 그의 얼굴을 보다가 가볍게 손짓했다. 그에 글 쓰던 것을 멈춘 데미안이 고개를 꾸벅 숙이고 방을 나갔다. 그런 그의 뒷모습을 바라보던 나는 한숨을 쉬었다.

이사벨은 끝까지 내게 진실을 말하지 않았다. 왜인지 사실 곰곰이 생각해 보지 않은 건 아니었지만, 어쩌면 그녀에게도 나름의 사정이라는 게 있지 않을까 생각했지만, 그런 것 다 제쳐 두고서라도 굳이 그 사정까지 봐주면서 일 처리를 할 필요는 없지 않을까.

그녀가 말을 하든 하지 않든 나는 그녀를 극한으로 몰아붙이고 싶었다. 결국 구석에 박혀 제 속마음을 그대로 쏟아 낼 수 있도록. 물론 쏟아 내지 않는다고 해도 별 상관은 없지만.

펜을 들어 테이블을 똑똑 쳤다. 갑자기 내 눈앞에서 이사벨의 그 움찔거리던 입이 생각났다. 눈에 눈물을 그렁그렁 달면서도 입술을 꾹 다물던 이사벨.

넌 대체, 나한테 뭘 숨기고 있는 거니?

* * *

그 뒤 데미안이 나름대로 내 명을 착실하게 이행하고 있는지 내가 명령을 내리고 닷새 뒤 바로 발터르에서 전보가 왔다. 이번 사업 기회를 자신들에게 돌려주어 무척 감사하다는 내용과, 발터르는 영원히 디르난트와 이익을 함께할 것이라는 뜻과 함께.

반대로 위더에서는 별다른 소식이 없었다. 솔직히 그쪽 감정에는 별다른 관심이 없었으므로 나는 느긋하게 사업이 진척되는 것을 기다리고 있었다.

어머니는 내 결정에 별다른 말씀이 없으셨다. 애초에 이쪽 사업은 내 권한 내의 일이기도 했고, 발터르와의 우애를 다지는 것은 디르난트에 득이 되었으면 되었지, 실이 되지는 않기 때문에. 오히려 어머니는 이것을 묵인하는 것으로 내 선택을 지지하는 기색을 보이셨다.

물론 그 후과 또한 내가 감당해야 하는 것이었다.

정식으로 금광 사업에 변경이 일어난 뒤, 나는 온종일 부관도 없이 외교부에서 혼자 일을 처리하고, 집에 와서는 산더미 같은 서류에 파묻혀서 밤을 새워야 했다. 아무리 데미안이 유능한 보좌관이라고 해도 그가 처리할 수 있는 문제에는 한계가 존재했기 때문에, 나는 내려오는 눈꺼풀을 위로 추어올리면서 열심히 서류를 처리했다.

역시, 세상에 놀고먹는 일은 없나 보다.

하지만 불행 중 다행이게도 그 와중에 셀린느가 휴가를 마치고 사르빈 자작 영지에서 올라왔다. 내 말대로 잘 먹고 잘 놀았는지, 셀린느는 카펠라에 있을 때보다 약간 더 밝은 얼굴을 해서 집무실로 들어왔다. 나는 꾸벅꾸벅 조는 와중에 나타난 그녀의 얼굴에 매우 반가워서 하마터면 그녀를 얼싸안을 뻔했다.

그렇게 시간은 지나갔다. 나는 그사이 외교부로서 국빈 연회 준비를 하고, 따로 디르난트의 공작 영애로서 국빈 연회를 맞이하느라 거의 일인이역으로 하루하루를 보내고 있었다. 그러다 보니 칼리드를 보는 시간도 적어졌고. 나는 거기에 엄청난 불만을 안고 있었다. 하지만 그 또한 공작이고, 제1기사단의 단장이었으므로 한창

바쁠 그에게 투정을 할 수는 없었다.

어쨌든 그렇게 하루하루를 보내는 와중에, 다시 서류에 파묻혀서 내가 서류인지 서류가 나인지도 모르는 상태인 내게 왕비 전하의 전갈이 왔다.

[오늘 저녁 6시, 왕비의 접견실에 올 것. 국빈 연회 관련 준비로 꽤 오래 걸릴 것 같으니 주의 요망.]

아무리 봐도 다른 사람의 대필이 있었던 것 같지만, 어쨌든 왕비 전하의 뜻이 담긴 전갈이니 나는 그것을 무시할 수 없었다. 게다가 국빈 연회가 어디 애들 장난도 아니고, 내가 싫다고 피할 수 있는 문제가 아니었다. 결국 나는 퇴근 후 울며 겨자 먹기로 왕비 전하의 접견실로 향했다.

"어머, 왔구나.

문을 열고 들어가자 거기는 예상대로 왕비 전하와 비올레타, 로젤리아와 뮐레르 공작 부인을 포함한 몇몇 귀족 부인과 영애들이 있었다. 하지만 그녀들보다 나를 더 긴장하게 만든 것은 그녀들의 옆에서 방긋방긋 웃고 있는 공포의 마담 지제르였다.

드레스 자락을 올려 예를 갖춘 나더러 일어나라는 말과 함께 왕비 전하는 바로 마담 지제르를 향해 고개를 돌렸다.

"우리 스칼렛. 예쁘게 할 수 있을까?"

"공작 영애님은 언제나 아름다우셨습니다."

"그럼. 저번 연회에서도 얼마나 아름답던지."

왕비 전하는 사적으로는 언제나 나를 다정하게 스칼렛이라고 불렀다. 그녀의 다정하고 부드러운 음색은 무척 듣기 좋았고, 우아하게 앉아 있는 모습은 마치 고귀한 백조처럼 여리고 가녀렸지만, 정작 나는 언제나 그녀에게 일종의 경외심을 갖고 있었다.

마담 지제르의 환한 웃음을 보며 나는 직감적으로 지금 이 순간부터 인형놀이의 인형이 될 사람이 나라는 것을 깨달았다. 옆에서 이미 초탈한 표정으로 앉아 있는 비올레타나 로젤리아의 표정이 더 그랬다. 참고로 로젤리아는 왕국의 제2왕녀로서, 조금 도도하고 새침한 이미지였으나 정작 본성은 비올레타와 비슷비슷한 편인 내 사촌 동생이었다.

“태자비 전하는…… 오지 않으셨나 봐요.

“샤론은 몸이 불편해서 방에서 쉬라고 했어. 이후에 내가 따로 찾아갈 예정이란다.”

“그렇군요.”

나는 한쪽으로 질질 끌려가면서 한숨을 쉬었다. 그래, 뭐. 예쁘게 꾸며 주겠다는데 굳이 마다할 필요가 없지 않은가. 나는 내 주위에 널린 천 가지들을 둘러보았다. 그런 내 모습을 흐뭇하게 보던 왕비 전하께서 한마디 건넸다.

“우리 스칼렛은 참 예뻐서 조금만 꾸미면 시에라 따위는 쉽게 밟아 버릴 수 있을 것 같아.”

……네? 방금 뭐라고.

“아, 물론 디르난트 공작 혼자서 시에라의 모든 면상을 호박으로 만들 수 있으니까, 사실 너무 걱정은 하지 않는다만, 그래도 기왕이면 우리도 예쁘게 하고 가는 편이 좋지 않겠니?”

호박으로 만…… 네?

"우리 집 아들딸들은 가진 게 반반한 얼굴밖에 없어서 뭐, 걱정은 하지 않아. 스칼렛도 꾸미면 정말 예쁘잖니."

"제, 제가 윈체스터 왕실 평균을 깎아 먹은 건가요……."

"어머, 아니야, 스칼렛. 너만큼 예쁜 애도 드물어. 다만 조금 더 다듬을 필요가 있단 말이지."

나는 잠시 머리를 짚었다. 그래, 잊을 뻔했다. 비올레타의 그 말투가 어디서 나왔는지. 교양 철철 넘치는 왕실에서 비올레타 같은 성격이 나오기도 힘들었다. 뭐든지 본 게 있으니까 나왔겠지.

나는 한숨을 쉬었다. 마담 지제르는 내 발목 치수까지 완벽하게 잰 뒤 몇몇 귀족 영애들과 조수들에게 뭔가를 말하고 있었다. 약간의 휴식 시간이나마 얻어서 기쁜 내 맞은편에서, 혼이 나간 채 앉아 있던 비올레타가 손으로 왕비 전하 쪽을 살짝 막은 채 내게 속삭였다.

'죽어도 같이 죽어야지.'

너나 죽어.

나는 죽일 듯이 그녀를 노려보았다.

* * *

결국, 나는 저녁 시간이 훨씬 지나고 별이 보이는 밤이 되어서야 왕비 전하의 손아귀에서 벗어날 수 있었다. 국빈 연회 드레스에, 국빈 만찬 때 입을 드레스에, 외교 기간에는 하루에 옷을 최소한 두 번씩 바꿔야 하고 외출복만 몇십 벌. 구두만 벌써 마흔 개는 넘어갈 거다. 그 많은 걸 디자인 하나도 겹치지 않고 만들어 낸 마담 지제르도 진짜 천재였다.

이미 정신이 혼미해져 기진맥진한 나는 차라리 죽겠다는 마음을 품고 있었으나, 하루에 옷만 네 벌을 갈아입어야 하고, 심지어 이 더운 날 모자에 망토까지 쓰고 다녀야 한다는 칼라일의 신세를 전해 듣고는 조금이나마 위안을 느껴야만 했다.

하지만 설사 그렇다고 해도 내가 그 많은 드레스를 다 갈아입어야 한다는 사실은 변하지 않았으므로, 나는 결국 다시 절망의 늪으로 빠졌다.

결국 집에 오기가 바쁘게 서류고 뭐고 그냥 바로 침대에 쓰러져 있는 나를 겨우겨우 달래 씻긴 시녀들의 모습을 마지막으로, 나는 까무룩 정신을 잃었다.

그리고 다시 눈을 떴을 때는 다음 날 아침이었고, 정신을 차리고 보니 나는 내 집무실에 서 있었다.

내가 들어오기 전까지만 해도 셀린느와 즐겁게 이야기를 나누던 코르켈은, 문을 닫고 멍하게 서 있는 나를 발견한 뒤 잠시 고개를 돌려 셀린느와 눈을 맞추고는 다시 나를 보았다. 그의 얼굴 위로 걸려 있는 복잡 미묘한 표정을 보다가, 나는 터벅터벅 걸상에 앉았다.

"어…… 죽어 가는 중이야?"

"인간의 한계에 도전하는 중이야."

코르켈의 말에 나는 책상 위로 볼을 댔다. 차가운 나무의 감촉이 얼굴에 전해져 왔다. 눈을 감고 웅얼거리는 내 위로 누군가가 다가왔다. 드레스 쓸리는 소리가 나는 걸 보니 셀린느인 모양이었다.

"괜찮으세요, 스칼렛 님?"

"아니."

"귀족들은 다 너처럼 이렇게 힘들게 사는 거냐, 아니면 너만 일부러 힘들게 사는 거냐."

"내가 좀, 특별히 고생을 찾아서 하는 편이긴 한데……."

"저런."

"그래도 내 모습이 옳은 거야. 귀족은 귀족답게…… 의무와 책임을……."

……물론 내가 지금 고생하는 건 귀족이어서라기보다는, 그냥 개인사 때문이었지만.

내 말에 코르켈이 웃음기 어린 목소리로 답했다.

"그래. 그 믿음 하나는 칭찬해 줄게."

꺼져 들어가는 내 목소리에 셀린느가 유리잔에 물을 따라 내 옆에 놓았다. 나는 책상 위에 걸쳐 놓은 머리를 힘겹게 들고 셀린느의 책상에 기대어 선 코르켈을 보며 잔을 들었다. 차가운 물이 목구멍으로 넘어갔지만 이미 지칠 대로 지친 정신은 더는 못 해 먹겠다며 항의하고 있었다.

"그래도…… 사실 이번 고비만 넘기면 조금 일이 적어질 것 같기도 하고."

"왜?"

"아…… 디르난트 공작가 사업 중 몇 가지에 개편이 들어갈 예정이라……."

"뭔데."

반짝반짝 빛나는 눈빛으로 나를 보는 코르켈을 향해 나는 비웃음을 지었다. 저거 또 장사꾼 본능이. 나는 턱도 없다는 듯이 단호한 말투로 입을 열었다.

"신문에서 봐."

"뭐 중요한 거길래 알려도 안 줘."

"중요한 건 둘째 치고, 매번 나한테서 그런 정보를 빼 가서 집안 발전에 써먹는 것치고는 지나치게 나한테 해 준 게 없다는 생각은 안 들어?"

"정보 일대일 교환."

"어느 정도 가치인데?"

나는 눈을 감고 관자놀이를 꾹꾹 눌렀다. 앞이 보이지 않아 그가 어떤 표정을 짓는지는 알 수 없지만, 곧이어 들려온 그의 목소리는 마치 중대한 사항을 혼자 알고 있는 사람처럼 음흉하기 그지없었다.

"들으면 네가 당장 기분이 좋아질 정도의 가치?"

"말해."

"우리 어머니와 라이슬 후작 부인이 친분을 쌓고 있는 건 알지?"

"알아."

"우리 어머니와 라이슬 후작 부인이 만드는 일종의 사교 모임이 있어. 그 사교 모임에 이사벨이 있었거든."

순간 그 이름을 듣기가 바쁘게 기분이 팍 나빠져 미간을 찌푸렸다. 하지만 아랑곳하지 않고 코르켈의 목소리가 계속해서 들려왔다.

"그런데 몇 달 전에 라이슬 후작 부인이 이사벨을, 그 사교 모임에서 퇴출시켰대."

"……뭐?"

나는 눈을 떴다. 라이슬 후작 부인, 이사벨? 그 둘이 무슨 관계가 있…… 아, 혹시.

"프로디아드 공작가와 라이슬 후작가의 친분은 너도 잘 알지?

아, 친분보다는…… 생사를 함께 하는 공생 관계랄까."

"지금 칼리드의 입김이 들어갔다고 말하고 싶은 거야?"

"그렇지 않을까? 그뿐만이 아니야. 레타르 백작가 알지? 그쪽도 프로디아드와 꽤 관계가 깊잖아. 아, 레타르는 너희와도 관계가 깊지. 하여튼, 레타르 백작가의 장남이 자신이 다니는 사교 클럽에서 이사벨을 제명시켰다는데."

나는 눈을 떴다. 의기양양한 표정으로 '어때, 기분 좋지?'라고 말하고 있는 코르켈의 얼굴이 시야에 들어왔지만, 정작 이 소식을 들은 내 기분은 그렇게까지 좋지 않았다.

프로디아드 공작가, 이사벨, 레타르, 라이슬. 뭐지, 이 이상한 조합은.

"어, 그런데 표정이 왜 그래? 난 네가 좋아할 줄 알았는데. 프로디아드 공작은 나름 로맨티시스트구나, 같은 남자로서 본보기로……."

"칼리드가, 겨우 백작가 귀족 영애의 사교 활동 따위에 신경을 썼다고?"

"어…… 불가능한 일은 아니지 않을까?"

"언제 일이야? 정확하게."

"정확하게…… 아, 그 너랑 공작의 스캔들이 퍼지고 며칠 뒤."

"난 왜 몰랐지?"

"프로디아드나, 라이슬이나 레타르가 뒤에서 함부로 가십으로 씹을 만한 가문도 아니고, 사교 모임은 말 그대로 모임이니까, 아는 사람들끼리 그런 말 함부로 하고 다니지 않잖아. 게다가 사교계가 뭐, 사람들 모였다가 흩어지고 친했다가 돌아서고, 매일 그런 일이 얼마나 많은데."

책상 위에 놓은 손가락이 저도 모르게 책상을 톡톡 쳤다. 뭔가를 생각할 때나 초조할 때 나오는 행동이었지만, 지금은 전자는 더 가까웠다.

물론 나처럼 다른 이들도 이사벨이 꼴도 보기 싫은 경우일 수도 있고 사적으로 일부러 퇴출할 수도 있겠지만, 나 같은 경우는 정말 무수한 배신과 함께 분노가 극단일 때나 할 법한 행동이었다.

하지만 칼리드가 굳이 가문의 힘을 빌리면서까지 귀족 영애의 사교 모임 따위나 끊어 버린다고? 물론 그 이유에 내가 포함되어 있다고 해도, 쓰는 힘의 크기에 비교해 얻는 건 그냥 이사벨이라는 한 사람의 고통뿐인데?

내 얼굴을 빤히 보던 코르켈이 떨떠름한 표정을 지었다.

"뭐야, 이거 그렇게 쉽게 생각할 만한 일이 아닌 거야?"

"아니 뭐, 내가 생각이 복잡한 것일 수도 있는데…… 그냥……."

"복잡하게 생각할 필요는 없지 않아? 그냥 내 여자 화나는 꼴 보기 싫어서 공작이 수를 쓴 거라 봤는데, 난."

아니야, 코르켈. 귀족과 귀족 간의 관계는 절대 그렇게 쉽게 이루어지지 않아. 특히 가문이 개입되고, 친분이 유지되는 가문일수록 더욱더 진지하지. 반쯤 명예로 먹고사는 게 귀족인데, 자칫하면 뒷말이 나올 수도 있는 상황에서 겨우 꼴 보기 싫은 사람 하나 매장하는 데에?

나는 숨을 내쉬었다.

나조차도 그렇게 당하고 정작 이사벨을 해치우는 데는 조심스럽게 발을 내디뎠다. 그렇게 큰소리 내면서 공작가의 힘을 쓸 수 있었다면 진작에 썼겠지. 전 사교계에 '여보세요, 저년이 나를 수 번이나 배신한 년이에요, 우리 모두 함께 돌을 던져 보아요.' 따위나 지껄이면서. 그런데 나는 그러지 못했다. 아니, 그러지 않았다.

체스판에서 모든 수는 천천히 신중하게, 설사 그게 스쳐 지나가는 무수한 수의 하나라고 해도. 물에 발을 담가도 살짝 온도를 재 보고 넣는 게 상식이었다.

생각보다 훨씬 진지한 분위기가 되자 조용하게 앉아 있던 셀린느가 침을 꿀꺽 삼켰다. 어찌나 크게 삼켰는지 생각에 잠긴 나조차도 눈치챌 정도였다. 나는 정신을 퍼뜩 차리고 나를 빤히 보는 두 사람에게 가볍게 웃어 주었다.

"아, 너무 진지한 표정 짓지 마. 어쩌면 진짜 칼리드가 나 때문에 그랬을 수도 있어. 게다가 내가 요즘 생각이 좀 복잡해서…… 예민하게 굴 수도 있고."

"그렇긴 한데, 네 예상이 빗나가는 경우는 또 의외로 드물어. 과하다 싶을 정도로 생각이 많은 건 인정하지만, 또 결과적으로 그게 번번이 너를 돕잖아."

"확실치 않은 가정이야. 뭐가 되었든 칼리드가 나 좋은 일 한 건 사실이니까."

나는 안심시키듯 웃었다. 그런 내 모습을 보면서 코르켈과 셀린느가 고개를 끄덕거렸다.

* * *

그 뒤 코르켈은 내게서 디르난트와 위더가 몇 가지 사업을 끊어버릴 거라는 소식을 듣고 방긋방긋 웃으면서 집무실을 떠났다. 셀린느는 내가 죽을 것처럼 피곤해 보인다면서 일찍 퇴근할 것을 건의했다. 자신이 그동안 쉰 것도 있으니, 좀 부려 먹어도 괜찮다는 말에 나는 잠시 고민하다가 셀린느에게 몇 가지 서류를 넘기고 점심에 바로 퇴근을 했다.

다만 내가 향한 곳은 집 쪽이 아니라 오히려 나와 칼리드가 만나기로 한 왕궁의 한 분수대 옆이었다. 원래라면 얌전히 퇴근하겠지만…… 오늘은 물어보고 싶은 것도 있었고, 무엇보다 요즘 칼리드를 만나지 못해서 이 기회를 틈타 얼굴이라도 보고 싶은 게 내 계획이었다.

나는 분수대 옆에 있는 벤치에 털썩 주저앉았다. 꽃향기가 어지럽게 코를 간질거렸다. 평소라면 기분이 좋을 법하지만…… 나는 미간을 살짝 찌푸렸다.

아, 피곤하다. 몸이 피곤했다. 그냥 자고 싶었다. 쓸데없는 생각이고 뭐고 머릿속을 깨끗하게 비워 버리고 그냥 자고 싶었다.

나는 고개를 들어 하늘을 보았다. 새파란 하늘. 하얀 구름. 좋기도 해라. 이런 날 데이트라도 할 수 있었으면 퍽 좋겠는데.

나는 눈을 감고 벤치에 몸을 기댔다. 따뜻한 바람이 나를 스치고 지나갔다. 잠이 오는데 잠에 들기가 쉽지 않았다. 왕궁은 전쟁터 같은 곳이라 함부로 퍼질러 자면 안 된다던 어머니의 말씀에 따라 어렸을 때부터 몸에 익힌 버릇이었다. 일단, 왕궁의 울타리 안에서는 함부로 퍼질러 자지 않는다. 무슨 일이 있든지.

나는 결국 피곤함을 안고 이제 칼리드를 보면 무슨 물음부터 물어야 할지 생각했다.

그는 이사벨을 사랑하지 않는다. 일단 이건 기정사실이고. 칼리드는 이사벨을…… 싫어한다? 이건 가정이었다. 아니, 사실 거의 확신에 가까운 가정이었다. 뭐든 칼리드의 입에서 정확히 '저는 이사벨을 싫어합니다.'라는 말이 나오지 않았으니 가정이라고 칭하는 거지만, 사실 칼리드가 제 입으로 저런 말을 할 리는 없으니, 뭐. 이것도 확신이라고 봐도 무방하고.

그럼 이제 확실히 해야 할 것은 칼리드가 왜 이사벨을 싫어하느냐인데…… 이쪽은…….

나는 고개를 저었다. 아니, 뭐 생각할 필요도 없이 그냥 칼리드에게 물어봐야겠다. 끝없이 땅을 파는 대가는 나만의 고통이었다. 이쪽은 해 봐서 알지 않는가. 그리고 칼리드는 자신이 대답할 수 있는 선에서 내게 언제나 성실하고 성의 있는 답변을 내주었다. 먼저 그에게 확인해도 늦지 않아.

나는 결국 복잡한 머릿속을 그냥 털어 버리고 조용하게 칼리드를 기다리기로 했다.

그나저나 좋구나, 고민을 나눌 수 있는 상대가 있다는 게. 나 혼자 애를 쓰면서 끙끙대지 않아도 될 상대가 있다는 게.

물론 여태껏 그런 상대가 없었던 건 아니지만…… 친구와 연인의 의미는 또 다르지 않을까? 가족과 해결할 수 있는 문제가 있고, 친구와 해결할 수 있는 문제가 있고, 연인과 해결할 수 있는 문제가…….

그때였다.

바스락거리는 소리가 울리더니, 누군가가 점점 내게 다가왔다. 칼리드인가? 무의식중에 그렇게 생각하던 나는, 곧 내가 눈에 보이면 언제든지 가장 먼저 내 이름부터 부르는 그의 습관을 깨닫고 급하게 눈을 떴다. 내가 이상함을 감지한 순간–

"뭐냐, 못생긴 얼굴로 눈 꾹 감고. 기도라도 드리고 있는 거냐."

"……."

아, 뭐지. 이 익숙한 목소리, 익숙한 말투, 그리고 기분 나쁘고 이 삐딱한…….

"귀까지 먹었냐? 어떻게 6년이 지났는데 이런 데서 퍼질러 앉아 있는 습관은 변하질 않……."

내게 다가오는 사람을 보며, 나는 잠시 얼떨떨한 표정을 지었다. 저저저, 저 쓸데없이 꼬아서 말하는 말투.

"닥쳐 줄래?"

나는 스멀스멀 피어오르는 짜증을 목소리에 팍팍 담아 내게 다가오는 사람에게 신경질적으로 대꾸했다.

바람에 살랑살랑 흔드는 강렬한 와인색 머리카락. 뮐레르 공작가 특유의 호박색 눈동자. 새하얀 얼굴. 고풍스러운 외모와 대조되는 삐딱한 표정.

나는 입가를 말아 올리고 도전적인 어투로 입을 열었다.

"너야말로, 6년 동안 외국에 처박혀 있었으면 좀 어른스러워져야 하는데."

"야."

"어떻게, 어떻게 변한 게 없냐?"

"……."

"리스터."

내 앞쪽에서 팔짱을 끼고 시큰둥한 표정을 짓고 있는 사람은 다름 아닌 그였다.

리스터 뮐레르.

뮐레르 공작가의 막내아들이자, 내 수많은 전 애인 중의 한 명이며, 동시에 내 십 대의 마지막 연애를 화려하게 장식한 놈이었다.

리스터로 말할 것 같으면 뮐레르 공작가에서 위로 형을 두 명 두고 있는 막내아들로, 가족들의 사랑을 듬뿍 받다 못해 넘쳐 나서 성격은 제멋대로에 까칠하고 호불호가 심한 데다가 말을 돌려서 할 줄 모르는 이였다.

그와 나는 무척 비슷했지만, 무척 달랐고, 서로 맞는 듯 맞지 않는 편이었다. 나는 리스터와 근 반년 동안 사귀었다. 비록 몇 번째인지 여전히 생각은 잘 나지 않지만–사귄 사람의 수가 이미 두 자리 부근에서 배회하던 때이므로– 나로서는 꽤 오랫동안 사귄 사람이라고 할 수 있었다.

우리의 관계는 우리 둘 사이의 공통점으로 시작해, 차이점으로 끝났다. 나는 나와 가치관이 비슷한 그를 좋아했으나 결국에는 다를 수밖에 없는 서로의 길에 실망했으며, 매일 반복되는 말싸움과 신경전에 지쳐 결국 끝을 고했다.

물론 나는 그에게 미련 따위 없었다. 뭐, 그 수많은 남자 하나하나에 미련을 부여하다가는 사랑과 전쟁에 일생을 바칠 게 분명했으므로.

하지만 그와 별개로 그의 삶 자체는 내가 꽤 부러워하는 종류의 것이었다. 타인의 평가에 신경 쓰지 않는 대범함, 결국 그게 관계를 파탄 냈지만.

"윈체스터에는 왜 또 기어 왔어?"

"내 나라인데 내가 못 기어 올…… 아니, 무슨 애가 끝까지 말하는 말본새하고는."

"너한테서 배운 거야."

사실이었다. 나는 그의 투덜대는 말투 하나하나에 민감하게 반응하는 쪽이었고, 누구한테서도 그런 취급을 받아 보지 못한 그는 내 그런 행동에 적응하지 못했다.

그는 오만한 귀족 영식이었고, 나도 오만한 귀족 영애였다. 비슷하나 결국에 섞이지 못하는 그런 부류. 비올레타는 그와 사귀는 게 내 수명을 깎아 먹는 것이라고 표현했고, 올리비아는 나와 사귀는 게 그의 세계관을 붕괴시킨다고 했다.

뭐, 그래 봤자 결국에는 지나간 일이었다.

비록 말투에는 비꼼이 가득했지만 나는 그를 싫어하지 않았다. 굳이 이분법으로 따지자면, 그를 좋아하는 편이었다. 아, 물론 연인 관계를 제쳐 놓은. 어쨌든 그 한층의 관계만 없다면 그는 분명 나와 비슷한 점이 많은 편이었으니까.

리스터는 코웃음을 쳤다. 첫인사부터 신랄하게 한 게 누군데, 정작 그는 상대방이 제게 그러는 것을 참지 못했다.

나는 한쪽 입술을 말아 올리고 비꼼을 가득 담아 입을 열었다.

"넌 여전하네. 생각하는 거 얼굴에 고스란히 전시하는 습관은."

"하…… 너처럼 속에 생각하는 거 전부 꽁꽁 숨기면서 앓는 애보다는 사는 게 즐겁지 않겠냐."

"너처럼 막사는 것도 그다지 현명해 보이지는 않는다만……."

"아오, 이건 뭐, 끝까지 한마디도 한 져."

"싸움거리를 만들잖아, 네가."

참고로 우리 둘이 싸우는 건 정말 사소하기 그지없는 문제 때문이었다.

하지만 내 말을 마지막으로 리스터는 더는 뭐라 하지 않았다. 다만 예전에 아카데미에서 봤던 것과 달리 조금 복잡한 표정으로 날 보았을 뿐이었다.

그제야 다시 그를 찬찬히 보자, 나는 내가 변한 만큼 리스터도 나름 변했다는 사실을 깨달았다. 일단 그는 키가 좀 더 컸고…… 선이 좀 더 굵어졌다. 그 외에는 정확하게 기억이 나지 않으니 그냥 생략하겠다.

그래도 6년 만의 재회였다. 우리의 끝이 그렇게까지 나쁘지 않은 걸 생각해 본다면, 내가 굳이 분노하거나 시큰둥해야 하는 이유는 없었다. 어쨌든 그는 내게 아카데미의 추억 중의 하나였고, 오랫동안 만나지 못한 지인 중의 하나였으므로.

나는 그를 향해 쏘아대던 삐딱한 시선을 거두었다. 이러니 은근하게 옛날 생각이 나는 것 같기도 하고…… 나는 그래도 나름 부드러운 목소리로 입을 열었다.

"그래도 만나서 반갑긴 하네. 쓸데없이 향수병 도지게."

나는 눈을 접으며 웃었다. 순간 리스터가 할 말을 잃은 듯한 표정으로 나를 빤히 보았다. 그러다가 그는 미간을 슬쩍 찌푸리더니, 갑자기 얼굴을 팍 구기고는 입을 열었다.

"여기서 뭐 하냐? 아무데나 퍼질러 앉아서."

"아."

"뭐, 혼자 하늘 구경이라도 하고 있……."

"애인 기다리고 있었는데."

순간 리스터가 묘한 표정을 지었다. 그는 기쁜지, 화났는지, 아니면 둘 다인지 알 듯 말 듯 한 표정으로 나를 보았다.

곧, 그가 한쪽 손으로 마른세수를 하고 입을 열었다.

"누구냐, 그 전생에 나라를 팔아먹은 작자가."

"야……."

나는 이를 악물었다. 나랑 사귀는 게 전생에 나라를 팔아먹은 죗값이라는 말이지, 저거?

"전생에 나라를 팔아먹었는지는 모르지만, 이번 생에는 나라를 구했지."

"무슨 개소리를……."

"사실인데?"

나는 일부러 자랑을 하듯 살짝 오만하게 웃으며 말했다.

나라를 구했다는 표현이 약간 과한 듯 들리기는 해도 틀린 말은 아니었다. 칼리드는 윈체스터에 승리를 안겨 왔다. 170년의 치욕을 씻고, 윈체스터의 명예를 화려하게 장식한 사람이었으니까.

그런 의미에서 나는 득의양양한 표정으로 리스터를 보았다. 뭐가 되었든 구애인 앞에서 현애인 자랑은 언제나 통쾌하기 그지없다. 모종의 '봐 봐, 네가 그렇게 막 대한 여자가 지금은 이렇게 이렇게 대단한 남자한테 사랑받고 있어!'랄까, 조금 유치한 것 같기도 하지만.

그때였다.

"솔직히 말해서 전생에도 나라를 구한 것 같습니다만."

"어?"

멀리서 또렷하게 들려오는 익숙한 목소리에 나는 고개를 휙 돌렸다. 아니나 다를까, 우리와 조금 떨어진 곳에 칼리드가 서 있었다. 나는 그의 모습을 발견하기가 무섭게 활짝 웃었다. 그에 나를 보던 리스터도 덩달아 내가 보고 있는 쪽으로 시선을 돌렸다.

"뭘 그렇게 얼굴이 활짝 펴서는…… 어?"

뭐라 중얼거리던 리스터가 순간 굳었다. 하지만 그런 것 따위 신경 쓰지 않은 채 나는 자리에서 벌떡 일어났다. 몇 분 전까지만 해도 싹 죽어 갔는데, 이 순간 칼리드가 나타났다는 것만으로도 좋고 위안이 되어서, 나는 생글생글 웃으며 그에게 뛰어갔다.

내가 뛰기 시작하자 순간 칼리드가 살짝 놀란 표정을 짓더니 걷는 보폭을 크게 하며 약간 빠른 걸음으로 내게 걸어왔다.

"뛰지 마십시오, 스칼렛. 다치면 어쩌시려고."

"저 정도로 뛰어서 다칠 정도면 다리가 아니라 머리에 문제가 있다고 보는 게……."

하지만 달콤한 그의 목소리 뒤에 따라오는 시큰둥한 말에 나는 고개를 획 돌려 리스터를 째려보았다. 저건 왜 또 저렇게 초를 치, 아니지, 원래 저랬지.

나는 그냥 그를 무시하기로 하고 내 앞에 성큼 다가온 칼리드에게 고개를 돌리며 환하게 웃었다.

"언제 왔어요?"

"방금 왔습니다. 오래 기다리셨습니까?"

"아니요. 나도 방금 왔어요."

물론 조금 일찍 오긴 했지만, 그래도 나는 고개를 저었다. 칼리드는 이미 알고 있다는 듯이 미묘하게 웃고만 있었다.

그때 뒤에서 가볍게 코웃음 치는 소리가 들려왔다. 그에 기분이 팍 잡쳤다가, 나는 그냥 그를 이해해 주기로 했다. 저건 내가 맨날 화내는 모습만 봤으니 습관이 되지 않기도 했겠지. 나는 그를 완전히 무시하고, 환하게 웃으며 며칠 동안 속에 쌓고 또 쌓아 둔 말을 꺼냈다.

"보고 싶었어요."

내 말에 칼리드는 웃음기 가득한 얼굴로 나를 보다가 손을 들어 내 눈가를 쓸었다.

"피곤해 보이십니다."

"조금요. 많이 티 나요? 요즘 잠을 제대로 못 자서."

"그냥 돌아가 쉬시지."

"안 그래도 오늘은 일찍 퇴근하려고 했어요. 그런데 가기 전에는 당신 한 번 보고 가려고."

"다음부터는 제가 가겠습니다. 당신이 올 필요 없이."

내 뺨을 쓰다듬는 손이 따뜻해서, 나는 순간 리스터가 뒤에 있다는 사실도 다 까먹은 채 살짝 눈을 감았다. 그러다가 내가 다시 눈을 떴을 때, 칼리드의 시선은 리스터를 향해 있었다.

그러나 방금까지 부드럽게 미소를 짓던 칼리드의 얼굴은 많이 식어 있었다. 리스터를 보는 그의 눈빛은 꽤 담담하고 차가웠고, 뭔가 무심해 보이기도 했지만, 그 와중에 정확하게 잡아낼 수 있는 건 '경계'였다.

그래, 경계.

어라, 경계?

순간 내 허리를 살짝 두르고 있던 팔에 힘이 들어가고, 나는 그 힘에 이끌려 칼리드의 뒤편에 섰다. 그와 동시에 발걸음을 옮긴 그가 꽤 정중한 어투로 리스터를 향해 입을 열었다.

"오랜만입니다. 뮐레르 공자."

"뭐, 오랜만이긴 합니다만…… 이건 꽤 희한한 조합인 것 같습니다?"

"……."

"소문을 듣긴 했지만, 설마하니 진짜로 둘이……."

"사랑하고 있습니다."

묘하게 앞 글자에 힘이 들어간 것 같은 건 절대 내 착각은 아니리라.

"사랑이라…… 취향이 참 독특하시군요."

리스터가 묘하게 일그러진 표정으로 입을 열었다. 아, 재는 왜 또 저래…… 이러니까 무슨 치정극의 한 장면 같잖아. 아니지, 이거 혹시 진짜 치정극의 한 장면인 건가? 내가 여주인공이고?

그때 칼리드가 갑자기 입을 열었다.

"본인 눈에 예뻐 보이면 다른 사람 눈에도 예뻐 보이는 법입니다. 공자."

"……."

"어쩌면 본인보다 더."

순간 공기가 차갑게 내려앉았다. 말을 내뱉은 칼리드는 무슨 생각을 하는지 눈치채지 못할 정도로 무표정이었고, 리스터는 그 말에 뭔가 찔린 것이라도 있는지 눈썹이 꿈틀거리다 불편한 표정을 짓고 있었다.

이 상황에서 그 예쁜 게 누구지?-라고 고민할 정도로 나는 눈치가 없지는 않았다.

뭔가 과시하는 듯한 사랑 고백에 설렐 틈도 없었다. 나는 침을 꿀꺽 삼켰다. 나는 단 한 번도 칼리드가 이런 식으로 누군가를 경계하는 것을 보지 못했다. 마치 오랫동안 탐냈던 타인의 물건을 드디어 손에 넣은 자가, 뭔가 그 전 주인을 향해 네 것이 내 것이 되었노라고 소유를 주장하는 듯한 어투였다. 물론 나는 그의 소유물이 아니었으므로 약간 알맞지 않은 비유일지도 모른다.

여기까지 생각하자 나는 저도 모르게 칼리드의 팔을 꾹 잡았다. 뭐지, 이 외도를 하다 들킨 것 같은 상황은. 물론 그런 쪽과 전혀 관계가 없긴 하지만, 어쨌든 칼리드의 호의적이지 않은 눈길은 리스터에게 꽂혀 있었고, 평소라면 비꼬는 듯한 웃음을 짓고 있어야 할 리스터도 기분 나쁜 표정을 짓고 있었다.

나는 결국 이 둘 사이에 흐르는 미묘한 기류를 참지 못하고 칼리드의 팔을 툭툭 잡아당겼다. 그리고 한 걸음 내디디며 입을 열려고 했다.

하지만 그 순간, 다시 나를 뒤로 쏙 밀어 넣는 칼리드의 팔이 더 빨라서, 나는 놀라고 말았다. 아프다거나 강한 힘은 아니었지만, 뜻은 분명했다.

나는 본능적으로 깨달았다. 여기서는 내가 입을 다물고 있는 게 가장 좋은 선택이겠구나.

나는 고개를 들어 칼리드의 뒤통수를 쳐다보았다. 그리고 다시 그의 옆으로 고개를 빼꼼 내밀어 리스터를 한 번 보았다. 내가 아는 상식선에서 생각하자면 칼리드는 리스터와 나 사이에 존재했던 그 어떤 관계 때문에 리스터를 경계하고 있는 것 같았다. 물론 그런 것치고는 약간 과한 감이 있긴 했지만. 그래도…… 이해 못 하는 것은 아니었다.

그런데 나와 리스터는 정작, 정작 애틋함이라고는 하나도 없단 말이야. 어떻게 해야 하지? 내가 뭘 어떻게 해야…… 으아악. 이럴 줄 알았으면 차라리 리스터가 말을 걸어올 때 '꺼져.'라고 할걸. 조금 미친 것처럼 보이긴 하겠지만 그게 중요한가.

아아, 내가 이사벨 때문에 혼자 끙끙댈 때 나를 보던 칼리드 심정이 이랬을까. 해명하고 싶은데 내 말은 듣지 않고, 답답하고 그런.

그렇게 내가 소리 없이 몸부림치고 있을 때, 침묵과 미묘한 기류로 가득 찬 분위기 속에서 답지 않게 진지한 표정을 짓던 리스터가 갑자기 귀찮다는 표정을 하더니 손으로 머리를 헝클고는 쯧- 하며 혀를 찼다.

"젠장, 저런 게 뭐가 예쁘다고……."

저게.

이번에는 나도 기분이 나빠져서 얼굴을 구겼다. 하여튼 저건 아카데미 때부터 같은 말이라도 예쁘게 하는 법이 없었다.

리스터의 말에 칼리드는 여전히 별다른 기색을 내비치지 않았다. 하지만 이 묘한 기류 속에서 그가 곧 입을 열었다.

"스칼렛과 약속이 되어서, 공자께서는 스칼렛에게 볼일이 있으십니까?"

"내가 걔한테 무슨 볼일이……."

"그럼, 데려가도 되겠습니까."

묘하게 데려간다는 말에 힘이 실린 것 또한 내 착각은 아니겠지.

순간 리스터의 의문스러운 눈길이 다시 내게로 꽂혔다. 점점 온기가 사라지는 칼리드의 목소리에 속이 파르르 떨리는 느낌이었으나, 정작 리스터의 눈길은 꽤 밝은 웃음으로 받아 냈다.

마치 칼리드의 말에 동조하듯, 나는 방긋방긋 웃으며 고개를 끄덕였다. 나를 힐끔 뒤돌아 본 칼리드의 입술에 묘한 미소가 걸리는 것을 보며, 나는 괜히 뿌듯해진 느낌에 더욱더 칼리드의 팔을 안았다.

돼, 됐나? 화 안 났나? 이 정도면 내 뜻은 확실한 거지?

그때 리스터가 우리 둘을 번갈아 보더니, 하아- 하고 자조 섞인 웃음을 흘렸다. 곧 그가 나를 보더니 뭐라 중얼거렸다.

"하여튼 이래서……."

이래서 뭐?

물론 답은 없었다.

리스터는 혼자 뭔가를 중얼거리더니, 곧 씁쓸하게 웃고는 고개를 저었다. 내가 아는 그와 다른 모습에 속으로 이상함을 느끼면서도 입을 다무는 것을 선택했다.

하지만 몇 초 뒤, 그는 언제 그랬냐는 듯이 다시 그 싹수없는 듯한 표정을 지어서 나는 조금이나마 안도의 한숨을 쉬어야 했다. 그래, 리스터는 여전히 리스터였다.

나는 칼리드의 뒤에 있었고, 칼리드는 나를 마치 그에게서 보호하듯 팔로 내 앞을 막아선 상황이었다. 리스터는 그런 나와 칼리드를 보다가 바로 전의 착잡함은 전부 거짓이었다는 듯이 정말 담담하고 무감정하게 한마디를 내뱉었다.

"그럼 난 이만."

그러고는 나와 칼리드가 뭐라 말하기도 전에 긴 다리를 옮겨 성큼성큼 정원을 떠났다.

갑자기 사라지는 리스터를 보며 나는 조금 아리송한 기분이 되어 뒤를 힐끔 돌아봤다. 이렇게 와서 저렇게 갈 거면 왜 말을 걸었대? 조금만 더 부드러웠으면 날 여전히 좋아한다고 근거 없는 착각이라도 할 뻔했다. 리스터는 동기들에게 인사를 먼저 할 정도로 살가운 사람은 아니었으므로. 그렇다고 반가워서라기에는 그의 태도가 너무 삐딱했다.

리스터가 사라지자 나는 바로 고개를 돌려 칼리드를 올려다보았다. 하지만 리스터가 향한 곳에서 시선을 거두지 않는 칼리드의 눈빛에, 그를 잡은 내 손에 힘이 들어갔다.

칼리드의 시선은 무척 건조했다. 그에 나는 그를 처음 만난 소렐에서의 그 순간을 떠올렸다. 제일 처음 나를 보던 그 가라앉은 시선, 내가 그를 아무런 열정이 없다고 판단한 그 순간. 그가 나한테 너무 다정해서, 너무 달콤해서 내가 잠시 잊고 있었던 그의 얼굴이 내 앞에 있었다.

그랬지.

그는 그런 표정을 지을 수도 있는 사람이었지.

나는 입술을 꼭 깨물고 칼리드의 팔을 흔들었다. 그가 이런 눈빛을 하는 게 싫었다. 다른 사람도 아니고 연인이 이렇게 무서운 표정을 짓고 있는 게 좋은 사람이 어디 있겠는가.

칼리드는 내가 팔을 흔들자 바로 고개를 돌리고 나를 보았다. 순식간에 그의 얼굴 표정이 펴지기 시작했다. 마치 새하얀 종이에 수채를 풀어 놓듯 서서히 번져 가는 웃음에 나는 조금 안도감이 들었다.

"화난 건 아니죠?"

내 물음에 그는 잠시 당황하다가 고개를 저었다. 내가 왜?- 라고 묻는 듯한 눈길에 나는 미간을 살짝 찌푸리고 입을 열었다.

"그렇게 죽일 듯이 리스터를 보고 있으니까."

"아."

"난 또 화났다고 생각했죠. 나랑 리스터가 둘만 말해서."

"제가 그렇게…… 유치하게 보였습니까?"

"네."

"……."

"완전."

곧 나는 입술을 꼭 다물고 슬그머니 눈을 접으며 웃었다. 그에 칼리드가 숨을 내쉬었다. 방금까지 팽팽하게 잡아당긴 것 같은 공기가 느슨하게 풀어졌다. 나는 방긋방긋 웃으며 입을 열었다.

"그래도 기분은 묘했어요."

"왜……."

"내 남자는 나 때문에 질투도 할 줄 아는구나."

"……."

"나도 이만하면 꽤 경쟁력 있구나?"

칼리드는 손을 뻗어 내 얼굴을 감싸자 반사적으로 눈이 감겼다. 그와 동시에 눈가에 입술이 가볍게 내려앉았다. 이어서 코, 입, 뺨을 타고 자잘한 키스가 이어졌다. 마무리를 짓듯 다시 입에 깃털같이 가벼운 키스가 내려앉자, 나는 눈을 떴다. 칼리드가 묘한 눈길로 나를 보고 있었다. 알 듯 말 듯 묘한 미소와 함께.

곧 그가 말했다.

"그걸 아셨으니 뮐레르 공자와는 가까이하지 않는 겁니다."

"연회 때 쪼잔하게 질투하지 않는다고 한 게 어디에 사는 누구였더라."

"질투는 아닙니다."

"그게 우긴다고 우겨지는 게 아닐 텐데."

"경계입니다."

나는 결국 웃음을 흘리고 말았다. 아니, 질투하니까 경계하는 거지, 또 딱 분리해 놓을 건 뭐람. 마치 어린아이가 우기는 것 같다.

나는 고개를 절레절레 흔들고 말았다. 그리고 칼리드의 이러한 모습을 속으로만 고이 간직하기로 했다.

나는 웃음기 가득한 목소리로 물었다.

"그럼 내가 리스터랑 가까이하면 어떻게 되는 건데요? 아무리 그래도 무시할 순 없잖아요."

"필요한 대화만 하는 겁니다."

"흐음, 난 구속하면 구속할수록 밖으로 어긋나는 성격인데."

"……."

"그래도 한번 생각쯤은 해 볼게요."

내 말에 칼리드가 미간을 살짝 찌푸렸다. 나는 다시 손가락을 들어 그의 미간을 어루만졌다. 거짓말같이 풀어지는 그의 표정을 즐겁게 보다가, 나는 발꿈치를 들어 그의 뺨에 가볍게 입을 맞추었다. 그러고는 선심 쓰듯 입을 열었다.

"흐음. 뭐, 필요한 대화만 하죠."

"약속하는 겁니다."

"대신 필요한 대화의 기준은 전적으로 내가 판단해요."

"……."

"그 정도도 못 믿는 건 아니죠? 누가 그랬더라, 연인 사이에 신뢰 정도는 줘야 한다고."

"믿습니다."

칼리드는 카펠라에서 그랬다. 그 정도 신뢰 하나 못 받는 것 같아 슬프다고. 그럼 나도 그 정도 신뢰는 받아도 되는 거겠지? 연인 사이에 감정은 오가는 거니까.

……라고 하지만.

사실 나와 리스터는 애초에 그렇게 애틋한 대화가 오가는 관계가 아니었다. 나는 지나간 사람에게 연연하지 않았다. 좋게 말하자면 시작과 끝이 명확했고, 나쁘게 말하자면 쉽게 타올랐다가 깔끔하게 식는 편이었다.

"그런데 나랑 리스터 관계는 어떻게 안 거예요?"

"그냥…… 알게 되었습니다."

"둘이 만난 적도 있어요?"

"네, 좀 오래전이긴 하지만."

"그렇구나."

나는 바로 전에 그들의 대화를 상기하고 곧 고개를 끄덕였다. 뭐, 그리 비밀인 것도 아니었고 알려면 쉽게 알 수 있는 사실이었다. 어쩌면 이사벨이 앞에서 쫑알쫑알 뭐라 말했을 수도 있었다.

나는 조금 주춤거리다가, 칼리드에게 안아 달라는 듯이 팔을 뻗었다. 거리낌 없이 감겨 오는 팔에 나는 그의 품에 기댔다. 며칠 동안 제대도 잠을 자지 못해 몸에 쌓였던 피로와 달리, 바로 전 그 미묘한 신경전에 연루되어 팽팽해진 신경 때문에 정신은 더없이 맑았다.

하지만 그의 품에 안겨서 조용하게 침묵을 만끽하자 다시 피로감이 몰려오기 시작했다. 칼리드는 피곤한 내 표정을 알아차린 듯, 내가 편히 기댈 수 있게 팔을 고쳐 안고 입을 열었다.

"집에 돌아가 쉬십시오."

"네. 조금만 있다가."

나는 눈을 감았다. 사실 그를 따로 불러낸 이유는 이사벨에 관한 이야기를 물어볼 겸, 오랫동안 보지 못한 그의 얼굴을 볼 겸해서였는데, 정작 또 이러니 입을 떼고 싶지 않았다. 그저 이대로 시간이 멈춰 줬으면.

그렇게 이기적인 생각을 하다가, 나는 결국 이대로 잠이 들고 싶은 욕망을 물리치고 조용하게 입을 열었다.

"사실, 묻고 싶은 게 있는데……."

잠에 젖어 꺼져 들어가는 목소리를 용케도 알아들은 칼리드가 내 머리를 받쳐 들고 가볍게 이마에 입술을 꾹 찍은 뒤 말해 보라며 입을 열었다. 나는 점점 몸을 잠식하는 수마를 겨우겨우 물리치며, 떨어지는 눈까풀을 들고 입을 열었다.

"이사벨이 몇몇 사교 클럽에서 제명되었다던데…… 당신이 그랬어요?"

"어떻게 아셨습니까?"

"에이, 다 아는 방법이 있죠. 이래 봬도 나 대신 듣는 귀가 얼마고, 보는 눈이 얼마인데."

위에서 나지막하게 칼리드의 웃음소리가 들려왔다. 나는 그런 그의 웃음소리를 자장가 삼아 점점 잠에…… 아니다, 무슨 짓이야. 어디 왕궁에서 잠을 자려고 그래.

나는 결국 계속해서 칼리드의 품에 있다가는 진짜로 쓰러지는 불상사가 생길 것만 같아, 약간 바르작거리며 그의 품에서 벗어났다. 그에 아쉬운지 칼리드가 약간 힘을 주었지만, 결국에는 나를 놔줄 수밖에 없었다.

나는 눈에 힘을 주며 칼리드를 보았다.

"왜 그랬어요? 나 때문은 아닌 것 같은데……."

"반쯤은 당신 때문이기도 합니다."

"흐음…… 그럼 나머지 반은?"

"나머지 반은, 위더 가문과 엮인 불미스러운 일에 대한 답례라고 하죠."

나는 고개를 갸웃거렸다. 불미스러운 일? 위더와?

나는 아직 프로디아드와 위더 사이에 어떤 불미스러운 일이 있다는 소식을 들은 적이 없었다. 매일 신문을 꼬박꼬박 보고, 옆에서 사교계 소식을 가져다주는 수많은 사람 틈에서 나름대로 소식을 얻고자 했으니, 내가 모르는 사실이라면 그리 널리 퍼진 일은 아닐 것이다. 어쩌면 공개되지 않은 일일지도 모르고.

하지만 내가 놀란 것은, 프로디아드와 위더 사이에 불미스러운 일이 있다는 것보다 그럼에도 그 둘이 왜 약혼을 했나- 하는 것이었다. 약혼한 뒤라면 보통은 협력 관계에 있지 않나?

그리고 불미스러운 일이라면 위더 가문의 수장 격인 백작과 해결할 문제이지, 이사벨을 쳐 낼 일이 아니었다. 물론 이사벨이 위더의 딸인 이상 완전히 관계를 벗어나기는 어렵겠지만, 평소 그녀가 하는 행실을 보면 딱히 가문에 깊이 관여할 것 같지는 않았다. 그 정도로 머리 있는 애도 아니었고.

어쩌면 경고인가. 물론 나를 위해 그랬다면 할 말은 없지만…… 뭔가 일이 복잡하게 꼬였다.

나는 결국 나 혼자 생각하는 것을 그만두고 칼리드를 보았다. 답을 구하는 내 눈길에, 칼리드는 약간 흐트러진 내 머리카락을 몇 가닥 잡아 뒤로 넘겨 주었다.

"프로디아드 공작가와, 위더 가문에 그다지 좋지 않은 일이 있었습니다."

"언제요?"

"……아주 오래전부터."

그렇게 말하는 칼리드의 표정은 지독하리만치 싸늘하게 식어 있었다. 하지만 나는 그것이 두렵지는 않았다. 다만, 아주 조금, 의아했을 뿐이었다. 무엇이 그를 이토록 화나게 하였나.

나는 혀로 입술을 쓸었다. 묻고 싶었지만 묻지 않았다. 이사벨과 약혼한 연유를 물었을 당시에도 때가 되면 알려 주겠다고 했다. 나는 그래서 그를 믿었다.

"뭐가 뭔지는 알 수 없지만, 묻지 않을게요."

그는 내가 계속해서 물을 것이라 생각했는지 약간 놀란 표정을 지었다. 하지만 나는 그에 옅은 미소로 대답할 뿐이었다.

"그러니까…… 그래도. 이후에 알려 줄 거죠? 나한테. 위더와 무슨 일이 있었는지."

"약속드립니다."

나는 입꼬리를 떨어뜨렸다. 왠지 모르게 우울해진 것 같아 속상했다. 바보라도 그와 이사벨 사이의 관계가 그리 단순하지 않다는 사실을 알 수 있을 것이다.

그래서 나는 더 이상 묻지 않았다. 다만 가볍게 웃으며 그한테 나 또한 이사벨에 관해 뭔가 조치를 취할 예정이라고 입을 열었다.

명백한 말 돌리기에도 내 말을 잠자코 듣던 그는 곧 가볍게 웃음을 터뜨리더니, 기특하다는 표정으로 내 머리를 살짝 어루만지다가 곧 나를 품에 다시 끌어안았다.

그 순간 그의 얼굴에 비낀 표정은 무척 따뜻했지만 차가웠다. 모순되는 감정이 그렇게 한 얼굴에 존재하는 것을 처음 본 나는 결국, 평소보다 나를 껴안는 그의 팔에 힘이 더더욱 들어간 것을 그냥 넘겨 버리고 말았다.

* * *

나와 칼리드는 그 후에 한 시간 동안 함께 있었다. 그의 품에서 거의 자다시피 하면서도 벗어나지 않는 나를 보곤 그는 웃으며 집까지 데려다주었다. 혼자 가도 된다고 했지만, 그는 내가 중간에 가다가 잠이 들것 같다면서 내가 타운 하우스의 문을 열고 들어가는 순간까지 내게서 시선을 놓지 않았다.

그의 적갈색 눈동자를 향해 미소를 지으며 문을 닫고 들어간 나는 몸을 돌리기가 무섭게 시야로 들어오는 집사의 난감한 표정에 미간을 팍 찌푸렸다. 그는 내 얼굴을 한 번, 복도 끝의 접대실을 한 번, 그렇게 번갈아 보다가 말을 하려는 듯 입술을 움직였다.

결국 참다못해 내가 먼저 그에게 물었다.

"무슨 일이야?"

"저, 손님이 와 계십니다."

"손님? 이 시간에?"

굳이 타운 하우스까지 찾아올 정도면 일면식이 없는 사람은 아닐 텐데. 나는 굳게 닫힌 접대실 문을 보았다.

"누군데?"

"위더 백작입니다."

"……뭐?"

저절로 미간이 찌푸려졌다. 나는 불쾌함을 감추지 않은 채 접대실 문을 빤히 보다가 웃음을 흘렸다. 차갑게 식어 내린 내 미소에 놀랐는지 집사가 움찔했다.

조금 뜬금없는 방문에 놀란 것은 사실이지만, 요즘 데미안이 바쁘게 돌아다니는 걸 보면서 언젠가는 만나게 되리라는 것을 예상하지 못한 건 아니었다. 다만 그게 오늘이고, 아무런 예고도 없이 와서 그랬지.

나는 그를 쫓아내려고 하다가 다시 생각을 고쳤다. 뭐가 됐든 내가 위더 백작가에 손을 댄 이상, 이미 나와 이사벨의 사적인 관계는 벗어난 셈이었다. 나는 집사와 조금 떨어진 곳에 서 있는 시녀를 향해 입을 열었다.

"라이나. 내 옷 갈아입는 것 좀 도와줘."

"그럼……."

"만나는 봐야지."

"……."

"그 댁 따님의 인성 문제에 대해 진지하게 담화를 나눠도 볼 겸."

그리고 제발 말이 좀 통했으면 좋겠다.

나는 내가 성격은 좋지 않아도 나름 예의 바르다고 생각했다. 그것이 타인의 평가와 소문에 조금 민감하게 반응하는 성격에서 나온 것도 있었지만, 기본적으로 어머니가 하는 것을 보고 자란 탓이 제일 컸다.

하지만 아무리 그렇다고 해도 가끔 욱하는 성격을 막지 못할 때가 있었다. 가장 대표적으로 진짜 싫어하는 사람과 그런 사람의 가족을 만날 때가 그러했다.

연좌제를 주장하지 않는 나였지만, 그래도 위더 백작을 보는 순간, 특히 이사벨을 똑 닮은 그 눈을 보는 순간 나는 기분이 착잡해졌다. 접대실로 들어가는 순간부터 나에게 따라붙은 그 시선이 묘하게 싫었다.

나는 이사벨을 좋아했지만 묘하게 워더 백작 부부는 어려워했다. 보통 친구의 부모님에게 잘 보이고 싶은 게 사람 마음이라고 하나, 나는 그들에게 정이 잘 가지 않았다. 그나마 백작 부인은 부드럽고 살가운 성격이라 조금이나마 그 저촉감이 덜했지만…… 백작은 이상하게 본능이 그를 거부하고 있었다.

사실, 그가 나한테 이사벨을 보인 사람이라 그럴 수도. 나는 비록 이사벨을 좋아했었지만 그렇다고 내가 처음 그녀를 보게 된 날, 그가 정말 '우연하게' 내 앞을 지나갔다고 생각하지는 않았다.

하지만 그것과 별개로 그는 꽤 능력 있는 사람이었다. 시에라에서 미모로 가장 유명한 백작 부인이 수많은 잘난 남자들의 청혼을 뿌리치고 외국까지 결혼하러 온 것을 보면 뭐, 나름 매력 있는 사람일 수도.

나는 숄을 거두며 소파에 앉았다. 내가 들어옴과 동시에 소파에서 몸을 일으킨 그는 내가 소파에 앉자 동시에 자리에 다시 앉았다. 그는 저번 카펠라에서 본 것과 별로 차이가 없었다.

나는 예전에 그를 만날 때마다 짓던 미소를 싹 지우고 내 앞에 놓인 찻잔을 들어 차를 한 모금 마신 뒤, 차가운 표정으로 그를 보았다.

"왕궁에 찾아가시지 않고, 여기로 오셨네요."

"왕궁에 안 계시기에, 사르빈 영애께서 퇴근하셨다고 알려 주셨습니다."

"아……."

미지근한 내 태도에 백작은 잠시 말을 고르는 듯하다가 입을 열었다.

"저희와의 금광 사업을…… 파기하시겠다고 들었습니다."

"정확히 말하자면 파기보다는 결속이 옳은 거겠죠. 일 년에 한 번씩 진행되는 계약이니 언제든지 상대를 바꿀 수 있다는 것, 아시잖아요."

"제 딸아이 때문입니까."

백작은 꽤 정곡을 찔러 왔다. 나는 희미하게 웃으며 아리송한 표정을 지었다.

"뭐, 그럴 수도 있고, 아닐 수도 있고……."

"……."

"따님이, 이사벨이 제게 어떤 짓을 저질렀는지는 귀가 있으니 들으셨겠고. 프로디아드가 연루되었다는 것 또한 아시리라 믿어요. 제가 다른 사람의 약혼자를 뺏는 행동을 할 때까지 딸의 행동을 묵인하셨으면서, 희한하게 가문의 이익이 연루되자 이렇게 오시니, 저로서는 백작께서 따님께 정말 관심이 없다고밖에 판단을 내리지 못하겠어요."

나는 부드럽게 웃었으나 정작 말에 담긴 뜻은 명확했다. 이렇게 되기 전에 알아서 이사벨을 좀 잡든가, 딸이 앞뒤 분간 못하고 돌아다닐 때는 그 흔한 유감 하나도 표시하지 않더니 이제 와서 바삐 달려오는 꼴이란.

"디르난트와 위더의 관계는 나와 이사벨의 우정에 기반을 뒀고, 이 우정에 금이 간 순간 가문의 관계 또한 끝나리라는 건 당연한 일 아니었을까요? 설마 이 정도도 예상하지 못한 건 아니겠죠."

"제가 소홀했습니다."

"그런 얘기 들으려고 한 건 아니에요. 어떻게 부모가 딸아이의 전부를 알 수 있겠나요, 하물며 저희 어머니 또한 제 사생활을 전부 알진 못하신답니다. 하지만–"

나는 입안에 남아 있는 차 향 위로 다시 차를 부으며 목구멍을 통해 내려가는 액체의 떫은 느낌을 만끽했다. 그러고는 찻잔을 내려놓고 방긋 웃었다.

"타인에게 결례를 범한 저를 꾸짖는 건 분명하게 짚고 넘어가신답니다."

"이사벨이, 제 어미 단물 속에서 자라다 보니 견식이 짧습니다."

"저희 아버지는 제 교육에 어머니보다 더 큰 힘을 쏟으셨어요. 무관심도 실패한 교육이랍니다. 아, 물론 다른 가정의 교육에 간섭하는 건 아니에요. 하지만 핑계거리가 될 것 같지는 않네요."

"……혹여."

그때였다. 말을 늘어놓으며 어디 한번 말해 보라는 내 말투 위로, 백작의 주저하는 목소리가 덮어졌다. 나는 그가 또 무슨 소리를 하나 싶어 귀를 기울였지만 정작 백작은 조금 초조한 표정을 짓고 있었다.

"혹여 다른 이유가 있지는 않으십니까?"

"……어머. 다른 이유가, 있어야 하나요?"

이건 또 무슨 소리람?

백작은 생글생글 웃는 내 얼굴을 찬찬히 훑어보더니, 조금 눈에 띄게 안심한 표정을 한숨을 쉬었다.

이런, 어지간히 초조했나 보군.

나는 웃었다. 웃었는데 속은 부글부글 끓고 있었다. 백작의 진정한 목적은 이사벨의 사과라기보다는 어쩐지 다른 것을 알아보기 위해 온 것 같았다. 나는 아무것도 모른다는 순진한 표정을 지으면서 웃고만 있었다.

"저는 이사벨의 행위에 무척 화가 났는데, 백작은 다른 이유를 생각하시고 계시네요."

"저는 그저, 그 외에 이사벨이 무슨 결례를 범하지는 않았는지 걱정이 되었을 뿐입니다."

"결례라…… 많죠. 생각해 보니 결례투성이네요. 하지만 세세하게 그런 것들을 캐물을 생각은 없으니 안심하세요."

물론 그의 변명을 내가 진짜로 믿었다면, 내 머리 상태를 의심해야 할 것이다.

백작은 똑똑하고 영악했다. 지금도 추밀원의 일원은 아니더라도, 제 나름대로 거기에 입김을 불어넣지 않는가. 역량의 문제였다.

그런데 내 앞에서 이렇게 흐트러져서는…….

부드럽게 웃는 내 얼굴을 보며 백작이 약간 고개를 숙였다. 그리고 가라앉은 목소리로 입을 열었다.

"이미 딸아이를 호되게 혼냈습니다. 제 안사람 또한 꾸짖었습니다."

"그래서요?"

"그동안의 결례에 대해 사과드립니다."

"……."

"금광 사업을 계속해 달라는 말씀은 드리지 않겠습니다. 하지만 그것과 별개로 앞으로 다른 사항에 있어서는 위더에게도 기회를 주시는 쪽으로 재고해 주시길 바랍니다."

나는 떨떠름하게 웃었다. 그 전에 왜 본인 반성은 하나도 안 하고 부인부터 잡는 거야.

나는 백작의 얼굴을 빤히 보면서 그의 의중을 파악하려고 했으나, 그의 표정은 담담하고 심지어 약간의 호소마저 담고 있어 퍽 진실하게 보였다. 나는 그의 말에 조금 생각해 보다가 입꼬리를 말아 올리며 웃었다.

"물론, 공적으로 위더에서 그 가치를 증명해 보인다면, 우정이 아니라 가문과 가문에 기초해 관계를 맺을 것을 고려해 보겠습니다."

물론 그럴 일은 없을 것이다.

* * *

"데미안."

위더 백작은 마지막까지 굉장히 정중한 태도였다. 그러나 나는 여전히 찜찜함을 버릴 수 없었다. 특히나 그가 물은 그것, 다른 이유는 없느냐는 것. 마치, 이사벨이 아닌 다른 이유가 있을 수도 있다는 그 가정.

나는 어렴풋이 그가 사과를 위해 나를 찾아온 것은 아니라고 생각했다. 그렇다는 것은…… 나는 머리를 짚었다. 데미안이 무슨 일이냐는 듯이 고개를 들었다.

"위더 백작가 좀 조사해 봐."

"구체적으로 어떤 것을 말씀하십니까."

"무역, 거래. 사업, 그 외 등등. 아무거나 닥치는 대로."

"무슨 일인지 여쭈어도 되겠습니까."

나는 소파에 편히 기댔다. 나와 백작이 마신 찻잔에서는 여전히 김이 피어오르고 있었다. 나는 그것을 빤히 보다가 가라앉은 목소리로 말했다.

"백작이…… 내가 사업을 끊어 버린 데에 다른 이유가 있다고 생각해."

"예를 들면."

"모르겠어. 그런데 저렇게 물어 올 정도면 작은 일은 절대 아니야. 그러니까 알아봐. 예를 들면…… 시에라와의 관계라거나."

"짚이는 것이라도 있으세요?"

"없어."

"……."

"아무것도 없는데……."

나는 말끝을 흐리며 고개를 푹 숙였다. 백작 부인은 시에라의 준왕족급이었으며 클로저 대공의 사촌 조카였다. 그런 의미에서 위더 백작이 정말 무슨 일을 저질렀다면, 그리고 시에라를 이용할 수 있었다면 아마 가능성이 전혀 없지는 않을 것이었다.

데미안은 착잡한 내 얼굴을 보다가 눈썹을 까닥였다. 하지만 곧 그가 펜을 들어 종이에 뭔가를 적어 내려가기 시작했다. 그리고 다시 고개를 들었다.

"예전에 위더 백작가를 조사해 본 적이 있지 않습니까."

"그래."

"아무것도 나오지 않았잖습니까."

"응."

"그러니까 제 말은, 이번에도 나오지 않으면 어쩌시려고."

"데미안."

나는 조용하게 데미안을 불렀다.

칼리드는 말했다. 프로디아드와 위더 사이에 불미스러운 일이 있었다고. 그러면 그게 대체 무엇일까. 어쩌면 내가 생각하는 그 이상으로 오래전의 일일 수도.

"예전에 내가 그랬잖아. 이사벨과 위더 백작 사이를 좀 조사하라고."

"그게, 좀 많이 오래전이었던 걸로……."

"9년 전."

"기억력도 좋으십니다."

"9년 전 이사벨이 나한테 그랬어. 추밀원의 명단은 우리 집에서 짜는 것 아니냐고. 그래서 내가…… 우리 어머니의 권한이자 국왕 폐하의 승인을 거쳐야 한다고 그랬지."

그러자 이사벨이 그랬다. 왜 위더는 거기에 들어가지 못하느냐고. 혹시 위더를 넣어 줄 수는 없느냐고.

이사벨은 단순한 아이였다. 최소한 그때 내 인상 속에서는 그러했다. 9년 전이고 그때 이사벨은 처음으로 내 애인을 뺏었더랬다. 그리고 내 앞에서 통곡을 했더랬지. 그녀가 내 애인을 유혹했다고 순간적이나마 의심한 게 미안해서, 나는 그때 그녀에게 보상 한 가지만 말해 보라 했었다.

그리고 이사벨이 말했다. 추밀원에, 위더를 넣지는 못하느냐고.

당연히 나는 거절했다. 아니, 그 전에 내 권한도 아니었다. 물론 어머니께 말씀드릴 수는 있었지만 그러지 않았다. 추밀원은 국왕 폐하의 고문 기관이며 중앙 귀족 중에서도 명망이 높은 14개 가문밖에 들어가지 못한다. 그중의 장이 어머니였다. 나는 절대 그 선을 넘지 않았다.

"갑자기 그런 요구를 하니까 이상해서 물어봤거든. 왜 그러냐고. 그런데 걔가 그랬어. 그냥…… 추밀원이 귀족들 중에서는 가장 세니까, 거기에 들어가면 나도 무시당하지 않을 수 있다고."

"참 단순하기 짝이 없군요. 이 정도면 거의 멍청 수준……."

"나도 그렇게 생각했어. 그런데 그때까지만 해도 이사벨은 15살이었어. 멍청하고 단순해도, 귀엽다고 해 줄 수 있을 때였지."

"……."

"하지만 그래도, 혹시 그게 이사벨이 아니라 어쩌면 다른 사람이 입김을 넣을 수 있을 거라는 생각을 하기도 했어."

그리고 가장 가능성이 큰 인물이 위더 백작이었다. 물론 그때까지만 해도 위더 백작이 순수한 딸을 이용하려고 한 줄 알았다.

"그래서 위더 백작을 조사하라고 했고. 결과는 아무것도 나오지 않았고, 나는 그게 미안해서 그녀에게 큰 선물을 했지. 아카데미 출신의 고위 귀족들밖에 가지 못하는 일로빌 영식의 독서 모임에 그녀를 넣어 줬으니까."

"아. 그랬던 것 같습니다."

"이사벨은 플로렌 살롱에도 들어가고 싶어 했어. 물론 그것은 거절했지. 거기는 추밀원 가문과 왕족들밖에 출입을 못 하거든. 물론 내 권한으로 끼워 줄 수야 있지만…… 그래도 목적이 하하, 호호 웃으려고 만든 곳이 아니니까."

"그런데 9년 전 일인데, 그때 나오지 않은 게 지금 나올 수 있을까요?"

"그래도 한번 뒤져 봐. 9년은 긴 시간이야. 그사이에 뭔가 변했을 수도 있어."

그러니까 그 '변화', 위더에 엮인 그 어떤 것.

데미안은 내 심각한 표정을 보더니 고개를 끄덕였다.

"그런데 시에라는 왜 갑자기 엮이는 겁니까."

"아, 그건 백작 부인이 거기 사람이라서, 혹시 관계가 있지 않을까- 해서."

"알겠습니다."

말을 마치자 데미안은 곧 고개를 끄덕이고 접대실을 떠났다. 곧이어 라이나가 들어와 시중을 들겠다고 했지만, 나는 고개를 저었다. 뭔가 더 생각할 게 필요했다.

프로디아드는 위더와 불미스러운 일이 있다고 했다. 솔직히 두 가문 사이의 그 어떤 연계도 조사를 시키고 싶었으나…… 다른 가문을 함부로 조사하는 건 큰 실례였다. 더군다나 칼리드가 있었다. 그런 짓은 하고 싶지 않았다.

나는 눈을 감고 뻐근한 눈가를 꾹꾹 안마하다가, 다시 눈을 떴다. 환한 접대실의 풍경이 눈 안에 안겨 왔다.

일이 심상치 않게 돌아가고 있었다. 만약 진짜로 위더 백작이 두려워하는 게 나와 이사벨 사이의 그 어떤 관계가 아니라면…… 어쩌면 그가 진짜로 오래전부터 판을 깔아 놓고 있었던 것이라면.

제발 그러지 않기를 바랐다.

나와 이사벨 사이의 관계가 그저 단순하게-사실 이미 이 정도면 단순하지도 않지만- 치정 정도로만 엮였기를, 제발, 그러기를 바랐다.

하지만 순간, 마음 한구석에서 누군가가 물었다.

만약, 그게 아니라면?

나는 웃었다.

그게 아니라면, 그때는 내 검이 그 계집애의 목에 드리워져 있을 것이다. 그리고 내 손으로 지금은 적이 된 20년 지기 친구의 목숨을 거두겠지.

* * *

위더 백작가에 관한 모든 조사는 데미안에게 일임한 채 나는 국빈 연회에 정신을 모두 쏟아부었다. 그러다 보니 끝이 보일 것 같지 않던 일들도 슬슬 끝이 보이고, 날마다 산더미처럼 쌓이던 서류가 반으로 줄고 또다시 반으로 줄다가 이제는 조금 한숨을 돌릴 만큼의 양이 되었다.

외교부에서 잠깐 숨 쉴 구멍을 찾게 되자, 나는 간간이 사교 클럽이나 모임 같은 데에 얼굴을 내밀었다. 시에라와의 협상 전까지만 해도 나는 자주 이런 클럽에 나타났다. 요즘은 쓸데없이 바쁘다 보니 여가도 없었고, 무엇보다도 칼리드와 연애하는 맛이 쏠쏠해서…… 크흠. 여하튼 그랬다.

어쨌든 나는 정보를 얻을 겸 오늘도 내가 다니는 모임 중에서 왕족이나 고위 귀족 자제들이 많이 있는 모임에 참석했다.

그들은 오랜만에 나타난 나를 보며 물 만난 물고기처럼 좋아했다. 그중에 진심이 얼마나 있을지는 모르지만. 그래서 나 또한 즐겁게 웃고 그들의 말에 약간씩 맞장구를 치며, 몇 가지 정보를 미끼 삼아 묻고 싶은 것들을 물었다. 다만 그중에 내게 필요한 건 얼마 없었다.

물론, 그렇다고 해도 기분 좋은 소식이 간간이 섞여 있는 것만큼은 사실이었다. 그중 가장 대표적인 것이 이사벨에 관한 것이었다.

나는 별로 관심이 없어 몰랐으나, 이사벨은 요즘 사교계에 거의 나오지 않고 있었다. 플로테 후작 영애의 말을 빌리자면 나오지 않는 것인지, 못하는 건지 판단은 할 수 없으나, 설사 나온다고 해도 환영을 받지 못하는 것을 알고 있을 게 뻔하다는 것이었다.

그녀는 우아하게 부채를 팔랑거리다가, 저쪽에서 몇몇 영식들과 당구를 치는 바톤 백작 영애를 향해 요즘 이사벨을 본 적이 있나 물었다. 그에 바톤 백작 영애 또한 고개를 저었다.

옆에서 우리의 대화를 듣고 있던 한 이름 모를 어느 소녀가 눈동자를 데구루루 굴리더니 곧바로 새물새물 웃으면서 나를 보았다. 예쁘장한 얼굴에 여우처럼 눈을 살짝 접어 웃으니 묘하게 비올레타가 생각나서 나는 피식 웃고 말았다. 하지만 비올레타와 다른 게 있다면, 저 아이의 목적은 나보다는 디르난트에 있다는 것이었다.

물론 나는 그게 불쾌하지 않았다. 내가 디르난트고, 디르난트가 곧 내가 될 예정이었다. 여기서는 다들 그랬다. 앞에서 웃고, 떠들고, 더없이 친숙한 척 굴고, 맞장구를 치면서도 어떤 생각을 하고 있는지 모른다. 그리고 그런 생각이 돌고 돌아 결국에는 한 사람의 이미지가 만들어질 수도 있었다. 그것이 진실과 엄청나게 멀리 떨어지더라도.

내가 찻잔을 다 비워 버리자 그녀는 바로 티 포트를 들어 내 찻잔에 차를 채워 넣었다. 그러고는 기대에 가득 찬 눈빛으로 나를 보았다. 나는 그런 그녀가 얄밉게 귀여운 구석이 있다고 생각하며 그에게 물었다.

"영애께서는 이름이 어떻게 되시나요?"

"다리아 리스라고 해요. 공작 영애님. 편하게 말씀하세요."

"어머, 그래. 다리아, 리스 남작의 따님이셨구나."

물론 얼굴 한 번 본 적 없는 사람이었다. 심지어 내가 귀족 가문을 줄줄 외우는 습관이 없었더라면 몰라도 될, 몰라도 누구도 질책하지 않을 만한 가문이었다.

가끔 지위가 낮은 귀족 가문에서는 어떻게든 연줄을 만들기 위해 전 재산을 퍼부어 제 딸이나 아들을 이런 사교 클럽의 입장 자격을 산다. 그래 봤자 한 번뿐이지만, 만약 어쩌다가 시간 많고 여유 있는데 가문까지 좋은 가문의 자제들과 안면을 트거나 친분을 쌓기라도 하면, 가문에 어울리지 않는 대접을 받을 때도 있었다.

다리아 리스는 아마 그렇게 이 자리에 들어오게 된 것일 터다. 그게 아니라면, 비올레타나 로젤리아도 가끔 드나드는 이 클럽에 그녀가 발을 디딜 만한 기회가 어디 있겠는가.

문득 그녀를 보자 이사벨이 생각났다. 물론 나와 이사벨이 만난 건 이보다 훨씬 더 어린 나이일 때며, 심지어 만나게 된 계기도 우연하게 왕궁에서 혼자 놀고 있는 나에게 백작이 제 딸을 안고 지나가다 만나게 된 것이지만, 그에 이사벨과 다리아가 겹쳐 보이기도 했다.

고위 귀족들은 영악했지만, 정작 마음에 든다 싶으면 가끔 제 마음을 내주기도 했다. 특히나 높은 사람들일수록 그랬다. 시작은 예쁘고 사근사근하게 구는 아이들이 마음에 들어 옆에 데리고 다니다가, 시간이 지나니 진짜로 마음을 주는 경우가 적잖게 있었다.

물론 나 같은 경우는 조금 많이 극단적인 경우였지만.

그 경우에 보통은 낮은 지위의 사람들이 어떻게 행동하느냐에 따라 진짜 친구가 되기도, 한쪽이 상처를 받기도, 아니면 영원히 주종 관계 비스름하게 이어지기도 한다.

나는 두 눈을 초롱초롱 빛내며 나를 보고 있는 다리아 리스를 보며 쓰게 웃었다. 어쩌면 이사벨과 나의 관계도 다른 사람들이 보기에는 그랬을까. 나는 친구라고 생각했지만 다른 사람들 눈에 어떻게 보였는지, 갑자기 궁금해졌다.

나는 다리아 리스를 향해 방긋 웃었다. 그리고 그녀에게 쿠키를 건네주었다. 그녀는 곧 두 손으로 쿠키를 받으며 대답했다.

"나이가 어떻게 돼?"

"작년에 데뷔탕트를 마쳤어요. 올해 16살입니다."

"그렇구나."

"풋풋하니 예쁘죠? 얼마나 사근사근 귀여운지 몰라요."

고개를 끄덕이는 내 귓가에 플로테 후작 영애가 가만히 속삭였다. 나는 그녀의 말을 들으며 가볍게 고개를 끄덕였다. 그래, 딱 그 정도가 좋아. 나처럼 억지로 평등해지려고 하면서, 평등하다고 믿고 있는 게 오히려 더욱더 독이 될지도.

그것은 단지 착각이었다. 우리 둘 사이에 있는 크나큰 착각. 나 혼자만 그렇게 여겼으나, 그 진실이 어떤지는 아무도 모른다.

문득 이사벨이 내게 하던 소리가 생각났다. 결국에는 너도 나를, 그런 내 모습을 좋아하지 않았냐는 말. 그게 생각나자 순식간에 입안이 텁텁해졌다.

다리아 리스는 얼굴을 발갛게 붉히며 우리 사이에 앉아 있었다.

은빛이 도는 분홍색 머리카락이 정말 사랑스러웠다. 어쨌든 예쁜 외모는 사랑을 받을 만했다. 특히 예쁜 것이라면 사족을 못 쓰는 인간인 이상 예쁜 것에 눈길이 가고, 꾸며 주고 싶고, 예뻐해 주고 싶고 그런 건, 어쩔 수 없는 것이 아닐까.

나는 부디 그녀가 계속해서 이렇게 남아 주기를 바랐다. 조금 이기적이긴 해도 이렇게 아무것도 모른다는 듯이, 적당하게 타인의 비위를 맞추며.

그때였다. 에트리 백작 영애가 갑자기 눈가를 접으며 내게 물어왔다.

"그러고 보니, 요즘 공작 각하와 사이가 좋으시다고 부러워하는 소리가 많던데."

"이런, 대체 어디까지 퍼진 소문이죠?"

"이런 유의 소문이야 원래 빨리 퍼지죠. 더군다나 그게 영애님과 공작 각하라면."

"뭐, 그럴 수도 있겠죠. 하지만 요즘 며칠 안 봐서."

"그래도 모임에 나오시다니. 연인과 함께하고 싶으셨을 텐데."

"원래 사랑에는 거리가 필요한 법이 아닐까요."

내 말에 주위에서 영애들이 살짝 입을 막았다.

"어머……."

곧 내 주변뿐만 아니라 저쪽에서 당구를 치던 사람들의 눈도 전부 이쪽으로 향했다. 조금 쑥스럽기도 했지만, 나와 칼리드의 사이가 무척 좋다는 것을 타인에게 알려 주는 게 나쁘지 않겠다는 생각이 들었다. 나는 일부러 웃으며 입을 열었다.

"틈만 나면 붙어 있으니까. 오늘은 좀 떨어져 있는 거죠. 그리고 그 사람 바쁘니까."

"데이트 할 시간도 없어요? 저런, 아쉬웠겠다."

"데이트…… 는 많이 했어요. 저번에도 금방 오페라를……."

"겨울의 장미요?"

내가 제목이 기억이 나지 않아 약간 더듬자, 다리아 리스가 냉큼 말을 물었다. 그에 나는 바로 고개를 끄덕였다. 그때 우리 옆에서 조용히 대화를 듣던 플로테 후작 영애가 입을 열었다.

"그러고 보니, 그거 릴리 필레르 영애의 데뷔작이죠? 아버님과 어머님도 보러 가셨다고 했는데."

"아, 플로테 후작 부부도 오셨더군요. 나와 칼리드가 앉아 있는 박스석 바로 맞은편 박스석에 계셨어요."

다만 중간에 떠나 그렇지.

그때 플로테 후작 영애는 뭔가 생각난 듯이 어깨를 살짝 움찔거렸다. 그러고는 나를 빤히 보았다. 입술을 살짝 감빠는 것이 뭔가 하고 싶은 말이 있는 게 분명한 표정이었다. 나는 그녀를 힐끔 보다가, 곧 부드럽게 웃으며 자리에서 일어났다.

"아…… 조금만 실례할게요. 립스틱이 조금 번진 듯해서."

"그럼 저도."

내가 자연스럽게 자리에서 일어나자, 플로테 후작 영애 또한 우아하게 웃으며 자리에서 일어났다.

"저, 공작 영애님."

"네. 말씀하세요."

아니나 다를까, 문을 닫고 나오자마자 플로테 후작 영애는 나를 조심스럽게 불렀다. 그녀는 약간 주저하는 듯하다가 조용히 나에게로 다가왔다.

나는 눈치 좋게 주위를 조금 살피다, 곧 그녀를 데리고 조용한 구석으로 갔다. 그녀는 주위에 아무도 없다는 것을 확인하고는 곧 내게 가까이 다가왔다. 그리고 나지막이 내 귓가에 속삭였다.

"사실은…… 며칠 전에 재스민 필레르 후작 영애께서 사적으로 절 찾아오셨어요."

내가 의아한 눈길을 보내자 그녀가 다시 내 귓가에 조용하게 속삭이며 말을 이었다.

"저와 어렸을 때부터 알고 지낸 사이라…… 외국에서 금방 돌아온 데다가 사교계에 별로 밝지 않아서, 제게 뭔가를 물었는데, 그래도 영애님께 알려 드려야 할 것 같아서요."

"네. 말씀하세요."

"제게 영애님과 위더 백작 영애와의 관계에 대해 물었어요. 혹여 두 분 사이에 무슨 다른 일이 있지 않나."

"……."

"필레르 영애는 얼마 전에 윈체스터로 와서, 공작 영애님께서 단순히 위더 백작 영애의…… 약혼자를, 음……."

"뺏었다고 생각하고 있었군요?"

약간 어렵게 단어 선택을 하는 그녀를 곤란하게 하지 않으려고, 나는 일부러 선수를 쳤다. 그에 그녀가 고개를 끄덕이더니 다시 조용하게 말을 이었다.

"아마 그전에 일어난 불미스러운 일에 대해 모르는 눈치였어요. 그러면서 혹시 다른 일이 있으면 알려 달라고 해서…… 사실 뒤에서 입방아를 찧는 것 같아 조금 고민되긴 했지만. 그래도 그런 식의 오해는 오히려 공작 영애께 해가 되는 것 같아 예전 일을 알려 드렸어요."

그러니까 재스민 필레르는 여태껏 나와 칼리드의 일에 대해, 내가 일방적으로 이사벨의 약혼자를 뺏었다고……. 걔 눈에는 내가 20년 지기 친구의 약혼자를 뺏은 사람으로 보였다 이거지?

그제야 묘하게 그 적대적인 시선이 이해가 갔다. 물론, 그럼에도 나를 향해 보내는 그 시선이 모조리 이해가 가는 건 아니었지만, 그리고 그 무례가 이해가 되는 않았지만 어쩐지 조금 알 것 같기도 했다.

"이렇게 말씀드리는 것도 조심스럽긴 하지만, 그래도 재스민 필레르는…… 그녀는 예전부터 그랬어요. 조금 원리 원칙과 도덕성에 엄격한 아이라. 카펠라에 함께 가셨을 때 두 분 사이에 좋지 않은 일이 있었다고 들었거든요."

"어머, 그건 이미 잊은 지 오래되었는데……."

"네. 공작 영애님이라면 관대하실 줄 알았어요. 그래도, 이 정도 일은 말씀드려야 할 것 같아서."

"필레르 영애께서 말씀해 달라고 하시던가요?"

"아, 아니에요. 그저 저와 그녀가 오랫동안 알고 지낸 사이인 데다가…… 혹여 공작 영애님께서 불쾌하게 생각하실까 봐."

"알겠어요. 그럼 후작 영애의 호의는 감사하게 받을게요. 물론, 재스민 필레르 영애께서 직접 제게 말을 하시기 전까지는 후작 영애님께서 언질을 하셨다는 말도 꺼내지 않을 거고요."

"아, 감사해요, 공작 영애님. 방금 릴리 필레르 영애의 말이 나와서…… 문득 생각이 나는 바람에……."

"고마워요, 영애."

나는 방긋 웃었다. 물론 플로테 후작 영애의 말을 전부 믿는 것은 아니었지만, 어쨌든 말은 다 들어 봐야 알지 않겠는가.

하지만 예전에 칼리드에게서 들은 약혼 이야기, 그 외 등등 정황을 조합해 보아도 칼리드 때문에 재스민 필레르가 내게 적의를 보인 것보다는 이쪽이 조금 더 납득할 만한 이유 같았다. 게다가 재스민 필레르가 마지막으로 나와 헤어질 때의 그 복잡한 표정을 보면, 헛된 소리는 아닐 것이리라.

나는 우아하게 웃으며 방에 들어가는 플로테 후작 영애의 뒷모습을 보다가, 웃음을 흘렸다. 뭐가 되었든 간에 재스민 필레르가 직접 내 앞에서 해명하지 않는 한, 내게는 진실이 아니었다.

하지만 뜻밖에 그 진실은 더욱더 빨리 내 앞에 다가왔다.

* * *

"죄송합니다."

……?

나는 아침 댓바람부터 맞닥뜨린 어이없는 광경에 발걸음을 멈췄다. 마차에서 내려 외교부 건물로 들어가기가 무섭게 내 앞을 막아선 사람은 다름 아닌 재스민 필레르였다. 그리고 그녀는 내가 놀라 발걸음을 멈추기도 전에 고개를 숙여 사과했다.

뭐야, 이 밑도 끝도 없는 사과는.

나는 주변에서 나와 그녀를 힐끔거리며 가는 사람들을 보고 급히 그녀를 만류했다.

"저기요, 영애. 이건 또 무슨 새로 나온 사람 곤란하게 하는 방법인지는 모르겠지만, 일단 좀 여길 벗어나서 얘기해 줄래요?"

"아, 죄송합니다. 그래도 공개적으로 사과는 드려야 할 것 같아서."

"지금 더 이상한 거 알죠?"

재스민 필레르는 정말 굳은 표정으로 주위를 둘러보다가 고개를 끄덕였다. 곧 나는 한숨을 쉬고 그녀를 데리고 집무실로 향했다. 셀린느가 반갑게 나를 맞이하려다가, 내 뒤로 따라온 재스민 필레르를 보고 얼굴을 구겼다.

얘, 사람 민망하게 너무 그러진 마렴.

나는 눈빛으로 셀리느를 향해 주의를 시키고는 곧 소파를 짚었다. 재스민 필레르가 조용하게 소파에 앉고, 나는 그녀의 맞은편에 앉았다. 곧 셀린느가 싫은 티를 팍팍 내며 차를 두 잔 우려 왔다.

재스민 필레르는 셀린느에게 살짝 고개를 끄덕여 감사의 인사를 표하고는 다시 나를 보았다. 그녀의 표정은 내가 제일 처음 그녀를 봤던 그날과 달리 묘하게 굳어 있었다. 하지만 적의가 완전히 가신 그곳에는 모종의 민망함 같은 게 들어 있었다.

나는 헛기침을 하고 입을 열었다.

"무슨 일이죠, 영애. 아침부터."

사실 조금 예상은 간다만은.

"사과드리고 싶어서 왔어요."

"사과?"

"카펠라에서, 무례를 범해 죄송하다고."

나는 무의식적으로 옆을 힐끔 보았다. 방금부터 표정으로 불쾌감과 짜증을 팍팍 티 내는 셀린느 때문에 도저히 집중되지 않았다.

셀린느가 입 모양으로 '무슨 개소리래요?'라고 뻐금거리는 것을 보다가, 나는 결국 그녀에게 나가라고 할 수밖에 없었다.

곧 그녀가 툴툴거리며 나가자, 조금은 조용하고 편안한 집무실에서 나는 재스민 필레르를 직시했다.

"이제 와서 무슨…… 이미 지나간 지 이렇게 오래되었는데 갑자기 저를 찾아온 의중이 궁금하네요."

"제가-"

그녀는 조금 난감한 듯이 얼굴을 찡그리다 다시 입을 열었다.

"제가 너무 섣불리 판단을 내렸어요."

"섣불리? 판단?"

"제가…… 영애님과 위더 백작 영애 사이의 일을, 조금 오해해서."

"아…… 오해."

그러니까, 내가 남자를 밝혀서, 20년 지기 친구의 약혼자를 뺏었다는, 뭐 그런 오해 말이지.

세상에, 그런 이유만으로 20년 지기 친구의 약혼자를 빼앗다니, 세상에 그런 사람이 어디 있…… 아니지, 있구나. 그래, 뭐, 이사벨 같은 사람도 있는데.

"구체적으로 뭘 어떻게 오해했는데요?"

그녀를 일부러 궁지에 몬다기보다는, 나 또한 진심으로 그녀가 어떤 오해를 했는지 궁금했다. 그리고 왜 내 행동에 그렇게까지 민감하게 반응했는지.

물론 인간 된 도리로서 그런 행위를 통탄할 수는 있지만, 나는 그래도 조금 과하다 싶었던 그녀의 적의와, 그리고 이사벨에 대한 묘한 감정 때문에 이상한 점을 느끼고 있었다.

내 물음에 재스민 필레르는 조금 얼떨떨한 표정을 지었다. 아, 저런 표정을 지을 줄도 아는 사람이었구나. 나는 나한테 너무 적대적으로 굴길래 쓸데없이 모난 사람인 줄 알았지.

곧, 그녀가 입을 열었다.

"사실, 제가 윈체스터에 돌아온 건 얼마 되지 않는 일이에요. 게다가 제가 사교계 일에 밝지도 않아서, 두 분 사이의 일을 잘 몰랐기도 했어요."

아니, 뭐, 산골 마을에 처박혀 있었나?

나는 떨떠름한 표정을 지었다. 아니. 이렇게 말하니까 좀 자의식 과잉 같기도 하지만, 요즘 만나는 사람마다 나와 이사벨과 칼리드 사이의 그 이상한 스캔들을 다 알고 있었다.

그래서 그녀 또한 당연히 알고 있으리라 생각했지만, 사실 곰곰이 생각해 본다면 스캔들에 관심이 없는 사람은 모르는 게 당연할지도.

"그리고, 사실 그때 그 연회. 그러니까…… 공작 각하와 영애님 사이의 스캔들이 퍼진 그 연회가 끝나 갈 때, 위더 영애를 우연하게 만났거든요."

"……."

"구석에서 울고 있길래 무슨 일인가 했더니, 제게 말씀하셨어요."

"내가 자기 약혼자를 뺏었다고?"

재스민 필레르는 대답 대신 고개를 끄덕였다. 나는 한숨을 쉬었다. 그래, 뭐. 모든 사람이 나와 이사벨 사이에 있은 일을 알라는 법도 없고, 솔직히 이사벨 혼잣말만 들었으면 그런 오해를 하는 게 이상한 것도 아니었다.

"뭐, 그런 일이 있었다면야, 그래도 직접 나한테 따지지 그러셨어요."

"……."

"말도 섞기 싫으셨군요."

나는 재스민 필레르의 난감한 얼굴을 보다가, 한숨을 푹 쉬었다. 그녀가 이렇게 솔직하게 나한테 말을 꺼내는데 굳이 내가 그녀를 몰아세울 필요는 없지 않은가. 그리고 애초에 재스민 필레르는 카펠라에서 온 뒤 머릿속에서 지워 버리고 있었다. 그만큼 딱히 신경 쓰는 일은 아니었다는 말이다.

그리고…….

나는 잠시 말을 골랐다. 그러고는 눈을 동그랗게 뜬 재스민 필레르를 보며 쓰게 웃었다.

"칼리드 때문이라고 생각했어요."

"네?"

"오해했어요. 영애가 나에게 적의를 갖고 있는 게, 칼리, 아, 프로디아드 공작 각하 때문이라고."

내 말에 재스민 필레르는 눈을 동그랗게 떴다. 그녀의 반응을 보자, 순간적으로 내가 인지하지 못했던 무엇인가가 속에서 올라오는 느낌이었다. 그리고 나는 그것이 곧 부끄러움이라는 것을 깨달았다.

정보의 출처는 비올레타였지만 오해를 한 건 나였다. 더 깊게 생각하지 못하고 그녀가 단순히 칼리드와의 약혼 문제 때문에 나를 경계하는 것이라고 생각했다.

사실 정상적이라면, 사랑하는 남자가 다른 여자를 사랑하게 됐을 때 보통 나를 사랑하지 않는 그 남자한테 서운함을 느끼지 않는가.

그래서 나는 제일 처음 재스민 필레르가 '당연하게' 나한테 적의를 가질 것이라고 생각했다. 물론 내가 가진 정보가 한정적이라 그런 것도 있지만, 그래도, 어쩌면 한정된 정보로 사람 하나를 제멋대로 판단했다는 점에서 사실 나는 그녀와 비슷한 우를 범한 것이었다.

"예전에 프로디아드 공작가와 약혼이 오갔다는 소리를 들어서."

"아……."

"미안해요. 저도 단편적인 소문만 듣고 영애를 오해했어요. 사과드릴게요."

나는 솔직하게 사과를 했다. 잘못했으니 잘못한 거지. 변명하고 싶지 않았다. 한동안 치정극 주인공으로 살았더니 세상 관계를 너무 치정 쪽으로만 생각하게 되었나.

내 얼굴을 보던 재스민 필레르가 조금 얼떨떨하던 표정을 짓더니, 곧 차분하게 답했다.

"아닙니다. 그래도 영애께서는 직접 그 분노를 표현하지 않았고, 저는 했죠. 그런 의미에서 결례는 제가 먼저 한 것 같습니다."

"그래도 사과는 드릴게요. 그런데 왜 제게 그렇게 칼날을 세웠죠? 사실, 조금 과하다 싶을 정도로 나를 몰아세우고 이사벨을 보호하는 게 보여서요."

"그게, 제 개인적인 사정으로 위더 영애와 엮인 적이 있습니다. 그때까지만 해도 그녀는 선량한 피해자였는데, 어쩌다가 이렇게 되었는지 모르겠군요."

나는 고개를 갸웃거렸다. 이사벨이, 선량한 피해자?

하지만 재스민 필레르는 약간 말을 뭉개기만 할 뿐, 정확하게 어떤 일이 있는지는 얘기하지 않았다.

솔직히 재스민 필레르의 얘기를 완전히 받아들이기에는, 그녀가 예전에 내게 보였던 그 날카로움과 이사벨에 대한 감정이 너무 선명했다. 그저 단순히, 자신의 도덕적 윤리 기준에 벗어난 사람을 대하는 것치고는 조금 과민 반응인 것 같기도 했고. 그래서 나는 그녀의 말을 온전히 믿지는 않았다.

하지만 그것과 별개로 이사벨 얘기를 하는 그녀의 표정은 꽤 진지했다.

아, 이사벨 애는 대체 얼마나 많은 인간관계를 만들고 다닌 거야. 그녀를 나름 잘 안다고 생각했는데 정작 내가 모르는 것들이 너무 많았다.

나는 다시 한번 자리에서 일어나 허리를 굽혀 사과하는 재스민 필레르에게 괜찮다고 이야기하며, 역시 자리에서 일어났다.

* * *

"조사하라는 건 했어?"

"했습니다. 결과는 9년 전과 같다, 입니다. 하지만 어디까지나 귀족 가문 사이의 관계를 주로 팠고, 아직 금전적 연계는 파지 못했습니다. 더 시간을 주세요."

"시에라와는?"

"위더는 백작 부인이 결혼하러 윈체스터에 왔을 때부터 시작해서 적당하게 관계를 유지했습니다만, 이 부분은 국왕 폐하께 전부 보고가 올라가는 부분이므로 딱히…….”

나는 쯧 혀를 찼다. 아니, 뭐가 이렇게 아무것도 안 나와? 이 정도면 솔직히 예의상으로라도 뭔가 나와야 하지 않는가. 심각하게 깨끗해서 더 이상했다. 마치 일부러 흔적을 지운 것처럼.

나는 머리를 굴리다가 곧 데미안에게 국빈 연회 준비에 관한 걸 다시 한번 짜 오라고 일렀다. 하지만 그쯤, 그가 갑자기 말을 이었다.

“아, 사실은 영애께서 기분 좋을 만한 소식이 있는데. 들으시겠습니까?”

“말해 봐.”

“위더 영애께서 요즘 사교계에 얼굴을 내밀고 있지 않다고 합니다.”

“아, 그건 나도 알아.”

“그 이유가, 사교계의 퇴출 운동 때문이라고…….”

“무슨 단어 선택이 그래?”

“물론 제가 임의로 갖다 붙인 겁니다. 요지는, 현재 사교계에서 위더를 배척하는 움직임이 있다고 합니다. 물론, 그 주체는 영애뿐만 아니라 백작 부인까지도요.”

“원인은?”

“그야 당연히, 영애님 때문 아니겠습니까. 그리고 프로디아드 공작가와 관련한 가문에서도 위더와 적당하게 거리를 두고 있다고 합니다.”

나는 웃음을 흘렸다. 사실 기본적으로 누군가를 일부러 배척하고, 일부러 따돌리는 것을 싫어했다. 힘이 있는 자가 약자를 괴롭히는 것을 혐오하는 종류였으나, 그것과 별개로-

“통쾌하십니까?”

"응."

나는 정말 뚝심 있게 대답했다.

따돌리고 배척하는 것을 싫어하지만 그게 이사벨이라니 말이 달라졌다. 이중 잣대가 심각하게 드러났지만, 욕을 먹어도, 공작 영애 주제에 그런 치졸한 생각을 한다고 해도 나는 정말 통쾌했다. 물론 내 손으로 직접 한 짓이 아니라 조금 아쉬운 감이 있었지만.

"뭐, 사실 통쾌하지 않다고, 그래도 함부로 사람을 배척하느냐고 하실 줄 알았습니다."

"내가 미쳤니? 그리고 걔가 누리고 있던 것들은 내가 없었으면 한평생 보지도 못했을 거야. 모든 걸 제자리로 돌려놓는 거지."

"그러니까요. 그렇게 대답하면 역겨울 뻔했죠. 본인이 싫어해 놓고 가식적으로 '어머, 그런 일은 하면 안 돼요.'라고 하는 거, 정말 역겹잖습니까."

"흉내 정말 잘 내네. 미안하지만 그런 대사 안 해."

"통쾌하시면 직접 더하시는 것도 좋은 방법입니다. 영애님께서 어디 한두 번 당하셨습니까."

"응?"

나는 고개를 갸웃거렸다. 데미안은 그런 나를 보다가 그럴 줄 알았다는 듯이 한숨을 쉬었다.

"예전에 뮐레르의 차남과 혼담이 오가셨죠. 그게 그 위더 때문에 끝장난 게 아니었습니까."

나는 웃음을 흘렸다. 그래, 그런 일이 있었지. 원래 나와 뮐레르 공작가의 차남이자, 리스터의 형인 알렉산더 사이에 혼담이 오갔다. 워낙에 큰 가문 사이의 일인지라 비밀리에 오가던 혼담이었는데, 우연하게 내가 말하는 것을 들은 이사벨이 그것을 티타임에 흘렸고, 알렉산더를 짝사랑하던 영애가 이를 듣고 울면서 자살 시도를 하는 바람에 내가 기겁해서 약혼은 안 하겠다고 소리를 쳤더랬다.

“그런데 그건, 이사벨 탓보다는 오히려 덕 아냐? 결혼했으면 어쩔 뻔했어. 아, 아니다. 그 계집애 가만 보면, 어쩌면 의도적으로…….”

“뭐, 결과적으로 도움이 됐지만, 의도는 전부 불순했다에 제 휴가를 걸겠습니다. 사실 결과가 그래서 영애님이 그 여자를 그렇게 감쌌죠.”

“그, 그래.”

“그리고, 그 외에 여러 가지 사교 모임에도 데리고 나가셨죠, 그것 때문에 뒷말도 많았고. 그냥 ‘예뻐하는 애완동물’ 정도의 취급을 받는 영애를 사교 모임에 데리고 간다고. 그리고 영애님은 친구가 그런 취급을 받는다고 화내셨죠?”

“……너 쌓인 거 많았구나.”

“아닙니다. 그래서 제 말은. 조금 더 괴롭혀도 될 것 같단 말입니다.”

데미안의 말에 나는 웃음을 터뜨렸다. 그래, 나도 괴롭히고 싶다. 솔직히 마음은 그래. 어떻게든 내 앞에서 폭발하게 해서 대체 그 머릿속에 뭘 숨기고 사는지 궁금하지만…….

“어쨌든, 이번 국빈 연회에 괴롭힐 기회가 있으니 적극 활용하시는 걸 추천합니다.”

“응?”

“국빈 만찬에 위더 백작가의 이름이 올라왔습니다.”

“설마, 위더 백작은 안 넣었는데?”

"폐하께서 직접 지명하신 겁니다."

순간 나 자신이 느낄 수 있을 정도로 내 얼굴은 형편없이 일그러졌다. 폐하께서, 위더 백작을 만찬에 넣으셨다고. 그 귀빈들만 오는 만찬에.

내 표정을 빤히 보던 데미안이 곧이어 국빈 연회에 필요한 각종 주의 사항과 안배를 내게 말했다. 하지만 그것들을 한쪽으로 듣다가 한쪽으로는 흘려버리면서, 나는 문득 이번 국빈 연회가 그렇게 간단히 끝나지 않을 것이라는 예감에 휩싸이고 말았다.

제7장

이미 산산조각이 난 것들(상)

이미 산산조각이 난 것들(상)

내가 정확히 언제 이사벨과 친해졌는지 기억이 나지는 않는다. 하지만 한 가지 확실한 건 내 일방적인 애정은 내가 처음 그녀를 본 그 순간부터 시작되었고, 26살이 되던 해에 끝을 고했다는 것이다.

근 20년이나 되는 애정이었다. 가족과 비슷한 수준의 애정이 일방적으로 가고, 돌아온 게 7번의 배신이었다고 해도, 그날 내가 그녀와 친구가 된 그 순간만큼은 후회하지 않았다.

이렇게 말하자면 웃기지만, 그녀가 내 애인을 뺏어도 괜찮다고 넘길 수 있었다는 그 사실 자체만으로도 나한테 이사벨이 얼마나 큰 의미였는지는 굳이 말하지 않아도 알리라.

내 믿음을 배신한 건 그녀였고, 우정이 박살 났다는 것은 안타까운 일이나, 웃기게도 그녀가 내게 이유를 설명하고 잘못을 말했다면 아마도 나는 용서는 무리더라도 그녀를 궁지에 몰고 싶지는 않았을 것이다. 이건 변명 따위가 아니라 사실이었다.

그녀를 향한 나의 감정은 말하자면 사랑 따위와는 비교도 될 수 없는 애정이었다. 내가 이사벨에게 화가 난 건 내 애인을 뺏겼다는 사실보다, 나를 상처 준 게 그녀라는 사실이었다. 그 수많은 전 애인들을 버려도 차마 그녀만큼은 버릴 수 없었다. 저울질했다는 말도 어쩌면 들어맞을지도 모른다.

이 세상에서 모두가 나를 배신해도, 내가 믿었던 그녀만큼은 그러지 않기를 바랐으나 그것은 결국 사치였고, 어느 순간 뒤를 돌아보니 나는-

더는 돌이킬 수 없는 벼랑 끝에 서 있더라.

그때에야 깨달았다.

세상에서 가장 슬픈 순간은, 내가 굳게 믿었던 것이 사실은 그 시작부터 잘못되었음을 깨달았을 때라는 것을.

* * *

내가 내키거나 말거나 국빈 연회는 어느새 코앞까지 다가오고, 나는 며칠 동안 피부 관리를 목적으로 휴가를 받았다. 이런 말도 안 되는 휴가 사유가 외교부의 만장일치적인 수긍을 받으며 통과된 것은, 내가 마지막 검토 회의에서 하고 나타난 몰골 때문이었다.

근 십 년 동안의 휴가를 한 번에 다 쓴 뒤 국빈 연회에 맞춰 다시 외교부에 복귀한 에리나 선배는 휴가 전과 명백히 달라진 내 면상에 엄청나게 충격 받은 표정을 했다. 그녀는 마틸라 선배한테 대체 애를 얼마나 부려 먹었길래 이 꼴이 됐느냐고 엄청나게 난리를 쳤고, 그 기세에 몰려온 인파들이 내 얼굴을 보며 한마디씩 이야기를 나누었다.

“좀비냐?”

“세상에, 얼굴 상태 좀 봐.”

“스칼렛, 무슨 일을 그렇게 열심히 해?”

“난 쟤가 화장도 안 한 거 처음 봐.”

“애인이 알아는 봐?”

“잠깐, 마지막 말 한 거 누구예요?”

어쨌든 틈을 타 이틀 동안 퇴근도 못 한 내 얼굴을 비방하는 무리를 흠씬 두들겨 패 준 뒤, 나는 당당하게 휴가를 받고 집으로 돌아갔다. 원래는 국빈 연회가 시작되기 사흘 전까지 휴가를 내려 했으나, 마틸라 선배가 그냥 연회가 끝난 뒤부터 정식으로 출근하라고 일렀다.

물론 나는 무척 흔쾌히 받아들였다.

그렇게 오랜만의 휴식다운 휴식을 받아들인 나는, 아침 열 시가 되어도 침대 안에서 내려오지 않아도 되는 호사를 누리며 즐겁게 몸을 말았다. 게으른 걸 싫어하는 어머니도 그냥 내버려 두시는 걸 보면, 내가 며칠 동안 상태가 정말 안 좋아 보이긴 했나 보다.

하지만 칼리드는 꼬박꼬박 예쁘다고 해 줬단 말이야.

웬만하면 객관적으로 내 얼굴에 평가를 하는 나도 착각할 만큼 칼리드는 정말 부지런하게 나한테 예쁘다고 했다. 피곤해 보이지만 예쁩니다, 안색은 안 좋지만 예쁩니다. 조금 휴식이 필요한 것 같지만 예쁩니다.

아, 그러고 보니 꼬박꼬박 날 걱정했는데 내가 예쁘다는 말만 들었구나.

나는 쿠션에 얼굴을 묻고 눈을 감았다. 그래도 요 며칠 쉬어서 그런지 나름대로 얼굴에서 광이 나는 것 같기도 하고. 그렇게 내가 시간을 보낼 무렵, 갑자기 밖에서 라이나의 목소리가 들려왔다.

"영애님, 공작 각하께서 오셨어요."

순간 나는 용수철을 튕기듯 빠른 속도로 침대에서 일어났다. 그리고 10분 만에 화장을 마치고 옷까지 갈아입은 나를 보고, 라이나는 '역시 사랑의 힘이란.'을 중얼거렸다.

그러게, 정말 사랑의 힘이란.

* * *

하지만 칼리드는 나를 보자마자 곧 내 모든 노력을 무산시키듯, 눈썹을 까닥였다. 부드럽게 나를 부르면서도, 자신의 앞에 서 있는 나를 한 바퀴 쭉 돌리더니 그가 입을 열었다.

"집에서 이러고 다니십니까?"

"네, 이게 제 맨얼굴이에요. 물론 난 잘 때 이런 원피스를 입어요."

"……."

"……."

"……."

"알았어요. 사실 금방 화장했어요. 옷도 갈아입고."

긴 침묵 끝에 나는 소심하게 인정하고 말았다. 그에 칼리드가 웃으며 입을 열었다.

"그냥 그대로 나오셔도 될 것 같습니다만."

"내가 싫어요. 그리고 원래 다른 사람 만날 때는 깔끔하게 하고 나가는 게 예의라고 했어요."

물론 나처럼 하는 건 조금 과하게 예의를 차린 것이지만. 원래 나는 극한 상황을 제외하고는 웬만해서는 다른 사람들에게 추레한 모습을 보이지 않았다. 물론 외교부에서 발생한 대화는 잠시 미뤄두기로 하자.

"그리고 당신도 나 만날 때는 차려입잖아. 아, 향수 냄새 좋다."

"당신이 좋아하는 것 같기에."

"훈련 끝나고 깔끔하게 씻기 전에는 나 만나지도 않으면서."

"그거야, 당신한테는 근사하게만 보이고 싶으니까."

나는 웃음을 흘렸다. 그리고 짐짓 근엄한 채 다시 입을 열었다.

"그러니까요. 나도 그래요."

"그래도 편하게 있으셔도 됩니다."

고집도 세지. 나는 그의 목에 팔을 두르고 고개를 들었다. 내 허리를 잡은 손에 약간 힘이 들어가자, 나는 반사적으로 앞으로 한 걸음 내디뎠다. 얼마 되지도 않는 거리에서 서로의 체향이 스며들 만큼. 나는 그를 보며 입을 열었다.

"이러면 나 습관 잘못 들어요. 당신 앞에서는 뭐든 해도 될 것 같단 말이야."

"그렇게 만들려고 하는 중입니다. 스칼렛."

"우리 어머니가 들으면 기함하겠네. 내가 어렸을 때 얼마나 말괄량이였는지 알아요? 사고 좀 덜 치게 만드느라고 우리 어머니가 얼마나 엄격하게 날 가르쳤는데."

내가 얼마나 사고를 쳤느냐면 가장 대표적인 일례로 어머니의 서류를 불쏘시개로 썼다거나, 어머니의 펜촉으로 벽에 그림을 그렸다거나, 그 외 등등.

하지만 내 말에 칼리드는 푸흡 웃음을 흘렸다.

"상상이 가질 않습니다만."

"당연히 안 가겠죠. 20년 전에 내가 얼마나 막무가내였는지 알아요? 릴리아스 살롱에 이사벨 들이면 안 된다고…… 아."

나는 입을 다물었다. 요즘따라 이사벨은 내 앞에서 부르지 말아야 할 금기어로 되었다. 비올레타나 올리비아가 알아서 입을 다물어 주는 덕에 나는 그녀의 이름을 완전히 내 인생에서 지워 버릴 수 있었다.

하지만 저도 모르게 불쑥불쑥 튀어나오는 걸 보니, 아무래도 그 애는 내 인생에서 어마어마한 비중을 차지하고 있는 게 분명했다.

내 안색을 살피던 칼리드가 내 이마에 입을 맞추었다. 온기가 닿자마자 떨어지는 바람에 내가 아쉬운 표정을 짓자, 그가 미소를 지었다. 하지만 곧, 내 눈동자를 빤히 보던 그가 나한테 물었다.

"위더와는 꽤 깊은 관계였습니까?"

"그렇게 표현하니까 조금 미묘하긴 하네요. 20년 동안 나 혼자 친구라고 믿었는데, 그 애한테는 내 개인적인 비밀은 없었거든요."

"사람을 믿는 게 죄는 아닙니다."

"하지만 이 정도로 믿는 것도 문제는 있죠. 왜 그랬을까."

문득 10살의 생일, 손수 심은 바이올렛 꽃을 안고 내 생일 파티 회장으로 들어오던 그 아이가 생각났다. 반짝거리는 보석과 구두, 그리고 드레스 선물은 나보다는 내 부모님을 위하던 것이었고, 나를 향해 웃던 대부분의 얼굴이 사실은 부모님을 향해 있었다.

그때 이사벨이 갓 땅에서 뽑았는지 화분에서 뽑았는지 알 수 없는, 흙이 묻은 꽃을 가득 안고 들어왔다. 너무 커서 품에 안을 수도 없는. 얼굴에 흙을 잔뜩 묻히고는, 꽃줄기에 이리저리 찔려 상처가 난 고사리 같은 손으로 꽃이 한 송이라도 떨어질세라 꼭 품에 안고.

핏줄이 섞이지 않은 사람에게서는 처음으로 받아 본 진심 어린 선물이었다. 반짝반짝하게 차려입은 그 수많은 사람들 속에서 유독 그 아이의 꾀죄죄한 하얀 원피스가, 새하얀 얼굴과 발그레한 홍조가, 사파이어 같은 눈동자가 그렇게 예뻤더랬다.

바이올렛의 꽃말은 우정이라고 들었다며, 우리는 20년 뒤에서 좋은 남편을 찾아 결혼하고, 아이를 낳고, 그리고 서로 이웃한 집에서 날마다 만나 수다를 떨자며, 영원한 우정을 말하는 그 아이의 그 순수한 웃음이…… 어쩌면 내가 그 수많은 배신을 한 번 또 한 번씩 용서한 계기가 되었을지도 모른다.

그녀는 살면서 내가, 내 손으로, 가문도 핏줄도 아닌 오로지 내 손으로 직접 고른 사람이었다.

"이사벨이 나한테 그랬어요. 나는 그동안 내가 보고 싶은 것만 봤다고."

"원래 인간은 모든 것을 알 수 없는 법입니다."

"알아요. 그래서 나도 그렇게 받아쳤어요. 하지만 사실 그것과 별개로 나는 진짜로 그 아이에게 순수하게 빠졌던 그 수많은 날에 멈춰 있었던 걸지도 몰라요."

"……."

"그래서 그런 기억으로 하루하루 살다 보니, 되돌아봤을 때는 이미 늦은 거였죠."

칼리드는 내 얼굴을 만지작거리다가, 나를 품에 안았다. 자연스럽게 그의 어깨에 기대자 그가 곧 입을 열었다.

"사람은 언제나 기억으로 살아갑니다."

"……."

"행복했던 기억, 따뜻했던 기억, 감동했던 기억, 그리고 사랑에 빠졌던 그 순간의 기억."

"당신도요?"

"그 기억 하나만으로 몇 년을 버텼습니다."

"무슨 기억인데요?"

"글쎄요. 라일락이 피어 있던 정원에서 어떤 분을 만났습니다."

잠깐만, 라일락은 둘째 치고, 이거 왠지 이야기가 영 묘하게 흘러가는데.

나는 미간을 찌푸리고 그의 품에서 벗어났다. 그와 눈을 맞춘 뒤, 나는 혹시- 라는 마음을 안고 입을 열었다.

"그분이 여자였어요?"

"여성분이었습니다."

칫.

"화나셨습니까?"

"아닌데요."

"……."

"진짜 아닌데요."

전 애인의 수가 스물이 거의 돼 가는 시점에서 내가 무슨 자격으로 여자한테 반했다고 칼리드한테 화를 내나. 물론, 내 앞에서 그런 얘기를 꺼냈다는 것만으로도 충분히 신경이 거슬리긴 하지만. 그래도 여기서 화를 내면 나는 정말 이중 잣대의 극에 달하는 사람이 된다.

하나 그렇다고 해도 넌지시 물어볼 수는 있지 않을까?

"그래서 그분이랑 어떻게 됐는데요?"

"잘 안 됐습니다."

"왜요?"

"그분은, 제 얼굴도 모르거든요."

아, 쓸데없이 여운이 남는 사랑이군. 차라리 사귀었다가 크게 싸워서 헤어지면 속이라도 편할 텐데.

나는 뱁새눈을 한 채 계속해서 물었다.

"왜요? 가서 말은 걸어 보지 않았어요?"

"말은 해 봤으나, 절 기억하지 못해서."

아, 이번에는 추억이란 말이지.

나는 길게 숨을 들이쉬고 다시 내쉬었다. 참자, 참아. 이건 원래 인간의 정상적인 서사일 뿐이야. 그래, 뭐 사람이 살다 보면 운명 같은 로맨스쯤이야.

나는 방긋 웃었다.

"그래서 결국 그렇게 흐지부지됐다?"

"제가 그분을 만나게 되었을 때, 그분은 애인이 있으셨으니까요."

"어……."

나는 떨떠름해졌다. 그게 또 그런 이야기였어? 그러니까, 라일락의 정원에서 어떤 여자를 만났는데 그 여자가 애인이 있어서 포기했다 그거지.

나는 약간 측은해져서 그의 품에 다시 안겼다. 그 모습이 웃긴지 칼리드가 나를 감싸 안고 뒤통수를 살살 쓰다듬었다.

"그래서, 그분을 그 이후에 봤어요?"

"네, 봤습니다."

"지금 어떻게 지내는데?"

"잘 지내고 있습니다."

"결혼은 했고?"

"아직."

"아직? 아, 애인은 있고?"

"있습니다."

"그렇구나. 꽤 오래가는 편인가 봐요."

그건 부럽네. 나는 보통 사랑이 길게 못 가는 편이라, 연 단위로 누군가와 만나는 사람이 꽤 대단해 보였다. 하지만 내 답에 칼리드가 옅게 웃음을 터뜨렸다. 그리고 헛기침을 한 뒤, 입을 열었다.

"다른 사람입니다."

"네?"

"그, 제가 처음 만났을 때와 지금이, 다른 사람입니다. 심지어 중간에 몇 번 바뀌었다고 들었습니다."

"……."

"……."

"어, 칼리드. 의외로 그런 여자가 취향인가 봐요. 남자 경험이 많은. 아, 물론 내가 남자 경험이 많다는 건 아니고. 어, 어쨌든."

나는 떨떠름한 표정으로 입을 열었다. 그에 칼리드가 다시 헛기침하고는 입을 열었다.

"글쎄 말입니다. 제 취향은 한결같다기보다는, 그냥 취향이 딱 하나로 정해진 것이라."

나는 입을 다물었다. 그래, 뭐. 취향이 고정된 건 좋은 일이지. 나는 깊게 생각하지 않았다. 어차피 지금 그와 사귀는 건 나고, 게다가 그는 이사벨의, 그 미모로는 웬만한 사람은 다 홀릴 것 같은 이사벨을 보고도 못 본 체하는 사람이 아니던가.

여기까지 생각하자 문득 이상한 감동이 밀려왔다. 세상에, 그 얼굴을 거절하다니. 그리고 선택한 게 나라니. 물론 얼굴이 다가 아니지만, 이사벨은 일단 웬만한 취향이라는 것을 무시할 만한 얼굴을 가졌다. 거기에 빠져 허우적대다가 낭패를 본 가장 대표적인 인물이 내가 아니던가.

"칼리드, 취향 참 독특한 듯해요?"

"네?"

갑작스러운 말에 칼리드가 반문했지만, 나는 꺄르르 웃으며 그냥 그의 어깨에 얼굴을 묻었다. 그때 칼리드가 이제야 우리 둘이 계속 서 있었다는 사실을 깨달은 듯 나를 끌고 소파로 향했다. 푹신한 소파에 나란히 몸을 기대자 이상한 안도감이 밀려왔다.

내가 그의 품에 안겨 눈을 감고 있을 때, 갑자기 그의 목소리가 들려왔다.

"그런데 스칼렛."

"네."

"국빈 연회 당일, 혹시 미리 준비한 계획이 있으십니까?"

"국빈 연회 당일이요? 아니요. 저녁에 연회가 있으니까…… 오후부터 준비는 해야겠지만 딱히 다른 스케줄은 없어요."

“그렇군요.”

“왜요?”

“아닙니다. 아, 그리고-”

“네.”

칼리드는 입을 다물고 말을 고르는 듯했다. 내가 궁금한 기색을 담아 눈을 깜박거리며 그를 보자, 그가 웃음을 흘리며 말을 이었다.

“아닙니다.”

“아, 진짜, 왜 또 말을 하다 말아요.”

나는 그의 어깨를 톡 쳤다. 칼리드는 그런 내 손을 감싸 쥔 뒤 손끝에 입을 대고는, 빙그레 웃었다. 내 손에 닿은 입술 위로 번진 미소가 너무 근사해서, 나는 그 순간 모든 것을 다 잊고 넋을 놓고야 말았다.

하지만 다시 정신을 차린 내가 머리를 털었다.

“국빈 연회 기간에, 당신은 국왕 폐하와 함께하겠죠?”

“그렇습니다.”

“전 시에라의 콜린스 왕자와 공주를 접대해야 해요.”

“콜린스…… 왕자 말입니까?”

“네. 아, 그래도 칼라일이랑 만나면 우리도 가끔 만날 수 있겠네요. 뭐, 접대라고 해 봤자 사실은 그냥 옆에서 함께 다니는 것뿐이고, 공식 석상은 다 같이…… 음?”

혼자 중얼거리는 나를 끌어안은 팔에 어느새 가두어지자 나는 고개를 들었다. 곧 그의 체향이 몰려왔다. 그가 뿌리는 향수 냄새와 함께 섞인 향이 훅 치고 들어와, 어느새 나를 둘러싸고 있었다. 말캉한 입술 끝을 천천히 감빠는 혀가 집요하게 나를 놓아주지 않았다. 나는 그의 목에 팔을 두르고, 눈을 감았다.

"왜, 그래요?"

"스칼렛."

입안을 채우던 체향이 멀어지자 나는 눈을 떴다. 푸흡 웃으며 그의 입술 끝에 찍힌 내 립스틱을 손끝으로 닦은 뒤 내가 묻자, 칼리드가 낮게 속삭였다.

"왕자 따위한테 흔들리지 않는 겁니다."

그에 나는 푸흡 웃음을 터뜨렸다.

"아니, 잠깐만요. 뭘 상상한 거예요? 내가? 콜린스 왕자랑? 세상에, 그 인간에게 피학적인 취미가 없는 한, 나한테 그렇게 궁지에 몰려 놓고 그런 상상은 꿈에도 하지 못할걸요?"

"그래도."

"그 인간이 나를 어떤 표정으로 봤는지 알면 이러지 않을 거야. 칼리드. 세상 수컷이란 수컷은 다 경계하겠네요? 왜, 시씨도 질투하죠?"

"그건 뭡니까?"

"우리 엄마가 키우는 수컷 늑대요. 참고로 여동생 이름은 리리."

"……."

"그렇게 두리번거릴 필요 없어요. 공작가에 있으니까."

"아."

"그런 쓸데없는 걱정은 왜 해요? 그러고 보니 저번에도 그랬고, 리스터한테 경계 따위를 갖더니. 내가 무슨 세기의 매력녀도 아니고."

"전 애인이 열 명이 넘어가는 시점에서 이미 그 매력은 입증했다고 생각하지 않습니까?"

“그중에 7명이 쓰레기였어요. 이쯤 되면 내가 그냥 마음 가는 대로 사랑에 빠지는 스타일이라는 걸 알아차릴 법도 하지만.”

“그럼, 저는 뭡니까?”

“네?”

나는 멈칫했다. 어, 이렇게 물어보니까 좀, 조금 당황한 것 같기도 했다. 순간 자신이 뭐냐고 묻는 물음에서 약간의 기대와, 불안감이 비치는 것 같아서 본능에 따라 깨달았다. 여기서 대답 잘못하면 한평생 가겠구나.

나는 곰곰이 생각했다. 그렇게 고민이 이어지는데, 갑자기 그가 입을 열었다.

“저한테 당신은, 오랜 시간을 좇아온 것입니다.”

“오랜…… 시간?”

“네, 오랜 시간.”

“얼마나?”

“당신이 상상하는 그 이상으로.”

나는 고개를 갸웃거렸다. 내가 그를 언제 만났던가. 소렐이 첫 만남이라고 생각했는데, 그게 오랜 시간인가? 나는 미간을 찌푸렸다. 그는 나를 언제부터…… 그렇게 생각하고 묻는데, 그가 갑자기 생뚱맞은 질문을 했다.

“가끔 인연은 우연한 곳에서 우연하게 시작되는 법입니다.”

나는 고개를 갸웃거렸다. 틀린 말은 아닌데. 그가 이렇게 말하는 게 너무 이상해서…….

내 말에 칼리드가 피끗 웃었다. 그리고 입을 열었다.

“원래 외사랑이라는 게 그러니까요.”

그에, 나는 감을 잡지 못한 채 멍해지고 말았다.

* * *

“칼리드는 언제 날 봤을까?”

“소렐…… 에서?”

거울 앞에서 여러 시녀의 시중을 받으며 예복을 입는 내 물음에, 이미 치장을 마친 비올레타가 입을 열었다. 그녀는 나와 함께 콜린스 왕자와 그 제8왕녀를 맞이하게 되었는데, 딸의 능력을 도저히 신뢰하지 못한 왕비 전하는 제발 비올레타한테 최대한 입만 닥치고 가만히 있으라고 했다.

실제로 비올레타는 입만 닥치면 대륙 하나는 쉽게 집어삼킬 만한 미모였기 때문에 나는 왕비 전하의 말에 수긍했다. 하지만 소파에 늘어져 책을 보는 그녀를 보며 나는 다시 고개를 저었다.

마담 지제르가 내 스트랩을 고정해 주었다. 왕궁에 입주하자마자 제일 먼저 만난 게 그녀라니 아이러니했지만, 나는 수긍했다.

그때 비올레타가 다시 입을 열었다.

“그런데 갑자기 왜 그런 걸 물어?

“칼리드가 나한테 그랬어, 외사랑이라고.”

“…….”

내 말에 흥미진진한 표정을 짓던 비올레타가 굳은 표정으로 입을 다물었다. 내가 그녀에게로 고개를 돌리자, 그녀가 쩌적 갈라지는 목소리로 말했다.

“어, 그, 그그그, 그 남, 남자, 자가 그, 그그그그랬어?”

"말 더듬는 효과가 심각한데? 말해. 아는 거 있지?"

"아아아, 아니야."

나는 비웃음을 흘렸다. 일부러 저렇게 말을 더듬기도 힘들겠다. 너무 티 나게 당황하는 게 보여서 더 웃겼다.

하지만 비올레타는 당황함이 넘치는 얼굴로도 입을 꾹 다물고 있었다. 그녀와 내가 칼리드를 주제로 나눈 이야기를 전부 회상하다가, 나는 순간 얼핏 생각나는 게 있어 입을 열었다.

"비올레타."

"어, 응?"

"내가 소렐에서 금방 왔을 때, 그, 내가 너한테 내가 칼리드랑 사귀게 되었다고 할 때, 네가 뭐라고 했더라?"

"……응?"

"네가 그때, 뭐라고 했는지 기억나?"

"야, 내가 그렇게 오래된 걸 어떻게 기억해?"

나는 고개를 갸웃거렸다. 왠지 모르게 그때 비올레타가 뭐라고 한 것 같은데. 그러니까, 그 사람이…….

"아, 그 사람이, 너 좋대?"

"……!"

"그 사람이 너 좋대? 왜 그렇게 물었어?"

내 물음에 비올레타가 머리를 붕붕 돌렸다. 너무 힘차게 머리를 젓는 바람에 곱게 틀어 올렸던 머리카락이 몇 가닥 뽑혔다. 옆에서 치장을 담당하던 시녀가 기겁해서 그녀의 머리장식을 다시 올렸지만, 비올레타는 이미 그것도 신경 쓰지 않은 채 입을 꾹 다물었다.

"그 사람이 나한테 고백할 거라는 전제를 깔고 물었어, 네가. 보통 내 연애 스타일을 알면 그렇게 묻지 않잖아.”

“네가 너무 민감한 거야.”

“그러니까 그렇게 말한 적 있다는 건 인정하네?”

“…….”

“이사벨한테 배신당해서 씩씩대던 것도 나였고, 소렐에서 무슨 일이 있는지 모르면 보통은 ‘너 그 사람 유혹했어? 이사벨 물 먹이려고?’ 같은 생각을 해야 할 텐데…….”

“억지야! 그런 억지가 어디 있어. 그냥 사귄다니까 네가 들이댔겠다 했지, 그리고 그 사람이 너 좋아하느냐고 물은 거…….”

“그러고 보니 그때 술 마실 때도 그런 얘기가 오간 것 같은데…… 생각이 안 난단 말이야.”

내 말에 비올레타가 입을 꾹 다물었다. 곧, 그녀가 급히 소파에서 내려오더니 갑자기 시녀를 향해 입을 열었다.

“손님들은 아직이야? 왜, 아직도 준비 안 됐대?”

“네? 저, 오시기로 한 시간까지 아직도 3시간 남았…….”

“빨리 오라고 해!”

나는 한숨을 쉬었다. 이로써 칼리드가 오래전부터 날 알고 있었다는 건 일단 확정되었다. 심지어 외사랑이라는 말까지 했다. 가만히 생각해 보자면 라일락 정원이라는 그것도 은근히 나와 조건에 들어맞는데, 어쩌면 그것도 나인가? 아니야, 라일락 정원이라니. 딱히 그런 기억은 없는데. 내가 근래에 라일락 정원에 갈 일이 어디 있단 말인가.

이쯤 되자 칼리드가 불쌍해지기 시작했다. 아니, 무슨 외사랑 경력만 이렇게 많아. 그 매력을 가져 놓고.

비올레타는 분명 뭔가를 알고 있는 표정이었다. 그리고 눈치가 귀신급인 올리비아는 이미 알고 있을 확률이 높았다. 그럼…….

또 나만 모르고 있었어?

밀물처럼 밀려오는 회의감에 나는 이마를 짚었다.

올리비아가 언젠가 나한테 공부만 잘하는 헛똑똑이라고 했다. 그때는 뭔 개소리냐고 웃고 넘겼는데, 어쩌면 그게 맞을 것 같다는 생각이 들었다.

나는 스멀스멀 피어오르는 짜증에 미간을 팍 찌푸렸다. 그때 마담 지제르가 손뼉을 짝 치더니 입을 열었다.

"다 되었어요."

마담 지제르의 말에 내 눈길이 거울 속으로 향했다. 순간 비올레타가 내 주의력이 옮겨진 걸 발견하고는 안도의 한숨을 쉰 채 은근슬쩍 내 옆으로 다가왔다. 마담 지제르는 거울 너머로 나를 보며 우아하게 웃었다.

"아름답죠?"

"우아, 스칼렛. 26년 인생에서 지금이 제일 예뻐."

나는 시큰둥한 표정으로 비올레타를 쳐다보았다. 그리고 입을 열었다.

"그런 식으로 넘어갈 생각하지 마. 연회 끝나면 널 탈탈 털어서 끝까지 물어볼 거니까. 이 주일 동안 나한테 할 변명이나 생각해내."

"……."

어깨를 축 늘어뜨린 비올레타가 소파 쪽으로 간 뒤 다시 털썩 주저앉았다. 나는 거울 속의 인물을 보며 머리를 살짝 돌렸다.

"역시, 빨간색이 섹시하죠?"

"예복이 섹시하면 어떡하죠?"

"예복이 섹시하면…… 예쁘죠."

마담 지제르의 말에 나는 헛웃음을 지었다. 왕실 행사에 입을 예복이라 그런지 디자인이 굉장히 화려했다. 저번에 연회에서 입었던 옷이 적당하게 가볍고 예쁨을 위주로 한 드레스였다면, 이쪽은 코르셋을 꽉꽉 조여서 허리는 가늘게! 가슴은 풍만하게!를 강조했달까. 빨간색과 검은색의 조합이라, 성숙한 느낌이 드는 디자인에 나는 길게 숨을 들이쉬었다.

"코르셋 조금만 풀어 줘요."

"갑갑하세요?"

"네."

"아, 그럼, 잠시만요."

"그런데 지금이 무슨 시대인데 저런 코르셋을 써. 저거 허리뼈에 안 좋다고 하지 않았나?"

"그래도 요즘은 많이 개량된 거죠. 시에라 여자들은 아직도 고래뼈로 만든 걸 쓰고 있을걸요?"

넌지시 끼어드는 비올레타의 말에 마담 지제르가 한쪽으로 내 코르셋 끈을 풀면서 대답했다. 시에라 여자들은 전부 개미 같은 허리로 나올 텐데 아무리 그래도 통나무 같은 허리는 이상하지 않느냐며 걱정하는 그녀에게, 허리가 통나무면 어떻고 물통이면 어떠냐 대답한 내가 다시 입을 열었다.

"얼굴로 먹고사는 직업도 아닌데 건강에까지 무리를 줄 필요 있나?"

"그런 너도 예쁘고 꾸미는 거 좋아하잖아."

"어디까지나 정도라는 게 있지. 아침마다 이런 허리뼈를 압박하는 코르셋이라니, 조만간 뼈가 끊겨서 죽을 거야."

비올레타가 공감한다는 듯이 웃었다. 그때였다.

"전하, 영애님. 시에라의 손님들께서 당도하셨다고 합니다."

"이렇게 빨리?"

"나가자."

문을 열자 이 며칠간 나와 비올레타의 시중을 들 몇몇 귀족 영애들이 보였다. 그중 가장 앞에 서서 웃고 있는 발터르 영애를 보며 나는 웃었다. 일부러 내 주위에 있을 시녀는 전부 디르난트와 연줄이 있는 가문의 여식들을 쓴 터라 불편함을 감수할 필요는 없었다.

저번에는 외교관으로, 이번에는 공작 영애로 만날 콜린스 왕자의 얼굴을 기대하며, 나는 발걸음을 내디뎠다.

* * *

그리고 현재, 내 옆에서 방긋방긋 웃고 있는 콜린스 왕자의 얼굴을 보며 나는 난감함에 빠졌다. 상식적으로 저번에 그렇게 끝났는데 날 보며 웃음이 나오나?

접견은 의외로 굉장히 빠르게 끝났다. 양국의 국왕 폐하께서 서로 인사를 나누고 귀족들의 대표로 나온 자가 왕실의 인원들을 소개했다. 참고로 윈체스터에서는 어머니가 추밀원의 원장으로서 왕실과 귀족을 대표해 정중하게 인사를 건넸다.

국왕과 함께 온 인사들 중에는 내게 익숙한 얼굴들도 있었는데,

그중 가장 대표적인 인물이 콜린스 왕자였고 그다음으로 익숙한 얼굴은 클로저 대공이었다. 그리고 왕족은 아니지만 외교부의 가장 핵심 인사로서 클로저 대공을 맞이하러 나간 마틸라 선배가 스파크 날리는 눈싸움을 벌이는 바람에, 심지어 그걸 말려야 하는 에리나 선배도 같이 눈싸움에 가담하는 바람에 잠시 어정쩡한 분위기가 형성되긴 했다.

하지만 승전국과 패진국의 접견이란 원래 피 튀기는 현장이라고 마틸라 선배가 말했다. 전쟁이 시작되기 전에 계집, 계집 소리와 말도 안 되는 조건에 폭발한 에리나 선배가 하마터면 신고 있던 하이힐을 클로저 대공에게 던질 뻔한 걸, 현재는 남편인 레오 선배가 간신히 말렸다는 일화는 너무 유명한 것이었다.

아무리 다혈질이라도 비글 같은 딸을 한 명 키우면서 성격이 많이 죽었다는 에리나 선배는 그래도 아직 클로저 대공을 보면 폭발하고 싶은 모양이었다.

어쨌든 저녁 만찬을 약속하고, 나와 비올레타의 맞은편으로 다가온 인파들을 보며 나는 얼굴에 미소를 띠었다. 콜린스 왕자는 익숙하다고 해도 뒤에 있는 이엘라 왕녀는 그다지 익숙한 얼굴은 아니었기 때문에, 나는 그들과 그들 뒤에 있는 귀족들을 한 번씩 보다가 살짝 고개를 작게 숙였다. 공식 행사에서 내 옆에 언제나 함께 있을 발터르 영애가 웃음과 함께 나를 소개했다.

그에 콜린스 왕자가 입을 열었다.

"오랜만입니다. 공작 영애."

"오랜만에 뵙겠습니다. 왕자 전하."

"이렇게 만나게 되는 것도 우연이군요."

"윈체스터의 요청에 응해 주셔서 무척 감사하게 여기고 있답니다. 이분은 비올레타, 비올레타 리트 에디스. 윈체스터의 제1왕녀이십니다."

능력이 안 되면 달달 외워서라도 나가라는 왕비 전하의 훈육에 결국 백기를 들고 밤낮없이 외운 덕에, 비올레타는 지금 내가 그녀를 처음 본 이래로 가장 훌륭한 예법을 구사하고 있었다. 나는 부디 그게 몇 시간은 넘기기를 바랐다.

그때 뒤에 서 있던 이엘라 왕녀가 얼굴을 빼꼼 내밀었다. 16살이라는 풋풋한 나이가 거짓은 아닌 듯 머리부터 발끝까지 사랑스러움과 싱그러운 느낌이 그대로 묻어났다. 나는 눈을 깜박거리며 나를 보는 이엘라 왕녀를 향해 웃어 보였다.

그러다가 이엘라 왕녀가 눈길을 비올레타에게로 돌렸다. 나와 비올레타를 번갈아 보던 왕녀가 곧 얼굴을 발그레하게 물들이더니, 콜린스 왕자의 소매를 잡고 흔들고는 발꿈치를 들어 그의 귀에 조용하게 속삭였다.

"오라버니, 오라버니."

"왜?"

"아바마마께서는 시에라에 미녀가 많다고 하시던데."

"그런데?"

"그런데 왜 윈체스터에 미인이 더 많은 것 같죠?"

"흐음?"

"방금 본 그 여공작도 그렇고, 우리 앞에 계신 분들도 그렇고, 윈체스터에는 전부 미인밖에 없나요?"

제 딴에는 낮게 속삭이느라 하는 소리였겠지만, 사실 나는 물론

이고 내 뒤에 서 있던 영애들까지 웃음을 풋 터뜨릴 정도로 또렷하게 들렸다. 그에 이엘라 왕녀가 어리둥절한 눈길로 우리를 번갈아 보더니, 곧 다시 콜린스 왕자의 뒤에 빼꼼 숨었다.

아, 귀여워.

절대 나를 예쁘다고 해 줘서 그러는 게 아니라—물론 이 말의 영향이 없다고는 못 말하겠다— 이엘라 왕녀는 정말 귀여웠다. 동생이 있다면 딱 저럴까. 나는 지금쯤이면 칼라일 뒤에서 도도하게 서 있을 로젤리아를 떠올리며 잠시 고개를 갸웃거렸다. 딱히 그런 것 같지도 않겠군.

그때 콜린스 왕자가 입을 열었다.

"영애께서는 저번과 달라진 것도 없군요."

"저희가 만난 게 몇 달 전인데, 달라진 게 있으면 더 이상하지 않을까요?"

"한마디도 지지 않고."

"그거야 뭐, 언제나 그렇지 않을까요?"

내가 무슨 비위 맞추러 온 것도 아니고. 비록 왕족으로서 나가는 것이지만 그렇다고 해도, 아니, 어쩌면 더 그래서 자존심을 지켜야 한다고 나는 생각했다. 격식을 지키고 존중을 지키되, 그 선을 넘으면 그때부터 비굴해 보이니까.

승전국의 품위를 지켜야 한다.

내 얼굴을 빤히 보던 콜린스 왕자는 피식 웃었다. 탁한 파란색 눈동자에 웃음기가 서렸다. 그리고 곧, 그가 중얼거리듯이 내뱉었다.

"영애가 제 접대를 맡아서 참 다행인 것 같습니다."

"영광입니다."

"여전한 영애 모습에 안심이 되기도 하고요."

나는 미간을 찌푸렸다. 방금부터 알 듯 말 듯 한 소리를 하는 왕자 때문에, 나는 미궁에 빠지려는 내 생각을 다잡으며 비올레타와 눈을 마주치고는 그저 어색하게 웃을 수밖에 없었다.

* * *

콜린스 왕자와 이엘라 왕녀를 접대하는 것은 생각보다는 훨씬 쉬운 일이었다. 처음 본 날 알 듯 말 듯 한 표정을 짓던 콜린스 왕자는 그 뒤로는 별다른 기색이 없었고, 이엘라 왕녀는 시에라의 것과 확연히 다른 건축과 미술품들, 그리고 각종 문물들이 신기한지 입을 헤벌리고 있다가 그런 자신의 모습에 놀라 다시 입을 닫고 또다시 헤벌리는 행동을 반복하고 있었다.

그렇게 사흘의 시간이 흐르고, 시에라가 윈체스터로 온 뒤 처음으로 열리는 정식 만찬이 시작됐다. 그전까지만 해도 정식으로 모든 왕족들이 만찬을 갖는 시간은 없었으므로, 사실 공식적으로 외교 행사의 문을 여는 만찬이라고 해도 무방했다.

치장을 마친 후 나는 조용하게 나를 에스코트할 칼리드를 기다렸다. 그리고 라이나의 목소리가 들리는 순간, 나는 잠시 쉬려고 감았던 눈을 떴다. 그러자 거울 너머로 칼리드가 보였다. 나는 휙 돌아앉아 멍하니 그를 보았다.

아, 근사하다.

"제가 그렇게 근사합니까?"

"아니요?"

마지막 말꼬리가 올라간 건 무시하도록 하자.

나는 맹세코 내가 그토록 얼굴을 밝히는 사람인 줄 몰랐다. 하지만 칼리드를 보니 사르르 녹는 마음이 이거 참, 인간의 본능이니 뭐라 할 수도 없고. 솔직히 미인한테 넘어가서 나라 말아먹는 왕들이 이해 안 됐는데, 지금쯤이면 이해가 될지도?

희대의 폭군이라고 불리는 비스티의 나탈리아 황제는 웃지 않는 대공 때문에 나라 말아먹었다고 하지. 그거 웃는 거 하나 보겠다고…… 왜 나라를 말아먹은 건 황제 본인인데 남자 탓을 하느냐고 역사계에서 말이 많긴 했지만, 여하튼 미인을 주의하라는 건 어느 군주나 다 새겨들어야 하는 말인 것 같다.

나는 고개를 들고 칼리드를 보며 입을 열었다.

"칼리드, 앞으로 많이 웃고 다녀요."

"네?"

"내가 당신 웃는 거 보겠다고 위험한 짓 하기 전에."

심지어 나는 위험한 짓을 진짜 할 수 있는 사람이다. 이래 봬도 왕위 계승 순위가 6위인지라.

칼리드는 내 말에 웃음을 흘렸다. 그리고 나를 보며 부드럽게 속삭였다.

"그럼 저는 당신한테 예쁨 받기 위해 한평생 노력해야겠군요."

"으으, 꼭 그러지 않아도 되지 않을까요? 이 이상 더 어떻게 예뻐지려고?"

내 말에 칼리드는 대답 대신 그저 내 입술에 가볍게 입술 도장을 찍었다. 그러고는 자신의 팔을 살짝 내밀었다. 그에 자연스럽게 팔짱을 끼곤, 그와 함께 방을 걸어 나가 재잘거리면서 복도를 걸었다.

마차로 크나큰 왕궁을 가로질러 만찬이 이루어지는 건물 쪽에 도착한 뒤, 나는 갑작스럽게 귀를 때리는 소리에 깜짝 놀라 고개를 돌려야만 했다.

"칼리드, 방금 무슨 소리 못 들었어요?"

"네. 들었습니다."

나는 건물의 옆을 화려하게 장식한 풀숲 뒤를 두리번거리며 고개를 갸웃거렸다. 여기는 몇몇 기사들과 병사들을 제외하고는 나와 칼리드밖에 없었고, 그들이 낸 소리는 더더욱 아니었다.

짝—

그때 다시 한번 소리가 났다.

"아, 이거……."

나는 미간을 찌푸렸다. 이거 왠지 모르게 뭔가를 때리는 소리 같은데. 게다가 소리가 엄청났다. 퍽도 아니고 짝이면, 손바닥으로…… 혹시 뺨 때리는 소리인가? 별다른 대화 소리는 들려오지 않았다.

"왕궁에서 이게 무슨……."

뺨 때리는 소리가 아니라면 좋겠지만, 사실이 맞다면 큰일이었다. 이곳은 만찬이 열리는 장소와 가까워 주로 외국의 귀빈들이 오가는 곳이었다. 그런 데에서 폭행의 흔적이라니. 나는 한쪽으로는 혹시나 있을 법한 무력행사로 인한 피해와, 다른 한쪽으로는 혹여 귀빈들이 이러한 광경을 보게 될까 두려워 일단 어떻게든 사건을 찾아 해결하고자 했다.

비록 풀숲에 가렸지만 그다지 멀지 않은 곳에서 나는 게 분명했다. 나는 칼리드의 팔에서 내 팔을 빼내고, 발걸음을 옮기려 했다. 하지만 그런 나를 칼리드가 제지했다.

"스칼렛."

"네."

"일단 들어가십시오."

"네?"

"일단 들어가십시오. 제가 보겠습니다. 혹여 위험한 것일 수가 있습니다. 들어가십시오."

나는 칼리드의 얼굴을 빤히 보았다. 그저 대충 넘기기에는 그의 얼굴이 순간적으로 너무 무시무시하고 차갑게 내려앉아 있어, 나는 고개를 끄덕일 수밖에 없었다.

하지만 칼리드가 나를 뒤에 놓고 발걸음을 옮기려는 순간, 의외의 인물이 걸어 나왔다.

"이런, 프로디아드 공작 각하, 디르난트 공작 영애. 뵙게 되어 영광입니다."

한쪽으로 풀이 묻은 다리를 털며 나온 인물은 다름 아닌 위더 백작이었다. 나는 그와 동시에 얼굴이 팍 일그러지는 것을 느끼며 한숨을 쉬었다. 이 인간은 왜 또 이런 곳에서 나타난단 말인가. 아, 귀족 명단에 있었지.

하지만 정작 나를 더욱더 놀라게 한 건, 그 뒤를 따라 나온 이사벨이었다.

그래, 이사벨.

"이게 무슨……."

나는 기가 막혀 중얼거렸다. 그도 그럴 것이, 꽃으로 머리를 반쯤 틀어 올린 뒤 잔잔하게 나머지 머리를 흘러내린 이사벨은 평소처럼 우아하고 하늘하늘한 차림이었으나, 한쪽 뺨은 그것과 전혀 어울리지 않게 벌겋게 부어 있었다.

설마, 지금, 딸을 때린 거야?

아니, 그래. 이사벨이 진짜 세상에 다시없을 미친 짓을 저질렀다고 하지만, 그건 어디까지나 나와 그녀 사이의 일이었다. 백작이나 대신 복수 따위를 할 수는 없으니, 저리 때린 건 분명 부녀 사이의 일이었겠지만…….

이건 또 뭔가. 저 예쁜 얼굴이 아주 망가지다 못해, 자칫 건드리면 피가 흐를 것 같았다. 더군다나 백작은 장신의 남자였고, 이사벨은 여자들 중에서도 가녀리고 연약하며 작은 편이었다.

물론 나도 그녀를 패고 싶을 때가 한두 번이 아니었지만 진짜로 실행한 건 또 다른 문제 아닌가. 통쾌보다는 혐오감이 먼저 올라왔다. 어디를 향한 것인지 모를.

나는 어이없어 칼리드를 올려다보았다. 칼리드 또한 나와 별반 다를 게 없는 생각이었는지 잔뜩 차가운 얼굴을 해서 위더 백작을 보았다.

"딸에게 손을 대는 취미가 있는 줄은 몰랐군."

"집안일입니다."

"집안일이라니 참견은 하고 싶지 않지만, 훈육을 위한 매질보다는 그저 화풀이 수준으로밖에 보이지 않는데."

"그것도 왕궁 내부에서 이게 대체 뭐 하는 추태죠, 백작?"

순간 나와 칼리드에게로 닿은 이사벨의 눈길이 한없이 흔들렸다.

그녀는 눈물이 그렁그렁한 눈을 하고 나와 칼리드를 보다가, 곧 고개를 홱 돌리고는 겁에 질린 듯 잔뜩 움츠러들어서 건물과 반대되는 방향으로 뛰어갔다.

그럼에도 담담하게 서 있는 백작은 그저 그런 딸의 뒷모습을 힐끔 보았을 뿐이었다.

이 부녀가 쌍으로 사람 상식에 도전하는 일을……!

나는 이유 모를 어이없음에 가로막혀 쯧 혀를 찼다. 그런 나를 보다가, 백작이 고개를 까닥하고는 곧 아무 일도 없었다는 듯이 발걸음을 옮겼다.

"저건 무슨……."

순식간에 일어난 일에 나는 어리벙벙해졌다. 이거, 왠지 모르게 일이 심상찮게 흘러가는 것 같은데?

나는 고요한 폭풍이 휩쓸고 지나간 듯한 느낌에 휩싸여, 서늘한 눈빛을 한 칼리드의 팔을 꾹 안았다.

* * *

아, 심란하다.

나는 포크로 스테이크를 집어 입안에 넣으며 속으로 중얼거렸다. 다른 건 둘째 치고 위더 백작은 뭐 하는 인간일까. 대체 딸한테 무슨 그리 큰일이 있어서 뺨을 때린 걸까, 심지어 그렇게?

한쪽으로 다른 데 정신을 팔다가, 나는 일단 그 건에 대해서는 보류하도록 하기로 했다. 일단 집안 문제라는 위더 백작의 말은 사실이었고, 뭐가 되었든 간에 나는 거기에 관심을 가질 만한 이유가 없었기 때문이다.

게다가 여기는 외교 만찬 자리고.

그렇게 생각을 정리하고 만찬에 주의를 돌리려는데, 나는 고개를 드는 순간 칼리드를 보며 얼굴을 붉히고 있는 이엘라 왕녀에 미간을 다시 한번 찌푸려야 했다.

칼리드 이런, 죄 많은 남자.

로브라도 만들어서 머리부터 발끝까지 칭칭 두르게 하고 다녀야 하나. 결혼하면 조용하게 집에 놓고 안살림만 하게 만들까. 까짓것 내가 프로디아드랑 디르난트 다 책임지면 되지, 뭐.

나는 그렇게 생각하면서 이엘라 왕녀와 칼리드를 번갈아 보며 심기 불편한 표정을 대놓고 지었다. 그러나 정작 내가 칼리드한테로 눈이 향할 때마다 그가 나한테 미소를 지어 주는 순간, 또 마음이 풀려서…… 아이고, 부질없다. 남자는 다른 거 필요 없이 나만 보면 돼. 물론 잘생기면 더 좋고.

그렇게 쓸데없는 생각을 하던 나는 갑자기 이엘라 왕녀 옆에 앉은 콜린스 왕자와 눈이 마주치고는, 갑자기 나를 향해 웃는 그 때문에 더 떨떠름해졌다. 어쨌든 내가 예의 삼아 웃어 주자, 그에 고개를 돌린 콜린스의 얼굴 위로 칼리드의 벼락같은 눈길이 멈추었다. 그 눈길이 너무 흉흉해서 나는 하마터면 스테이크를 씹지도 않은 채 목구멍으로 넘길 뻔했다.

그때 옆에서 비올레타가 옅게 웃음을 터뜨렸다.

"왜 그래?"

낮은 목소리로 내가 묻자, 비올레타가 내게 속삭였다.

"너희 넷 뭐 하니?"

"너희 넷?"

"이엘라 왕녀는 칼리드를 보면서 얼굴을 붉히고, 너는 그런 이엘라 왕녀한테 못마땅한 표정을 짓고, 콜린스는 그런 너를 보며 웃고, 칼리드는 그런 콜린스를 노려보고…… 눈빛 순환이야?"

"……."

"기 싸움 팽팽하네. 특히 네 애인이랑 콜린스 왕자. 우리 스칼렛. 갑자기 경쟁력이 아주 그냥."

"닥쳐."

나는 웃으며 낮게 읊조렸다. 콜린스가 나한테 무슨 감정이라도 갖고 있는 것처럼 구는 게 웃겨서 더 그랬다. 다시 말하자면 나와 그의 마지막은 정말 한없이 살벌하게 끝났다. 그가 피학적인 취미가 없는 이상 나에게 진짜로 호감을 갖고 있을 리가 없었다.

게다가 나는 아직 내 목을 노리던 그 소년의 칼날을 잊지 않았다. 따라서 시에라 왕족과 귀족 전체에 나는 호감이라는 것을 갖고 있지 않았다.

국빈 만찬에서 이게 무슨 추태야. 나는 결국 눈빛을 거두고 계속 내 음식에 집중하기 시작했다.

하지만 그런 내 노력이 무색하게 콜린스 왕자가 나를 향해 입을 열었다.

"공작 영애께서는 방금부터 별다른 말씀이 없으십니다."

내가 무슨 말을 꼭 해야 하나.

속으로 투덜거렸지만, 나는 그저 잔잔한 미소를 띠며 답했다.

"식사는 조용하게 하는 주의라."

"교양 있는 표현이죠."

"왕자 전하께서 제 교양을 칭찬해 주시다니, 정말 황송해 몸 둘 바를 모르겠습니다."

내 교양은 당신 칭찬이 없어도 훌륭합니다. 옆에서 그 말뜻을 알아들은 비올레타가 헛기침을 하며 웃음을 삼켰다.

하지만 내 비꼼에 콜린스 왕자는 그저 웃기만 했다. 정작 반응이 터져 나온 건 그 옆에서 와인을 음미하던 클로저 대공이었다. 그는 내 말에 한껏 못마땅한 표정을 짓다가, 곧 근엄한 말투로 입을 열었다.

"디르난트 공작 영애는 여전하군."

"클로저 대공전하도 참 한결같으시네요. 어쩜, 저번부터 저를 존중해 달라고 그렇게 말씀드렸는데, 참, 또 잊으시고요."

활짝 웃으며 하는 말은 내가 들어도 얄미웠지만, 나는 당당했다. 그에 클로저 대공이 혀를 쯧 차며 입을 열었다.

"하여튼 이게 문제야. 무슨 기가 저렇게…… 남자를 잡아먹을 기세야. 여하튼 윈체스터는 이게 문제라니까."

순간 분위기가 싸해졌다.

칼라일은 무시무시한 표정을 짓는 샤론 태자비를 진정시키며 고개를 절레절레 저었다. 나는 옆에서 언뜻 비웃음을 흘리는 칼리드를 보고는, 다시 클로저 대공에게로 고개를 돌린 뒤 조소가 역력한 표정으로 입을 열었다.

"이런 장소에서, 이런 얘기가 나올 줄은 생각도 못 했는데요."

말은 그렇게 했지만 사실 예상했다. 국빈 연회 전에 외교관들은 양국의 문화에 대해 모두 숙지할 것을 요구받으니까. 그리고 그중에서 가장 크게 주의 받은 게 시에라의 여성관이었다. 절대 상대의 문화권을 모욕하지 말 것. 그게 얼마나 쓰레기 같든.

하지만 정작 모욕을 받고 입을 닥치면 더 큰일이겠지.

"클로저 대공은 우수한 여성분들께 열등감을 쉬이 느끼시나 봐요."

"뭐요?"

"보통 이기지 못하는 상대를 기가 세다는 이유로 매도하죠."

"그런, 무슨 헛소리를 하는 거요. 영애."

"시에라에서는 똑똑하고 자기주장이 또렷한 여성을 기가 세다고 표현하는 습관이 있다면서요? 어떻게 알았냐는 표정은 짓지 않아도 돼요. 이래 봬도 외교관으로서 많은 문화권을 배웠답니다."

내 말에 클로저 대공은 바로 심장 마비로 쓰러질 것 같은 표정을 했다. 그도 그럴 것이 고분고분한 여성상을 지상으로 여겼던 시에라에서 몇십 년을 살아온 그로서는 윈체스터가 이해가 되지 않을 법도 했다. 하나 설사 그렇다고 해도 그가 외교적 결례를 범한 것은 확실했다.

윈체스터가 시에라의 문화에 이의를 제기하지 않듯이, 시에라 또한 윈체스터의 문화에 이의를 제기할 자격이 없었다. 그건 기본 중의 기본이었다.

이래서 고정 관념이 무섭다더니. 외교적 결례라는 것을 눈치채지 못할 정도의 아집에 사로잡혀, 대공이라는 자가 함부로 타국에서 타국의 문화를 매도한다. 나는 윈체스터의 왕족으로서 그런 그의 행동을 절대, 어물쩍하게 넘어갈 생각이 없었다.

그리고 그건 나뿐만 아니라 왕비 전하와 태자비 전하도 마찬가지인 듯했다.

"이런 주장은 또 오랜만이네요. 저번에 봤을 때는 천 년 전 윈체스터의 역사를 정리한 책에서였는데."

"그러게 말입니다, 전하. 시에라의 전통을 고수하는 점은 정말 훌륭하죠. 그것 때문에 발목이 잡혀 발전을 못 한다고 해도 전통을 누구보다 고수하는 그 태도, 정말이지 탄복스럽기 그지없습니다."

"하지만 전통도 전통 나름이죠. 그것도 너무 고수하면 그때는 전통이 아니라 고집불통이 되는 거 아니겠나요?"

"지당하신 말씀이세요, 왕비 전하."

전직 법무부 부장관이셨던 왕비 전하와, 현직 제2기사단 소속인 샤론 태자비의 주거니 받거니 즐거운 대화에 누구도 감히 끼어들지 못했다.

대공은 이 자리에 있는 윈체스터의 모든 사람들이 태어나면서부터 당연하게, 자연스럽게 받아들였던 상식에 도전하고 있었다. 단순히 관념에 대해서만 이야기하면 그냥 멍멍거리네 정도로 말겠는데, 심지어 비방까지 했다. 윈체스터의 문화를 싸잡아 욕하면서.

그때, 어머니가 서늘하고 담담하게 한마디 내뱉었다.

"하여튼, 멍청한 것의 사고방식이란."

……아, 어머니.

차갑게 내려앉은 만찬 분위기에 중재를 시도한 건 역시 마틸라 선배였다. 그녀는 언제 그러하듯 얼굴에 미소를 띠고 무척 담담하고 정중하게, 하지만 그 무엇보다도 날카로운 어투로 클로저 대공을 향해 말했다.

"대공 전하. 윈체스터는 그 어느 때도 시에라의 전통과 관습에 도전할 생각이 없었습니다. 그에 따른 시에라의 성의를 보여 드릴 필요는 있다고 생각합니다."

"크흠. 그대가 무슨 자격으로-"

"외교관으로서 한마디 드릴진대, 이 만찬이 즐겁게 끝났으면 하는 작은 바람을 담아 대공 전하께 충고를 드리자면. 윈체스터의 관습과 문화는 존중하는 선에서 오늘 이 유쾌하지 않은 분위기를 끝내는 게 어떨까 싶습니다."

그러니까 한마디로 말하자면 당장 사과해라-였다.

물론 이 정중한 말을 처들으면 클로저 대공이 아니었다. 그는 원래 왕족으로서의 자존심과 어렸을 때부터 떠받들어지며 살아온 덕분에 다른 사람의 의견에 귀 기울이는 편이 아니었다.

아니나 다를까, 그가 입을 열었다.

"나는 아직도 모르겠군. 내가 틀렸단 말인가?"

그것도 문제지만, 더 큰 문제는 왜 타국의 문화에 도전 따위를 하느냐 말이야. 이 말귀 처알아듣지 못하는 늙은이가 진짜!

나는 저 인간이 순순히 자신의 잘못을 뉘우칠 것이라 생각하지 않았다. 그럴 거였으면 애초에 실수도 하지 않았겠지. 역시 그는 아집이 엄청났고, 그 아집에 가려 때와 장소를 가리지 못하고 있었다. 협상 테이블에서 길길이 날뛸 때부터 알아봤어야 했는데.

나는 냅킨으로 입을 닦았다. 배도 부르겠다. 기분도 적당하겠다. 나는 방긋방긋 웃으며 말했다. 아니, 말하려고 했다.

칼리드가 먼저 입을 열지 않았다면.

"영애께서 기가 세다라- 기가 센 게 어떤 것인지 좀 여쭙고 싶군요."

"그래, 공작, 공작은 남자니 이해할 수 있겠지."

칼리드가 너를 이해하면 둘을 같이 땅에 묻어 버릴 의향이 다분했다. 그리고 내 병신 같은 눈깔을 자책하겠지. 어떻게 이렇게 남자 보는 눈이 없느냐고.

물론, 그런 일은 절대 일어나지 않았다.

"이해하지 못해서 묻는 겁니다."

"방금도 보지 않았나. 그러고 보니 공작 영애와 만나고 있다고 했는데. 피곤하지도 않나?"

"어머, 전 대공 전하가 더 피곤한데요."

"이것 보게나, 한마디도 지려 하지 않아. 이렇게 남자 기를 살려 줄 줄도 모르는 여자라니."

내 한마디에 대공이 질색하는 표정을 지었다. 나는 너무 어이가 없어서 헛웃음을 지었다. 모든 게 개소리라 어디서부터 반박해야 할지 고민했다. 클로저 대공은 좀 참교육이 필요한 것 같았다. 물론 외교에서 지켜야 하는 상식과, 여성관에 대한 것.

국왕 폐하와 왕비 전하는 싱글벙글 웃으며 어디 한번 말해 보라는 표정을 짓고 있었다.

어차피 개판된 분위기, 실컷 싸우고 보자는 뜻인가.

그때 칼리드가 답했다.

"훌륭한 여성과 함께하는 것은 언제나 즐거운 일입니다. 대공."

아, 내 남자 말도 잘한다. 나는 칼리드의 옆모습을 보며 흐뭇하게 미소를 지었다. 하지만 클로저 대공은 그의 말이 기분 나쁜지 반문을 해 왔다.

"자네는 자존심도 상하지 않나?"

"그런 것을 흔히 열등감을 느낀다고 합니다."

"뭐?"

"그리고 한쪽을 짓밟으며 살린 기는 없느니만 못합니다."

"……."

"본인 기는 본인이 알아서 챙기시길 바라겠습니다, 대공 전하. 애꿎은 상대를 물고 잡아 늘어지지 말고."

칼리드의 말에 대공이 뒷골을 잡았다. 그것을 즐겁게 보면서 나는 말을 덧붙였다. 조금 길게.

"왜 본인이 형편없는 걸 다른 사람 탓을 하는지 모르겠어요. 그것도 꼭 성별로 편 가르기를 하면서. 저는 성별에 특징 따위를 부여하는 게 가장 멍청하다고 배웠어요."

"그게 왜 멍청한 것이오, 원래 여자는 남자를 보좌하며 가치를 실현하는 존재요."

"네, 그걸 당연시하는 게 멍청한 겁니다. 윈체스터 역사상 가장 성군이라 칭송받는 알렉산드리아 여왕의 남편인 앨런 대공은, 언제나 그녀의 뒤에서 몇 걸음 떨어져 그녀를 보좌했죠. 하지만 그 누구도 앨런 대공이 훌륭한 남자임을 부정하지 않아요."

나는 방긋 웃었다.

"대공께서 말씀하시는 소위 기가 세다는 여자가 뭔지는 모르겠지만. 저희는 그 나름대로 제 삶을 선택하면서 살아요. 핵심은 어떻게 사느냐보다는 누가 선택했느냐는 것이 되겠군요."

"그러니 윈체스터가 여자가 기가 세다는……."

"그러니 윈체스터가 전쟁에서 이길 수 있는 겁니다."

"뭐요?"

방싯방싯 웃고 있는 얼굴과 달리 꽤 싸늘하게 나간 내 목소리와 과감한 내용에, 클로저 대공이 얼굴을 구기며 언성을 높였다. 물론, 나는 그것을 무시하고 내 말을 이어 갔다.

"당신들은 성별로 인해 인재의 범위를 벌써 절반으로 줄였어요. 남자와 여자 중에서 남자를 골랐고, 거기서 계급으로 또 한 번 나누었겠죠."

"……."

"결국 그렇게 쳐 내고 쳐 낸 사람들과, 모든 윈체스터의 사람을 대상으로 한 인재 뽑기에서 순전히 실력으로 골라낸 사람들이 싸울 때. 과연 누가 이길지는 자명하지 않나요? 물론 윈체스터 또한 저 나름의 문제가 있겠지만, 그래도 시에라와 비교한다면야……."

"무슨 그런 비약이 있나?"

"그래서 제 말은, 사과해 주세요."

"크흠, 내가 왜 그래야 하지?"

"여기는 윈체스터고, 대공 전하는 손님이며, 지금은 양국의 우애를 다지기 위해 마련된 시간이죠. 이 역사에 길이 남을 만찬의 끝을 불쾌하게 장식하고 싶지 않아요."

"……."

"대공 전하의 가치관을 바꿀 생각은 없습니다. 하지만 윈체스터가 지금까지 고수해 왔던 그 관념을 모욕한 것에 대한 사과는 꼭 받아야겠어요."

사실 문화의 차이는 어쩔 수 없다. 시에라는 근 몇백 년을 그런 거지 같은 시간을 보냈고, 사실 윈체스터도 600년 전까지만 해도 시에라와 비슷비슷한 성별 관념을 갖고 있었다. 그런 의미에서 우리는 역사의 수혜자일 뿐이고, 그들은 역사의 보류자일 뿐이다.

우리는 개혁을 했고, 그들은 하지 않았다. 사실 그 차이라서 우리는 생각의 차이 자체로 그들을 비난할 생각은 없었다.

"윈체스터는 시에라의 모든 문화를 존중할 겁니다. 그것이 비록 우리가 생각하는 것과 멀리 떨어져도."

"그렇다는 사람이 방금부터 내게 설교질이오?"

"제가 원래 설교질을 좀 잘해요. 여자한테 한 번도 반박당해 보지 못해 정신이 혼미하신 것 같은데, 원래 토론은 그렇게 진행되는 겁니다."

"앞뒤 말이 맞지 않……."

"하지만 방금 대공 전하께서는 이미 생각의 범위를 벗어나 윈체스터 전체를 모욕하셨어요. 이론을 벗어나 마치 윈체스터의 문화 자체가 문제 있다는 식의 어조는, 상당히 외교적 결례 아닌가요."

"그렇지. 영애 말이 맞소."

그때였다. 내 카랑카랑한 목소리 위로 시에라 국왕의 목소리가 덮여졌다. 그리고 의외의 인물의 말에, 나는 고개를 돌렸다. 그때 그가 클로저 대공을 보며 입을 열었다.

"그만하게. 자네는 이미 엄청난 실례를 저질렀어. 우리가 온 이유를 잊은 겐가."

호오? 이건 또 무슨 말이래?

시에라의 국왕 폐하의 말이 떨어지기가 무섭게 클로저 대공은 입을 다물었다. 우리가 합창하듯 틀렸다고 말해도 들어 처먹지 않던 인간이 갑자기 조용해지는 기적을 보며, 나는 본능적으로 일이 심상치 않다는 사실을 느껴야만 했다.

아니, 사실은 본능까지 갈 필요도 없이 눈치라는 게 있다면 모두 느꼈으리라.

클로저 대공은 곧, 불쾌함이 티가 나는 얼굴을 하면서도 마지못

해 '결례를 범했군, 미안하게나.' 따위의 말을 내뱉었으나, 나는 도저히 그 말이 진심으로 생각되지 않아서 더욱더 기분이 묘해졌다.

시에라가 윈체스터로 온 것은 윈체스터의 초대가 있어서였다. 비록 조금 이른 감이 있다고 해도 보통 승전국이 패전국을 불러 외교를 쌓는 것은 그다지 이상한 일이 아니었기 때문에 나는 그동안 별다른 생각을 하지 않았으나, 이쯤 되니 이 모든 외교 행사에 다른 목적이 있을 수도 있겠다는 생각이 들었다.

물론, 그게 뭔지는 더 생각해 보아야겠지만.

그 뒤로 만찬은 조용하게 이어졌고, 간간이 대화가 오가긴 했으나 시작할 때처럼 그렇게까지 활발한 분위기가 이어지지는 않았다. 윈체스터 쪽에서는 한낱 패전국에게 제 관습을 질타받았다는 불쾌감을 갖고 있었고, 시에라에서는 뭐, 연장자에 왕족인 클로저 대공이 나한테 그런 취급을 받았는데 좋을 리가 없었다.

사실 좋게 좋게 웃으며 넘어갈 수도 있었지만, 나는 절대 그러고 싶은 마음이 없었다.

약간의 사고가 있었던 만찬이 끝나고, 나는 조금 피곤한 표정으로 비올레타와 함께 애프터 디너 타임이 열리는 귀빈실로 향했다.

물론 귀빈실의 문 앞에 서자 나는 다시 입 끝에 미소를 매달았다. 그때 비올레타가 나를 힐끔 보더니 곧 입을 열었다.

"괜찮은가 보네."

"뭘?"

"귀빈실 안에 이사벨이 있잖아. 당연히 싫어할 거라 생각했는데."

그에 나는 떨떠름하게 웃었다. 글쎄, 그 아이도 생각이 있는 이상 굳이 내가 속할 법한 무리에 끼지는 않을 것이다. 원래 이런 곳에는 룰이 자연스럽게 정해져 있었고, 사교계에서 구를 대로 구른 그 아이는 그래도 최소한 그 정도 눈치는 있을 법한데.

나는 입술 끝을 떨구며 한숨을 길게 쉬었다. 사실 그것도 그것이지만, 이사벨의 이름이 나오자 문득 만찬 전에 보았던 위더 백작과 그녀의 황급한 뒷모습이 더욱더 뇌를 잠식했다. 기분이 복잡하고 미묘했다.

하지만 그런 내 표정을 다르게 이해했는지, 비올레타가 시큰둥한 표정으로 입을 열었다.

"참아. 어쩌겠어, 아바마마께서 명단에 넣으셨는걸."

그녀에게 그게 아니라고 대답하려다가 나는 미간을 찌푸렸다. 딱히 입 밖에 내고 싶지도 않았다. 게다가 내 뒤에는 다른 사람들도 서 있었고. 무엇보다도-

나와 칼리드를 보던 이사벨의 눈가에 스쳐 간, 그 찰나의 움직임이 한없이 절망적이어서…….

"이사벨은 대체 나한테 뭘 숨기고 있을까?"

"그걸 알면 내가 이사벨이게?"

"하긴."

"너 혹시, 아직도 걔한테 일말의 희망이라도 가진 건 아니지?"

"닥쳐."

무슨 그런 끔찍한 소리를 하느냐는 표정으로 비올레타를 곁눈질하고는, 나는 코웃음을 쳤다. 다만 내가 신경이 쓰인 건, 재스민 필레르가 말한 '선량한 피해자'라는 그 말이었다.

선량한 피해자.

그리고 순간 위더 백작과 그녀 사이의 그 손찌검이 생각나서, 나는 문득 엉클어진 머리를 잡아 뜯고 싶은 기분에 휩싸였다.

나는 왜 몰랐지? 내가 그 정도로 이사벨에게 관심이 없었느냐 하면, 그건 또 아니었다.

아니, 어쩌면 일부러 모르게 했을 수도.

지금 이 시점에서 내가 이사벨을 완전히 다 알고 있다고 주장하고 싶지는 않지만, 그렇다고 해서 내가 그녀를 완전히 모르는 것은 아니었다. 그럼에도 내가 몰랐다. 그렇다면 답은 이사벨이 일부러 숨겼다는 것밖에 없었다.

그렇게 생각하는 와중에 문이 열리자 나는 귀빈실로 발을 디뎠다. 그리고 우리의 등장과 함께 바글바글한 인파들이 일어서고, 그들의 인사를 하나하나 받으면서 나는 비올레타와 함께 암묵적으로 정해진 곳에 자리를 잡았다.

아니, 잡긴 했는데―

"디르난트 공작 영애를 뵙습니다."

―그래서 이사벨이 왜 이 무리에 끼어 있는지 누가 설명 좀?

나는 기가 막혔다. 공식 석상을 제외하고 내 앞에서 얼쩡거리지 말라고 했다고, 공식 석상에서는 또 얼굴을 들이미는가? 사람이 말을 하면 숨겨진 의미를 알아들을 수는 없는 건가? 대체 무슨 속셈으로…….

내가 낄 무리라는 것을 몰랐을 수도 있다고 변명해 주기에는, 여기에 앉아 있는 사람들 대부분이 견고한 왕실파에 디르난트와 연줄이 있는 집안이었다.

어쨌든 내가 경악에 몸부림치든 말든 이사벨은 약간 부은 뺨을 분으로 가린 채 수줍게, 그리고 부드럽게 웃으며 나한테 인사했다.

그 모습에서 괴기스러움까지 느껴져서 나는 헛웃음을 지으려다가, 문득 내 주위에 있는 수많은 눈을 발견하고는 곧 입꼬리를 말아 올리며 웃었다.

“그래요. 위더 백작 영애. 정말 오랜만이에요. 어쩜, 오늘도 아름답기 그지없네요. 그렇지 않니, 비올레타?”

“당연하지. 저녀, 아니, 영애의 미모는 가장 큰 자랑거리지.”

얼굴 빼고 볼 게 없다는 말을 애써 돌려 가면서 말하는 비올레타를 보며 나는 웃음을 지었다. 사교계는 그 무엇보다 높은 상류층의 세계였다. 즉, 신분과 지위가 제일 큰 요소를 담당하는 곳인 것이다.

신이 나한테 판을 깔아 줬는데, 적극 이용하는 자세는 보여야 하지 않겠는가.

나는 잠시 이사벨과 위더 백작, 그리고 재스민 필레르의 그 ‘선량한 피해자’라는 말을 머리 뒤편에 고이 모셔 놓기로 했다. 뭐가 됐든 이사벨이 나한테 못 할 짓을 했다는 것은 변하지 않고, 나는 그녀를 이해해 줄 의무가 없었다. 그만큼 내가 그녀에게 쌓인 게 많긴 했다.

나와 비올레타가 자리에 앉자, 사람들이 삼삼오오 자리에 앉기 시작했다. 나는 발터르 영애, 플로테 후작 영애, 이사벨과 위더 백작 부인을 비롯해, 몇몇 익숙한 얼굴과 시에라의 귀부인과 영애들로 보이는 자들을 쭉 둘러보며 웃었다.

“이렇게 만나 뵙게 되어 무척 영광입니다. 편하게 대해도 될까요?”

“물론이죠, 영애님. 저희는 영애님께서 그리 말씀해 주시니 무엇보다도 기쁘답니다.”

"그럼요. 허례허식이 무어 대수인가요. 마음과 마음의 교류가 이루어지는 게 사교의 목적이 아닌가요."

어쨌든 나는 이 자리에서 승전국의 왕족이었고, 외교적 관계에 의해 나와 비올레타는 같은 왕족으로서 동등한 대우를 받을 수 있었다. 그래서 내가 이렇게 말하는 데에 그 누구도 이의를 제기하지 않았다.

하긴, 어디 그럴 담은 있겠는가.

그때 시에라의 어느 귀부인이 입을 열었다.

"사실, 오래전부터 뵙고 싶었답니다. 공작 영애님의 미명을 정말 많이 전해 들어서요."

"왕족이고, 차기 공작이시고, 외교관에 능력도 있으신데 심지어 미인이셔서…… 어쩜, 정말 이렇게 완벽한 사람도 있구나 하고, 신은 정말 불공평하다는 것을 느꼈지 뭐예요."

"그래도, 어디 오직 신의 은총이겠나요. 영애님께서 그만큼 심혈을 기울이신 결과와, 신의 선물이 한데 어우러진 결과지."

……내 칭찬을 듣는데 내가 부끄럽다. 아마 나 혼자였다면 이불을 걷어차면서 베개를 두드렸을 것이었다.

옆에서 비올레타가 얼굴이 빨개질 정도로 숨을 참으며 웃음이 터지려는 것을 막는 게 보였다. 갑자기 터지는 칭찬 세례는 사실 모임에 나갈 때마다 의례적으로 받는 것이지만, 그럼에도 이렇게 극적인 아부는 또 처음이었다.

칭찬이 과하면 듣는 사람이 막 몸 둘 바를 모르겠다는데, 내가 지금 그러했다. 아무리 그래도 사실에 기반을 둬 말을 해야지, 신의 은총은 또 뭔가.

"그렇게 말씀하시니 몸 둘 바를 모르겠네요. 하지만 전해 들은 바로는, 부인께서도 시에라에서 유명하시다고 들었어요. 미술에 조예가 무척 깊다고 하시던데."

물론 나는 무척 태연자약하게 당연한 소리를 들은 것처럼 행동했다. 수줍은 듯 웃고 곧바로 상대를 칭찬한다. 원래 대화라는 게 다 그렇게 이어지지 않는가.

그렇게 분위기가 적당하게 무르익어 갈 무렵, 나는 사실 방금부터 계속 신경 쓰였던 이사벨의 얼굴을 힐끔 보았다.

평소라면 웃으며 재잘거렸을 이사벨은 입을 꾹 다문 채 그저 우아하게 미소 짓고 있었다. 그건 백작 부인 또한 마찬가지여서, 나는 어쩌면 데미안이 말한, 이사벨과 백작 부인이 사교계에 나오지 않는 것이 자의가 아닌 타의가 아닐까 하는 추측을 할 수밖에 없었다.

그때였다.

"스칼렛."

낮고 묵직한 소리가 들렸다. 그 익숙한 목소리에 내가 반응하기도 전에, 갑자기 뒤에서 익숙한 향기가 밀려왔다. 나는 고개를 반쯤 뒤로 돌려, 어느새 내가 앉은 의자의 등받이에 한쪽 팔을 올리고 다른 한쪽으로는 드레스 자락 위에 있는 내 손을 가져가는 손길에 미소를 지었다.

"칼리드."

이 갑갑하기 그지없는 분위기에서 벗어나 숨통이 트이는 것 같아 나는 진심을 담아 웃었다. 이 몇 시간 동안 내가 지은 것 중 가장 본능에서 우러나오는 미소였다. 그에 칼리드는 알 것 같다는 표정을 지으며 그의 손과 깍지를 낀 내 손등을 자신의 입가로 가져간 뒤, 입술을 꾹 눌러 찍었다.

느릿하지만 정성스럽기 그지없는 그 입맞춤에, 몇몇 사람들이 어머- 탄성을 내질렀다.

나는 여전히 내 손등에 입을 누르며 내 눈을 바라보는 칼리드를 향해 입을 열었다.

"이제 온 거예요?"

"네."

"바빴어요? 계속 찾았는데."

"폐하께서 찾으시는 바람에."

나는 주위를 둘러보다가, 방금까지 없었던 마틸라 선배가 접대실 한쪽에 나타난 걸 보고 고개를 끄덕였다. 그러고 보니 만찬이 끝나고 마틸라 선배를 비롯해 몇몇 사람들이 폐하와 따로 담화를 나누러 갔다고 들었다.

"그래서 나한테 먼저 온 거예요?"

"네."

그의 말에 나는 다시 입안이 달콤해진 것 같아 절로 미소가 지어졌다. 그때 칼리드가 말을 이었다.

"즐거운 시간 되십시오."

"당신도요."

"혹여 필요하신 것 있으시면 꼭 불러 주시고요."

"내가 무슨 필요한 게 있다고."

곧, 칼리드가 내 팔을 살짝 잡아당기는 듯하더니 더 허리를 굽혔다. 그에 몸을 약간 비틀어 고개를 들자, 그가 내 입술에 짙게 입을 맞췄다.

촉- 하는 귀여운 소리와 함께 입술이 떨어지고, 그가 깍지 낀 손을 다시 내 드레스 위에 놓고 내 주변인들에게 눈짓으로 웃어 준 뒤, 발걸음을 옮겼다.

멀어져 가는 그의 뒷모습을 빤히 보는데, 갑자기 비올레타가 입을 열었다.

"꿀 떨어지겠다."

"그래?"

"맨날 보면서 아직도 그리 좋아?"

"봐도 봐도 질리지 않아서."

"으, 이 모습을 계속 봐야 한다니. 세상에- 너 맨날 공작 잘생겼다, 근사하다, 어쩜 저렇게 멋질까 같은 생각만 하는 거 아니야? 그만해."

비올레타의 질린다는 목소리가 들리자 나는 그제야 칼리드를 보던 것을 멈추고 고개를 돌렸다. 방금과 달리 한껏 상기된 얼굴로 영애들이 나를 보고 있었다. 기분이 좋았던 터라 딱히 다른 사람들의 표정을 그렇게 신경 쓰지 않는데, 옆에서 시에라의 에스트 공작 부인이 입을 열었다.

"어쩜, 이렇게 잘 어울리는 연인도 있을까."

"두 분, 정말 잘 어울리세요. 공작 각하께서는 정말 상상도 못 할 만큼 로맨틱하시네요."

"방금 그 눈빛 봤어요? 사랑스러워 죽겠다는 그 눈빛."

"보는 제가 정말 두근거리더라니까요."

평소라면 왜 또 주책맞게 이러나 싶겠지만, 이미 단물을 연거푸

들이켠 나는 그저 웃으며 그들의 말에 행복한 미소를 짓기만 했다.

그런 내 미소를 부럽다는 듯이 보던 누군가가 말을 꺼냈다.

"그런데 두 분, 어떻게 만나게 되셨나요?"

순간 그들의 기대 어린 눈길이 내게로 향했다. 분명 세기의 로맨스를 방불케 하는 소설 같은 이야기를 기대하는 눈빛을 마주하다가, 나는 시선을 이사벨 쪽으로 옮겼다. 내 시선이 떨어지자, 방금까지 잔잔하게 미소를 짓던 이사벨의 얼굴이 언뜻 굳은 것 같았다.

이런.

나는 배시시 웃었다. 더없이 기쁘다는, 더없이 행복하다는 표정을 지으며, 그러나 시선은 이사벨의 눈을 똑바로 바라보면서 한 자씩 내뱉었다.

"친구의 헌신이 있었죠."

"친구의?"

"아주 친한 친구였죠. 어쩜, 그 친구가 없었다면 저와 칼리드가 그렇게 극적으로 사랑에 빠지진 않았을 것이에요."

순간 비올레타가 풉- 웃음을 터뜨렸지만, 나는 개의치 않았다. 다만 여전히 이사벨을 보면서, 그리고 얼굴에 비끼는 그 미묘한 균열을 보면서, 계속해서 말을 이었다.

"어쩌다가 정말 불같은 사랑에 빠졌죠. 친구가 적극 나서 줘서."

"어머, 역시. 사랑이 언제 타오를지는 누구도 상상하지 못하죠."

"그럼요."

이사벨의 얼굴이 화가 난 것인지, 아니면 미소를 짓고 있는지 모를 것으로 보였다. 하지만 이 사이에서 그 누구도 그녀를 보고 있지 않았다. 나를 제외하고는.

그때, 누군가가 물었다.

"그럼 그 친구분은 지금 어떻게 지내시나요?"

정말 훌륭한 물음이야. 나는 이사벨의 그 파르르 떨리는 눈가를 보며 해맑게, 화사하게 웃으며 입을 열었다.

"죽었어요."

"……."

"신작에."

순간, 방금까지 생글거리던 이사벨의 얼굴 위로 짙은 절망이 쏟아졌다.

내 말이 떨어지기가 무섭게 사정을 아는 사람들이 숨을 들이켰다. 그 와중에 비올레타만 피식 웃음을 흘리고 있었다. 그들의 눈길이 순식간에 나와 이사벨 사이를 오가며 당황함을 머금었고, 사정을 모르는 이는 순식간에 내려간 공기의 온도에 어리둥절한 표정을 짓고 있었다.

그때, 제일 처음 내게 그 물음을 물어본 귀부인이 입을 열었다.

"저런, 정말…… 안타까운 일이에요. 죄송해요. 친한 친구였을 텐데."

"아니에요, 부인. 저를 먼저 떠난 건 그 친구였거든요."

"네?"

당연히 죽었다는 그 글자의 의미대로 받아들였던 사람들의 표정이 당황으로 물드는 것을 보며, 나는 파르르 떨리는 이사벨의 눈가에서 눈길을 거둔 채 그녀들을 보았다.

"사실은, 아직 살아계시는 분이세요."

"그, 그런데 왜-"

"저한테는 죽은 거나 마찬가지거든요."

"이런, 좋지 않은 일이 있었나 봐요."

"있었죠. 저는 거기에 너덜너덜 상처를 받아서 잠도 오지 않고 식욕도 없던데, 그 친구는 여전히 제 앞에서 웃더라고요."

"이런, 괘씸하기도 해라."

"영애님께서 그렇게 말씀하실 만해요. 저도 저한테 큰 잘못을 저지르고 아무렇지도 않게 살아가는 사람들을 보면, 정말 치가 떨리더라고요."

물론 나는 잠을 설친 적도 없고 식음을 전폐한 적도 없지만, 원래 극적인 효과에는 약간의 과장이 필요한 법이었다.

순간 이사벨이 옆에 있는 위더 백작 부인의 손을 꾹 잡더니, 입을 옴짝거렸다. 곧 그녀의 눈가에 눈물이 맺혔다. 그 가련한 눈빛에 백작 부인이 어쩔 수 없다는 표정을 짓고는 곧 자리에서 일어났다.

"죄송하지만, 오늘은 자리를—"

"앉으세요. 백작 부인."

하지만 나는 그녀가 이 자리를 피하게끔 내버려 둘 생각이 전혀 없었다.

우습게도 그러했다. 나는 사정을 모르는 사람들을 끌어들여 그녀를 조롱거리로 만들었다. 나는 내 행동을 정당화시킬 생각도 없고, 포장할 생각도 없었다.

그런데 그렇다고 해도. 나는 결코 내 행동을 후회하지 않았다.

과연 그녀가 약자인가, 아니, 설사 약자라고 해도, 그것은 무엇으로 결정되는가. 내가 그녀에게 지속해서 배신당한 그 순간에도 내가 강자였나. 내가 그녀에게 준 믿음이 이런 깨졌을 때도, 그녀에게 기회를 주는 그 순간까지도?

세상에서 가장 끔찍한 순간이 피해자가 가해자가 되는 순간이라고 했다. 그 분노에 시간이라는 증폭제를 달아 고스란히 돌려주니까. 그녀가 자리에서 일어나는 그 순간 우습기까지 했다. 겨우 이런 걸로.

나는 그녀에게 사람을 악인으로 만드는 잠재력이 있다는 사실을 인정해야 했다.

설마 이 자리에 있으면서 이 정도도 생각 못 했나. 인원 구성만 봐도 내가 낄 게 분명한 모임에 앉아 놓고는 그제야 가련하게 운다. 내 앞에서 내 속을 뒤집어 놓던 기억은 그대로 까먹었는지, 이제는 완전히 억울해 죽겠다는 표정을 하고 있었다.

올 때는 네 마음이었지만, 갈 때는 네 마음이 아니란다. 나는 부드럽게 웃으며 입을 열었다.

"불쾌한 주제였나 봐요. 어쩌면 험담을 해서, 백작 부인께서 견디기 힘드셨나 봐요."

내가 부드럽게 웃으며 말을 이었다. 앉으라는 내 싸늘한 말 뒤에 갑작스레 분위기가 변하는 나를 보다가, 백작 부인이 난감한 표정으로 입을 열었다.

"죄송해요. 이사벨이, 피곤하다고 해서."

"애프터 디너 타임은 쉽게 오는 기회가 아닌데, 그래도 가시겠어요? 저희 대화가 피곤하셨나 봐요."

"그래요, 백작 부인. 왕녀 전하와 공작 영애께서 아직 계신데, 자리를 뜨는 건 예의가 아니라고 생각해요."

우아하게 차를 마시던 발터르 백작 영애가 해사하게 웃으며 말했다. 나와 칼리드, 그리고 이사벨 사이에 얽인 이야기를 누구보다도 잘 알고 있는 그녀는 아무것도 모른다는 표정을 하면서 백작 부인을 만류했다.

발터르 영애의 말에 에스트 공작 부인이 위더 백작 부인을 보며 근엄하게 입을 열었다.

"로나, 어렸을 때부터 너를 봐 왔지만 오늘만큼 무례한 적은 없었어."

"어머, 공작 부인께서는 백작 부인을 오래 봐 오셨나 봐요."

"네. 그렇습니다. 이럴 때 함부로 자리를 뜨면 안 된다는 것을 누구보다도 잘 알고 있는 아이가, 칭얼거리는 딸을 달랠 줄도 모르고. 그리고 위더 백작 영애, 자리를 가리세요. 왕녀 전하와 공작 영애께서 아직 자리를 뜨지 않으셨습니다."

"그러지 마세요, 공작 부인. 제가 괜히 민망해지네요."

원래 때리는 사람보다 옆에서 말리는 게 더 밉다고 했다. 나는 손으로 입을 가리고는 공작 부인을 향해 입을 열었다. 공작 부인은 차분하게 고개를 끄덕이더니 곧 입을 열었다.

"공작 영애께서 그리 관대하시니 이대로 넘어가겠지만, 그래도 시에라의 연장자로서 시에라에서 교육을 받았다는 아이가 저리 행동하는 게 정말 부끄럽군요. 아무리 이미 결혼을 해 윈체스터의 귀족이 되었다지만."

그렇게 말하는 에스트 공작 부인의 얼굴에는 엄격한 기색이 흘렀다. 비록 그녀가 패전국의 공작 부인이라고 하나, 그래도 공작 부인이자 연장자였다. 그 위압감은 나 또한 쉬이 따라잡을 수 있는 게 아니었다.

공작 부인의 말에 위더 백작 부인은 살짝 주저하는 듯하다가 이내 다시 자리에 앉았다. 그에 이사벨이 갑자기 눈가에 눈물을 매달기 시작하더니, 곧 고개를 푹 숙이고 입을 꾹 다물었다.

그때 비올레타가 나한테로 몸을 숙이며 입을 열었다.

"쟤 또 시작한다."

나는 파란색 눈동자에 방울방울 맺히는 눈물을 싸늘하게 보았다. 하지만 언제 그랬냐는 듯이 다정하게 그녀를 향해 물었다.

"세상에- 위더 영애, 괜찮으세요? 혹시 어디 몸이 편찮으신 건 아닌지."

"……아니에요."

"이런, 영애. 울지 마세요. 세상에, 어쩜 좋아. 영애께서 우시면 제 가슴이 찢어진답니다."

입이 째지겠지. 좋아서.

옆에서 비올레타가 무슨 저런 역겨운 소리를 이리도 당당하게 하느냐는 눈빛을 하고 나를 보았다.

그러거나 말거나, 나는 이사벨의 옆에서 미묘한 미소를 짓는 발터르 영애를 보고는 길게 한숨을 내쉬며 의자 등받이에 기댔다. 그리고 입을 열었다.

"발터르 영애, 위더 영애께 손수건을 드리세요. 저런, 저리 고운 얼굴이 일그러져서는……."

내 말에 발터르 영애가 재빠르게 손수건을 내밀었다. 그리고 곧 갑작스러운 그녀의 울음에 안절부절못하는 주위 사람들을 보다가, 다시 이사벨을 향해 말했다.

"영애님, 이러시면 왕녀 전하와 공작 영애께서 난처해하신답니다."

아니, 괜찮아요. 너무 많이 봐서 사실 대충 예상했어요.

"괜찮아요, 영애. 저는 그저 무엇이 그렇게 위더 영애를 슬프게 했는지가 더 궁금하답니다."

사실 하나도 궁금하지 않지만.

"그래요, 영애. 무슨 슬픈 일이라도 있었나요?"

이사벨이 울음을 터뜨리자, 귀부인들과 영애들의 눈길이 그녀에게 모였다. 다른 사람이었다면 사교 모임에서 무슨 울기까지 하느냐고 호통을 쳤을 사람들이, 이사벨의 그 가련하기 짝이 없는 얼굴을 보고 분분히 안타까운 얼굴을 했다. 그에 나는 무표정하게 앉아 있다가 곧 주위를 둘러보았다.

아니나 다를까, 내 주변의 사람들이 힐끔힐끔 우리를 보고 있었다. 특히 저 멀찍이 서 있는 몇몇 외교부의 사람들은 벌써 이 난장판에 끼고 싶어 안달 난 표정이었다.

물론, 나는 그들을 덩달아 쏘아보며 눈 깔아-라는 메시지를 보냈지만.

발터르 영애가 토닥이자, 이사벨의 울음소리가 점점 잦아들었다. 비올레타는 표정 관리를 하지도 않은 채 시큰둥한 표정으로 이사벨을 보고 있었다.

그것에 피식 웃음을 흘린 나는 손수건으로 얼굴을 꾹꾹 닦아 내는 이사벨을 향해 고개를 돌렸다.

그때, 조용하게 미소만 짓고 있던 발터르 영애가 물었다.

"영애, 무슨 속상한 일이라도 있나요?"

"흑, 아니에요. 사실은, 그저 방금 공작 영애의 말씀을 듣고 생각나는 일이 있어서—"

"말씀해 보세요."

"사실은, 저도 친구가 있었어요."

……그래, 뭐. 쉽게 당하리라 생각한 건 아니었다.

나는 쓰게 웃으며 그녀가 대체 무슨 서사를 풀어낼지 기대하면서 느긋하게 그녀의 말을 기다렸다. 그리고 이사벨이 말을 이었다.

"사실은, 제 나름대로 친구를 위한다고 한 일인데……. 친구가, 친구가 상처를 받았나 봐요."

그래, 저 소리가 안 나올 리가 없지. 나는 그녀의 말이 너무 익숙해서 이제는 더 신선한 이유가 없나 하고 한숨을 쉬었다. 하지만 오늘 처음 들어 보는 몇몇 사람들로서는 그에 가슴이 아픈지 이사벨을 위로하고 있었다.

"저런, 마음이 맞지 않았군요."

"그래서 속상했어요. 제 마음을 알아주지 못하는 것 같아서. 저는, 그래도 욕먹을 각오까지 했지만, 그래도…… 그게 너무 속상해서."

"괜찮아요, 영애. 언젠가는 그 마음을 그분도 알아주지 않을까요?"

"그럴까요? 그런 날이 올까요?"

……세계가 멸망하는 날이 와도 그런 날은 오지 않을 거야.

나는 싸늘하게 식은 얼굴을 하며 그녀를 보았다. 대단도 하시지. 다른 건 몰라도 이런 자리에서까지 저런 표정을 지을 수 있다는 것 하나만큼은 정말 칭찬해 줄 만하다.

이사벨은 계속해서 흑흑거리고 있었다. '나는 잘하느라고 그랬는데 일이 그렇게 될 줄 몰랐어요. 저는 아무것도 몰라요.' 나는 그

가증스러운 모습을 굉장히 안타깝게 보았다. 그리고 곧 입을 열었다. 저렇게 나오면, 까짓것 내 상처 하나쯤은 찢어 보이겠다.

"그런데 위더 영애."

"네, 흑."

"그 친구분 이야기, 저도 잘 알고 있는데요."

"……네?"

"위더 영애께서 그 친구분의 애인을 7번이나 빼앗으셨다고 하지 않았나요?"

"……."

"아닌가요?"

"……."

"이상하네요. 저는 그렇게 들었는데…… 심지어 그 친구분과는 20년 지기 친구라고."

"……."

"물론, 한눈은 언제나 파는 사람이 가장 큰 잘못이지만, 솔직히 7번이면…… 조금 의아한 횟수기도 하네요. 이 정도면 고의라고 봐도 되는…… 아, 물론 영애께서 고의라는 건 아니고요."

내 폭탄 발언에 주변 사람들의 낯빛이 하얗게 퍼졌다. 그녀 옆에 있던 백작 부인이 부채를 펴 얼굴을 가리고, 몇몇 귀부인들이 귓속말을 하며 수군대자, 방금까지 조용하던 사람들 사이로 웅성웅성 소리가 퍼지기 시작했다.

하지만 나는 당당했다. 사실이었으니까. 이사벨은 내 애인을 7번 빼앗았고, 우리 둘은 20년 동안 친구였다.

이 사실을 듣고 사람들이 알아서 판단해 줄 터였다.

내 그런 말에 무슨 말을 해야 할지 몰라 당황한 사람들 사이로, 발터르 영애가 이사벨을 따스하게 감싸 안더니 부드럽게 말을 꺼냈다.

"위더 백작 영애. 영애의 마음은 이해하지만, 그래도 상처받은 친구를 탓하는 건 아니라고 생각해요."

"아니에요, 저는, 저는 그 아이를 탓한 적이……."

"그런데 이런 장소에서 영애께서 그리 말씀하시면, 당연히 사람들은 영애님을 위로할지언정 그 친구분을 동정하지는 않을 것 아닌가요?"

"……."

"물론 영애님께서 여기 계신 모든 분의 동조를 얻고, 그 친구분의 매정함을 손가락질하게끔 하려는 의도는 아니리라 믿어요. 그렇게 추잡스러운 짓을 할 만큼 영애님은 교양 없는 분이 아니시니까요."

우, 우아- 발터르 영애, 웃으면서 저런 말을.

발터르 영애는 여전히 성녀처럼 자애롭기 그지없는 얼굴로, 마치 어머니가 아이를 달래듯이 조곤조곤 말을 이었다.

"그래서 제 생각에는, 사실 그 친구분은 그저 피해자일 것 같아요."

"저는 진심으로……."

"진심이 아니었다고는 하지만 그 친구분께서는 이미 영애님께 7번이나 상처를 받았는걸요."

"……."

"심지어 매번 이어지는 배신에도 영애님을 용서할 만큼이면, 사실 그 친구분께서도 진심으로 영애님을 위하셨을 거예요. 안 그런

가요, 여러분?"

부드럽고 예의를 지켜 자신에 대한 호감을 만들어 내고, 듣기에 더없이 다정하고 옳은 말을 한 뒤 주변 사람에게서 동조를 받아 낸다.

이 상황에서 발터르 영애에게 굳이 반기를 들어 긁어 부스럼을 만들 필요는 없었고, 사실 굳이 말하자면 내가 이사벨의 아픈 곳을 찔렀기에 나 또한 그녀의 편이 되어 줄 생각이 없다는 것이 확연했다. 비올레타는 방금 전부터 나한테만 말을 걸고 있으니 사실 판은 깔린 것이나 마찬가지였다.

이래서 말하는 거다. 귀족의 혈통과 지위는, 휘두를 때 진심으로 무섭다고. 나는 내 디르난트의 이름에 진심으로 감사의 인사를 올렸다. 내가 디르난트가 아니었다면, 발터르 영애가 저리 나서서 굳이 나를 위해 말을 할 이유도 없을 것이다.

발터르 영애의 말에 주변에서 분분히 '그렇죠.', '사실 영애께서 아무리 좋은 의도였다고 해도, 잘못된 것이었어요. 그 친구분은 더 아팠을 거예요.' 같은 말이 나오기 시작했다. 그것을 망연하게 듣던 이사벨의 눈길이 잠시 나한테로 떨어졌다.

그 눈길에 나는 의자 등받이에 기대 우아하게 웃었다.

아니, 아직 더 모자라.

"발터르 영애 말씀이 맞는 것 같아요. 위더 영애께서는 조금 더 훌륭한 방법으로 친구를 위하는 법을 알 필요가 있을 것 같아요."

"하지만, 어쨌든, 결과는……."

"하지만 그럼에도 친구분은 상처를 입었는데요. 사실 여기서 가장 아파야 하는 사람은 그 친구분 아닌가요?"

내 말에 사람들이 일제히 고개를 끄덕였다. 나는 느긋한 눈길로 주변을 돌아보다가, 어느새 이사벨한테서 떨어진 발터르 영애를 보고 웃어 주었다. 그에 그녀가 눈을 동그랗게 뜨더니 곧 눈가를 휘며 화사하게 웃었다.

그리고 이사벨에게 눈길이 닿는 순간, 나는 눈물 너머로 보이는 그녀의 눈동자에 비낀 명백한 절망과, 슬픔과, 그리고 분노, 마지막으로 처절한 몸부림을 읽어 내고는, 화사하게 웃어 주었다.

사교계는 유치하고 치졸하다면서 멸시하는 사람들이 종종 있었지만, 나는 그런 사람들에게 진심으로 한 번쯤 사교계에 들어와 보라고 말하고 싶다. 그 정신 공격을 몇 시간이나 버틸 수 있는지, 한 번 도전이나 해 보면 아마 그다음부터는 절대로 사교계를 우습게 보며 고고하게 굴 수 없을 것이다.

내가 사교계와 적당하게 거리를 유지하는 것도 그래서였다. 외교부에서 일을 할 때보다 훨씬 더 고도의 집중력과 머리가 필요했으니까. 그만큼 사교계는 말 한마디에 훅 가 버리는 곳이었다.

그리고 그런 곳에서 확실하게 살아남는 방법은 절대 저보다 더 높은 사람한테 대들지 않는 것이다. 그게 겉으로 드러나는 것이든, 아니면 돌려 돌려 숨기는 것이든.

그런 의미에서 이사벨은 최악의 수를 두었다. 그녀와 친분을 맺은 이들 대부분이 나와 그녀의 관계에서 우러나오는 이득을 보려고 몰렸던 사람들이었고, 우리 둘 사이의 관계가 파탄 난 지금 그녀의 편을 들어 줄 사람은 없었다.

더군다나 그녀가 나한테 한 잘못이 명백히 존재함에야, 그녀가 논리적으로도 더 아래에 있다는 건 부정할 수 없지 않은가.

그걸 알아차렸는지, 이사벨은 그제야 눈물을 그치고 조용하게 앉아 있었다. 대화의 주제가 다른 데로 넘어갔음에도 그녀는 말 한마디 하지 않고, 입을 꾹 다문 채 찻잔만 내려다보았다. 간간이 미소만 지으면서.

내심 그녀가 나와 칼리드의 관계를 터뜨리면 어떻게 다시 받아칠까 따위를 생각하고 있었으나, 그것이 자살행위나 마찬가지라는 것을 아는지 그녀는 더는 입을 열지 않았고, 따라서 나는 나를 향했던 그 찰나의 증오에 웃음을 지을 수가 있었다.

나를 위하기는. 저런 눈빛으로 나를 보면서.

언제나 슬프게 울고, 가련하게 피해자 역할을 자처했던 아이가 순간이나마, 그 한 가닥의 부정적인 감정을 내게 보였다는 데서 나는 이미 그녀가 슬슬 한계치에 도달했음을 느꼈다.

비록 너무 찰나의 순간이라 포착하기도 어려웠지만, 그럼에도 그 사실을 알아차린 건 비단 나뿐만은 아닌지, 비올레타마저 내 귀에 조용하게 속삭였다.

“이사벨, 슬슬 드러나는데?”

물론 그 본심이 뭔지는 아직 알 수 없다는 게 조금 안타까웠지만.

나는 눈동자를 굴렸다. 평소에 그렇게나 완벽하게 웃던 아이가 오늘따라 조금 무리수를 둔 것이 우습기도 하지만, 다른 한편으로는 의아하기도 했다. 어쩌면 그게 만찬 전에 보았던 위더 백작과 이사벨 사이의 그 어떤 일과 관련되었을 것이라는 생각도 들었으나, 그럼에도-

아, 통쾌는 하다.

아주 미세하게 균열이 간 이사벨의 그 얼굴만큼은 정말로 기뻐서, 나는 그냥 이 순간을 만끽하기로 했다.

* * *

방으로 들어오자 맥이 탁 풀려 버린 나는 침대에 털썩 주저앉았다. 몸은 노곤했지만 그럼에도 기분은 좋아서 나는 미미하게 미소를 띠었다. 나를 일으켜 세우고 옷을 벗기던 라이나가 뒤편에서 입을 열었다.

"기분이 좋아 보이시네요?"

"그럼, 좋지."

내 말에 라이나가 풋 웃음을 흘렸다. 나는 깔끔하게 목욕을 하고 잠옷으로 갈아입은 뒤, 그녀가 머리 빗겨 주는 것을 얌전히 바라보았다.

문득, 다시 한번 이사벨의 그 눈이 생각났다. 증오와 슬픔으로 일그러진 눈.

일단 그 눈에 왜 슬픔이 있는지는 둘째 치고서라도, 증오가 있다는 데서 나는 벌써 기분이 좋아졌다.

이렇게 말하니 조금 이상하기도 하지만, 그래도 계속해서 '아니야, 난 널 좋아하는데 네가 내 마음을 몰라주는 거야.' 따위의 태도를 지으며 나를 상처 주던 사람이, 갑자기 제 마음 한 가닥이라도 내비치는 게 더 통쾌하지 않는가. 그래서 나는, 그저 웃었다.

"사람 마음이라는 게 참 복잡하지?"

"흐음, 역시, 그렇죠?"

라이나는 작은 준남작가의 딸로서, 어렸을 때부터 내 옆에서 시중을 들어 온 아이였다. 가끔 툭툭 내뱉는 내 말을 잘도 물어 대화를 이끌어 나가는 재주가 있어, 나는 그녀에게 많은 이야기를 하는 편이었다. 물론 선을 넘지 않는다는 전제하에.

어쨌든 뜬금없는 내 말에도 라이나가 입을 열었다.

"기분이 많이 좋으신가 봐요?"

"아, 싫은 사람을 하나 퇴치하고 왔지."

"이런, 많이 싫어하는 사람이세요?"

"응, 많이. 사실은 세상에서 가장 좋아했던 사람 중 하나인데."

내 말에 담긴 씁쓸함과 통쾌함을 동시에 읽어 낸 라이나가 후훗 웃더니, 곧 내 머리를 한쪽으로 따 주고 빗을 화장대 앞에 놓았다. 그리고 그녀가 한마디 덧붙였다.

"그만큼 좋아했으니, 배신감도 클 거예요."

"그런가."

"그러니까 이상한 건 아니라고 봐요."

라이나의 말에 나는 고개를 끄덕였다. 그에 라이나가 내 머리를 마지막으로 곱게 만지고 곧 다 됐다며 고개를 끄덕였다.

나는 시계를 한번 보고 슬슬 자정이 다 되어 가고 있다는 사실을 깨닫곤 길게 한숨을 쉬었다. 아주 기뻐서 잠시 잊었는데, 내일이 국빈 연회 당일이었다. 비록 저녁에 열리긴 하지만 어쨌든 일찍 일어나 하루 종일 준비할라치면 지금 빨리 자야 하는데, 아주 기뻐서 잠이 올지 모르겠다.

이런 작은 승리에도 기뻐 어찌할 줄 모르는 내 모습이 한심하다면 한심할 수도 있었으나 어쩌겠는가.

나는 이불을 들치고 푹신한 침대에 몸을 기댔다. 멀찍이 서 있던 라이나를 힐끔 보자 그녀가 묘하게 웃었다.

"좋은 시간 되세요."

"응?"

좋은 시간?

나는 고개를 갸웃거렸다. 갑자기 웬 좋은 시간인가. 내가 기뻐하는 걸 눈치채고 그러는 건가? 나는 묘한 반응을 보이는 라이나에게 얼떨결에 미소로 화답하고 침대 안쪽으로 들어갔다. 그러자 그녀가 불을 끄고 문을 닫았다.

침대 헤드의 벽에서 은은하게 빛나는 불빛을 빌어 책을 몇 장 펼치던 나는 문득 다시 한번 생각나는 이사벨과 위더 백작, 어쩌면 그 사이에 있을 법한 관계성에 대해 고민에 빠졌다. 그러다가 최후에는 결국 답이 나오지 않아 얄팍한 승리의 희열을 그냥 맛보며 책을 읽는 것을 선택했지만.

그렇게 시간이 얼마나 흘렀을까. 갑자기 자정을 알리는 종소리가 멀리서 들려오고, 나는 이제 자야겠다는 생각과 함께 책을 옆에 놓았다. 그리고 그 순간.

똑똑-

가벼운 노크 소리가 들려오자 나는 고개를 들었다. 이 밤중에 공작 영애의 시간을 함부로 방해하는 사람이 누가 있단 말인가. 비올레타나 올리비아라고 치기에는 이렇게 늦은 시간에 갑자기 들이닥칠 리가 없었다.

나는 조금 경계 어린 눈길로 문을 빤히 보았다. 내가 있는 곳은 경비가 삼엄했다. 그럼에도 위험할 수 있었다. 저도 모르게 손이 침대 밑에 있는 단도 쪽으로 갔다. 나는 낮게 깔린 목소리로 입을 열었다.
"누구지?"
"접니다."
"어?"
익숙한 목소리에 깜짝 놀라고 말았다. 자정을 갓 넘긴 시간에 갑작스레 방문한 이는 다름 아닌 칼리드였다. 무슨 일이 있어도 저녁 늦게 나를 찾아온 일이 없던 이라 더욱더 놀란 나는 급히 침대에서 일어났다. 대충 신발을 구겨 신은 나는 숄을 걸치지도 못한 채 방문에 다가가 문을 열었다.
"무슨 일……."
혹여 무슨 일이 있을까 급히 문을 연 내 뺨을 감싸 쥐고, 내가 반응할 새도 없이 입술에 닿는 폭신한 감촉에, 나는 멍해지고 말았다.
이게 무슨…….
어리벙벙한 내 얼굴 위로 그가 가만히 속삭였다.
"생일 축하합니다, 스칼렛."
생일? 응? 생일? 누구의?
나는 눈을 깜박거렸다. 갑자기 쳐들어와서 생일 축하부터 하는 그의 모습에 정신이 들지 않았다가, 그 순간.
……아, 내 생일.
나조차도 모르고 있던 내 생일 축하에 어안이 벙벙해졌다. 그리고 은은하게 미소를 띠고 있는 그의 얼굴을 몇 초간 멍하니 보다가, 나는 그제야 국빈 연회 날짜가 내 생일과 겹친다는 사실을 깨달았다.
"아! 내 생일!"

세상에, 잊고 있었다.

손뼉을 짝 치는 나를 웃음기 어린 표정으로 보던 칼리드가 풋 웃음을 흘렸다. 그는 내가 잊었을 것이라는 걸 예상했다는 듯이 그다지 놀랍지 않은 표정을 지었다.

그리고 그때, 나는 문득 이사벨과 담판을 지었던 그날 비올레타가 마지막에 했던 그 의미 모를 말의 정체를 깨닫고 이마를 짚었다.

"국빈 연회랑…… 너 혹시 잊은 거야?"

아니, 얘는 그냥 말해 주지, 꼭 비밀로 할 건 뭐야.

그러고 보니 칼리드가 저번에 나한테 물었다. 혹시 국빈 연회 당일, 다른 일이 없느냐고. 그제야 이를 물은 연유를 알 것 같았다.

14살이 지나서부터 내가 내 생일을 잊는 경우는 허다했기 때문에 솔직히 이상하진 않았지만, 그렇다고 해도 생일 전날까지 누구도 나한테 그 사실을 귀띔하지 않은 건 처음이라 나 또한 조금 놀란 건 사실이었다.

하지만 어쩐지 상황을 보니 일부러 주위에서 나한테 숨긴 것 같기도 했다. 예를 들자면 비올레타나, 칼리드 같은 사람들의 '사주'를 받고.

이것들이, 감히 나를 속여? 쳇.

나는 속으로 라이나를 비롯해 주위 사람들을 혼내야겠다고 생각하며 칼리드를 올려다보았다. 그는 갑작스러운 그의 방문과 내 생일에 혼란스러워하는 나를 이해하듯 미미하게 미소를 짓고 있었고, 나는 그런 그의 모습에 입술을 꼭 깨물었다.

"스칼렛, 생일 축하합니다."

내 얼굴 위로 칼리드의 다정한 음성이 떨어지자, 나는 울컥 올라오는 희열을 감출 바가 없어 여전히 입을 꼭 다문 채 그를 올려다보기만 했다. 어차피 생일 자체가 별거 아니라고 생각했고, 스무 살이 넘긴 시점에서 매해 챙기는 것도 우습다고 생각했는데, 이렇게 축하받으니—

"말로 다하기 벅차면 행동으로 해 주셔도 될 것 같습니다만."

내 표정을 알아차린 듯 칼리드의 말이 떨어지자, 나는 바로 그의 목을 끌어안고 뺨에 입을 맞추었다. 그런 내 심정에 맞춰, 칼리드가 내 허리를 끌어안았다. 나는 조금 물기 어린 목소리로 입을 열었다.

"그냥 말해 주지. 이렇게 예고도 없이……."

"원래 이런 건 갑작스럽게 하는 겁니다."

"아, 난 또 무슨…… 아, 나 왜 이러는 거야."

새삼스럽게 생일 축하를 받은 게 무어 그리 큰일이라고. 매해 나한테 쏟아지는 선물만 얼마인데.

그럼에도 내 생일을 축하하는 사람이 한 사람 더 늘었다는 것과, 자정에 맞춰 축하를 보내오는 정성스러운 그로 인해 기분이 좋아져, 나는 배시시 웃었다. 포근한 그의 품은 다정했고, 무엇보다도 따뜻해서 안전감이 있었다. 평생 떨어지고 싶지 않을 정도로.

그렇게 한참을 안겨 있다가 나는 곧 아쉬운 표정으로 천천히 그에게서 떨어졌다. 그에 칼리드가 그의 손에 들려 있던 상자를 내밀었다.

"선물입니다."

"뭐예요?"

나는 상자를 풀었다. 그리고 자그마한 상자 안에 있는 가는 백금 팔찌에 활짝 웃었다.

"팔찌네요?"

"커프스 버튼의 의미를 아십니까?"

어, 이거, 내가 물어봤던…….

"그럼, 팔찌의 의미를 아십니까?"

"……구속, 소유……."

"당신은 나의 것."

홀린 듯이 내뱉은 내 말을 마지막으로 받으면서, 그의 뜨거운 입술이 내 입술 위에 겹쳐졌다. 조심스럽게 비집고 들어가는 달콤한 혀를 받으며 나는 그의 목에 팔을 감았다. 느긋하고 다정한 키스였다. 누구한테도 보여 주지 않는, 누구한테도 보일 필요 없는.

그는 대체 나를 얼마나 사랑할까. 그리고 나는 그를 얼마나 사랑하나.

얇은 네글리제를 사이에 두고 그의 팔이 나를 감쌌다. 두툼한 코트의 결이 살갗에 전해져 왔다. 나는 그의 몸에 바짝 붙으며 내 속을 파고드는 그의 체향에 더욱더 매달렸다.

세상에 다시없을 소중한 것을 받아 들 듯, 그는 나를 품에 안았다. 그 손길 하나하나에 다정함과 사랑이 배어 있어 나는 내 입안을 헤집는 그의 혀에 내 것을 맡기며 본능에 따랐다.

약간 야릇한 공기 속에서 뜨뜻한 입술이 떨어지고, 내 뺨을 조용하게 쓰다듬는 그의 손길을 얌전히 받으면서 나는 칼리드의 적갈색 눈동자를 빤히 보았다.

이렇게 보고 있기만 해도 좋았다. 서로의 체온을 나누고, 달콤하게 안고 있기만 해도 행복했다. 나는 손을 들어 침으로 적셔진 그의 촉촉한 입술을 손가락 끝으로 살짝 만지며 물었다.

"그럼 이제 우리는, 상대를 소유했네요?"

"그렇습니다."

"그럼, 우리는, 온전히 상대를 떠나지 못하겠네요?"

"물론입니다."

나는 혀로 입술을 감빨았다. 머릿속으로 하고 싶은 말을 고르다가, 그의 눈동자를 빤히 보면서 입을 열었다.

"사실, 갖고 싶은 게 하나 더 있어요."

내 말에 칼리드가 희미하게 웃음을 지었다. 내가 뭔가를 갖고 싶어 한다는 게 무척 기쁜 모양인지, 말해 보라는 표정이었다. 그런 그의 입술을 계속해서 손끝으로 만지작거리다가, 나는 입을 열었다.

"당신을 갖고 싶어요."

"……."

조용하게 속삭이듯 전하는 내 말에 방금까지 미미하게 미소 짓던 그의 표정이 약간 움찔거렸다. 이 달뜬 분위기에서, 이 달아오른 열기 속에서 내 말이 어떤 뜻인지 잠시 생각하는 듯하다가, 이내 그가 말문을 떼었다.

"이미 저를 갖고 계시지 않으셨습니까?"

"말고."

"……."

"온전히."

"온전히?"

"네, 온전히."

나는 우아하게 웃었다.

"당신을 온전하게 소유하고 싶어요."

"……."

"안 되나요?"

내 물음은 사실 답이 정해진 것이었고, 오늘 밤은 내 생애 최고의 선물이 될 게 자명했다.

우리 두 사람의 시선이 허공에서 마주쳤다. 그의 적갈색 눈동자에 약간의 불길이 이는 것을 보며, 나는 눈을 휘어 나른하게 웃었다.

그리고 곧― 그가 내 허리를 다잡아 쥐고, 약속이나 한 듯이 내가 그의 허리에 다리를 감은 순간, 방금의 부드러운 입맞춤은 모두 장난이었다는 듯이 불길이 일 듯 격렬한 키스가 시작되었다.

어느새 벽까지 나를 몰아붙인 그의 목에 팔을 감고, 내 다리를 단단하게 받쳐 그러안은 그의 손에 편하게 나를 맡기면서, 뜨거운 낙인이 점점이 떨어지는 입맞춤에 고개를 뒤로 젖혔다.

두 다리 전체가 바닥을 떠났는데 우습게도 하나도 불안하지 않았다. 나를 으스러질 듯이, 뼈에 박아 넣을 듯이 강하게 끌어당기는 안김에, 목을 타고 내려오는 그의 뜨거운 입술에 나른한 신음을 내뱉었다. 그의 손길이 닿는 곳마다 불에 덴 듯 뜨거웠다.

기절할 듯이 격렬했다. 입맞춤 하나에, 손길 하나에 이렇듯 절절한 애정을 느낄 수 있다는 사실을 오늘 처음 알아 더욱더 행복했다.

나를 벽에 몰아세우고 거침없이 키스를 퍼붓던 그가 어느새 네글리제의 앞섶을 풀어헤치고 내 쇄골 쪽에 입을 맞추고 있었다. 그의 머리를 껴안고 간지럽다고 꺄르르 웃음을 터뜨리던 나는 어느새 나를 안고 침대 쪽으로 향하는 그의 어깨를 살짝 잡아 쥐고 침을 삼켰다.

그가 한쪽 손으로 이불을 휙 젖히자, 푹신한 시트 위로 등이 닿았다. 오늘만큼 열정이 넘치는 그의 눈을 본 적이 없기에 쾌감이 올라왔다. 잇새를 타고 희열에 젖은 목소리가 흘러나왔다.

저도 모르게 비틀어지는 허리를 꽉 잡으며, 칼리드는 내 품에서 얼굴을 들고 나를 내려다본 채 으르렁거리듯 낮게 깔린 목소리로 입을 열었다.

"사랑합니다."

"……얼마나?"

"내 뼈 마디마디에 당신을 새겨 놓고 싶을 만큼."

네글리제를 헤치는 손길은 뜨거웠으나, 그럼에도 마지막 한 가닥의 이성이나마 잡아 쥐며 속삭이는 그의 얼굴에, 나는 요사스레 웃으며 그의 크라바트를 잡아 풀어헤친 뒤 코트를 벗겨 내리며 답했다.

"나도 마찬가지예요."

곧, 짙은 열기가 몰려왔다.

* * *

아, 뼈가 으스러질 것 같아.

나는 푹신한 시트에 몸을 맡기고, 쿠션에 얼굴을 묻은 채 미간을 움찔거렸다. 잠에서 깬 것 같은데 머리는 여전히 피곤했다. 결국 나는 눈을 감고 계속해서 이 푹신함을 만끽하기로 했다. 지금쯤이면 바닥에서 뒹굴고 있을 네글리제를 찾아 입기에는 너무 노곤했고, 몸도 나른해서 힘이 들어가지 않았다.

그렇게 비몽사몽한 채 침대 안에서 꼼지락거리는데, 갑자기 의식하지 못했던 것이 내 뺨을 가볍게 감싸 쥐었다.

뭐지…….

이마에 따뜻한 것이 닿고, 뜨뜻한 체온이 나를 감싸 안았다. 저도 모르게 익숙한 그 느낌에 나를 안고 있는 품속으로 더욱더 세게 파고들었다. 그리고 그 이유 모를 따뜻함이 내 허리를 감아 올 무렵, 나는 눈을 떴다.

그리고 그 순간, 어젯밤부터 오늘 새벽까지의 모든 기억이 거짓말처럼 돌아오기 시작했다.

나는 고개를 들었다. 목을 넘어 코까지 덮은 이불 때문에 흐릿하게 보였지만, 칼리드가 은은하게 미소를 지은 채 나를 보고 있었다.

사랑스럽다는 눈길이 확연해 나는 입술을 꼭 깨물다가, 화끈 달아오르는 얼굴 때문에 이불 안쪽으로 꼼지락거리며 들어갔다. 물론 그런 내 행동은 칼리드의 웃음을 자아낼 뿐, 별다른 효과는 없었다.

탄탄한 그의 몸에 얼굴을 기댄 나는 침을 꾹 삼켰다. 그러다 내 뒤통수를 살살 쓰다듬는 손길이 너무 다정해, 다시 이불 안쪽에서 얼굴을 드러냈다. 그리고 입을 열었다.

"잘 잤어요?"

헉, 내 목소리 좀 봐. 세상에!

나는 쩌적 갈라진 내 목소리에 기겁해 입을 틀어막았다. 그럼에도 칼리드가 아무렇지도 않은 듯 낮게 깔린 목소리로 대답했다.

“네. 저는 아주 행복하게 잘 잤습니다.”

“좋겠네요. 잘 자서.”

심술궂은 내 말에 칼리드가 다시 웃음을 흘렸다. 나는 그의 얼굴을 살짝 흘기고는 입을 열었다.

“그래서 지금 몇 시예요?”

“9시.”

“네? 으악!”

나는 새된 소리를 지르며 윗몸을 일으켰다. 하지만 순간 통증이 쫙 몰려와 더 큰 비명을 지를 수밖에 없었다. 어디 가서 얻어맞은 것도 아니고 이게 뭐야.

나는 기가 막혀 한숨을 푹 쉬었으나, 내 옆에 누워 있던 칼리드가 단단한 팔로 나를 쭉 잡아당기는 바람에 다시 침대에 털썩 누울 수밖에 없었다.

나는 당황한 얼굴로 입을 열었다.

“라이나가 올 시간인데…….”

“이미 왔습니다.”

“…….”

“돌려보냈습니다.”

아이고, 머리야.

나는 한숨을 푹 쉬었다. 아무리 국빈 연회가 저녁에 시작한다고 해도, 그래도 아침부터 준비는 해야 하는데……. 하지만 솔직히 말하자면 어디까지나 머리가 그렇게 말하고 있을 뿐, 몸과 마음은 무척 성실하게 ‘그냥 누워 있어! 그냥 누워 있으라니까! 칼리드가 옆에 있는데 누워 있어!'를 외치고 있었다.

그래서 나는 그냥 내 솔직한 마음을 듣기로 했다. 뭐, 까짓것 조금 더 누워 있는다고 죽기라도 할까 봐.

내 결정이 무척 흡족했는지 칼리드는 내 목에 얼굴을 묻고 자잘하게 키스를 남겼다. 뜨뜻한 이불 속에서 다시 내 다리를 쓰다듬는 손길에 나는 그의 머리를 밀어내며 입을 열었다.

"그만해요."

"싫습니다."

"그만하라니까."

"싫습니다."

"……나 뼈 으스러질 것 같아요."

"저도 만만치 않습니다."

"거짓말."

내 말에 칼리드가 내 이마에 입을 맞췄다. 그리고 곧, 그가 입을 열었다.

"어젯밤은 기억이 나십니까?"

"안 난다고 하면 죽여 버릴 거예요?"

새침한 내 목소리에 칼리드가 나지막이 웃음을 터뜨렸다. 내 허리를 타고 뜨뜻한 손이 올라왔다. 부드럽게 만지작거리는 손길이 간지럽기도 하고, 뜨겁기도 해 나는 괜스레 입을 열었다.

"그러는 당신은 기억이 나요?"

"물론입니다."

"흐음?"

"당신이 얼마나 예쁘게 제 이름을 부르시던지."

"으…… 으아, 잠깐만요. 굳이 말할 필요는 없……."

나는 순간 화끈거리는 얼굴을 감싸 쥐고 그를 등진 방향으로 돌아누우려고 했으나, 나를 꽉 잡는 그의 손길이 생각보다 더 단단해서 결국 무산된 채 그저 헛기침만 내뱉었다. 하지만 그럼에도 칼리드의 말은 계속 이어졌다.

"그리고 저한테 사랑한다고 하셨죠."

"으, 나도 알아요."

"그리고 더……."

"다, 닥치, 아니, 입 다물어요!"

칼리드의 입술을 꽉 막으면서 소리를 질렀다. 한없이 낮게 깔린 목소리로 속삭이듯 말하니, 묘하게 속을 간질이는 것 같았다. 나는 그의 입을 막은 내 손을 거두며 말했다.

"알았으니까 입 다물어요. 나도 당신이 나를 어떻게 봤는지 기억나니까."

"흐음……."

"최고의 생일 선물이었어요."

입술 끝을 말아 올리며 속삭였다. 그리고 이건 진심이었다.

내 말에 칼리드가 멈칫하더니 잠시 얼굴을 굳혔다. 그 미묘한 표정 변화를 보다가, 눈 깜짝할 사이에 나를 내려다보는 그를 보며 당황함에 젖었다. 아니, 갑자기 왜-

"아침이에요."

"압니다."

"오늘 국빈 연회-"

"그건 저녁이고."

내가 말한 모든 말을 일일이 씹어 던지는 그를 보며 나는 가볍게 한숨을 쉬었다. 그리고 곧, 그가 느긋하게 내 뺨을 만지작거렸다. 그의 손길을 가만히 보던 나는 햇빛이 가닥가닥 들어오는 캐노피를 휙 닫고, 그 기세를 빌어 그를 확 밀쳤다.

내가 그를 내려다보는 상황에 그가 미간을 찌푸렸지만, 나는 되레 입꼬리를 말아 올렸다.

"이번에는 당신이 먼저 시작한 거예요."

내 말에 칼리드가 내 뺨을 만지작거리다가 이내 답했다.

"네. 제가 먼저 시작한 겁니다."

그리고 그 순간, 다시 한번 공기가 뜨겁게 괴기 시작했다.

* * *

"그래서 우리 라이나는 주인을 팔아먹었다, 그거지?"

내 음산한 말에 목 쪽을 꼼꼼히 분칠하던 라이나의 손이 뚝 멈췄다. 그녀가 끼기긱 소리가 날 법한 모습으로 고개를 돌리며, 거울을 통해 그녀를 흘기는 나를 보곤 입을 열었다.

"아, 아닌데요?"

"……."

"죄송해요."

울상을 짓는 그녀를 보면서 나는 피식 웃었다. 칼리드가 와서 기쁜 건 기쁜 것이었지만, 그와 별개로 내 시녀씩이나 되는 애가 어떻게 나를 속일 생각을 하느냔 말인가.

그래도 나를 기쁘게 해 주겠다는 정성은 갸륵하니 넘어가 주겠다는 눈빛을 하자, 라이나가 슬금슬금 눈치를 보며 물었다.

“그, 그래서 선물은 잘 받으셨어요?”

“그럼.”

여유로운 내 대답에 라이나가 얼굴을 붉혔다. 그러다 다시 분을 들어 내 목에 톡톡 치기 시작했다. 그런 그녀의 얼굴을 보던 나는 어차피 즐거운 생일날, 그저 웃으며 그들의 ‘작당’을 넘어가 주기로 했다.

뭐가 됐든 훌륭한 생일이었으므로.

나는 문득 방금 전 자신이 내 생일을 축하한 첫 번째 사람이 아니라고 절망하면서 간 비올레타를 상기하며 다시 한번 웃음을 흘렸다.

그녀는 이른 아침에 일어나 나한테 선물을 전해 주러 직접 왔다가, 칼리드 때문에 돌아간 듯싶었다. 그리고 오후에 다시 왔을 때는 입을 뿌루퉁하게 내밀고 있어서 한참을 달래 줘야 했다.

올리비아가 옆에서 의미심장한 눈빛으로 나를 보더니 피식 웃음을 흘렸다. 그리고 비올레타를 흔들며 입을 열었더랬다.

“야, 가자.”

“왜! 아아악, 하여튼 내가 외교부도, 시녀도, 시종도, 다 막아 놨는데 공작을 생각 못 했어!”

“어차피 제일 처음 선물 주는 게 너라도 넌 공작 못 이겨.”

“왜!”

“본인을 통째로 선물로 바친 사람을 네가 어떻게 이기냐?”

……뭐, 올리비아의 눈치는 언제나 그렇게 빨랐으니 이상한 일은

아니었다.

"다 되었어요."

나는 거울 속에 있는 내 모습을 보며 웃음을 흘렸다. 예쁘고 고아하게 꾸며진 얼굴과 머리가 꽤 흡족했다. 반쯤 올려 꽃으로 묶고, 그 아래는 굽이굽이 물결을 그리며 내려오는 머리카락을 만지작거리다가 자리에서 일어났다.

"칼리드는?"

"밖에서 기다리고 계시죠, 당연히."

"들어오라고 하지 않고."

"그거야, 원래 레이디를 기다리는 기사님은 언제나 뒤에서?"

"로맨스 소설 좀 그만 읽어. 너 요즘따라 그런 말 많이 하더라."

내 말에 얼굴을 붉히는 라이나를 향해 웃어 주며, 나는 방문을 열고 나갔다. 그리고 곧, 짙은 적갈색 정장에 화려한 수가 놓여 있는 예복을 입고 있는 그를 보며 침을 꿀꺽 삼켰다.

칼리드는 나를 보고 희미하게 미소를 띠었다. 나는 고고하게 턱을 들고, 약간 오만한 미소로 그를 바라보았다.

칼리드는 나를 보더니 미간을 움찔거렸다. 팔을 쭉 감싸며 내려오는 프릴은 마음에 들지만, 꽤 파인 앞섶은 마음에 들지 않는 모양이었다. 게다가 분으로 가리긴 했지만, 그럼에도 여기저기 흔적이 남아서 더욱더 야하게 보였다.

그럼에도 칼리드는 별다른 말을 하지 않았다. 그저 내 옷을 가볍게 정리해 주며 입을 열 뿐이었다.

"예쁩니다."

"알아요."

새침한 대답에 그가 부드럽게 웃었다. 그리고 내 뺨에 입을 맞추었다.

"제 거라서 더 기쁩니다."

"누가 누구 거야."

"제가 당신 거입니다."

"으음, 그건 마음에 드네요."

말을 마친 나는 까르르 웃음을 터뜨렸다. 다디단 분위기로 가득 찬 와중에 그가 나한테 손을 뻗었다. 그 위에 내 손을 올리고, 나는 그의 얼굴에 입맞춤을 돌려준 뒤, 곧 그와 함께 발걸음을 옮겼다.

* * *

사실 국빈 연회란 두 나라가 정식으로 외교 관계를 건립했다는 것을 표명하기 위한 것으로, 연회를 표방한 외교 행사에 가까웠다. 그래서 나는 시작부터 끝까지 무조건 자리를 지킬 것을 당부 받았으며, 더욱더 정신을 똑바로 차릴 것을 다시 한번 교육받았다.

샹들리에의 반짝거림이 비춰 들어오는 연회장 입구에 칼리드와 함께 선 나는 내 이름과 칼리드를 호명하는 소리에 미소를 지었다. 내 팔을 꽉 잡는 손길이 누구보다도 듬직해서 안심이 되었다.

국빈 연회는 왕궁에서 가장 큰 홀에서 진행되는 만큼 2층에서도 그 끝을 쉬이 보기가 힘들 정도로 컸다. 하지만 그 와중에도 한쪽에 있는 비올레타의 미모는 오늘도 빛나서, 나는 어렵지 않게 그녀를 비롯한 익숙한 얼굴들을 찾을 수 있었다.

아직 양국의 폐하들께서 오지 않은 터라 이 연회장에서 가장 높은 지위를 가진 칼라일이 나와 칼리드를 번갈아 보다가 웃음을 지었고, 옆에 서 있던 샤론 태자비가 까르르 웃으며 그의 어깨에 얼굴을 묻었다.

그러나 화사하게 웃는 그들과 달리, 나와 칼리드가 다가오는 것을 보던 비올레타가 생글거리던 것을 뚝 멈추고 뱁새눈을 한 채 칼리드를 노려보았다. 그 옆에 서 있던 올리비아가 절레절레 머리를 흔드는 것을 보고, 나는 비올레타가 아직도 내 생일 선물 사건으로 삐쳐 있다는 것을 깨달았다.

비올레타는 칼리드를 밉지 않게 흘기더니, 곧 머리에 있는 화사한 다이아몬드 티아라를 만지작거리다가 입을 열었다.

"공작, 그렇게 안 봤는데 실망이에요."

순간 나와 칼리드의 의뭉스러운 눈길이 비올레타에게 꽂혔다. 밑도 끝도 없는 새침함이었다. 그에 비올레타가 말을 이었다.

"우리 스칼렛이 얼마나 순수한데……."

"너희 집 순수한 애는 애인을 스무 번 정도 사귀나 보구나."

"순수함과 남자의 수는 관계없어!"

옆에서 올리비아가 중얼거리자 비올레타가 반박했다. 그 모습을 보던 나는 길게 숨을 내쉬었다.

비올레타는 내 생일마다 꼬박꼬박 선물을 챙겨 주었다. 그것도 첫 번째를 꼭 고집하면서. 어찌 보면 유난이다 싶었지만, 그것이 나를 향한 애정이라는 것을 모르지 않았기에 나는 그저 그녀를 달래듯 웃어 보일 뿐이었다.

그때 비올레타가 말을 이었다.

"다음 해는 전날 저녁에 집에 먼저 가서 기다려야겠어."

"비올레타, 다음 해는 둘이 같은 집에서 살 수 있다는 생각은 못 해 봤어?"

"……."

칼라일의 말에 샤론 태자비가 웃음을 터뜨렸다. 나는 이마를 짚었다. 왜 이 말이 안 나오는가 했다. 우습게도 누구도 재촉하지 않는 내 결혼을 유일하게 재촉하는 사람은 칼라일이었다. 태자씩이나 돼서 타인의 혼사에 무슨 관심이 그렇게 많은지…… 나는 그를 흘겼다.

그때 칼라일이 칼리드를 향해 입을 열었다.

"그래서, 공작께서는 언제 내 사촌 매부가 되나?"

"그건 스칼렛한테 물어보시는 게 좋을 것 같습니다. 전 언제나 선택당하는 쪽입니다만."

"이런, 스칼렛. 아직도 남자한테 확답을 주지 않는 거야? 내 사촌 동생은 은근히 나쁜 여자 타입이었구나."

"스칼렛이야 원래 그랬지, 뭐. 얘가 원래 그런 데서는 이성적이잖아."

"아니, 내가 뭘 어쨌다고."

나는 헛웃음을 지었다. 칼라일은 오늘따라 유난히 기분이 좋아 보였다. 아니, 원래부터 즐겁게 사는 편이라 이상하지는 않았지만, 나는 이 대화가 제발 다른 주제로 향하기를 바라면서 한숨을 푹 쉬었다. 이러니까 결혼 생각이 생기려다가도 다 죽을 것 같다.

그런 내 마음을 알아차렸는지 칼리드가 내 허리를 감싸 안았다. 옆에 있던 테이블에서 와인 잔을 든 그가 하나는 나에게 넘겨주고, 다른 하나는 자신이 들어 잔을 부딪쳐 왔다. 쨍— 하는 소리와 함께 와인 잔이 떨리자, 옆에 있던 몇몇 사람들이 눈치 좋게 와인 잔을 들어 각각 잔을 부딪쳤다.

목구멍으로 와인이 흘러 들어가는 그때, 와인 잔 너머로 올리비아가 미간을 팍 찌푸리는 게 눈에 안겨 왔다. 그녀의 시선을 따라 고개를 돌리자, 익숙한 얼굴이 보였다.

"이사벨이네."

내 대수롭지 않은 목소리에 비올레타가 눈을 동그랗게 떴다. 그녀는 어제까지만 해도 이사벨이라는 말에 한숨을 푹푹 쉬던 나를 떠올렸는지 의아한 눈길을 던졌으나, 정작 나는 진짜 아무렇지도 않았다.

칼리드가 내 어깨를 더 힘주어 감싸기에 나는 안심하라는 듯이 그의 어깨에 기대며 은은하게 미소를 지었다. 여유 넘치는 내 표정에 비올레타와 올리비아가 뭔가 수군거렸으나, 나는 그런 그녀들보다 이사벨에게 눈길을 고정했다.

그녀는 오늘 옅은 노란색에 화려한 레이스가 달린 드레스를 입고 있었는데, 머리부터 발끝까지 화사한 꽃과 보석으로 장식해서 무척 아름다웠다.

아아, 이렇게 보니까 예쁘긴 정말 예쁘다. 수줍게 미소를 짓는 모습이라거나, 툭 쓰러질 것만 같은 연약함이 보호 본능을 그대로 자극했다.

그때 그녀를 에스코트한 이름 모를 영식의 옆에서 우아하게 웃던 이사벨의 고개가 살짝 돌려지고, 나와 눈이 마주친 그녀가 멈칫하더니 화사하게 웃었다. 그 모습을 보던 나 또한 칼리드의 품에 더더욱 달라붙으며 와인 잔을 든 뒤 그녀에게 웃어 주었다.

그에 비올레타가 입을 열었다.

"우아, 스칼렛. 내공이 만만찮은데?"

"손에 쥔 게 있다 그거지."

올리비아의 대답에 나는 와인 잔을 들이켜며 웃음을 흘렸다. 이사벨은 내 웃음을 보더니 곧바로 고개를 돌렸다. 순간 어젯밤 일이 생각나 더욱더 기분이 좋아졌다. 나는 입을 열었다.

"내 인생에서 가장 잘한 일은 칼리드를 이사벨한테서 빼앗아 온 일일 거야."

물론 가장 추잡스러운 일이기도 하지만…… 끝까지 당하면서 고고한 피해자로 남을 바에야 조금 추잡스럽게 이기는 게 낫다. 내 말을 들은 올리비아가 비웃음을 흘리더니 입을 열었다.

"기특하기도 해라."

왠지 모르게 비꼬는 것 같지만 그게 원래 올리비아의 표현 방식임을 잘 알고 있는 나는 피식 웃기만 했다.

그때 양국의 폐하와 왕비 전하가 입장하자, 우리는 전부 말하던 것을 멈추고 그들을 맞이해야 했다.

삼삼오오 떼를 지어 선 귀족들 사이에서 다시 한번 이사벨을 찾아낸 내가 눈썹을 까닥였다. 어느새 새하얗게 질린 얼굴이 바닥을 내려다보고 있었다. 하얀 장갑은 정신없이 드레스를 쥐어 잡고 있었고, 나머지 손으로는 눈물을 닦아 내고 있었다.

그 기이한 광경에 나는 이상한 기분이 되어 미간을 찌푸려야만 했다. 대체 뭐 하자는 건지, 이번에는 뭔지. 나는 아직도 이사벨을 모르겠다. 그녀가 하고 싶은 게 뭔지, 어떤 것을 원하는지.

그리고, 그녀가 어떤 사람인지.

우습게도.

곧 축사가 끝나고, 악단의 연주가 다시 시작되자 곧 사람들이 흩어지기 시작했다. 칼라일은 시에라의 태자를 만나러 갔고, 나는 칼리드와 춤을 몇 번 춘 뒤 몇몇 귀족들과 인사를 나누며 대화를 이어 가고 있었다.

중간중간 시에라의 왕녀와 영애들이 칼리드를 보며 얼굴을 붉히는 것에 칼리드를 향해 짐짓 질투해 본 척하고, 그런 나를 그가 안아 뺨에 입을 맞추는 것 또한 즐겨 보면서.

그리고 시에라의 어느 귀족과 대화를 끝내고 잠시 뒷걸음질 치는 와중에, 누군가가 나와 부딪쳤다.

"아, 죄송, 죄송합니다."

"어머? 오랜만이에요. 필레르 영애."

나와 부딪친 사람은 다름 아닌 재스민 필레르였다. 그녀는 나와 칼리드를 번갈아 보다가, 곧 급히 드레스 자락을 잡고 우리에게 예를 취했다.

"공작 각하와 영애님을 뵙습니다."

"저번에 보고 처음이죠?"

사실 내가 그녀에게 호의적으로 굴 필요는 없었지만, 그녀가 내게 먼저 사과까지 한 이상 굳이 빡빡하게 굴 필요는 없었으므로 나는 온화하게 웃어 주었다.

하지만 재스민 필레르의 표정은 생각보다 밝지 않았다. 조금 초조한 듯, 불안한 듯한 표정을 짓는 그녀를 보면서, 나는 조심스레 입을 열었다.

"무슨 일이라도 있어요?"

"아, 아닙니다."

내 물음에 재스민 필레르는 불에 덴 듯 고개를 절레절레 저었다. 그러고는 아무것도 아니라고 몇 번이나 강조하면서 나에게 인사를 한 뒤 자리를 떴다.

예전부터 느꼈지만, 참 저 자신을 꾸밀 줄 모르는 영애였다. 오랫동안 외국에서 유학 생활을 했다더니, 사교계와 멀리 떨어져 살아서 그런 것 같다.

그렇게 그녀의 뒷모습을 빤히 보다가, 나는 고개를 돌려 언제부터인지 나를 보고 있던 칼리드와 눈이 마주치곤 다시 배시시 웃었다.

아, 행복하다. 세상에, 이렇게 행복할 수 있나. 나는 어제부터 쭉 이어져 온 지나친 기쁨에 기분이 한층 더 좋아져 환하게 웃었다. 시간이 여기서 멈췄으면 좋겠다. 내가 여기에 있고, 고개를 돌리면 칼리드가 있고.

한데 그때였다.

"아."

나는 내 장갑을 보고 미간을 찌푸렸다. 언제 묻었는지 모르겠지만, 빨간색 립스틱이 장갑에 보기 좋지 않게 묻어 있었다. 하얀 장갑을 유지하는 것은 귀족의 교양을 나타내는 것이므로, 나는 입술을 살짝 깨물다가 곧 칼리드를 향해 속삭였다.

"저, 장갑 좀 바꾸고 올게요."

"에스코트하겠습니다."

"별거 아니에요. 혼자 다녀오면 돼요. 이 옆방에 라이나가 대기하고 있거든요."

원래 혹시 있을지 모르는 불상사에 대비해 여벌의 옷과 장신구 및 장갑을 준비해 놓고, 시녀가 옆방에서 시중들 준비를 한다. 나는 지금쯤 연회장과 얼마 떨어지지 않은 방에 있을 라이나를 떠올리곤 칼리드에게 가볍게 속삭인 뒤, 곧 연회장을 가로질러 떠나갔다.

"어, 어디 가?"

문을 열고 나가려는 나를 비올레타가 잡았다. 나는 그녀에게 얼룩이 진 장갑을 보여 주며 어색하게 웃었다. 그녀가 알겠다는 듯 고개를 끄덕이자 나는 다시 발걸음을 급히 옮겼다.

세상에, 국빈 연회에서 얼룩이 진 장갑이라니, 내가 먼저 발견했기 망정이지.

그리고 내 그런 생각과 비슷한지, 라이나가 기겁하며 급히 깨끗한 장갑을 꺼내 왔다. 그것을 손에 끼며 나는 다시 급하게 발걸음을 옮겼다. 어쨌든 왕족씩이나 된다는 귀족 영애가 국빈 연회를 오래 비운다는 것도 말이 안 되…….

"당신이 어떻게 이럴 수 있어요!"

그때였다.

급하게 뛰어가는 내 귀를 찌르는 울음기 섞인 목소리에 나는 발걸음을 멈추어야만 했다. 평소라면 또 싸우는 사람이 있나 싶었겠지만, 일단 여기는 국빈 연회 회장과 가까운 곳이었고, 무엇보다도 가장 중요한 건…… 방금 그 소리가 굉장히 익숙했기 때문이었다.

그리고 그런 내 생각이 맞음을 증명하듯, 또 다른 익숙한 목소리가 들려왔다.

"그래서 내가 당신에게 질리는 거다. 가진 거라곤 반반한 낯짝밖에 없어. 당신은 대체 할 줄 아는 게 뭐지?"

정확히 볼 수는 없었지만, 이 목소리는 분명 위더 백작의 것이었다. 그리고 그 앞에 있는 여자가 백작 부인임을 나는 쉽게 알 수 있었다. 서늘한 남자의 목소리는 얼음장같이 차가웠다. 너무 차가워서, 듣는 이가 내가 아님에도 가슴이 아파 올 정도였다.

나는 속히 이 자리를 뜨는 게 좋겠다는 판단을 내렸다. 뭐가 되었든 간에 부부 싸움이고, 그것을 엿듣는 것은 좋지 않다. 그렇게 내가 결정한 순간이었다.

"그런 내 모습이라도 사랑한다고 했잖아요. 그런데, 그런데…… 아, 당신이 어떻게, 나를 배신하고, 우리 가족을 배신하고, 우리가 나눈 맹세를 깨고, 심지어 다른 여자를 사랑한다고 나한테 말할 수 있어요?"

……응? 잠깐만. 이거 내용이 좀…….

나는 혼란스러운 마음에 멈출 수밖에 없었다. 하지만 그런 내 경악을 갈무리할 새도 없이, 더욱 큰 충격이 나를 덮쳐 왔다.

"날 사랑한다며, 그거 하나 믿고 여기까지 왔어요. 그런데 당신이 나한테 어떻게 이럴 수 있어. 그래, 그 극본, 그 극본도 웃기기 짝이 없어. 저 여자가, 저 여자가 나와 이사벨보다 더 소중…… 꺄악!"

철썩-

나는 숨을 들이켰다. 지금 이거-

"한심하기 짝이 없군."

"……."

"툭하면 질질 짜고, 툭하면 빌빌대고. 당신이 그러니까 내가 정이 떨어질 수밖에."

"흐윽…… 흑."

"사랑? 대체 언제 적 이야기로 아직도 발목을 잡는지 알 수가 없군. 난 아주 오래전부터 당신에게 흥미를 잃었어."

나는 기가 막혀 할 말을 잃었다.

세상에, 저게 무슨 미친 짓이지?

간혹 배우자에게 손을 대는 쓰레기들이 있다고 들었다. 하지만 어디까지나 교육을 제대로 받지 못한 자들이고, 무엇보다도 전해 듣는 것과 직접 생생하게 목격한 건 너무 달라서, 나는 순간 얼어붙고 말았다.

아버지는 어머니에게 손을 대기는커녕 금쪽처럼 아꼈고, 어머니 또한 마찬가지였다. 폐하와 왕비 전하도, 칼라일과 샤론 태자비도, 그리고 수많은 부부들 사이에서 폭력이 오가는 현장을 나는 본 적이 없었다.

나는 망설였다. 어떻게 하는 게 좋을지 몰랐다. 하지만 해결은 해야겠고, 무엇보다도 국빈 연회장과 가까운 곳이라 손님들도 오갈 수 있는 곳이었다.

나는 외교관이자 귀족 영애로서 내가 할 수 있는 최선이, 바로 도움을 청할 수 있는 사람을 불러오는 것이라고 결정을 지었다.

백작은 건장한 남자였고, 아내에게 손을 대는 사람이 나한테까지 손을 대지 말란 법은 없었다. 내가 뛰어들면 일은 더 커질 수 있었고…….

나는 급히 발걸음을 옮겼다. 그리고 마침 연회장 부근에서 순찰을 하고 있는 기사를 한 명 발견하고 급히 그를 불렀다.

"경. 부탁이 있어요."

"하명하십시오, 영애님."

"지금 연회장으로 조용히 들어가서, 칼, 아니, 프로디아드 공작 각하, 뮐레르 공작 각하, 혹은 후작 이상의 건장한 남자 귀족을 불러 줘요."

어쨌든 백작의 폭력을 막을 수 있는 사람이어야 하고, 그건 여자보다는 남자가 조금 더 알맞으며, 동시에 백작이 무시하지 않을 만한 지위를 가져야 한다. 어머니라면 말릴 수 있을지도 모르나, 어머니는 현재 국빈을 맞이하고 있었다.

내 명에 다른 의문을 제기하지 않은 채 기사가 급히 발걸음을 옮겼다. 그리고 나는 제발 백작이 부인에게 다른 식으로 손을 대지 않기를 바라며 고개를 돌렸다.

그리고 그 순간.

바들바들 떨리는 손, 우아하게 흘러내린 갈색 머리카락, 그와 반대로 잔뜩 일그러진 얼굴.

나는 미간을 찌푸렸다. 한평생 보지도, 볼 수도 없었던 표정으로 이사벨이 내 앞에 서 있었다. 푹 숙인 고개가 바닥을 향해 있었지만, 꽉 잡은 양손은 바들거리고 있었다.

나는 그녀가 왜 갑자기 내 앞에서 이러는지 의아해 그녀를 조용히 응시했다. 하지만 그녀가 고개를 들고, 그 물기 어린, 증오와 슬픔에 가득 찬 눈동자가 나를 향하는 그 순간—

—나는 어제부터 묘하게 이어져 온 행복한 시간이, 지금부터 시작될 고통을 위한 신의 배려였다는 사실을 깨달았다.

나는 수십 번, 수백 번을 이사벨의 진짜 모습을 보고 그녀의 속마음을 듣는 순간을 홀로 상상했지만, 그 어떤 상상에서도 지금과 같은 순간은 존재하지 않았다.

일단 백작 부부가 왜 저쪽에서 싸우는지는 둘째 치더라도, 방금까지 연회장에서 나를 향해 웃던 애가 갑자기 이러니 이상할 법도 하지 않은가.

나는 이사벨을 바라보았다.

눈가가 파르르 떨리고, 곱게 칠한 입가가 부들거렸다. 꿈틀거리는 눈가를 살짝 매만지는 손길이 부들부들 떨리고 있는 게 내 눈에까지 보였다.

이사벨의 저런 모습은 한평생 본 적도 없고, 볼 수 있으리라 기대한 적도 없었다. 그녀가 속마음을 드러낼 때쯤에는 극한의 상황에 몰려 있거나, 내지는 칼리드와 연관된 상황이라고 내심 생각했었는데, 의외의 상황에 닥쳐온 감정의 홍수는 나를 당황하게 만들기에 충분했다.

침묵이 흐르는 사이에서 나는 입을 꾹 다물고 이사벨을 보다가, 길게 숨을 내쉬었다.

"미안. 내가 네 길을 방해했나 보구나."

어쨌든 굳이 그녀를 막을 필요는 없다. 남의 가정불화를 가지고 조롱할 만큼 나는 바닥이 아니었고, 한 사람의 잘못이 아닌 부모님의 불화 따위로 그 사람을 비웃고 싶지는 않았다.

애초에 내가 위더 백작에 대한 호감이 사라진 것과 별개로 어쨌든 내게 가장 큰 잘못을 한 건 이사벨이었으므로, 나는 애초에 위더 백작 부부의 사정에는 관심이 없었다. 그저 백작이 부인에게 손찌검하는 것만은 말리고 싶을 뿐.

그래서 나는 일단 이사벨을 먼저 보내고 싶었다. 뭐가 됐든 이런 현장에는 사람이 적을수록 좋았고, 한 가족이 줄줄이 엮여서 소동이라도 일어나면 더욱더 골치 아파지기에. 그건 나뿐만 아니라 이사벨도 그럴 것이라고 생각했다.

"하……."

하지만 이사벨은 내 그런 배려 아닌 배려를 받아들이고 싶은 생각이 없는 듯했다.

그녀는 여전히 목석처럼 서서 나를 바라보고 있었다. 그 명백한 고집에 나는 길게 한숨을 쉬었다. 어쨌든 어제저녁과 방금 내가 도발한 것도 있으니 이상한 건 아니지만, 언제나 나를 그렇게 여유 넘치는 표정으로 봤으면서 이렇게 갑자기…… 그때였다.

"좋아?"

……응? 뭐가?

주어도 없고 아무것도 없는 말에 나는 어이가 없었다. 뭐가 좋단 말인가. 혹시 어제저녁부터 그녀를 괴롭히던 그 행동을 말하는 건가? 그거라면 물론 좋다. 좋다 못해 춤이라도 추고 싶다.

하지만 이사벨의 물음은 그걸 지칭하는 것 같지 않았고, 왜 그렇게 생각하느냐고 묻는다면 그냥 직감이라고 대답할 수밖에 없었다.

'혹시…….'

나는 고개를 갸웃거렸다. 혹시, 내가 방금 목격한 그 부부 싸움을 보고 그녀를 비웃기라도 하길 바라는 건가. 그리고 그런 내 궁금증 위로, 이사벨의 말이 덧씌워졌다.

"어제는…… 잘 비웃기만 하더니."

"뭐?"

"너는 그런 거 잘하잖아. 그래, 스칼렛은, 그런 걸 잘했지. 고고하게, 우아하게, 도덕의 정상에서 우리를 내려다보며, 그렇게."

"……."

"그래, 그러니까 그런 짓을 할 수 있는 거지."

나는 미간을 찌푸렸다. 내가 무슨 짓을 했나. '그런 짓'이라고 칭할 만한 걸 한 사람은 분명 이사벨이었다. 애인을 7번이나 빼앗아 간.

하지만 나는 그녀의 말에 반박하지 않았다.

숨겨 두고 숨겨 두었던 둑이 터지고, 그 사이를 타고 그녀의 감정이 줄줄이 흘러나왔기 때문이다. 어제저녁부터 불안정하던 그녀의 얼굴이 오늘 연회를 거쳐 한 번 더 깨지고, 지금은 쩌적 금이 간 채 내 앞에 서 있었다.

슬픔인지, 분노인지, 증오인지 모를 감정들이 홍수처럼 쏟아져 왔다.

대체, 무슨 말을 하고 싶은 거지.

나는 차분하게 서 있었다. 어디 한번 말해 보라는 표정을 지으며, 내가 억지로 열려고 해도 열리지 않던 그 깊숙한 비밀을 그녀가 알아서 열길 바랐다. 내 그러한 마음을 알아줬는지, 아니면 단순히 더는 숨길 수 없었는지 이사벨이 조금 더 울음기 섞인 목소리로 입을 열었다.

"너는 언제나 그랬어. 그래, 내 자랑스러운 친구는 언제나 그랬지. 세상의 온갖 좋은 것은 다 품에 안고, 고고하고 우아하게, 타인을 굽어보고 이해하는 척."

"……."

"사실 너도 별 볼 일 없는 계집애일 뿐인데."

"……."

"우정? 네 그게 우정이라고? 아니야, 스칼렛. 넌 그냥 자기만족이 필요했던 거잖아. 네가 얼마나 잘났는지, 네가 얼마나 고귀한지, 네가 얼마나 너그럽고, 얼마나 대단한지 보여 주기 위한 장식품!"

이사벨은 울고 있었다. 하지만 그녀의 울음은 이제 슬픔보다는 분노를 담고 있었고, 처절하기 짝이 없는 비명처럼 나를 마구잡이고 찔러 대고 있었다. 그녀가 나를 어떻게 생각했는지 눈앞에 온전히 펼쳐지기 시작했다.

그리고 그 순간, 처절한 분노 대신 우습게도 식어 버린 이성이 머릿속을 온전히 지배했다.

나는 이사벨의 눈을 보았다. 눈물을 그렁그렁 달고 있는 그 눈은 눈물로 꽉 차 있었고, 그것은 마치 그녀의 속을 그대로 대변해 주듯 장대처럼 뚝뚝 바닥에 떨어지고 있었다.

나는, 입꼬리를 말아 올렸다.

"웃기지도 않아서."

정말 웃기지도 않았다.

내 말에 이사벨의 눈가가 파르르 떨렸다. 그녀가 그렁그렁한 눈으로 나를 보더니, 곧 손을 들어 눈가를 쓸고 입을 열었다.

"너는, 너는 끝까지 그래."

"내가 뭘 어쨌는데."

"한없이 더러운 마음을 속에 감추고, 우아한 귀족 영애를 연기하면서, 사실은 주위 사람들을 전부 제 발아래로 보고 있잖아!"

"……뭐?"

"그 가식적인 모습으로 사람들을 홀리고, 남자들한테 여우처럼 굴고, 나와 친하게 지내는 척, 친구인 척 굴면서 내 것을 전부 빼앗아 가고!"

"내가 네 무엇을 빼앗아 갔는데?"

"전부!"

싸늘하게 물은 내 물음 위로, 이사벨이 처절하게 외쳤다.

전부.

단순한 단어 하나가 내 마음을 후벼 팠다.

뺏겼다. 빼앗았다.

내가, 그녀의 것을 빼앗았다고 저 아이가 그렇게 말하고 있었다. 나는 길게 숨을 내쉬었다.

"전부?"

"그래, 전부."

짙은 분노와 증오가 머리 위로 쏟아졌다. 차가운 얼음물을 머리 위로 뒤집어쓴 것처럼, 삽시에 머릿속이 깨끗하게 비워졌다.

나는 이사벨이 하는 그 한평생 들어 보지도 못한 평가와, 생각해 보지도 못한 이유 때문에 어안이 벙벙해져 어떻게 반응하고, 어떻게 해야 할지조차 모르고 있었다.

생각하고 있었는데, 그녀가 내게 모든 것을 보이는 그 순간을 생각하고 있었는데…… 너무 예상 밖의 상황에서 그것이 실제로 다가오니 더욱더…….

나는 서늘하게 입을 열었다.

"빼앗은 건 너지. 내 애인들, 기억 상실증이라도 걸렸어?"

"애인들, 그래…… 애인들 말이지."

"……."

"가여운 스칼렛, 너는 그게 진짜로 내 탓이라고 생각하니?"

그리고 그 순간, 나는 불안감에 휩싸였다.

나는 입술을 꽉 깨물었다. 뭐야, 이 뒤에도 무슨 일이 있었어? 여기에도 내가 모르는…….

"스칼렛, 그 애인들은 전부 네가 자초해서 벌어진 일이야."

"……무슨 소리야."

"그들은 너를 배신하지 않았어. 아니, 오히려 그들을 배신한 건 너야."

"무슨 소리를, 하고 싶은 거야."

"그래, 그 남자들. 그 남자 중에서 진짜로 나와 어떤 관계가 있었던 건 사실 두 명밖에 없었어. 불쌍한 스칼렛, 그 나머지는 전부, 전부 너를 끝까지 사랑했단다."

잇새를 타고 빠득거리는 소리가 나갔다. 나는 입술을 꽉 다문 채, 그녀가 지껄이는 소리를 조용하게 들었다. 그러니까 지금, 그 7명의 배신 중에서 사실은 2명뿐이고, 나머지는…….

"네가 조금만 더 그들에게 신경 썼어도, 네가 조금만 그들을 사랑했어도 그들은 그러지 않았을 거야. 그게 네 본질이야. 사랑이다 어쩐다 하면서도, 정작 저 자신이 제일 중요한."

"그러니까, 그게……."

"내가 제안했어. 네 애인들이 나와 사귄다 하면 네가 과연 그들을 잡을지. 그리고 그들은 그 제안을 받아들였고. 세상에, 스칼렛-결국에는 네 탓이야."

"……."

"상식적으로 사랑하는 남자가 다른 여자한테 한눈을 팔았는데,

그렇게 아무렇지도 않은 표정으로 있을 수 없잖아? 안 그래?"

말을 하는 이사벨의 눈은 내가 여태껏 봤던 것처럼 눈물과 울분으로 차 있었지만, 그럼에도 나는 그녀가 오늘만큼 악마처럼 보였던 적은 없었다. 그 절절한 조롱과 눈물로 범벅된 얼굴은 마치 그녀를 위해 만들어진 표정처럼 지독하리만치 어울렸다.

나는 내 20년 동안의 우정을 모조리 부정당하고, 동시에 7번의 배신이 가져온 내 상처의 모든 것이 사실은-

"네 탓이야."

-내 탓이라는 이야기를 듣고 있다.

나는 웃었다. 웃기지 않았지만 웃었다. 그렇게라도 하지 않으면, 당장 이년의 모가지를 따 버리려 검을 찾아 들 것 같았기에. 나는 억지로라도 웃으려고 했다.

그리고, 억지로 입을 열었다.

"이사벨."

"……."

"네가, 그러고도 사람이야?"

나는 여태껏 그녀의 행동에 혀를 찼지만, 지금 이 순간처럼 뼈에 사무치게 그녀의 인간성을 의심한 적은 없었다. 바닥이라 생각한 순간보다 더한 바닥이 보이고, 점점 치닫는 분노에 손이 떨려 왔다.

저런 악의를 갖고, 저런 생각으로 여태껏 내 옆에서 방긋방긋 웃고 있었으며, 심지어 내가 그녀를 내치지 않았다면 아마 죽을 때까지, 끝까지, 내 옆에서 저런 마음으로 친구 행세를 했을 것이다.

그리고 지금은 되레 그녀가 울고 있었다. 그 생각을 하자 제일 처음 토악질이 올라왔다. 나는 입을 막았다. 속이 울렁거리고, 머리가 띵해 내장이 뒤집히는 느낌이었다.

나는 될수록 뒤집히는 속을 평온하게 진정시키며, 입을 열었다.

"예의를 가식으로, 자존심을 무관심으로 보는 거, 그거, 그냥 네 본성이 만들어 낸 내 모습 아니야?"

"지금 무슨 말을……."

"네가 그런 식으로 세상을 보니까."

"……."

"그냥 글러 먹은 눈으로 세상을 보니까 내가 그렇게 보이는 거잖아. 이사벨, 솔직히 말하자면 나는 지금 네가 무슨 개소리를 하는지 감도 잡히지 않아."

"이 정도로 말했는데도……."

"이 정도밖에 말하지 않아서 더 모르겠어. 너 정신 나갔니?"

나는 기가 막혀 웃음을 흘렸다. 싸늘하게 식은 미소였다.

"제정신이 아니구나. 아, 이 말 빼고는 할 얘기가 없어. 내가 왜 그 남자들을 잡지 않았냐고? 이사벨, 내가 왜 구질구질하게 그들의 발목을 잡아야 하니?"

"그래서 네가 그들을 사랑하지 않는다고 하는 거야."

"아니, 그건 내가 그들을 사랑하지 않는 게 아니라, 굳이 그럴 필요를 느끼지 못한 거야. 내가 왜, 내가 왜 나 싫다고 하는 사람 다리를 잡고 구걸해야 하니? 내가 왜?"

"그게 어떻게 구걸이야? 그건 사랑한다면 당연한 거야!"

"당연함이 아니야. 나는 미안하지만 나 자신에 대한 예의는 꼭 차려."

"……."

"자존심이고 나발이고, 뭉개 버리고 빌빌거리는 너와 다르게."

물론 한눈 판 상대를 용서해 주는 사람도 있었다. 그러나 나는 그러지 않았다. 그저 가치관과 그에 따른 선택의 차이였다.

그런데 이제 와서, 그런 걸로 내가 그들을 사랑했다는 사실 전부를 부정당하고, 그 모든 게 내 탓이었다고.

나는 고개를 들었다. 이사벨은 마치 비련의 여주인공처럼 울고 있었다. 그리고 나는 그녀를 괴롭히는 악당이다. 이 어이없는 역할 배치에 나는 기가 막혀 그녀에게 되물었다.

"그래서, 그런데 왜 내 옆에 있었어? 그렇게 역겨운데 왜 굳이?"

"……."

"그렇게 싫으면 그냥 나와 멀리 떨어지면 좋았잖아. 내가 그렇게 역겨운데 왜 내 옆에 있었니?"

가장 본질적인 문제는 그것이었다. 그녀는 나를 싫어할 수 있지만, 정작 내 옆에 붙어 있는 건 그녀였다. 그러니까 지금…….

"그, 그럴 수밖에 없었어. 나는 내가, 내가 너를 바꿀 수 있을 거라 생각했으니까."

"이건 또 무슨 개소리야."

그녀의 말도 안 되는 소리에 나는 그녀에게 다가갔다. 피가 거꾸로 솟고 정신이 반쯤 나갔다. 이 순간 내 앞에 있는 역겨운 저 계집애를 당장 죽여 버리고 싶은 마음만이 나를 지배하자, 나는 내 손을 들었다. 그에 눈을 꾹 감은 이사벨이 움찔하며 떨었다.

그 순간, 우습게도 정신이 돌아왔다.

허공에 멈춘 손이 부들거렸다. 그리고 주먹을 꽉 잡고 내가 속삭였다.

"이사벨, 나는, 여태껏 너한테 무슨 거창한 이유라도 있는 줄 알았어."

사실 그러했다. 그녀가 계속해서 나한테 뭔가를 숨기는 것 같길래, 무슨 거창한 이유라도 있는 줄 알았는데…… 나는 입술 끝을 올렸다. 그리고 비웃음과 안타까움을 담아, 그녀를 향해 웃어 주며 조용하게 속삭였다.

"그런데 그냥, 정신병자였잖아?"

내 말에 이사벨이 눈을 크게 뜨더니 바로 반박하듯 내게 붙어 왔다. 하지만 내가 그녀의 팔을 잡는 게 더 빨랐다. 그 가는 팔목을 꽉 휘어잡아 아래로 꽉 눌러 내린 뒤, 내가 우아하게 웃으며 입을 열었다.

"정신병자에게는 정신병자다운 대접을 해 줘야지."

"……!"

"안 그래요, 여러분?"

그리고 곧, 방금 전부터 이사벨의 뒤에 서 있던 한 무리의 사람들을 향해 부드럽게 동의를 구했다.

내 말이 떨어지자 이사벨이 고개를 홱 돌렸다. 그녀는 저와 떨어진 곳에 서 있는 칼리드와 비올레타, 그리고 몇몇 귀족들을 발견하곤 경악에 몸부림치는 눈으로 나를 보았다. 바동거리며 내 손아귀에서 벗어나려고 애를 썼으나 역부족이었고, 그녀는 마치 세상이 멸망할 것만 같은 표정으로 나를 보고 있었다.

"너…… 일부러, 이, 일부러……."

"그래. 일부러."

"……."

"당연한 거 아냐?"

"이 미…… 아악!"

그녀가 무슨 말을 내뱉으며 손을 올리려고 했으나, 내가 그녀의 손아귀를 잡아 끌어 내리는 게 더 빨랐다.

통증인지 아니면 경악인지, 이사벨은 눈물이 뚝뚝 떨어지는 얼굴로 나를 보면서 원망이 뒤섞인 표정을 지었지만, 역겹게도 그것은 그녀에 대한 내 혐오를 증폭시키는 역할밖에 해 주지 못했다.

우습게도.

"방금부터 있었어. 네가…… 고고, 우아 어쩌고를 말할 때부터. 내가 사람들을 부르라고 지시했거든."

이렇게 많이 올 줄은 몰랐지만.

내가 그녀에게 조곤조곤 말하자, 이사벨이 부들부들 떨리는 입가를 다른 한쪽 손으로 막고 길게 숨을 내쉬었다.

그런 그녀의 파란색 눈동자를 보며 나는 슬픔과 비웃음과 마지막으로 안타까움을 담아 그녀를 향해 나지막이 내뱉었다.

"이사벨."

그녀가 왜 갑자기 오늘, 이 시점에서 터졌는지 정확히는 모르지만, 그래도 어렴풋이 알 것만 같은 기분이었다.

내가 위더와의 관계를 끊어 버리고, 칼리드가 다시 한번 위더와의 관계를 끊고, 행동 범위가 사교계밖에 없는 아이가 그 모든 것들을 차단당했다.

더군다나 어제저녁 나는 그녀를 웃음거리로 만들었고, 오늘 연회장에서 나는 그녀를 비웃었다, 마지막으로-

"좋니?"

그녀는 나한테 커다란 비밀을 들켜 버렸다. 그것이 무엇이든, 나한테 중요한 것인지는 그다지 상관할 필요 없이, 이사벨의 아픈 곳을 정확하게 찌른 것이라는 것은 확실했다.

나는 부드럽게 웃었다.

"저 자신이 악녀한테 유린 받은 성녀라고 생각하는 모양인데."

"……."

"피해망상도 그 정도면 정신병이야."

가식? 오만? 그래, 내가 가식적이고 오만하다 치자. 그래서 그게 이사벨에게 무슨 타격을 어떻게 줬단 말인가.

"요컨대, 내가 사람들을 홀려 왔다고 생각하는 중인 것 같은데. 사실 까놓고 말하자면 그거-"

"……."

"그냥 열등감 아니니?"

내가 나긋하게 말을 내뱉자, 이사벨의 얼굴이 쩍 금이 가기 시작했고, 줄줄 흘러나오는 감정이 이제는 온전히 공기 속에 펼쳐져 더는 숨길 여지없이 내 앞에 드러났다. 얼굴을 가리던 가면이 산산조각이 나고, 나는 그것을 보며 묘한 희열에 들떠야만 했다.

"아, 아니야. 나는, 단 한 번도 너를……."

이사벨은 멍한 눈길로 바들바들 떨며 나를 보았다. 머리를 도리도리 젓고, 자그마한 몸이 달달 떨리고, 곧 공황에 빠진 파란색 눈동자가 나를 바라본다. 나는 직감적으로 그녀가 감정의 극에 치달았음을 알아차렸다.

그것을 증명해 보이기라도 하듯, 그녀가 갑자기 소리를 질렀다.

"아니야! 나는 그런 적이 없어! 네가 잘못 생각한 거야!"

"……흐음."

"아, 그, 스칼렛, 아니. 나는…… 내, 내가 무슨……."

이사벨은 거의 정신을 놓은 것 같았고, 제 말을 반복해서 부정하며 두 손으로 입을 막고 있었다. 마치, 자신이 어떻게 이런 짓을 할 수 있느냐는 듯이.

나는 그런 그녀를 빤히 보다가 부드럽게 말을 받았다.

"하지만 결국에 나열해 보자면, 너는 네가 나보다 더 착하고, 더 사랑받을 만한 가치가 있다고 생각했고, 하지만 그 모든 사람이 다 나한테 오니 '질투'가 났던 것뿐이잖아?"

"아니야!"

"그러면서도 받아먹을 게 있으니까 내 옆에 붙어 있었고. 그런데 왜 이제 와서 다 내 잘못이라고 말해?"

"네 잘못이니까, 그래, 네 잘못이니까……."

"이사벨, 이쯤 되면…… 사실 의심스러워."

이사벨의 물기 어린 눈이 나를 보았다. 그에 내가 부드럽게 웃으며 속삭였다.

"넌 그냥 내 애인들을 빼앗으려다가 실패하니, 시험이니 어쩌니 따위의 핑계를 대면서 그 남자들을 나한테서 떨어뜨려 놓은 거 아니야?"

"……!"

"네가 더 잘났다는 걸 나한테 증명하려고 남자들을 빼앗으려 했는데, 생각보다 내 그 애인들은 더 완고했고, 결국 시험이니 어쩌니 하면서 그런 짓을 했지."

나는 그녀의 팔을 내 쪽으로 확 끌어당기고, 그녀의 귓가에 속삭였다.

"알 것 같아. 칼리드가 너를 혐오하는 이유를."

"그는, 나를…… 우리는, 아니야, 네가 오해한 거야."

"넌 애초에 내 발밑에도 미치지 못하는 인간쓰레기였을 뿐이야. 열등감으로 똘똘 뭉친."

"닥……!"

"조금만 더 발악하지 그랬어. 보는 사람 즐겁게. 알고 보니 너무 허술해서 지금 웃길 지경이야. 나 자신이 병신 같아 미칠 것 같거든."

이사벨의 당황한 눈길이 내게 내리꽂혔다. 나는 그것을 보며 느긋하게 말을 이었다.

"네가 무슨 대단한 인물이라도 되는 줄 알고 마음을 잔뜩 졸였던 내가 한심해 미치겠어. 작은 개미만도 못한 주제에. 밟으면 그저 죽을 것 같은 생명력으로 나한테 덤비다니, 미쳐도 좀 곱게 미치지 그랬니?"

순간 이사벨이 있는 힘껏 팔을 뿌리쳤다. 나는 이번에는 그녀를 더는 잡을 생각을 하지 않은 채, 일부러 손을 놔주며 몇 걸음 뒤로 물러났다. 그녀가 나를 얼마나 증오하는지, 얼마나 혐오하는지, 그리고 얼마나 훌륭한 연기자인지 지금 그녀의 눈을 보면 확연히 알 수 있었다.

저런 눈으로 나를 보면서, 정작 얼굴은 불쌍한 척, 가련한 척. 오늘 내가 뒤편에 사람을 세워 놓지 않았다면 그녀는 아마 끝까지 그 아름다운 모습을 한 채 나를 보고 있었을 것이다.

아, 신이시여, 제가 전생에 무슨 죄를 저질렀기에 이런 미친년을 내 옆에 내려 주셨나이까.

이사벨은 내 손에 잡혔던 팔목을 감싸 쥐고 거칠게 숨을 내쉬고 있었다. 눈가에서 뚝뚝 떨어지는 눈물, 파르르 떨리는 어깨, 내가 20년 동안 사랑했던 그 이사벨이 다시 한번 다른 모습으로 펼쳐지고 있었다.

추악하기 짝이 없다.

"이런 말을 듣고도 널 용서해 주고, 널 이해해 주면 내가 병신이겠지. 안 그래, 비올레타?"

"어머, 난 지금 재 욕한 거 후회하고 있어. 정신병은 죄가 아니잖아."

"그래도 저건 그냥 정신병 걸린 인간쓰레기야. 정신병은 죄가 아니지만, 인간쓰레기는 처벌받아 마땅하지."

비올레타가 혈압이 뒤통수에 걸린 표정으로 한 자, 한 자 내뱉었다. 그에 올리비아가 싸늘하게 식은 얼굴로 맞대응해 오자, 나는 느긋하게 웃음을 흘렸다.

"고마워. 그래도 위더를 망가뜨리는 데에 조금 주저했거든, 사실. 물론 우리 가문의 이름에 먹칠을 할까 봐."

그래서 뒤에서 티 나지 않게, 과감하지 않게 응수했더랬다.

"그런데 이제 와 보니, 네 이런 모습을 보고도 그렇게 소극적으로 행동하면 오히려 디르난트의 후계자가 병신이겠다는 소문이 돌 수도 있겠다 싶어. 뭐, 사실은 이미 돌았을 수도 있지. 어쨌든 만회는 해야겠어. 네가 생각해도 그렇지?"

"……."

"내가 말했지. 정신병자는 정신병자다운 대우를."

내 말에 이사벨이 눈물범벅이 된 얼굴로 나를 보았다. 그럼에도 그녀의 얼굴에 비낀 감정이 무엇인지 알고 싶지도, 딱히 알려고도 하지 않은 채 나는 고개를 들어, 칼리드와 귀족 무리 뒤에 있는 몇몇 기사들을 향해 입을 열었다.

“경들. 부탁이 있어요.”

“하명하십시오.”

나와 익숙한 제1기사단들의 기사들이 손을 들어 경례했다. 그에 나는 더더욱 진한 미소를 지으며 입을 열었다.

“지금부터 위더 백작 영애를, 방에 가두어- 아니, 모셔 놓으세요. 위치는…… 그녀의 방이 적절하겠네요.”

“명 받들겠습니다.”

“그리고 발터르 백작 영애.”

“네, 영애님.”

“위더 백작 영애의 정신 상태가 불안정한 것 같으니, 정신과 상담의를 모셔 그녀가 진료를 받게 하세요. 어찌 되었든 간에 오랜 친우였는데, 정신이 이리 불안정해서야…… 지금은 국빈 연회 기간이고, 밖에서 함부로 사람을 해치면 안 되니까요.”

그녀를 정신병을 넘어 광견병 취급을 하는 것에 그 누구도 반대 의견을 표명하지 않았다. 내가 지금, 나한테 반대하는 사람이 있으면 당장 그녀와 같이 가둬 버리겠다는 표정을 짓고 있었으므로.

그리고 솔직히 내가 그런 표정을 하지 않아도, 뒤에 서 있던 영식과 영애들의 얼굴이 알아서 그들의 어처구니 없음을 보여 주고 있었다. 방금 전부터 이사벨의 미친 소리를 고스란히 듣고, 심지어 그들은 이 웃긴 치정극에 얽인 사정을 다 알고 있으니 그럴 수밖에.

"최상급 요리에, 최상급 진료를 이 아이에게 제공했으면 좋겠네요. 물론 방문 밖으론 한 걸음도 나가지 못하게 하시고, 혹시 그녀가 밖으로 나온다면 영애를 비롯한 모든 관계자를-"

나는 길게 숨을 들이쉬었다. 그리고 해맑게 웃으며 말을 이었다.

"디르난트의 이름으로 치죄하겠습니다."

내 뜻은 명백했다. 그리고 너무 확실해서, 보는 이들 중 그 누구도 내 말에 반대를 표하지 않았다.

곧 기사들이 이사벨을 정중하게 모셨다. 이사벨은 이미 반항 의지를 잃었는지, 아니면 다른 것을 생각하는지, 아니면 최대한 불쌍하게 보여 동정심이라도 자아내려고 그러는지 별다른 반응 없이, 오히려 눈가를 닦고 담담하게 그것을 받아들였다.

하늘거리는 드레스 자락이 멀어져 가고, 나는 그 뒷모습을 멍하니 보다가 환하게 웃으며 자리를 옮기려 발걸음을 뗐다. 하지만 한쪽 발을 드는 순간, 왠지 모르게 머리가 어지러워지고 거짓말처럼 속이 다시 역겨워지기 시작했다.

"스칼렛!"

칼리드가 내 이름을 부르며 달려오는 게 눈에 안겨 왔다. 휘청거리며 뒤로 몇 걸음 물러나는 내 허리를 잡아 쥐며 그가 서늘한, 하지만 분명히 걱정이 담긴 눈으로 나를 보았다.

비올레타는 얼굴을 구긴 채 이사벨이 사라진 곳을 보다가 다시 나를 향해 고개를 돌렸고, 그 뒤에 서 있던 귀족 영애들과 몇몇 영식들이 급히 내게 다가왔다.

"괜찮으세요, 영애님?"

"세상에, 충격이 크셨나 봐요."

"뭐, 저런 미친 인간이…… 위더 영애는 크게 혼을 나야 해요!"

"무례하기 짝이 없어. 사람이 저렇게 역겨울 수도 있나요?"

나는 피식 웃었다. 글쎄-

"일단, 영애도 방으로 모셔야겠……."

"됐어요."

나는 칼리드의 품에서 벗어났다. 그리고 장갑을 고쳐 끼며 칼리드를 향해 담담하게 말을 꺼냈다.

"위더 백작 부부가 언쟁이 일어나는 중에 작은 마찰이 있는 것 같은데."

"이미 사람을 보냈습니다. 신경 쓰지 마십시오."

"그럼 됐고요."

"스칼렛, 휴식이……."

"필요 없어요."

나는 단칼에 칼리드의 말을 잘랐다. 말이 잘린 것보다 내 표정이 더 걱정되었는지, 그가 내 얼굴을 만지작거렸다. 하지만 그런 그의 손을 부드럽게 감싸 내리며 나는 주변을 향해 우아하게 말했다.

"국빈 연회가 한창입니다. 어서 연회장으로 돌아가야죠."

"하지만 영애님, 안색이……."

"제 안색과 연회가 무슨 상관이 있나요?"

"……영애님."

"저는 외교관이고 디르난트 공작 영애입니다. 그 자리를 지킬 필요가 있고, 의무를 이행하려는 것이니 너무 걱정하지 않으셔도 돼요. 물론, 여러분의 관심은 고맙게 받겠습니다."

말을 마친 나는 무릎을 살짝 굽혀 감사를 표시하고는, 여전히 웃은 채 칼리드의 팔을 잡았다. 그에 칼리드가 내 팔을 꽉 잡더니 곧 나와 함께 연회장으로 돌아갔다.

그리고 그 뒤, 나는 아무 일도 없었다는 것처럼 끝까지 그 자리를 지켰다.

끝까지 웃고, 끝까지 춤을 추며, 끝까지 수다를 나누었다.

* * *

방으로 돌아와 문을 닫은 뒤, 나는 고개를 들었다. 눈길이 닿는 곳에 마침 화장대의 거울이 있었고, 거기에는 내가 서 있었다.

화려한 드레스, 곱게 장식된 머리, 화려한 보석, 스칼렛 디르난트. 디르난트의 후계자, 공작 영애, 왕족, 귀족원, 그리고—

이사벨의 친구.

……였던…….

순간 웃음이 터져 나왔다. 그 미친 계집애가 나를, 나를 그렇게 혐오하고, 증오하고, 그렇게 미워하면서 내 옆에서 웃고 떠들고 나를 위하는 척, 좋아하는 척, 그리고 친구인 척. 그렇게 우아하게 웃으며 내 옆에 있었다. 내가 슬퍼하면 괜찮다고 위로해 주고, 내가 기뻐하면 같이 기뻐해 주고, 내가 힘들어하면 토닥여 주면서.

그녀가 내 애인을 빼앗은 시점부터 그녀가 나를 좋아하리라 생각하지는 않았다. 하지만 그 감정이 단순히 미움이나, 거슬림을 넘어 뼈에 사무치도록 절절한 증오였다니. 내가 받았던 그 모든 감정이, 내가 느꼈던 그 희열이, 그 기쁨이 심지어 배신감 한 가닥까지도 전부 그 아이의 증오였다는 것이 지독하리만치 잔인하게 다가

왔다.

그래서 나는-

"아, 웃기네."

웃었고.

"아, 웃겨."

다시 한번 웃었고, 종국에는.

"웃기…… 아……."

종국에는…….

문에 기대 무너져 내렸다.

바닥에 주저앉은 나는 두 손으로 얼굴을 막고 거칠게 숨을 들이쉬었다 내쉬었다. 뭐가 되었든 간에 속에서 뭔가가 치고 올라오는 것 같았다. 솔직히 슬프냐고 하면 그건 아니었다. 그렇다고 화났느냐고 하면 그 또한 아니었다.

나는 손을 내려 멍하니 앉아 있었다. 처음부터 뒤틀어졌다. 이사벨은 나를 지독하게 증오했고, 애초에 나를 혐오해 왔다. 그리고 내 빌어먹을 애인들 중 대부분이 사실은 나를 시험했던 것이었고, 그것이 내 탓이라고 말하고 있다.

물론 나는 그것에 자책하지 않는다. 뭐가 됐든 제삼자를 끌어들인 상황에서 그것은 기만이고 배신이었다. 하지만 그럼에도 기분이 이상하고 또 이상했다.

나는 쓰게 웃으며 자리에서 일어났다.

이사벨로 인해 최고였던 10살의 생일이, 이사벨로 인해 최악의 26살의 생일로 되돌아왔다.

* * *

다음 날 아침, 나는 멍하니 침대 위에 앉아 있다가 몸을 일으켰다. 라이나는 평소보다 훨씬 일찍 일어난 나를 보면서 의아한 눈길을 보냈지만, 나는 그녀에게 부드럽게 웃어 주며 평소와 다름없는 아침을 보냈다.

그리고 곧, 비올레타와 올리비아가 아침을 같이하자며 방에 들어왔다.

비올레타는 그렇다고 쳐도, 이른 아침 왕궁에 있을 이유가 없는 올리비아마저도 방에 들어오는 것을 보며 나는 그녀들이 나를 얼마나 걱정했는지 깨달았다.

아니나 다를까, 평소라면 이사벨을 신나게 욕해 댔을 비올레타도 오늘은 입을 꾹 다물고 일상적인 대화를 이어 가고 있었다.

나는 노릇하게 구워진 토스트에 버터를 바른 뒤 옆에 장식된 가니쉬까지 얹어서 입안에 넣었다. 그리고 마지막으로 토마토 주스까지 입안에 탈탈 털어 넣은 뒤, 깨끗해진 내 접시를 보며 입을 열었다.

"아, 맛있네. 더 먹었으면 좋겠네."

"……."

"토마토 주스도 맛있었어."

내 말이 끝나자 비올레타가 절망스러운 표정을 지었고, 올리비아는 이마를 짚은 채 고개를 절레절레 저었다. 그 모습을 보며 나는 우아하게 웃었다.

"왜 그래?"

"……너 지금 네 앞에 접시 몇 개인지나 봐."

나는 고개를 내렸다.

"8개네."

"그러고도 더 먹고 싶어?"

"오늘따라 식욕이 좀 당기네."

"……그리고 그 주스, 토마토 주스 아니야. 딸기 주스야."

나는 잔여물이 남은 컵을 보고 눈을 깜박거렸다. 그러고는 큰 깨달음을 얻었다는 듯이 고개를 주억거렸다.

"아, 빨개서 난 또 토마토 주스인 줄."

내 말이 끝나자 비올레타가 먹던 것을 내려놓았다. 올리비아는 잔뜩 썩은 표정을 하며 내게 물었다.

"실연했냐? 이사벨한테 차였어? 누가 보면 세기의 사랑이 끝난 줄 알겠네."

그에 금기어가 나온 듯 비올레타가 화들짝 놀랐다.

나는 올리비아의 그 담담한 얼굴을 보다가 쓰게 웃었다. 방금부터 열심히 뭔가를 먹기는 했는데, 내가 먹는 것인지 아니면 음식이 나를 먹는 것인지 알 수 없을 정도로 의무적으로 구겨 넣은 탓에 서서히 속이 더부룩해지기 시작했다.

하지만 나는 그저 웃었다. 그리고 입을 열었다.

"그러게. 알고 있었는데 왜 이럴까."

내 말에 비올레타가 얼굴을 구겼다.

"너무 그럴 필요 없어. 나도 지금 속이 울렁거리니까. 어제 이사벨 눈빛을 보면 누구나 다 그럴걸?"

"……."

"누가 알았겠어. 그 속에 그토록 시꺼먼 걸 감추고 살았는지."

나는 피식 웃었다. 그토록 절절한 증오는 처음이었다. 사람이 사람을 그렇게 미워할 수 있다는 것에 놀랐고, 내가 누군가에게 그토록 미움 받았다는 것에도 놀랐으나, 사실 그중에서 가장 놀란 건-

"이사벨이, 그런 식으로 남자들에게 제안해서 얻을 수 있는 게 뭐가 있지?"

"어, 그…… 글쎄?"

7명의 남자들 중에서 사실은 2명이 배신했고, 나머지는 나를 시험했다는 사실이었다. 시험, 이런 단어를 붙이는 것도 사실 웃기지만, 하여튼 그렇다니 그런 줄로 알겠다.

하지만 차라리 남자가 탐나서 뺏었다면 모를까, 굳이 그렇게 할 필요가 있나?

"하지만 뭐가 됐든 그 새끼들도 내가 알던 것보다 더 미쳤다는 건 알 것 같네. 애인의 마음을 시험해 보려 제삼자를 끌어들여? 그거 농락이잖아."

비올레타의 말에 내가 입꼬리를 말아 올렸다.

"농락이지."

그리고 한마디를 덧붙였다.

"바닥의 바닥의 바닥을 본 느낌이야."

"그래."

"그래서 말인데 비올레타."

나는 고개를 들었다.

이사벨이 대체 왜, 무슨 계기로 나를 그렇게 끔찍하게 생각했는지 사실 별로 알고 싶진 않았다. 하지만 그럼에도 그녀가 나를 증오하게 된 이유가 단순히 내가 그녀의 물건을 빼앗았다거나, 혹은 괴롭힌 것 때문—심지어 괴롭힌 것도 최근의 일이 아니던가—은 아니라고 생각했다.

그렇게 단순한 일이 아니었다.

"물어볼 게 있는데. 어제 릴리 필레르가 연회에 참석했어?"

"응?"

비올레타가 예상 밖의 질문을 들었다는 듯이 고개를 갸우뚱했으나, 나는 진심이었다. 나는 느긋하게 팔짱을 끼며 웃었다.

실타래가 엉켰다.

그럼 풀어야지 어쩌겠나.

* * *

"어젯밤 소란은 보셨으니 긴말은 하지 않을게요."

"영애님."

"하나만 물을게요. 릴리 필레르 영애와 위더 백작 사이에 무슨 일이 있나요?"

아침 댓바람부터 불쑥 나타난 나를 보며 재스민 필레르는 굉장히 놀란 표정을 지었다. 그러나 그녀가 놀란 표정을 짓든, 아니면 기쁜 표정을 짓든 나와는 상관없었다. 다만 나는 내 목적만 이루면 그만.

내가 본론으로 치고 들어가자, 재스민 필레르가 손으로 입을 꽉 틀어막았다.

그 모습을 보며 나는 의미심장하게 웃었다.

생각하고 생각해도 남은 건 싸늘하게 식은 이성과 머리밖에 없었다. 그리고 도출해 낸 결론은 간단했다.

나는 감정에 취약하니 '인간적으로' 생각하는 건 무리일지도 모른다. 타인의 감정에 무딘 편이라 이사벨을 이해하려고 열심히 노력하는 것보다는, 차라리 논리를 따라가는 게 더욱더 쉬울 것이라고, 그렇게 나는 여겼다.

그렇게 실마리를 찾는다.

어제 이사벨의 행동은 평소 자신을 꽁꽁 숨기던 것과 달리 무척이나 격앙되어 있었고, 나는 그것에 어떤 도화선이 있었다고 여겼다.

이사벨이 분노할 만한 도화선이라고 해 봤자 두 가지. 하나는 나, 다른 하나는 내가 아닌 이유.

나라고 해 봤자 그녀를 괴롭히고 사교계에서 배척한 것밖에 없었지만, 그것 때문에 폭발할 거였으면 진즉 폭발했겠지. 그러면 다른 하나, 내가 아닌 이유.

내가 아닌 이유는 찾기가 힘들다. 그러면 이사벨이 폭발한 시점에서 가장 가까운 '이상한 사건'을 찾는다. 거기에 이사벨이 나한테 물어본 '좋니?'라는 물음.

좋냐고 물어본 게 무엇인지 정확히 파악할 수는 없지만, 그 '이상한 사건'을 찾는 것과 조합해 본다면 사실 딱 봐도 답은 나오지 않는가.

"백작 부부가 어제 싸우더군요."

"그, 그게 뭐가 어쨌다는 거죠?"

"백작이 외도한 것 같던데. 저는 왜 그게 영애와 관련 있다고 생각되죠?"

"억측은 삼가세요."

재스민 필레르는 굉장히 엄격한 표정으로 나를 보았으나, 나는 그저 웃고 있었다. 글쎄, 내 추측이 틀렸을 수도 있지만, 대충 사건의 선을 따라가 보자면 그렇게 허황된 상상도 아니었다.

재스민 필레르는 말했다. 이사벨이 '선량한 피해자'라고. 이사벨이 피해자가 될 만한 일이라고 해 봤자 뭐가 있겠냐 싶지만, 만약 그것이 위더 백작의 외도 때문에 발생한 일이라면 딱히 틀린 말은 아니다.

거기에 마치 이사벨에게 뭔가 빚진 게 있는 듯한 재스민 펠레르의 태도. 나와 칼리드의 스캔들을 몰랐을 정도로 사교계에 관심이 없는 영애가, 정작 대부분의 사람이 모르는 위더 백작의 외도 사실을 알고 있다. 그렇다는 것은 개인 대 개인이 엮였거나, 아니면 주위 사람들이 엮였다는 것.

다시 말하자면 재스민 필레르는 지나칠 정도로 나를 경계했고, 역겨워했다. 그렇다는 건 그녀에게 '타인의 애인, 혹은 배우자를 뺏는 사람'에 대한 혐오가 내재되어 있다는 것이고, 어쩌면 나를 통해 그녀가 증오하는 그 누군가를 봤을 때, 더불어 그 누군가의 행동으로 발생한 피해자와, 내 행동으로 발생한 '피해자'가 같은 사람으로 겹쳐질 때- 그 혐오는 증폭되고, 그 피해자에 대한 동정은 가일층 심화된다.

재스민 필레르를 그 외도 당사자로 놓고 말하자면 나이가 맞지도 않을뿐더러, 애초에 위더 백작과 외도 따위를 하고 가증스럽게 이사벨을 동정할 인간은 아닌 것 같으니 제외.

그렇다면 재스민 필레르 주변 사람이 백작과 엮였다는 것인데, 애초에 사교계에서 만난 친구라면 그렇게까지 이사벨을 농정하고 그렇게까지 이사벨에게 마음을 쓰지 않을 테니, 범위는 가족으로 좁혀진다.

그렇게 되면 얼추 들어맞는 인물은 릴리 필레르.

'겨울의 장미'의 작가이자, 자신의 이야기를 극본으로 쓰고, 위더 백작을 멋진 남주인공으로, 자신을 매력적인 여주인공으로, 그리고 백작 부인을 역겨운 악녀로 설정한 이.

심지어 백작 부인은 어제, '극본'이라는 단어를 정확하게 내뱉었다.

가정 관계에 보수적인 윈체스터에서, 심지어 명예에 민감한 귀족으로서 당당하게 불륜을 미화하다니, 조금 이상할 법도 하지만 본인 이야기라면 이상하지 않다.

게다가 어제 재스민 필레르의 황급한 태도, 그리고 비올레타의 대답까지.

"릴리 필레르? 참석했지. 했는데 중간에 나간 것 같더라고."

백작 부인은 말했다. '저 여자'라고. 보통 자리에 없는, 혹은 멀리 떨어진 상대를 그렇게 부르지는 않으니 어쩌면 옆에 그 외도 상대가 있었을 수도 있고, 그게 릴리 필레르라고 추측해도 과하지 않다. 앞뒤가 지나칠 정도로 맞으니까. 물론 이 부분은 조금 더 생각해 볼 여지가 있지만.

여기까지 생각이 닿자, 나는 생각보다 훨씬 복잡하게 엮인 인물 관계에 혀를 내두를 수밖에 없었다. 그리고, 재스민 필레르가 왜 그렇게 나를 싫어했는지도 대충 이해가 갔다.

진짜로 릴리 필레르가 위더 백작과 외도를 저질렀다면, 그렇다면 이사벨은 불행한 가정의 피해자가 되었다.

재스민처럼 바른 성격에 그걸 보며 동정을 느끼지 않을 리가 없었다. 동시에 내가 이사벨의 약혼자를 빼앗으면서 이사벨은 다시 한번 피해자가 된다. 그리고 나는 릴리 필레르와 비슷한 수준으로 역겨운 인간이 되고.

"필레르 영애."

내가 조곤조곤하게 재스민 필레르를 부르자, 그녀가 고개를 들었다. 나는 그제야 알 것 같았다.

"당신 눈의 이사벨은, 어떤 아이였나요?"

"……."

내 물음이 의도하는 바가 무엇인지 잘 알고 있을 게 분명했다. 릴리 필레르가 진짜 그런 일을 저질렀다면 그건 분명 필레르 후작가의 수치였다. 어쩌면 그녀가 후계자 자리에서 멀어진 것도 이것 때문일 수 있다. 외도의 조력자라니. 가문의 명예를 바닥까지 끌고 간다.

"아시겠지만, 나와 이사벨의 관계는 완전히 파탄이 났어요. 그런 의미에서 그 아이를 조금, 상대해 주고 싶거든요."

"……."

"그러기 위해서는 약간의 조사가 들어가겠고, 어쩌면 그 끝에 필레르 가문이 엮일 수도 있어요. 지금 나한테 전부 말해 주면 나는 필레르 후작가와 연관된 조사는 일절 하지 않을 것이고, 그렇게 되면 후작가는 아마 가십거리에서 멀어질 수 있겠죠."

내 말에 재스민 필레르가 한숨을 푹 내쉬었다. 그녀도 알고 있는 것이다. 내가 이렇게 찾아온 이상 어차피 숨기는 건 불가능하고, 차라리 나한테 모든 걸 말하는 게 가문의 명예를 지키는 것에 더욱더 도움이 된다는 것을.

내가 헤집고 다니게 두는 것보다는 훨씬 낫지 않은가.

그리고 곧, 그녀가 입을 열었다.

"제 사촌 언니, 그러니까 릴리는 위더 백작과 부적절한 관계에 있습니다. 제가 유학을 가기 전이니, 거의 8, 9년 정도 이어져 온 관계겠군요."

미친.

"위더 영애는 그러한 관계에서 상처를 많이 받았고, 저는 아주 오래전부터 그런 그녀에게 미안함을 많이 갖고 있습니다."

"그리고요?"

"그 외에는 다른 연관이 없습니다만……. 다만, 이것 때문에 백부님께서 많이 분노하셨고, 릴리는 현재 가문에서 반쯤 버려진 상태입니다."

나는 이마를 짚었다. 그러다 재스민 필레르를 향해 입을 열었다.

"그럼 저한테 그런 혐오를 내비친 것 또한……."

"그건 죄송하게 생각하고 있습니다만, 그런 아픔을 가진 위더 영애께서 설마하니 친구에게 그런 짓을 저지를 줄 몰랐습니다. 그리고, 릴리 때문에 더욱더 예민하게 반응한 것도 있습니다. 죄송합니다, 영애님."

재스민 필레르의 말에 나는 길게 한숨을 쉬었다. 이로써 대충 드러났다. 재스민 필레르가 왜 그렇게 이사벨한테 짙은 미안함을 표시했는지.

그러고 보니, 그때 카펠라에서-

"그때 카펠라에서, 접대실 쪽에서 닐케 단주와 위더 백작 부녀가 들어온 적이 있었죠."

"역겨웠습니다."

"……."

"그 때문에 백작 부인께서, 그리고 백작 영애께서 어떤 고생을 했는지 알고 있었으니까요."

나는 그제야 아귀가 딱딱 맞아떨어지는 상황에 입술을 핥았다. 어쩐지 그때 위더 백작과 이사벨이 접대실로 들어와 저녁 식사를 청할 때, 재스민의 표정이 지나칠 정도로 위더 백작 쪽을 노려본다 했더니.

"저, 영애님."

그때였다. 재스민 필레르가 나를 보더니 곧 입을 열었다.

"위더 영애를 어떻게 처리하실 예정이십니까."

나는 눈알을 굴렸다. 처리? 그 아이를 어떻게 처리하느냐고? 글쎄, 나도 잘 모르겠다. 사교계에서 추락시키는 것이라면 굳이 내가 손을 쓸 필요 없었고, 사실 지금도 그 아이의 입지는 악화한 상황이며, 위더 백작가라면…… 손쓸 만한 가치가 있을 수도 있었다.

내 표정을 보던 재스민 필레르가 잠시 멈칫거리다 재차 말문을 열었다.

"영애님께서 화나신 건 알고 있습니다. 하지만……."

"그녀를 용서할 일은 없으니, 괜한 말씀 하셔서 제 신경을 건드리지 마세요."

"……."

"그녀에게 미안한 일이 있는 건 영애지, 제가 아니니까요."

재스민 필레르가 무엇을 말하려는지 눈치챈 내가 앞서 말을 빼앗았다. 그에 그녀가 입을 꼭 다물더니 곧 고개를 끄덕거렸다.

그녀 또한 알고 있으리라. 내가 이사벨에게 선처 따위를 베풀 이유도, 그럴 만한 생각도 없다는 것을.

그녀에게 솔직히 말해 주어서 감사하다는 표시를 하며, 나는 곧 자리를 떠났다.

* * *

재스민 필레르의 방에서 나오기가 무섭게 차가운 공기가 얼굴을 때렸다. 조용한 대화를 위해 시녀도 물리고 혼자 행동한 터라 외투를 가져올 사람도 없었다. 사실 아직 추운 날씨는 아니지만, 저도 모르게 한기가 올라왔다.

이사벨, 이사벨 워더.

사실 어떻게 하면 좋을지 감도 잡히지 않는다. 이사벨을 방 안에 가두긴 했는데, 그렇다고 방 안에 넣고 고문을 할 수도 없는 노릇이었다. 나를 싫어한다는데 왜 싫어하느냐고 묻기에는 너무 웃기지 않는가.

나는 고개를 들었다. 쨍한 윈체스터의 오전의 햇살에 눈이 부셨다. 그럼에도 고개를 내릴 생각을 하지 않은 채, 나는 멍하니 창밖을 통해 하늘을 하염없이 바라보았다.

어젯밤 그렇게 생각하다가 잠들고, 오늘 아침 깨어나 아침을 먹고 재스민 필레르를 찾아갔는데, 시간이 백 년은 흐른 것 같았다. 어제 새벽까지만 해도 달콤한 행복 속에서 최고의 생일을 보낼 수 있을 거라 생각했건만, 이사벨의 몇 마디에 결국 그것은 나락에 처박히고 말았다.

나는 7번의 배신이었다고 믿었는데 사실 그것도 아니었고, 그게 가장 바닥이라 믿었는데 그것보다 더 나쁜 상황이 닥쳐왔다. 내 분노는 갈 곳을 잃었고, 이사벨은 그런 나를 조롱했다. 전부 다 내 탓이라고.

물론 그 계집애가 내 탓이라고 한다고 진짜 내가 자책하는 것은 아니었다. 뭐가 되었든 전 남자 친구들이 나를 시험하려고 했다는 데서 이미 나에 대한 농간이었고, 기만이었다.

문득 그제야 엘리엇이 마지막에 나를 보던 그 이상한 눈빛이, 그 처연하기 짝이 없는 태도가 이해가 되었다. 대체 어느 다섯 놈이 나를 시험하고, 어느 두 놈이 나를 배신한 것인지는 몰라도, 엘리엇은 아마 그 다섯 놈 중 하나였을 것이다.

나는 길게 한숨을 쉬었다. 이사벨이 내 애인을 빼앗으면서, 내 미움은 고스란히 그녀에게로 향했다. 그녀는 그걸 예상하지 못할 리가 없었다. 그럼에도 그런 짓을 했다.

예전에는 그게 그만큼 나를 미워하거나, 가능성은 좀 적어도 그만큼 그 남자들이 좋아서 그랬다고 생각했는데, 상황이 바뀐 지금은 더더욱 이해가 가지 않았다.

그 남자들과 '협조'를 해서 나를 시험한들, 그녀에게 무슨 좋은 점이 있는가. 그녀는 결국 7명의 애인을 빼앗은 쓰레기가 되고, 나는 그녀를 미워할 게 뻔한데.

전부 엉망이었다.

그때였다.

"영애, 날이 차갑습니다."

뒤편에서 익숙한 목소리가 떨어졌다. 나는 고개를 돌려 콜린스 왕자의 얼굴을 보다가 예의 삼아 미소를 지었다. 도저히 웃을 기분은 아니었지만, 그렇다고 해도 굳이 내 기분을 티 낼 필요는 없었으므로.

하지만 콜린스 왕자는 그러한 나를 묘한 눈길로 보더니 곧 은은하게 미소를 지었다. 그러고는 제 코트를 내게 건넸다.

"필요 없어요."

물론 나는 거절했다.

콜린스 왕자는 내 거절이 머쓱하지도 않은지 예상했다는 표정을 지으며 곧 입을 열었다.

"왜 이런 곳에 혼자 계시는지 알고 싶군요."

"왕궁에 저 혼자 다니는 게 무에 그리 큰일이라고."

칼같이 못을 박자 콜린스 왕자는 어깨를 으쓱했다. 그의 탁한 파란색 눈동자를 보노라니, 마치 연기 속에서 희뿌연 시야로 세상을 보는 것 같아 기분이 그다지 좋지 않았다.

그래도 그는 국빈이었고, 나는 그를 대접해야 하는 외교관이었다. 내 선을 넘지만 않는다면 나는 그를 성심성의껏 상대할 의향이 있었고, 물론 내 선을 넘는다면 기꺼이 친절하게 밖으로 밀어낼 의향이 다분했다.

그런 내 의도를 눈치챘는지 눈치 못 챘는지, 콜린스 왕자가 희미하게 웃으며 입을 열었다.

"걸을까요?"

나는 그의 갑작스러운 요청에 차분하게 웃으며 기꺼이 그의 에스코트를 받았다.

재스민 필레르를 비롯한 윈체스터 귀족들의 처소는 대부분 왕궁의 뒤편에 배치되었고, 반면 시에라 왕족들과 귀족들의 처소는 대부분 그것과 조금 멀리 떨어진 곳에 있었으므로 사실 콜린스 왕자가 우연하게 여기를 지나쳤다고 생각하지는 않았다.

더군다나 나를 보는 그의 눈길은 분명 할 말이 있음을 정확하게 표시하고 있어, 우리가 정원에 들어설 무렵 콜린스 왕자가 내게 뜬금없이 말을 건넨 것에 그렇게까지 놀라지는 않았다.

하지만 그렇다고 해도, 그 내용에 조금 속이 이상해진 건 사실이었다.

"영애께서는 아직 약혼자가 없으시다고요."

"없죠. 애인은 있지만."

"곧 약혼하실 계획입니까?"

"아직요."

나는 왜 그가 갑자기 사적으로 나한테 이런 걸 묻는지 궁금해졌지만, 굳이 티를 내지 않은 채 그의 질문에 성의 있게 대답해 주었다. 그에 콜린스 왕자가 웃었다.

"영애께서는 결혼이 무엇이라고 생각하십니까."

"글쎄요."

"저는 결혼이 비슷한 이익 관계가 얽힌 자들의 매듭이라고 믿고 있습니다."

"그렇군요."

나는 갑자기 제 결혼관을 내리 읊는 콜린스 왕자를 의아하게 보며 고개를 갸웃거렸다. 뭐가 됐든 왕자로서는 꽤 훌륭한 가치관이었다. 사랑의 전당이라고 대답하지 않는 게 어디인가.

하지만 그런 그가, 갑자기 말을 덧붙였다.

“하지만 이왕 엮인 매듭, 조금 더 호감이 있는 사람과 하는 게 낫지 않겠습니까.”

“하고 싶은 말씀이 무엇이죠?”

콜린스 왕자의 말에 나는 발걸음을 우뚝 멈췄다. 저번부터 묘하게 이상했는데, 나한테 보이는 그 미묘한 호감, 그리고 관심, 피학적인 취미가 없다면 절대 아닐 것이라고 여겼던 주위 사람들의 추측들이 점점 생각나기 시작했다. 웃기게도 나는 이성의 호감에 그렇게까지 무딘 편이 아니었고, 콜린스 왕자는 내게 내뱉기에는 지나치게 사적인 이야기를 하고 있었다.

발걸음을 멈춘 나를 보며 콜린스 왕자가 희미하게 웃었다. 곧, 그가 내 앞에 다가오더니 입을 열었다.

“영애, 저는 영애께서 시에라로 와 주었으면 좋겠습니다.”

“뜬금없군요.”

나는 미간을 팍 찌푸렸다. 이 새끼는 지금 내가 디르난트의 후계자라는 것을 알고 이런 말을 내뱉는 것인가. 세상 어디에도 가문을 이을 유일한 후계자한테 나한테로 오라는 소리는 하지 않는다.

아니, 그 전에 나한테 반한 포인트가 무엇인지 설명부터 좀 해 주면 어디 덧나나. 진짜 피학적인 취향인가? 아무리 취향이 다양하다고는 하지만…….

“뜬금없는 줄 압니다. 하지만 저는 영애께서 시에라로 와 주셨으면 좋겠습니다."

"스카웃은 아카데미에 가서 하셔야죠. 왕궁이 아니라."

"그게 아니라는 걸 알잖습니까."

"아니요. 모르겠는데요."

나는 단호하게 말을 잘랐다. 시에라 왕자가 대체 어느 시점에서 내게 호감이라는 게 생겼는지는 모르겠지만, 그가 나한테 호감을 느끼고 있든, 갖고 있지 않든 간에 나한테는 그다지 큰일이 아니었다. 이사벨의 일로 묘하게 기분이 복잡한 것과 별개로, 나는 현재 무척 이성적이게 그를 거절하고 있었다.

"저는 윈체스터의 왕족이고, 귀족이며, 디르난트의 후계자입니다."

"하지만 유일한 후계자는 아니겠지요."

"무슨 말씀을 하고 싶으신 거죠?"

"저는 영애님이 필요합니다. 사리분별이 올바르고, 똑똑한 동반자요."

"이런, 그 넓은 시에라에 사리분별이 올바르고 똑똑한 배우자 하나 찾기가 그렇게 힘든가요?"

"최소한 시에라에는 없습니다."

"아쉽네요. 하지만 그 또한 시에라가 자초한 것이겠죠."

나는 눈을 치켜뜨고 오만하게 말을 내뱉었다. 그러나 나는 단 한 치의 부끄러움도 없었고, 오히려 분노만 서서히 피어오르고 있었다.

그러니까 요컨대, '너처럼 똑똑하고 나한테 바락바락 대든 여자는 네가 처음이야-'라는 거지? 너 같은 여자가 옆에서 나를 보좌해 줬으면 좋겠다, 뭐 그런 거.

하지만 안타깝게도 나는 그런 말에 감격해서 '어머, 내가 당신에게 특이한 건가요!'라며 남자한테 반할 만큼 멍청하지 않았다. 아니, 오히려 그게 더욱더 나를 분노케 하였다.

지금, 차기 디르난트 공작에게 후계자 자리를 버리고 자신한테 오라고.

"윈체스터에는 저보다 훨씬 똑똑하고, 훨씬 말을 잘하고, 훨씬 아름답고, 훨씬 지성이 뛰어난 여성들이 가득해요. 이 왕궁에 있는 하녀 하나만 잡아도 저보다 더 똑 부러지게 일을 잘할 거예요."

"하지만 저는 영애님처럼 정치에 능통한 여성이 필요합니다."

"첫째, 착각하시는 게 있는 것 같은데 저는 전하께서 으레 생각하시는 만큼 정치에 천부적인 재능은 없어요. 오히려 다른 능력에 비해 더 많이 배워야 하는 정도죠. 둘째, 정치에 능통한 여성이 필요하시면 여성들이 정치에 능통할 수 있도록 배울 기회를 주시면 되겠네요. 여자는, 여자는 같은 소리는 작작하시고."

나는 우아하게 웃었다.

"아무리 곱게 포장해도 전하께서 말씀하시고자 하는 바는 간단한 거 아닌가요? 내 주위의 여자들은 전부 치장만 곱게 하고 허영심이 뛰어나고 학식도 없는 여자들인데, 너는 좀 다른 것 같다. 그러니까 네가 마음에 든다."

내 말에 콜린스 왕자가 미간을 찌푸렸다. 찌푸리긴 뭘 찌푸리나. 그거네, 딱.

"하지만 왕자 전하. 이 윈체스터에는 저보다 더 아름답고 더 똑똑하고 지성 있는 여자들이 넘쳐 나요. 굳이 말하자면 저는 그중에서 그럭저럭 평타를 치는 쪽이란 말이죠. 뭐, 굳이 가문을 들이대자면 말이 달라지겠지만."

"그렇…… 습니까."

"그러니까 제 말은, 윈체스터의 여자들은 왜 다들 이런데 우리 여자들은 다 이러냐고 하시지 마시고, 돌아가서 좀 반성이나 해 보셨으면 좋겠어요. 왜 우리 여자들이 '이러는지'."

"지금 그게 저희 탓이라고 말씀하시고 싶은 겁니까."

"네, 그런데요."

생각보다 훨씬 뾰족하게 나간 내 말에 콜린스 왕자가 얼굴을 구겼다. 이것 봐라, 아무리 네가 똑똑하네, 자기주장이 강하네, 해도 정작 제 말을 부정당하면 또 미간을 찌푸린다. 이자나 클로저 대공이나 반응만 달랐지, 뼛속까지 다 똑같았다.

"일단 저한테 제안하셨으니 대답은 드려야겠지만, 제 대답은 당연하지만 거절입니다. 그뿐만 아니라 솔직히 기분이 나쁘기까지 하네요."

"영애."

"저도 치장을 좋아하고 사치를 좋아하는데, 그러면 저는 소위 '그런 여자'들이 되나요? 제가 왜 제 취향을 전하께 평가받아야 하죠? 아니, 그 전에 '그런 여자'들은 또 뭔지."

"그런 말씀은 아니었습니다."

"그리고 그다음은, 어떻게 가문의 후계자한테 그 자리를 버리고 나한테로 오라고 할 수가 있죠?"

"영애, 제 뜻은 그게 아니라……."

콜린스 왕자는 내가 갑자기 쏘아붙이자 굉장히 당황한 얼굴이었다. 그러나 그것과 별개로, 이미 모욕 받았다는 느낌을 강하게 받은 나는 조금 더 강하게 밀어붙였다.

"그러니까 요컨대, 왕자께서는 사치를 부리지 않고 지독한 분내도 풍기지 않으며, 녹녹하게 남편 뒤에 몇 걸음 떨어져서 조신하게 자신을 내조하는 사람이 필요하신 거잖아요. 이건 뭐- 원하는 게 노예인지, 배우자인지."

"영애, 말씀이 지나치……."

"말씀이 지나치신 건 전하입니다. 저를 모욕한 것도 전하시고. 더불어 모든 여성분을 모욕한 것도 전하시고요."

나는 미간을 팍 찌푸렸다. 뭔가 좀 화풀이가 된 것 같기도 한데, 그래도 그가 잘못했다는 것은 변하지 않아 나는 떳떳했다.

"최소한 저를 존중하셨더라면, 유일한 후계자가 아니니, 뭐니 하면서 그런 식으로 저한테 제안하지는 않으셨을 거예요. 태어나서부터 가문의 후계자가 되기 위해, 공작이 되기 위해 길러진 저한테 말이죠."

생각할수록 짜증이 나고 기분이 더러워져 나는 아예 쏟아붓듯이 그에게 내뱉었다. 웬만하면 그냥 웃고 넘어갈 수 있지만, 나한테까지 그런 것을 요구한 것이 못내 싫었다. 나를 존중하지 않는 상대에게 굳이 굽힐 필요 있나.

그리고 무엇보다도…….

"스칼렛, 나는 훌륭한 아내가 되고, 훌륭한 엄마가 될 거야. 그렇게 완벽한 가정을 꾸리고, 행복하게 살 거야."

갑자기 이사벨이 우아하게 속삭이던 그 말이 떠올라서 더욱더 기분이 더러워졌다.

뭐지, 전혀 연관 없는 그 말이 지금 갑자기 생각난 건. 모르겠다. 하지만 다소 감정적으로 격앙된 나는 결국 이성을 머리 뒤편으로 집어 던진 채 생각나는 대로 지껄였다.

"그리고 마지막으로 말씀드리자면, 자수를 놓고 꽃꽂이를 하고 안살림 하는 건 무슨 쉬운 줄 아세요?"

"그……."

"저는 10년을 배워도 끝까지 배우지 못했어요. 전하도 어디 한번 배워 보세요. 죽을 때까지 배울 수 있나 보게."

"……."

"본인이 할 줄 모르는 걸 아는 사람은 존경해야 하는 법이에요. 무슨 이런 기본도 안 된 사람들이 다 있어?"

아, 짜증 나.

칼리드가 애인이라서 정말 다행이다. 저런 게 내 애인이었다면, 아니 애초에 만나지도 않았겠지만 결국 화병이 나서 죽었을 거야. 나는 고까운 표정을 지었다.

사실 콜린스 왕자는 정말 그가 알고 있는 그대로 나한테 말했을 가능성이 크지만, 나로서는 그게 충분히 모욕적이었고, 더불어 클로저 대공에게 미처 내뱉지 못했던 말까지 같이 싸잡아 내뱉은 격이라 어쩌면 조금 과한 감이 없지 않아 있었다.

하지만 여기는 사석이고, 나와 그는 현재 비슷한 위치에 있었다. 굳이 우물쭈물하면서 상대를 기세등등하게 만들 필요는 없었다.

나는 그렇게 나를 위해 변명하면서 미간을 팍 찌푸린 채 콜린스 왕자를 보았다. 그러고 보니 나도 이렇게 화낸 거 정말 오랜만이구나.

그동안 칼리드 때문에 모두 죽었던 성격이 다시 살아나는 느낌이었다. 주위에서 내 신경을 건드릴 만한 인물이 없어 성질을 부리지 않고 살았지만, 나도 성격 더럽기로는 어디 가서 뒤지지 않는 인물이었다는 게 새삼스레 떠올랐다.

그런 내 표정을 보면서 콜린스 왕자가 떨떠름한 표정을 짓더니, 곧 가볍게 한숨을 쉬고는 입을 열었다.

"사과하겠습니다, 영애. 저는 그것이 실례가 된다고 생각지 못했습니다."

"사과하시니 받아들이긴 할게요."

……라고 하지만, 이 인간은 평생 내가 말한 게 무슨 뜻인지 모른다에 오늘 아침 먹은 딸기 주스를 건다. 나는 한숨을 푹 쉬고는, 곧 그에게 됐다는 듯이 얼굴을 풀었다.

그때 콜린스 왕자가 고개를 들더니 웃으며 입을 열었다.

"안 그래도 심란하신 것 같은데, 죄송합니다."

"괜찮아요. 저도 어느 정도 흥분했으니 비슷한 걸로 하죠."

"영애의 심기를 거스르려 한 것은 아니었습니다. 다만, 시에라로 돌아가기 전 영애를 찾아 말씀을 꼭 나누고 싶었습니다."

"무슨 말씀을요?"

가문을 버리고 나한테 오라는?

내가 비꼬듯 웃으며 그를 보자, 그가 쓰게 웃으며 고개를 저었다. 오만 가지 표정이 공존하는 그의 얼굴을 보다가, 나는 어디 한번 말해 보라는 듯이 입을 꾹 다물었다. 그에 콜린스 왕자가 잠시 말을 고르는 듯하더니 입을 열었다.

"어제, 불미스러운 일이 있었다고요."

"경사스러운 국빈 연회 날에 불미스러운 일이라니. 전하, 누가 들을까 봐 무섭네요."

그가 말을 꺼내자마자 속이 덜컹 내려앉는 듯했다. 하지만 그가 꼭 이사벨의 이야기를 지칭하는 것은 아닐 수 있다는 희망을 안고, 나는 짐짓 무슨 말을 하는지 모르겠다는 표정을 지었다. 그에 콜린스 왕자가 떨떠름한 표정을 지었다.

"위더 가문과 얽힌 좋지 않은 일이 있었다고 들었습니다, 영애. 그리고 영애께서 그 현장에 있었다고……."

"이런, 대체 어느 호사가가 전하의 귓가에 그런 추잡한 가십거리를 흘렸는지는 모르겠지만, 전하. 위더 백작가는 윈체스터의 귀족이고, 저는 왜 왕자 전하의 입에서 저희 귀족에 관한 이야기를 들어야 하는지 모르겠어요."

나는 시침을 뚝 떼며, 유감스럽다는 기색을 담아 그에 답했다.

어쨌든 콜린스 왕자는 시에라의 사람이고, 위더는 윈체스터의 귀족이다. 아무리 위더 일족을 바닥에 패대기치고 내 발로 밟아 꺾어버리고 위에서 신나게 댄스를 추고 싶은 욕망이 있다고 해도, 어디까지나 내부에서 해결할 일. 굳이 시에라까지 끌고 갈 이유가 없었다.

하나 이런 내 뜻을 알아들었는지 알아듣지 못했는지, 콜린스 왕자가 아리송한 표정을 짓다가 곧 다소 난감한 표정을 얼굴에 올렸다. 그 모습을 찬찬히 보면서 나는 입을 꾹 다물었다.

그는 마치 말을 꺼내고 싶은데 어떻게 꺼내면 좋을지 몰라 고민하는 사람 같기도 했다. 그리고 나는 그가 꺼내고 싶은 말이 내게 큰 도움이 될 수도 있다는 사실을 직감적으로 느끼고 있었다. 결국, 나는 한 걸음 뒤로 물러나 그에게 단도직입적으로 묻기로 했다.

"그래서, 왕자 전하께서는 무슨 말씀을 하고 싶으신 거죠?"

그리고 내 말에, 콜린스 왕자가 씁쓸한 미소를 짓다가 곧 다시 얼굴을 펴고 내 물음에 답했다.

"사실은, 영애께 꼭 말씀드리고 싶었습니다."

"무엇을요?"

"위더는 알아서 무너질 것입니다."

순간 내 얼굴이 사정없이 구겨졌다. 저도 모르게 잇새를 타고 분노가 흘렀고, 그 이름을 듣자마자 속이 뒤집히는 것처럼 울렁거림이 전해져 왔다. 그럼에도 내 앞에 있는 콜린스 왕자의 얼굴은 지나치게 초연해서, 나는 구역질을 겨우겨우 참고 입을 열었다.

"무슨, 뜻이죠?"

"말 그대로의 뜻입니다."

"전하, 저는 언제부터 시에라의 왕실이 윈체스터의 한낱 백작가에 그렇게 큰 관심을 뒀는지 이해가 가질 않네요."

이가 갈렸다. 위더는 대체 무슨 짓을 저질렀기에 이렇게 말이 들어오나. 그래, 윈체스터 내부에서, 사교계에서 가십이 오르내리는 건 그렇다고 치자. 그런데 한때 적국이었던 시에라 왕자의 입에서 위더가 무너져 내릴 것이라고?

나는 미간을 찌푸렸다. 일이 이 지경까지 왔는데도 내가 태평하게 위더를 그저 그런 가문으로 생각한다면, 그때는 진짜 내가 백치가 아닌지 의심해야 할 것이다. 그리고 안타깝게도 나는 백치까지는 아니었다.

나는 얼굴을 잔뜩 굳히고 콜린스 왕자를 바라보았다. 그에 콜린스 왕자가 입을 열었다.

"영애, 영애께서 위더 백작가의 영애와 어느 정도 사적인 관계가 있다는 것을 알고 있습니다."

"겨우 두 귀족 사이의 친분에 관심 두실 정도로 한가하신가 봐요."

"그게 사적인 관계라면 확실히 제가 한가하다 할 정도지만, 공적으로 얽힐 수도 있는 관계라면 그리 간단하지 않죠."

"그래서, 대체 제게 무슨 의도로 이런 말씀을 하시는지 그 저의가 궁금하군요."

날이 날카롭게 선 내 경계 어린 말투를 눈치챘는지, 콜린스 왕자가 잠시 말을 골랐다. 그리고 곧, 그가 한 말은 나를 경악시키기에 충분했다.

"사과드리고 싶었습니다. 그런 의미에서 제 나름대로 영애께 도움이 될 만한 정보를 드리고 싶었습니다."

"무슨 사과요?"

"영애님의 목숨을 노린 것에 대해."

나는 미간을 찌푸렸다. 저 인간이 지금, 비공식적으로 시인한 것인가? 내 암살을 꼬드긴 것이 본인이라는 사실을?

소렐 영주는 비록 내통한 측이 확실히 시에라였다는 것을 인정하긴 했지만, 그렇다고 정확히 누구와 내통했는지는 그조차도 모르고 있었다.

시에라에서는 소년이 혼자 독단으로 한 짓이라고 잡아뗐고, 사실 그들이 내 협박에 넘어가 사인을 했다는 것만으로도 암묵적으로 찔리는 것이 있음을 알려 주지만, 어쨌든 그들의 입에서 이런 말이 직접 나오는 것은 또 별개의 문제였다.

물론 윈체스터는 이미 평화 협약이 무사하게 체결되었다는 사실만으로 시에라의 그 암살 행위는 넘어가 주기로 했으나…….